João Tordo

AS TRÊS VIDAS

João Tordo

AS TRÊS VIDAS

Romance

Título: *As Três Vidas*

Editora: Maria do Rosário Pedreira

Este livro foi composto em Rongel,
fonte tipográfica desenhada por Mário Feliciano
Capa: Joana Tordo
Imagem da capa: © Regis Bossu-Sygma-Corbis/VMI
Fotografia do autor: Manuel Távora
Paginação: Henrique Pereira
Impressão e acabamento: Guide – Artes Gráficas, L.da

5.ª edição (1.ª na Dom Quixote): Abril de 2012
Depósito legal n.º 340 437/12
ISBN: 978-972-20-4954-2

Publicações Dom Quixote
Uma editora do Grupo Leya
Rua Cidade de Córdova, n.º 2
2610-038 Alfragide – Portugal
www.dquixote.pt
www.leya.com

O autor escreve de acordo com a antiga ortografia.

Para a minha família

É curioso que as pessoas usem a expressão «vida e morte».
A morte não é o contrário da vida, mas sim do nascimento.
A vida não tem contrário.

Sete Palmos de Terra

Life is wasted on the living.

DOUGLAS ADAMS

Primeira parte

Um início

Ainda hoje, sempre que o mundo se apresenta como um espectáculo enfadonho e miserável, sou incapaz de resistir à tentação de relembrar o tempo em que, por força da necessidade, fui obrigado a aprender a difícil arte do funambulismo. Esses anos, que considero terem sido excepcionais – e, ocasionalmente, marcados por acontecimentos funestos –, deixaram-me num estado de melancolia crónica no qual, embora dele tenha procurado escapar, acabo inevitavelmente por voltar a cair. Esta melancolia, por vezes, resvala para o desespero, mas não vamos por aí; não é altura para, ao contrastar a minha existência actual com aquilo que em tempos foi, me deixar consumir pelo passado. Bastará dizer que não recordo um tempo em que a vida tenha sido particularmente feliz, mas que sou incapaz de esquecer cada hora que passei na companhia de António Augusto Millhouse Pascal.

Há dois anos, uma notícia num jornal dava conta de um leilão onde, entre outros objectos, iriam ser licitados os documentos encontrados na casa do falecido jardineiro deste homem para quem trabalhei há mais de duas décadas. Quando soube, fiquei imediatamente apreensivo e, ao imaginar as consequências, quase furioso – é inevitável que a pessoa que arrecadou o lote acabe por remexer nos arquivos que eu compilei e mantive durante aquele ano na Quinta do Tempo e, se os observar com alguma atenção, acabe por chegar a conclusões que nada têm a ver com aquilo que verdadeiramente aconteceu. Surpreende-me, aliás, que isso ainda não tenha sucedido; que a reputação do meu antigo patrão ainda não tenha sido manchada, o seu nome usado erradamente, em detrimento da verdade.

A ignorância a respeito deste homem impera. Não se pode dizer que essa ocorrência seja estranha, uma vez que, a partir de uma certa altura da sua vida, se relacionou apenas com figuras influentes de uma esfera privada. Os que o conheceram superficialmente e se recordam do seu nome terão dele uma imagem deturpada – por ter escondido a verdadeira natureza da sua obra, poderá um dia ser vítima do escárnio daqueles que preferem amaldiçoar a manifestar incompreensão. Millhouse Pascal, filho de mãe inglesa e pai francês, nascido em Portugal mas errante durante grande parte da sua vida – em Espanha durante a Guerra Civil, na Inglaterra nos tempos de Churchill, vivendo nos Estados Unidos após a queda do nazismo –, parece ter estado em toda a parte e em lado nenhum, uma sombra à margem dos acontecimentos e, contudo, posso assegurar-lhes, uma parte determinante destes. Se, nos próximos tempos, surgirem versões rocambolescas acerca das suas actividades, é porque estas ficaram no segredo dos que com ele privaram e que com ele conheceram a dedicação de um asceta; os restantes irão apelidá-lo de *místico, excêntrico* e, quem sabe, *burlão.*

Também eu nada sabia sobre ele. A minha juventude, porém, permitiu-me experimentar coisas em que hoje me recusaria a acreditar, se me fossem apenas contadas. Custou-me o resto da minha patética existência, é certo, mas tive a oportunidade de viver em sua casa e de observar com os meus próprios olhos os seus métodos e a maneira prodigiosa como conseguiu transfigurar a realidade e influenciar – quase poderia dizer *manipular* – os que, ao longo daquele tempo, recorreram aos seus serviços.

Pouco tempo depois do leilão, uma jornalista do *Diário de Notícias* que fazia uma reportagem sobre os casos em aberto da Polícia Judiciária interessou-se pela história oculta deste homem e, através de fontes que não quis desvelar, veio ter comigo, abordando-me à maneira petulante e lisonjeira dos repórteres, defeito da profissão pelo qual não a posso julgar. Agora que o homem está morto, disse-lhe, não vejo qualquer problema em contar-lhe tudo, e assim o fiz. Falámos durante três horas, e dei por mim a desbobinar a história dos últimos anos da sua vida que estava, compreendi então, indissociavelmente ligada à minha, à sua família, a Camila, a Gustavo, a Nina, a Artur e à viagem que, em 1982, acabou por selar aquilo de que eu vinha suspeitando há tanto tempo, isto é, a nossa inaptidão para continuar a viver a vida de todos os dias depois de certas coisas acontecerem. Não me parece que a jornalista – que era uma rapariga nova, com a curiosidade dos aprendizes – tenha acreditado na maior parte das coisas que lhe contei. Perguntou-me constantemente se podia apresentar provas mas, como irão descobrir, não foi possível conservar quaisquer documentos desses dias – para além daqueles que se encontram em lugar e mãos desconhecidos – e respondi-lhe que, a ser publicada a história, teria de o fazer de boa fé. Passaram-se dois anos, comprei o jornal todos os dias, e nem uma linha apareceu sobre o assunto.

Fui compreendendo, no tempo que passou desde a entrevista, que deixar um relato da minha experiência era uma necessidade. O que foi verdade e o que é, inevitavelmente, ficcionado, devido aos limites da memória, não importa; em última análise, a própria realidade é objecto de ficção. O mais importante é libertar-me dos fantasmas, pois acarreto as sombras de todas as coisas a que não tive coragem para colocar um fim. Isso reflecte-se, sobretudo, nos meus sonhos: ao contrário da crença habitual, não me parece que os sonhos sejam o espelho dos nossos desejos; cá para mim, acho que são o espelho dos nossos horrores, dos nossos piores medos, da vida que poderíamos ter tido se, numa altura ou noutra, não fôssemos incomensuravelmente cobardes.

Artur e o contrato

Até então nada vivera; tivera a vida dos pobres, marcada pela necessidade. O meu pai tinha uma pequena empresa de construção civil e, no final dos anos setenta, em Lisboa, as coisas não lhe corriam de feição. Era, ainda assim, o único da nossa família que trabalhava – eu tinha vinte anos quando morreu e, com o liceu terminado, estudava inglês e matemática nas horas vagas, ajudando-o sempre que possível, mas planeando tirar o curso de Engenharia. A minha irmã, dois anos mais nova, dividia o tempo entre os estudos e fazer companhia à minha mãe, que era uma criatura silenciosa e apática, mastigada por uma vida sem grande significado. Vivíamos, porém, numa casa grande e espaçosa e não se podia dizer que nos faltasse alguma coisa essencial.

Em 1980, o meu pai adoeceu subitamente. Foi um acontecimento fulminante: num dia, levantou-se de madrugada, bem-disposto, para tomar o pequeno-almoço e partir para o trabalho; no dia seguinte, uma ambulância veio buscar o seu corpo debilitado, transportando-o para o hospital onde passou as últimas semanas de vida. A princípio os médicos pensaram que era uma apendicite, mas cedo descobriram que o problema era mais grave. Primeiro, segundo me explicaram, foi o fígado que desistiu de funcionar. Depois, a doença espalhou-se pelas outras partes do corpo, como um grupo de pequenos trabalhadores dispostos a destruir tudo à sua passagem – os rins, o baço, o pâncreas – e, no final, nas últimas horas, creio que foi o meu pai quem acabou por desistir. As pessoas morrem porque desistem, pensei então, e essa desistência requer uma explicação, um relatório clínico que poupe as pobres almas, que as outras vêem partir, ao martírio da ignorância, de não saberem porque cá andaram ou que destino as espera.

Não tivemos muito tempo para chorar a sua morte. Depois de tratarmos do funeral e da cremação do corpo, de repente apercebemo-nos da situação em que nos encontrávamos: o dinheiro no banco duraria, no máximo, seis meses, e, sem rendimentos, éramos obrigados a procurar outro lugar para viver. Eu era o único em condições de conseguir um emprego e vi todas as responsabilidades caírem sobre os meus ombros. A minha irmã ofereceu-se para desistir do liceu e ajudar a família, mas proibi-a de o fazer. Gente sem educação era gente à deriva, e a memória do meu pai exigia de mim que aguentasse o barco à superfície.

Mudámo-nos, assim, para um pequeno apartamento em Campolide, onde cedo nos entregámos a uma vida de anonimato. A minha mãe perdeu todas as referências que tivera ao longo da vida e, aos cinquenta anos, sem vontade de estabelecer laços afectivos com a vizinhança, apenas com a minha irmã por companhia, tornou-se ainda mais soturna. A mudança foi literal e metafórica: enquanto o meu pai fora vivo, existira sempre uma esperança muda, uma mão invisível que nos transportava silenciosamente ao longo dos dias. Após ele partir, eu tentei preencher o seu papel e fracassei. Na Primavera de 1981 – depois de ter tentado, sem sucesso, continuar o negócio do meu pai, de me ter empregado como fiscal de obras numa empresa que sofreu uma auditoria das Finanças e foi encerrada e de trabalhar como explicador de Inglês, ganhando apenas o mínimo indispensável para pagar a renda e pôr comida na mesa – vi-me num beco sem saída.

Com o final do ano lectivo, deixei de ter alunos, e o Verão que se seguiu foi sinistro. À torreira do sol, calcorreei a cidade à procura de biscates, sem conseguir encontrar nada. A minha mãe pediu algum dinheiro emprestado ao meu tio, que vivia em Espanha, e que nos enviou um cheque em pesetas, e eu sentei-me no sofá da nossa sala até ao princípio do Outono, com uma paralisia pavorosa que me impedia de contemplar o futuro.

No final de Setembro, porém, a minha irmã mostrou-me a página de anúncios de um jornal. Descobri, mais tarde, que durante meses ela olhara todos os dias para essas páginas, procurando arranjar uma solução para os nossos problemas. O anúncio, registado na coluna da esquerda em letra miudinha, dizia:

Agência MP. Inglês absolutamente necessário.
Apartado 808 Lisboa.

Era suficientemente intrigante para despertar a minha atenção. Não tinha grandes opções. Por aquela altura, a minha mãe passava o dia inteiro no quarto, a dormir ou deitada sobre a cama, esperando por nada, e, quando saía, era para beber uma chávena de chá e trocar umas quantas palavras com a minha irmã sobre assuntos corriqueiros. Sentia-me apanhado no meio de uma lenta procissão a caminho de um calvário prematuro e, ainda que isso servisse apenas para matar o aborrecimento, escrevi uma carta em resposta ao anúncio. Três dias depois, tinha uma entrevista marcada.

Encontrei-me com um homem chamado Artur num escritório da Baixa de Lisboa. Era o princípio de Outubro e o Outono chegara mais cedo, uma chuva intermitente caindo sobre uma cidade cinzenta, os transeuntes andando de um lado para o outro abrigados por chapéus-de-chuva pretos, os rostos escondidos ou olhando para o chão, a água suja da chuva correndo lentamente para as bermas dos passeios. Subi ao segundo andar de um prédio silencioso e entrei numa sala pequena e atafulhada de arquivos, uma janela voltada para o saguão e uma secretária onde repousava uma máquina de calcular e uma pilha de papéis. Um homem alto estava de costas para mim.

«Sente-se», disse, voltando-se.

Artur era de idade indefinida. Muito alto e esguio, de cabelo cinzento e olhos rasgados e vítreos, vestia-se como um homem de negócios mas falava à maneira dos camponeses, um sotaque forte e arrastado. Adivinhei-lhe quarenta anos, ou pouco mais. Olhou-me durante algum tempo, parecendo ocupado com os papéis que tinha nas mãos.

«Trouxe os papéis das suas habilitações?»

Entreguei-lhe dois documentos oficiais: o diploma do liceu e o do curso de Inglês que terminara em 1979. Ele analisou-os e, sem nunca se sentar, fez-me várias perguntas sobre a minha situação. Expliquei-lhe onde morava, falei-lhe da minha mãe e da minha irmã e menti um pouco sobre os meus últimos empregos, numa tentativa de esconder o facto de me encontrar numa difícil posição financeira.

«Há muitas coisas que lhe devo explicar acerca deste trabalho, mas essas explicações ficarão guardadas para a altura conveniente. Terei, porém, de me assegurar de que entende a natureza discreta das nossas ocupações. Não somos um serviço público nem disponível aos cidadãos; prestamos serviços de uma natureza privada e dispendiosa, e a totalidade dos nossos clientes viaja do estrangeiro. É, portanto, de vital importância que nada daquilo que fazemos seja divulgado, nem junto da sua família, nem junto dos seus amigos.»

«Não tem de se preocupar com isso», disse. Artur estendeu-me uma folha de papel dactilografada. Nela estava estipulado o meu salário e as horas de trabalho.

«As garantias verbais de nada nos servem. No passado trabalhámos com pessoas que fizeram as mesmas promessas e depois se mostraram incompetentes para o cargo. Por isso, decidimos instituir um regime de residência na nossa *agência*» – ele vincou a palavra – «para evitar dissabores. Poderá vir à cidade, mas de tempos a tempos, e combinando previamente as suas visitas comigo. De resto, ser-lhe-á oferecido um quarto, comida e plenos direitos civis. Viverá num lugar agradável, a duas horas da cidade, sossegado e isolado. Os seus deveres não ultrapassarão o âmbito dos deveres de qualquer secretário. Irá ler e redigir correspondência, organizar arquivos e fazer tabelas de horários semanais. O inglês é fundamental para entrar em contacto com os nossos clientes. Terá acesso a material de escritório e a uma extensa biblioteca».

«A minha família vive aqui em Lisboa, e depende de mim», afirmei, subitamente consciente do que aquele emprego implicava. «Não sei se será sensato ausentar-me durante períodos muito longos.»

«Temos gente em Lisboa que poderá tratar de assuntos prementes em seu lugar. Se existir alguma urgência, poderá obviamente vir à cidade», apressou-se a dizer Artur.

O homem queria uma resposta imediata. Olhei para a folha que segurava entre os dedos. O salário era superior ao que poderia imaginar – cento e cinquenta mil escudos por mês. Meditei durante alguns segundos, sentindo o olhar vago de Artur sobre mim, incapaz de dizer se me perscrutava ou me fitava por mera curiosidade, quem sabe se por falta de outro objecto de contemplação.

Tomei a decisão num momento fugaz. Fechamos os olhos e já está, entregamo-nos nas mãos de outro. Tinha 21 anos quando assinei um contrato com aquele homem que, descobri pouco tempo depois, era o jardineiro de António Augusto Millhouse Pascal.

Despedi-me da minha mãe e da minha irmã numa noite de quarta-feira, seguindo as instruções precisas do meu contratante: deveria apanhar a camioneta de Lisboa para Santiago do Cacém ao princípio da noite, chegando à pequena cidade do Alentejo pouco antes das onze. Levaria pouca roupa (se fosse necessário, existiria roupa à disposição no lugar para onde ia), um mínimo de pertences e um despertador. Durante a viagem, sentado junto da janela e assistindo à lenta passagem da noite, observando o meu reflexo no vidro, fui relembrando os últimos momentos em Lisboa: um adeus, um beijo no rosto, o papel de carta e os envelopes que a minha irmã me oferecera. O jardineiro avisara-me, antes de sair do pequeno escritório, que na sede da Agência MP não existia telefone e que todas as comunicações eram feitas através de correspondência escrita. A minha irmã foi naquele dia a uma papelaria e trouxe-me folhas e envelopes com os selos colados, para que a tarefa de lhe escrever me fosse fácil. Todos os meses enviaria o cheque do meu ordenado para que ela o depositasse na sua conta bancária.

A viagem foi morosa. A certa altura adormeci e tive sonhos inquietos nas fronteiras do pesadelo, dos quais fui despertando por causa dos solavancos da camioneta. Quando chegámos a Santiago, chovia abundantemente. Passámos as piscinas municipais, a Praça do Município, e quando chegámos à estação apeei-me, carregando a pequena mala pelas estreitas ruas ensopadas. Nunca havia estado naquela cidade e, por entre o cinzento do céu, pude ver a chuva caindo sobre palmeiras e um castelo distante. Segui as indicações de Artur e dirigi-me à Praça do Conde Bracial pelos caminhos de calçada que ladeavam as ruelas íngremes. No centro da minúscula praça havia um monumento de 1845, uma espécie de seta apontada aos céus, no cimo da qual a cruz de Cristo se lamuriava. Subi a Travessa de João Barros, passei em frente de uma pequena estação de rádio; junto da Calçada do Castelo, encontrei a casa que o jardineiro me indicara, um velho palacete que parecia abandonado, onde supostamente nos iríamos encontrar.

Era o mais bizarro dos lugares. Não era uma pensão, nem uma hospedaria, ainda que quem lá vivesse me tivesse tratado como um hóspede. No átrio, uma mulher e um homem, ambos nos seus cinquenta anos, informaram-me de que Artur telefonara a comunicar a sua indisponibilidade para se encontrar comigo naquela noite, e que apareceria pela manhã para me vir buscar. Fiquei um pouco espantado mas, não querendo ofender a sensibilidade daquelas pessoas, deixei-me conduzir para um quarto no piso superior, que se encontrava na penumbra, os móveis de madeira rangendo ocasionalmente por causa da humidade. O quarto era pequeno e tinha apenas uma cama de molas e uma mesa-de-cabeceira. Lá fora, no corredor, existia uma cadeira encostada à parede a meio caminho entre duas portas, abandonada, certamente destinada ao espírito que, vagueando pelo casarão silencioso à noite, lá se decidisse sentar para meditar sobre a sua existência vagabunda. A senhora subiu para me trazer uma sopa de tomate com ovo e, quando passava da meia-noite, adormeci com o ruído da chuva.

A madrugada ainda não chegara quando bateram à porta. Dois toques bruscos, secos, e levantei-me da cama de um salto, o quarto escuro fugazmente iluminado pela lua que, lá fora, ainda ia alta no céu. Estremunhado, abri devagarinho a porta e vi o rosto pálido, de barba por fazer, e os olhos vítreos de Artur.

«Estou lá em baixo à sua espera», disse-me, antes de se voltar e descer as escadas.

Eram cinco e quinze da manhã. Cansado, e na ausência de chuveiro para tomar um duche, lavei a cara e desci usando as mesmas roupas do dia anterior. A casa parecia deserta e lúgubre, mergulhada na omnipresença da noite. Artur estava sentado na poltrona da sala, muito direito, olhando em frente. Quando me aproximei ergueu-se, e saímos pela porta da frente.

Na escuridão da rua caminhámos cerca de dez minutos, em silêncio, até um carro estacionado junto de um parque: um *Citroën* Dois Cavalos preto que parecia novo, como se alguém lhe tivesse acabado de puxar o lustro. Fizemo-nos à estrada. Em menos de cinco minutos estávamos fora de Santiago do Cacém, na direcção das ruínas romanas, percorrendo a única estrada que existia por aqueles lados. Artur não disse uma única palavra excepto «ponha o cinto» no início da viagem, pedido a que obedeci, e, depois de alternar entre a observação da estrada e olhar de relance o seu rosto (debaixo da barba tinha uma pele enrugada, quase bexigosa, e olheiras profundas), acabei por dormitar um pouco, embalado pelos suaves solavancos do *Citroën*.

Quando despertei estávamos a sair da estrada principal e a entrar por uma estrada secundária. A luz começava a nascer e a chuva cessara; levantavam-se os aromas característicos do Outono, presságio de um dia ameno. A presença silenciosa de Artur tinha o peso de uma eternidade, o seu semblante neutro, a ausência de expressão dos seus gestos, a ausência de cor de tudo o que o rodeava. Parecia mais uma sombra do que um homem e, enquanto o carro percorria uma estrada de terra batida ladeada por enormes árvores selvagens – tão altas que se abraçavam sobre o caminho, obscurecendo o céu –, ocorreu-me que poderia estar a cometer um erro, no meio de parte nenhuma com um homem desconhecido que me oferecera um trabalho em condições incompreensivelmente vagas. Não tive muito tempo para matutar neste problema. Minutos passados, chegámos a um portão de ferro ladeado por dois sustentáculos de pedra branca trabalhada.

Uma placa adornada anunciava que tínhamos chegado à Quinta do Tempo. Artur parou o carro, saiu, abriu o pesado portão e voltou a entrar no carro, conduzindo-nos para o interior.

A Quinta do Tempo era muito diferente da agreste estrada secundária que percorrêramos. Tudo parecia estar bem tratado: o longo caminho ladeado por árvores frondosas, os campos cultivados de espigas douradas em redor, o próprio céu que, amanhecendo sem nuvens, dava a impressão de ter sido tratado de antemão. Era como entrar num paraíso, num tempo anterior ao presente, mas não necessariamente passado. A estrada desembocava no terreno fronteiro às habitações, onde uma fonte redonda de pedra, cheia de água da chuva, era dominada pela escultura de um golfinho. O casarão era um edifício de dois andares com um anexo, perpendicular a uma habitação menor, formando um «L» deitado. A porta principal era alta e verde-escura, adornada por um candeeiro antigo que permanecia aceso da noite; tinha quatro janelas no segundo andar e quatro no andar inferior, as do piso superior com varandins redondos. Existia ainda um terraço: cá de baixo, eram visíveis as palmeiras e a vegetação verde e púrpura que trepava pelos seus muros brancos.

O anexo era uma espécie de segunda casa, de menor altura, coberta de heras do chão ao tecto, as raízes grossas e emaranhadas. Viam-se apenas as janelas (quatro na parte superior, também com varandins) e uma porta castanha mais pequena com um batente. Tudo o resto era folhagem e mais folhagem, como se a natureza tivesse decidido deixar em paz o edifício principal e consumir aquela miniatura, escondendo por completo as suas paredes. Na ausência das heras, teria adivinhado que aquela era a habitação dos caseiros; porém, ao caminhar atrás de Artur, passando pela fonte, a porta principal e a porta do anexo, e contornando o casarão, descobri a parte mais pequena do «L», um edifício de pedra escura de aspecto antigo e abandonado, este finalmente uma casa alentejana normal, sem adornos, de duas janelas.

«Vou mostrar-lhe onde fica o seu quarto, depois podemos dar uma vista de olhos à casa principal», disse Artur, arrastando as botas pelo chão de terra húmida. Estacionado junto de uma árvore encontrava-se um carro de luxo, um *Bentley* Sedan de cinco portas. Artur deixara o *Citroën* parado no final da estrada, um tanto abandonado, e era fácil perceber porquê: ao voltar da esquina estava uma preciosidade prateada, que mais tarde descobri ser datada de 1963, «importada» pelas mãos do próprio Artur no final dos anos setenta.

«Fui eu próprio buscá-lo a Inglaterra», contou-me quando lhe perguntei sobre a proveniência daquele carro. «O patrão achou necessário ter uma viatura adequada, e este era o modelo que desejava. As chaves foram-me entregues por um amigo pessoal do patrão numa vila a sul de Londres, aonde me desloquei de avião. Voltei para cá ao volante, metendo-o no barco que atravessa o Canal da Mancha. Só em taxas alfandegárias pagámos trezentos contos. É um sorvedouro de gasolina, mas é um carro à medida de qualquer homem que queira depender de uma máquina.»

Fiquei instalado no segundo andar da casa secundária, onde Artur habitava o piso inferior. A decoração era espartana: uma pequena cozinha, um sofá para duas pessoas com uma televisão minúscula sobre uma mesa, e uma arrecadação nas traseiras repleta de instrumentos de jardinagem, mangueiras e aspersores. O meu quarto era uma divisão rectangular abafada, com uma cama de solteiro, um armário, uma mesa-de-cabeceira e uma secretária junto da janela. Da janela via-se um extenso relvado, de um verde vivo, que ocupava as traseiras da casa, fazendo lembrar os relvados das casas coloniais inglesas na Índia, cujas imagens eu vira num livro do meu pai. Espalhadas pelo relvado estavam mesas e cadeiras brancas e, na extremidade mais afastada da casa, uma enorme árvore espalhava os seus ramos nas quatro direcções, criando uma grande área de sombra. A uns dez metros da árvore estava um objecto que não consegui distinguir, alguma coisa em forma de cruz. Largámos a minha mala à entrada do quarto e voltámos a sair para o dia que, embora tivesse ameaçado sol, regressara ao cinzento da madrugada.

«Aqui vive o patrão», anunciou Artur, quando passámos outra vez defronte da casa coberta de heras. «O acesso é proibido a menos que sejamos convidados a entrar, e espero que cumpra essa regra.»

O lugar estava completamente silencioso. Eram agora seis e meia da manhã e, à distância, um galo cantava. Um bando de pássaros sobrevoou a casa, pairou por um instante e debandou. Entrámos no casarão principal. Um corredor na penumbra atravessava o espaço de um lado ao outro – através de uma pequena janela ao fundo vislumbrei o jardim – e uma escadaria em madeira conduzia ao andar superior. Artur caminhou à minha frente, a passo rápido, pelos primeiro e segundo pisos – duas salas de estar, uma cozinha enorme, apetrechada para lidar com jantares numerosos, portas fechadas que conduziam a quartos; o meu guia não dizia palavra, e depreendi que pouco ou nada teria a fazer naquele lugar que aparentava estar deserto, mostrando-me apenas o percurso dos corredores para, eventualmente, não me perder. Quando voltámos a descer as escadas, aproximámo-nos de uma porta mais alta do que as outras, e Artur fez um compasso de espera antes de a abrir, assegurando-se de que eu me encontrava atento.

A porta abriu-se, revelando uma enorme biblioteca. Neste espaço o casarão não estava seccionado: o que, do outro lado da porta, era o segundo piso, aqui era um espaço aberto de prateleiras de livros que corriam as paredes, com um passadiço de madeira suspenso, a toda a volta, que se alcançava subindo uma escada. No centro havia uma enorme mesa quadrada que estava coberta de uma ponta à outra com livros abertos e fechados, papéis e mapas (existiam milhares de volumes naquela sala – um acervo que acabou por nunca ser feito, uma vez que as circunstâncias destruíram aquele casarão alguns anos mais tarde). Um par de janelas compridas enchia a biblioteca da luz mortiça da madrugada; no ar flutuava o pó que os livros acarretam, mas também uma sensação familiar de quietude. No intervalo entre duas estantes reparei numa fotografia antiga, pequena, colocada ao nível dos olhos, de tal maneira discreta que parecia destinada a que nela não reparássemos. Nela estava um jovem casal posando para a imagem, uma mulher bonita e esguia sentada ao lado de um homem de bigode que, de pé, segurava na mão direita um relógio redondo à altura do peito, como se o estivesse a meter no bolso da frente do casaco. *Quinta do Tempo*, ocorreu-me, enquanto olhava a fotografia, cuja legenda, em baixo, dizia *1905 – Sébastien Pascal e Alma Millhouse.*

«Aqui será o seu escritório», indicou Artur, dirigindo-se para o espaço debaixo da escada e abrindo uma pequena porta. Lá dentro havia uma sala sem janelas, exígua, ocupada por dois arquivos verticais e uma secretária onde repousava uma máquina de escrever, uma resma de folhas brancas e um conjunto de canetas.

«O nosso empregado anterior deixou as coisas num estado de confusão inenarrável», confessou Artur, abrindo a gaveta superior de um dos arquivos, que chiou estridentemente, revelando um monte de ficheiros atafulhados de papel. «A sua primeira função é colocar ordem neste caos, o que irá demorar alguns dias, por isso prepare-se para passar o resto da semana e o sábado e o domingo enfiado aqui dentro.»

«O que está dentro desses ficheiros?»

Artur fechou a gaveta e limpou as mãos com um lenço que tirou do bolso das calças coçadas. «Gente. Centenas e centenas de pessoas. Os clientes do patrão, por assim dizer. O nosso empregado anterior, como já lhe disse, *sabotou* a nossa empreitada com a sua estupidez e deixou tudo num desarrumo, e agora é necessário olhar para os ficheiros, um a um, e voltar a dar-lhes sentido e eficiência. Dou-lhe um exemplo.» Abriu a segunda gaveta do arquivo, também ela carregada de papelada, e tirou um ficheiro, abrindo-o na primeira página. «Aqui temos a ficha pessoal de... deixe lá ver... ah, o senhor Florian Shultz. Um velho amigo e cliente do patrão», disse o jardineiro, passando rapidamente a dúzia de páginas dactilografadas que tinha entre as mãos. «Ora, a primeira coisa a fazer é livrarmo-nos deste acumular desnecessário de informação. Identidade, descrição, preferências, lugares de proveniência, gostos, desgostos, melhor altura para visitar, etc., tudo isto pode ser resumido numa página apenas, de manuseamento fácil e disponível imediatamente após o ficheiro lhe ser pedido. A informação sobre Shultz está agora espalhada por dez ou doze páginas que foram sendo acrescentadas à ficha inicial ao longo dos anos; o objectivo é que essa ficha inicial contenha o essencial, e que o resto passe a fazer parte do registo histórico» – Artur voltou a enfiar o ficheiro na gaveta, fechou-a e abriu a gaveta inferior do mesmo arquivo, que estava vazia – «que ficará exactamente aqui. Entende?»

Acenei com a cabeça, embora ainda pouco entendesse. Queria perguntar-lhe o que fazia exactamente o *patrão* – de quem ainda nem sabia o nome –, mas estava de alguma maneira subentendido que essa informação era irrelevante.

«Depois, existe o problema da actualização da nossa base de dados. Em cada ficheiro existem diversas moradas de contacto, mas que muitas vezes são obsoletas, uma vez que os clientes se deslocam frequentemente de um lugar para o outro. Encontrá-

-los seria uma tarefa para muitos iguais a si, por isso o que lhe pedimos é que reduza as possibilidades ao mínimo. De seguida, e para ficar pronta até ao final da semana, temos a agenda» – Artur abriu uma das gavetas da escrivaninha e tirou um caderno preto do interior – «que está, neste momento, preenchida até ao final de Outubro. Precisamos de a actualizar até Dezembro, com as marcações semanais que logo lhe explicarei, a partir da correspondência que recebemos e enviamos. Esse será o seu trabalho principal, o de trocar correspondência. Eu próprio trato de ir buscar o correio à cidade, de dois em dois dias, e irei depositá-lo nesta mesa. Toda a correspondência é feita em inglês, e todas as cartas, e insisto nesta palavra, *todas,* recebem uma resposta da nossa parte. Evidentemente, existem coisas das quais eu posso ajudá-lo a tratar, como as contas e outros assuntos burocráticos, mas noventa por cento da correspondência chega-nos de clientes ou de potenciais clientes. Esta tarde irei mostrar-lhe, em pormenor, como a coisa funciona, depois de tratar do relvado.»

Artur saiu da pequena salinha, eu segui-o, e ele fechou a porta com uma pesada chave que me entregou. Saímos para o corredor principal da casa e atravessámo-lo até ao jardim. Compreendi, quando lá chegámos, que a missão de Artur era bastante complicada, se, tal como parecia, não tivesse ajuda: o relvado era bem maior do que julgara da janela do meu quarto, e encontrava-se cortado na perfeição, os aspersores estrategicamente colocados e os canteiros de rosas, espalhados aqui e ali, exibindo flores de cores vivas; os arbustos cuidadosamente aparados, e a árvore no outro lado de ramos podados. Manter aquele lugar exigia um trabalho diário. Não deixava de ser estranho que o jardineiro fosse, também, a pessoa que me iria ensinar a minha nova profissão. Artur parecia, contudo, ser aquele tipo raro de homem que é simultaneamente simples e inexoravelmente complexo, preciso e concreto na aplicação evidente das suas faculdades motoras e mentais, porém capaz de uma inesperada capacidade de se desdobrar, preenchendo vários papéis a diferentes alturas do dia.

Disse-me para regressar à biblioteca às onze. Fui para o meu quarto, onde abri a mala de viagem e comecei a pendurar a roupa que trouxera no armário. Depois, sentei-me à secretária, observando por uns momentos os aspersores que tinham começado a funcionar no jardim. Pousei os sobrescritos e o papel de carta que a minha irmã me dera sobre o tampo e pesei a hipótese de lhe escrever uma primeira carta, mas desisti: pouco tinha a contar, e parecera-me que entrara num mundo à parte, menos do que real, que por enquanto escapava à possibilidade de descrição.

A casa de banho, no final do corredor húmido, era uma relíquia de porcelana – o lavatório, a sanita, o bidé, a banheira de pés de animal sem chuveiro. Lavei as mãos e imaginei como seria ter de me banhar ali nas manhãs geladas de Inverno. Estremeci por dentro. Passei água pelo rosto, onde tinha olheiras vincadas da falta de sono, e depois fui deitar-me na cama, tentando dormir, mas incapaz de pregar olho. Havia alguma coisa naquele lugar que me obrigava a permanecer alerta, um silêncio demasiado silencioso, uma nuvem demasiado negra no céu.

Os ficheiros

Só viria a conhecer o meu patrão alguns dias mais tarde. Não sei onde se encontraria – se estava na casa das heras, fechado a sete chaves, como um dragão numa masmorra, ou se simplesmente se ausentara – mas pouco tempo tive para pensar no assunto. Quinta e sexta-feira foram dedicadas à organização dos ficheiros e, com cerca de 330 nomes referenciados, a tarefa foi morosa e confusa. Não posso dizer, porém, que tivesse sido aborrecida.

Foi a minha primeira espreitadela ao funesto negócio de Millhouse Pascal; o meu acesso directo a um mundo desconhecido, que pouca gente suspeitaria existir, e no qual muitos se recusariam a acreditar.

À partida, os ficheiros pareciam todos iguais, constituídos por notas dactilografadas e aparentemente dispersas sobre cada um dos clientes. Dos 330 ficheiros, diria que cerca de 200 continham pouca ou nenhuma informação (Artur explicou-me, mais tarde, que aqueles eram os casos apresentados sobre os quais o patrão ainda não dera o seu aval, ou simplesmente rejeitara), pelo que foi uma tarefa fácil catalogá-los. O restante dividia-se entre uma abundância de informação desconexa e as fichas de clientes feitas pelo meu antecessor. Comecei a compreender que existia alguma coisa invulgar naquele negócio quando dois pormenores saltaram à vista. O primeiro era a ocupação actual ou passada dos clientes; o segundo, a história clínica que todos possuíam.

Nunca tive oportunidade de fazer uma estimativa. Posso afirmar, contudo, com algum grau de segurança – tendo revisitado os ficheiros milhares de vezes durante o meu tempo na quinta – que cerca de setenta ocupavam ou tinham ocupado posições de influência na política ou no governo dos seus países. Eram, muitas vezes, ex-funcionários de agências governamentais como a Stasi ou a CIA, alguns remontando aos tempos da NKVD ou da Gestapo. Noutras, eram ex-subversivos que se haviam juntado, num tempo anterior àquele em que procuraram os serviços de Millhouse Pascal, a grupos marxistas, anarquistas e de extrema-direita. Os nomes de organizações como a Stasi ou acrónimos como a CIA não surgiam nos ficheiros, sendo substituídos por denominações gerais mais discretas, e muita da história pessoal dos clientes era do conhecimento exclusivo de Millhouse Pascal e anotada nos cadernos pessoais que este mantinha, servindo os ficheiros apenas como primeira referência, não se aprofundando neles as questões mais pertinentes dos seus passados.

Nesta narrativa, porém, ofereço sem restrições toda a informação que, então e hoje, logrei conseguir sobre cada um deles. A informação que aqui apresento é, assim, uma combinação da minha memória dos ficheiros, das minhas reuniões com o meu patrão e das investigações presentes que, mais de vinte e cinco anos depois, vim fazendo com o objectivo de escrever este relato. É importante recordar que tudo isto aconteceu em 1981; que fui descobrindo, com o passar dos anos, a verdadeira natureza destes homens; e que, agora que o mundo é um lugar tão diferente, não vejo razão para adensar ainda mais os seus segredos.

Ofereço um exemplo. O já referido Florian Shultz fora um agente da Stasi responsável pela montagem da rede civil de informadores na antiga Alemanha de Leste, durante os anos setenta, fugindo em 1980 para Itália por se recusar a continuar a trabalhar para uma «Gestapo Estalinista». Do final de 1980 e até 1982 foi cliente habitual de Millhouse Pascal, antes de se ter suicidado, aos 43 anos, depois de o seu nome ter surgido nas listas encontradas nos escritórios da Stasi, que denunciavam as suas actividades durante o regime comunista (entre outras atrocidades, Shultz expusera prisioneiros políticos a radiação, o que mais tarde provocaria cancro a um em cada três desses prisioneiros).

Assim, no ficheiro de Shultz, por exemplo, lia-se na página de abertura:

Shultz, F., n. 1947, Alemanha de Leste, poss. Governo ou agência, retirado It., 4/81

Possivelmente governo ou agência era a primeira referência visível ao passado político de Shultz; *It.* eram as iniciais de Itália; e *4/81* tinha sido o mês e o ano da sua última visita. O ficheiro continha cerca de uma dezena de notas sobre aquele cliente, algumas relacionadas com as suas preferências e aversões – Shultz preferia dormir no rés-do-chão dos lugares onde ficava, exigia que as luzes dos corredores permanecessem acesas à noite, era vegetariano e gostava de ter um cálice de vinho do Porto à cabeceira da cama. Algumas informações adicionais e classificadas encontravam-se num segundo arquivo, mais pequeno, que estava trancado, apenas acessível ao patrão e a Artur – soube mais tarde que era um arquivo móvel dos cadernos pessoais de Millhouse Pascal, que podia ser facilmente transportado ou escondido, caso a tranquilidade na Quinta do Tempo fosse perturbada por forças exteriores.

Na altura em que tive o primeiro contacto com os ficheiros, não me interessou averiguar a veracidade das informações ou investigar com maior profundidade o passado dos seus clientes. Era muito jovem, e a minha maior preocupação era ser diligente no trabalho, para que o cheque do meu salário chegasse, todos os meses, às mãos da minha irmã. Existiam coisas, no entanto, que não podiam deixar de suscitar curiosidade, como o estranho ficheiro de Carl Finn, um americano nascido no Dakota que vivera em Lisboa entre 1940 e 1946 e cuja profissão declarada era *exportador de artefactos;* quando regressou aos Estados Unidos, porém, passou vinte e dois anos a viajar pela Europa de Leste a soldo de uma empresa anónima, acabando, já no final dos anos setenta, por abrir um restaurante em Cape Cod. Eu não conseguia imaginar em que género de *exportação* trabalharia Finn na ex-União Soviética, até ficar a saber, através de um artigo num jornal americano, muitos anos depois, que ele torturara e assassinara uma mão cheia de espiões alemães durante a Segunda Guerra Mundial e que fora mercenário a soldo da CIA.

Ficarão, ao longo destas páginas, a conhecer alguns destes segredos, pormenores sobre gente que, viva ou morta, participou em episódios históricos, sangrentos ou criminosos. Peço-lhes, porém, que não se apressem a julgá-los – se tiverem de o fazer, crucifiquem o mensageiro. Fui eu, afinal, quem trabalhou durante todo aquele tempo numa sala que era um documentário vivo da panóplia de horrores do século XX, cumprindo diariamente o meu pequeno papel, em muitas ocasiões distraído enquanto organizava os ficheiros e me correspondia com homens que tinham manchado as suas mãos com o sangue de muitos outros.

É preciso dizer, no entanto, que o negócio do meu patrão tinha outras vertentes, e existia um lado mais humano na natureza dos clientes de Millhouse Pascal, embora, por vezes, não menos tenebroso. Dos outros sessenta nomes, uma parte pertencia a filantropos ou a gestores de organizações de beneficência e culturais (o caso de, por exemplo, Samuel Wussupov, um russo emigrado para os Estados Unidos que tinha uma inexplicável ligação a Portugal e possuía um enorme espólio artístico), um pequeno número tinha profissões diversas (finanças, construção civil, comunicações, e até um chefe de cozinha famoso), e cerca de trinta eram aquilo a que Millhouse Pascal chamava «casos complexos», constituídos por artistas de várias áreas. Relembro, de cabeça, os casos de dois pintores nova-iorquinos que se tinham visto envolvidos em escândalos de prostituição; o de um pianista russo que tinha escapado às garras da ex-União Soviética, conseguido um lugar numa sinfónica inglesa, casado, tido dois filhos e assistido à loucura progressiva da sua mulher britânica que asfixiara a filha mais nova até à morte. O famoso escritor e jornalista irlandês Sean Figgis foi visita regular de Millhouse Pascal depois de, em 1976, o seu filho de 22 anos se ter juntado a uma facção radical do grupo Sinn Féin e feito explodir uma bomba num café de Gloucester Road, em Londres, matando treze civis. A imprensa especulou sobre as razões que teriam levado Paul Figgis, nascido em Belfast mas formado no respeitável Trinity College em Política Internacional, a assumir uma posição extremista quando o seu pai era um reconhecido liberal; o Figgis mais velho acabou por deixar de escrever e, em 1979, todos os seus romances e ensaios tinham sido retirados do mercado por imposição própria.

Não desejo aborrecer-vos com todas estas histórias. Elas servem meramente para ilustrar o mundo que encontrei quando cheguei à Quinta do Tempo. Existem muitas lacunas, demasiadas imperfeições e incertezas quanto à vida destes homens para que os possa condenar, ou afirmar, sem sombra de dúvida, que foram assassinos ou santos. Na minha condição de secretário, fui afastado do convívio privado com os clientes de Millhouse Pascal; tudo o que sei sobre eles, enquanto pessoas de carne e osso, deve-se à observação dos seus hábitos, sempre que se encontravam presentes, e ao revisitar vezes sem conta das suas fichas pessoais. Infelizmente para o mundo (pois constituiria um *dossier* psicológico de valor inestimável, se fossem entregues a autoridades competentes e tolerantes), os ficheiros e os cadernos do próprio Millhouse Pascal, onde escrevia as suas impressões de cada caso, encontram-se em parte incerta.

A informação sobre os clientes era, em parte, fornecida pelos próprios, e em parte «desenterrada» por um homem chamado Pina Santos, o contacto de Millhouse Pascal no Ministério dos Negócios Estrangeiros. Pina Santos, um antigo diplomata com fortes ligações ao *Foreign Office* de Inglaterra, era especialmente útil no que dizia respeito à averiguação da história clínica de que já vos falei – troquei abundante correspondência com este homem durante o meu tempo na quinta, embora nunca o tivesse chegado a conhecer; pela escrita elaborada e rebuscada de Pina Santos, adivinhei que deveria ser um homem de alguma idade – e constatei que a maior parte dos clientes passara por uma espécie qualquer de tratamento psiquiátrico. Foi Pina Santos, por exemplo, que confirmou o caso de Oleguer Alvarez, um galego ex-anarquista que pertencera às guerrilhas republicanas da Galiza durante a Guerra Civil espanhola (e que foi um dos fortes opositores à retaguarda fascista imposta nessa região, respondendo aos cárceres de extermínio impostos pela extrema-direita com sessões de fuzilamento de civis suspeitos de estarem ao lado dos franquistas); depois do exílio em França, partiu para a Suíça em 1967, onde foi acompanhado por um psiquiatra de Lausanne especializado em psicopatologias de guerra durante uma década. Fora também Pina Santos quem investigara os antecedentes de Ahmed al-Khalil (o primeiro cliente de Millhouse Pascal que conheci), membro do Partido Marxista do Irão que apoiara a revolução Islâmica conduzida pelo Aiatolá Khomeini e que derrubara a autocracia de Reza Pahlavi, o Xá imposto pelos Estados Unidos. A violenta supressão da resistência encetada por Pahlavi foi rapidamente substituída pelos aiatolás, que depois se voltaram para a esquerda (e para todas as frentes liberais) e a esmagaram; a consequência foi que al-Khalil acabou numa prisão, onde lhe partiram os dedos, lhe arrancaram os dentes e o obrigaram a confessar ser um espião soviético. Ahmed conseguiu fugir do Irão e passou um ano em recuperação numa clínica psiquiátrica em Brighton, na Inglaterra, o país que lhe deu asilo. Em 1981, o mesmo ano em que eu cheguei à Quinta do Tempo, al-Khalil visitou Millhouse Pascal pela primeira vez, procurando uma derradeira solução para o seu martírio interior.

Os casos sucediam-se, e é inútil estar a documentá-los todos. Até porque, naquela altura, eu não tinha consciência absoluta do que estava a fazer; de que, com cada carta que escrevia, durante os primeiros tempos, para verificar os contactos dos clientes habituais ou prementes, naquele pequeno escritório camuflado dentro da biblioteca, estava a revisitar a história de um século que tinha sido vivido pelo meu patrão com uma intensidade invulgar.

Na primeira noite dormi em sobressalto, despertando várias vezes com sons a que não estava habituado: os grilos, a chuva nos campos, o vento que agitava as folhas das árvores, a ausência do ruído da cidade. Estranhei a cama, que era demasiado pequena para mim e cheirava a mofo. De cada vez que despertava, erguia a cabeça e olhava pela janela, ansioso pela chegada da madrugada, mas tudo à distância era escuro como breu, a única luz visível um fogo bruxuleante numa janela das traseiras da casa das heras, pequenos demónios no meio da escuridão. Poderia ser uma lareira acesa, mas poderia ser qualquer outra coisa. Quanto a Artur, era uma criatura com horários sepulcrais: às duas ou três da manhã ainda havia movimento no piso inferior da nossa habitação, onde ele dormia, por vezes escutando o som distinto da rádio ou da televisão, já sem emissão, a altas horas da madrugada. Não me atrevia a descer para averiguar. Alguma coisa na quietude espectral daquele lugar me remetia à cama, debaixo dos lençóis, aguardando como uma criança pelo monstro que me viesse destapar os pés.

Na sexta-feira, às sete da manhã (Artur batia à minha porta pontualmente às seis, indo depois dar as suas voltas no *Citroën*), o jardineiro regressou com a correspondência. Não era abundante – diria que, em média, recebíamos cerca de quarenta cartas por semana, números vulgares para um *negócio* – e a primeira função era separar as cartas de clientes da burocracia. Desta última tratava Artur, e eu deixava-lhe as cartas, tal como me instruíra, sobre a mesinha à entrada do casarão. As cartas dos clientes eram da minha responsabilidade, e levei algum tempo a habituar-me à formalidade das respostas e às restrições de linguagem e de informação impostas. A correspondência de novos clientes, por exemplo, era imediatamente destruída se mencionasse o nome de Millhouse Pascal (em vez de *Agência MP*) ou se referisse, directa ou indirectamente, o propósito a que se destinava. A maneira de abordar a Agência MP era divulgada de boca em boca em círculos muito restritos, e a proposta inicial devia apenas conter o nome e a morada do proponente, a que eu respondia com um contrato pró-forma de não divulgação de nomes, lugares ou métodos de trabalho. Depois de assinado e devolvido, este contrato era guardado no ficheiro do novo cliente, e respondíamos com uma carta breve onde pedíamos algumas das informações de que já vos falei: referências, profissão actual e passada, países de vivência, história clínica, origem dos problemas e tentativas de resolução anteriores. Desta resposta era feita uma cópia para Millhouse Pascal e outra era enviada para o Dr. Pina Santos para averiguação da autenticidade do proponente. Se tudo batesse certo, era combinada então uma troca de correspondência privada com Millhouse Pascal, e depois eu acertaria com o proponente as datas de visita. Ao todo, diria que eram trocadas entre oito e dez cartas antes de o processo de visita ter início.

Em relação aos clientes já estabelecidos, que nos visitavam regularmente, as suas cartas propunham apenas datas, e eu combinava os períodos de visita à Quinta do Tempo de acordo com a nossa agenda. Alguns clientes ficavam apenas um dia, e regressavam todos os meses; outros preferiam ficar cinco dias (o máximo que Millhouse Pascal permitia), o que obrigava, por vezes, a alterar marcações prévias, segundo critérios do meu patrão. Era um processo difícil e lento na ausência de telefone e, por vezes, novos clientes desistiam ao verem as suas preferências e datas trocadas. O que não constituía um problema para o negócio, uma vez que, em média, apenas dois em dez novos proponentes passavam no minucioso escrutínio a que eram submetidos; como só recebíamos um cliente de cada vez (outra das regras de ouro: os clientes nunca deveriam encontrar-se), não havia espaço, num mês, para mais do que doze ou treze marcações. Em meses bons, esse número aumentava para quinze, o que esgotava completamente as energias do meu patrão.

Passei os primeiros dias a tentar assimilar estes processos. De sexta para sábado dormi melhor, mas fui acordado a meio da noite por um estranho murmúrio que parecia vir da casa das heras. Abri devagar a janela a meio da noite, a lua pregada ao céu como uma decoração de Natal, nada senão o silêncio dos grilos e o vento, agitando as espigas de trigo nos campos em redor da propriedade; depois, novamente, um uivo meio humano, meio animal, murmurando uma espécie de choro ou de reza. Fosse porque vinha mesmo daquele lugar, fosse porque o fogo tremeluzente continuava a arder na janela das traseiras da casa das heras e me atraiu a atenção, imaginei que o homem que ali vivia era um lobisomem. Fechei a janela, assustado, e voltei a enfiar-me na cama, a escuridão do meu quarto parecendo querer engolir-me, e, com medo, tornei a adormecer.

Depois de um sábado atarefado, tentando elaborar uma agenda até ao final de Dezembro, Artur entrou na biblioteca por volta das três da tarde. Estava vestido a rigor, tal como o vira da primeira vez no pequeno escritório em Lisboa, de fato preto e gravata, luvas e um pequeno boné.

«Tire o resto do dia de folga», disse, descalçando as luvas e colocando-as no bolso de trás das calças de riscas. «Tem trabalhado muito e, se não descansar, temo que ainda cometa algum deslize imperdoável.»

Pousei a caneta no tampo da secretária e fechei a agenda. Fiquei contente, uma vez que, na verdade, estava muito cansado.

«Quando é que vou conhecer o patrão?», perguntei-lhe, erguendo-me para fechar as gavetas do arquivo.

«Em princípio, amanhã, uma vez que segunda-feira recomeçamos a actividade normal, depois deste pequeno percalço com o nosso antigo colaborador, que você veio substituir.»

«Está bem», respondi. Preparava-me para sair do escritório quando Artur me segurou no braço.

«Pode dar uma volta pela quinta, se lhe apetecer, mas aviso-o de que cheguei agora de Lisboa, aonde fui buscar os netos do patrão. Eles costumam passar cá os fins-de-semana, ora no jardim, ora na vagabundagem pelas vilas da zona.»

«Os netos? Quantos são?»

«Três. Mas não se deixe impressionar. Aqui entre nós, são criaturas mimadas e insolentes. Se fosse a si, não lhes dava muita conversa, sobretudo à menina Camila, que é uma espalha-brasas.»

«Está bem, seguirei o seu conselho», respondi, curioso.

Quando saí do casarão vi-os à distância, do outro lado do relvado onde, nessa tarde, a luz do sol incidia em pleno, fazendo brilhar as gotículas de água à superfície da erva regada por Artur. Um rapaz e uma rapariga estavam sentados a uma das mesas; junto da enorme árvore, que fazia sombra ao último terço do jardim, a figura magra de uma rapariga parecia estar suspensa no ar – de onde me encontrava, vestida de branco, parecia um anjo bamboleante, uma criatura alada ainda insegura das suas asas e incapaz de se erguer a mais de um metro do chão. Aproximei-me lentamente daquela imagem inusitada, sem prestar atenção aos outros. Só quando cheguei perto é que vi a corda bamba, amarrada em volta do tronco da árvore e suspensa, no outro lado, por intermédio de um cavalete de madeira em forma de cruz fixo ao solo. Entrei na zona de sombra da árvore e fiquei a observar a forma da rapariga, de camisa e saia brancas, os braços esticados com as mãos voltadas para baixo, a corda retesada alojada no espaço entre o dedo grande e o segundo dedo dos pés nus. Estava em desequilíbrio, e parecia não conseguir andar nem para trás, nem para a frente, a corda abaulada pelo peso do seu corpo. Deve ter dado pela minha presença subitamente porque, num movimento repentino, olhou para trás e perdeu o equilíbrio, caindo sobre o relvado. Levantou-se muito depressa, ajeitou o cabelo castanho-claro e olhou-me com uns olhos enormes, ferozes, esverdeados. Estendeu-me a mão em cumprimento num gesto mecânico.

«Camila Millhouse Pascal», disse.

Estendi a mão e cumprimentei-a, sentindo os seus dedos frágeis entre os meus. Camila tinha sardas e uma boca fina e desenhada; a sua pele era pálida como a de um habitante do Norte da Europa. Pronunciara *Millhouse* com um sotaque britânico.

«Como podes ver, estava aqui a praticar a arte do grande Blondin», continuou ela, procurando no relvado os seus sapatos rasos.

«De quem?»

«Do grande Blondin. Ou Jean-François Gravelet, o primeiro homem a atravessar as Cataratas do Niagara numa corda bamba. Imagina só, trezentos e trinta e cinco metros de comprimento e cinquenta de altura. Já lá foste?»

«Aonde?»

«Às cataratas. No Canadá.»

«Nunca fui mais longe do que Espanha.»

«Deixa lá», disse Camila, calçando os sapatos. «Eu também não. Trabalhas para o meu avô, não é?»

«Trabalho», respondi. Disse-lhe o meu nome. Depois apontei para a corda. «Qual é a tua melhor distância?»

«Na corda bamba?»

«Sim.»

«Ainda não consigo ultrapassar os dez metros. Num dia bom. Normalmente fico a meio caminho. É um problema de hábito, os nossos pés estão acostumados ao chão. Blondin, por exemplo, começou a treinar-se como acrobata aos cinco anos, numa idade em que esse vício ainda pode ser corrigido. Na escola faço ginástica, mas começo a pensar que a ginástica é uma má influência. Ganho músculos nas pernas e nos braços, quando devia era ganhar leveza aqui» – Camila apontou para o estômago – «onde reside a origem de todo o equilíbrio.»

«E qual é o truque para te manteres ali em cima? Tem de haver um truque, não é?»

«Os mágicos nunca revelam os seus truques», respondeu ela, sorrindo. Tinha os dentes pequenos e muito brancos. «Anda conhecer os meus irmãos.»

Caminhámos pelo relvado em direcção às mesas. Camila parecia ainda não ter descido da corda bamba, e andava com uma ligeira inflexão das pernas, como se vivesse suspensa sobre um fio e fosse o chão que os seus pés estranhassem. À mesa mais próxima de nós estavam sentados um rapaz, talvez um pouco mais novo do que eu, e uma rapariga que não teria mais do que dez anos. Jogavam xadrez. Ela parecia tremendamente concentrada.

«Este é o estúpido do meu irmão Gustavo», disse Camila, apontando para o rapaz de cabelo completamente louro, também vestido de branco, que observava o tabuleiro. Gustavo voltou a cabeça para nos observar, uns olhos azuis agressivos, e esticou o dedo médio da mão esquerda num gesto obsceno para Camila.

«Ele é um ano mais velho do que eu, por isso acha-se superior. Não lhe ligues e, sobretudo, não lhe dês conversa.»

Gustavo estendeu o braço e, depois de tentar empurrar Camila, que se afastou para trás, ofereceu-me a mão em cumprimento.

«Bem-vindo à Quinta do Tempo, onde o tempo parou no tempo.»

«Obrigado. Não me parece assim tão mau.»

«Dá-lhe tempo», gracejou Gustavo, virando-se de novo para o tabuleiro. «Daqui a uns meses diz-me como te sentes, depois de o meu avô acabar contigo. Já agora, ficas a conhecer a Nina, jovem prodígio do xadrez e a mais promissora das minhas irmãs.»

Nina ergueu-se muito rapidamente da cadeira, os caracóis castanhos esvoaçando em torno de um rosto muito parecido com o de Camila, de olhos grandes e atentos. Estendeu-me uma mão pequenina e firme.

«Muito prazer em conhecê-lo, cavalheiro», disse, numa voz infantil que fez a formalidade da apresentação parecer ainda mais ridícula. Depois tornou a sentar-se e, como se tivesse tido uma epifania, avançou com um cavalo que comeu um peão de Gustavo.

«Anda, vou mostrar-te como se faz», disse Camila.

Levou-me para junto da árvore e tornou a descalçar os sapatos, apoiando a mão livre na corda bamba.

«Estudamos os três no mesmo colégio inglês em Cascais», explicou-me, quando lhe perguntei por que razão só os tinha visto naquele dia. «Vimos a casa ao fim-de-semana.»

«E os teus pais?»

Camila afastou o olhar durante um segundo. Um rubor pareceu assomar-lhe ao rosto, enquanto se preparava para subir para a corda bamba, usando um pequeno banco junto do cavalete.

«O meu pai e a minha mãe vivem nos Estados Unidos, que foi onde eu nasci. São acrobatas. Foi deles que herdei o meu talento, acho eu.» Camila subiu para o banco e, com um salto inesperado, equilibrou-se sobre a corda, agitando os braços esticados. «Mas não os vejo há muito tempo. Eu, o Gustavo e a Nina vivemos com o meu avô, mas um dia espero ir visitar a minha mãe e o meu pai, quando acabar o liceu e for para Nova Iorque. É lá que eles estão.»

A corda cedeu um pouco ao peso de Camila, que se encontrava a cerca de um metro do solo. Não era uma façanha notável, mas julguei-me incapaz de a imitar. «Repara nos meus pés», disse ela, apontando para eles. «É sobre os pés que repousa o centro de massa do meu corpo. Quando estou no chão, a base desse centro é larga no sentido lateral, mas muito estreita da frente para trás. Para um funâmbulo, como os pés devem estar em linha» – desta vez Camila não segurava a corda entre o dedo grande e o segundo dedo do pé, mas mantinha-se equilibrada sobre a sola – «o corpo balança de um lado para o outro, uma vez que o apoio lateral praticamente não existe. Estás a ver?» Camila bamboleou a corda debaixo dos pés como se estivesse a fazer *surf*. Aproximei-me um pouco, temendo que ela fosse cair, mas o desequilíbrio era apenas uma ilusão de quem estava no chão.

«Seja como for, é no tornozelo que reside o segredo», explicou, avançando um passo e depois outro. A seguir, saltou da corda e aterrou na relva com destreza. «Agora tu.»

A princípio recusei, com medo de que Artur me visse no jardim a falar com Camila. Depois olhei para o lugar onde o *Citroën* tinha estado estacionado e, não o vendo, presumi que o jardineiro estivesse ocupado com um dos seus afazeres na cidade. Camila, entusiasmada, não descansou enquanto eu não descalcei os sapatos e, de meias, subi ao banco junto da corda. Ela ria-se desalmadamente.

«Quando deres o teu primeiro passo na corda bamba, ofereço-te um *poster* do meu herói», disse Camila.

«Quem é o teu herói?» perguntei, do cimo do banco, sentindo a tensão da corda com o meu pé direito.

«Philippe Petit, o maior artista e acrobata dos nossos dias. Caminhou numa corda bamba entre as torres gémeas do World Trade Center, em Nova Iorque, oito vezes, de um lado ao outro, durante uma manhã de 1974. Estava a quatrocentos metros do solo e segurava uma vara de vinte e cinco quilos. E fê-lo ilegalmente, sem autorização do município. Um burlão e um virtuoso.»

«Uma combinação dos diabos», acrescentei, incapaz de colocar o segundo pé na corda.

«Abre os braços», disse Camila.

«Como é que sabes tanto sobre esses tipos? Não és demasiado nova para pensares em coisas tão mirabolantes?»

«Quando se vive com o meu avô a vida inteira, nada é demasiado mirabolante. Vais compreender isso à tua própria custa. Abre os braços.»

Abri os braços e, num impulso cego, libertei o pé direito do banco e coloquei-o sobre a corda bamba. Devo ter ficado sobre ela durante um milésimo de segundo – um aterrador milésimo – antes de cair aparatosamente sobre o relvado. Imaginei o que seria uma queda livre a quatrocentos metros, nada senão espaço vazio debaixo de nós, a antecipação da morte em cada osso do nosso corpo impotente. Ergui-me e sacudi a roupa, olhando em redor para ter a certeza de que Artur não me vira; depois calcei os sapatos. Camila abanou a cabeça, desiludida com o meu desempenho, e afastou-se na direcção dos irmãos.

«Camila», chamei. «O que é que querias dizer com *à tua própria custa*?»

Ela sorriu, afastando o cabelo do rosto. «Tem cuidado com o meu avô. Ele é um fascista. E os fascistas são muito mais perigosos e sedutores do que os comunistas, ou do que o resto das pessoas, porque sabem à partida aquilo de que são capazes.»

O primeiro encontro

Camila tinha dezassete anos quando a conheci. Gustavo tinha dezoito, e Nina nove. Eram um trio invulgar. Nessa tarde, quando regressei ao quarto, esperando até serem horas de jantar com Artur no piso inferior – canja e bacalhau com grão, o seu repasto favorito –, observei-os discretamente pela janela. Sentados a uma mesa do relvado, os três vestidos de branco, demasiado aprumados para a idade, iam trocando conversas, sorrisos e insultos. Camila afagou o cabelo do irmão, e Nina pareceu vencer o jogo de xadrez. Camila fascinara-me e, em certa medida, também me amedrontara: eu crescera na cidade mas sabia muito pouco sobre tudo, e as palavras *fascista* e *comunista* pareciam-me estranhamente parecidas, como se uma implicasse necessariamente a outra, como se Millhouse Pascal fosse o detentor dos segredos que moldavam a história deste enigmático mundo.

Os netos chegavam ao final da tarde de sexta-feira, depois de Artur os ir buscar à escola inglesa em Cascais. À segunda-feira, pela madrugada, o jardineiro vestia-se novamente de motorista e levava aquelas criaturas inverosímeis de regresso ao universo privilegiado que habitavam. A Quinta do Tempo também era, em certa medida, um lugar privilegiado – certamente em comparação com o apartamento em Campolide que eu partilhara com a minha família – mas, de alguma maneira, a minha presença e a de Artur, e a paisagem campestre, serviam para dissimular a tendência para a extravagância que era a espinha dorsal da família Millhouse Pascal. Naquele tempo, o dinheiro e o poder nada significavam para mim. A presença dos netos, no entanto, e sobretudo a de Camila, enchera-me de curiosidade e desejo. Não desejava apenas Camila – que, não sendo imediatamente bela, tinha alguma coisa feroz; desejava também aquilo que desconhecia sobre ela, o seu passado, o seu futuro.

No domingo quis regressar ao jardim na esperança de os tornar a encontrar – descobrira, na noite anterior, onde ficavam os quartos deles pelas luzes que se acenderam nas janelas do segundo andar das traseiras do casarão, as sombras movendo-se atrás dos vidros – mas, observando do meu quarto, no cinzento abafado da madrugada, a relva ainda por regar, após Artur me ter despertado às 6:15, de alguma maneira soube que não iriam aparecer. Passei a manhã inteira na biblioteca cumprindo duas funções reservadas para esse dia: catalogar uma série de livros sobre espiritualidade, que tinha acabado de chegar pelo correio, e reunir todas as informações sobre Ahmed al-Khalil num único ficheiro. Ao meio-dia Artur apareceu e disse que o patrão se queria encontrar comigo. Fiquei imediatamente apreensivo – assumira estupidamente que nunca chegaria a conhecer aquela personagem furtiva e que poderia passar incólume.

«À uma da tarde pode dirigir-se à casa das heras e entrar. Suba ao segundo andar e bata à porta», explicou Artur, que calçava as luvas pretas com que costumava guiar, antes de sair. Ouvi o barulho do motor de um carro lá fora e depois deixei a biblioteca e fui até à porta do casarão, onde vi o *Bentley* afastar-se pela estrada de terra que dava acesso à propriedade. Passei em frente da fonte, onde o golfinho ficara sem água, da casa das heras, e contornei a minha habitação, chegando ao jardim deserto. A árvore continuava ali, bem presa ao solo, as cadeiras e as mesas espalhadas como se estivesse a decorrer uma festa de fantasmas ao ar livre; mas nem sinal de Camila, Gustavo ou Nina. O lugar estava tão silencioso como um túmulo*.

À uma da tarde parei à entrada da casa das heras e respirei fundo antes de entrar. Sentia que ia visitar um dragão no seu covil.

* Nessa noite, veria Artur beber ao jantar pela primeira vez – quatro ou cinco grandes copos de vinho tinto que lhe subiram imediatamente à cabeça e lhe provocaram um rubor nas faces e soluços: tinha passado o dia inteiro dentro do carro à procura dos «fedelhos» pelas cidadezinhas do litoral. Era, nas suas palavras, «sempre a mesma merda», e os «estafermos» estavam a dar-lhe «cabo da paciência». Recordei, nessa altura, que também o *Citroën* tinha estado ausente da propriedade o dia todo, e presumi que Gustavo tinha carta de condução. O que faziam eles fora da propriedade, de onde não se deveriam ausentar ao domingo, sob expressas ordens de Millhouse Pascal, caindo as culpas sobre Artur caso não fossem encontrados a tempo de regressarem à escola na segunda-feira, era um mistério – por enquanto.

O interior era escuro e abafado. Caminhei por um corredor com várias portas e, seguindo as ordens de Artur, subi as escadas. O lance de degraus desembocava noutro corredor mais bem iluminado, com uma janela grande que dava para o terreno em frente da casa. Ao fundo, uma porta de madeira com um vidro fosco encontrava-se entreaberta. Aproximei-me e li a placa que estava colocada sobre o vidro: *Consultório*. Tive uma inesperada vontade de rir, um reflexo incondicionado do nervosismo, antes de bater com os nós dos dedos na madeira.

«Entre», disse uma voz jovial do interior.

António Augusto Millhouse Pascal estava sentado atrás de uma secretária no fundo da sala, que era larga e espaçosa, com duas janelas laterais que davam para o jardim. A vista era excelente, enquadrando os campos em redor da propriedade, as casas em miniatura de uma cidadezinha à distância, as nuvens num céu completamente azul e parte das heras que, do lado de fora, trepavam pelas paredes. Millhouse Pascal observava-me. Mesmo sentado, podia ver que era um homem alto – talvez os anos tenham distorcido a minha memória, mas julgo que teria perto de dois metros – e em nada correspondia à imagem diabólica que construíra dele. Tinha o cabelo branco e cortado rente, a barba também branca e bem aparada, uns olhos azuis que brilhavam nas órbitas com curiosidade, e umas mãos delgadas e compridas repousadas sobre a mesa, como se fossem naturezas mortas. Do outro lado da sala existiam dois sofás junto da janela, voltados um para o outro, e à frente da sua secretária uma cadeira.

«Anda, senta-te», disse, num tom agradável. «Suponho que isso na tua mão seja o ficheiro do nosso amigo al-Khalil?»

Aproximei-me e sentei-me na cadeira, passando-lhe o ficheiro. Na parede atrás dele havia uma pequena estante de livros – com os assuntos mais diversos, do *apartheid* na África do Sul ao hipnotismo –, um mapa do mundo gigante do século XVII, emoldurado, um pequeno cofre e, como se fosse uma piada, um estetoscópio antigo pendurado num cabide de casacos. Aguardei enquanto ele observava o ficheiro que lhe entregara.

«Hum. Al-Khalil. Um homem que tem a capacidade de transformar quase tudo numa tragédia», disse Millhouse Pascal, fechando as páginas com brusquidão e fazendo uma careta. «Passou grande parte da vida convencido de que o ódio era uma forma competente de fazer política, e odiou sucessivamente os ingleses, os americanos, os imãs islâmicos e, finalmente, a sua própria casta. Hoje em dia, se lhe perguntarmos quem são os seus inimigos, precisa de se olhar ao espelho para conseguir responder.»

Fiquei em silêncio, sem compreender nada do que me dizia. Tinha, porém, uma voz encantadora que parecia pertencer a um homem muito mais novo – Millhouse Pascal tinha setenta anos quando o conheci –, dotada de uma espécie de música que me inspirava serenidade. Depois tornou a olhar-me.

«Diz-me, já tiveste contacto suficiente com os nossos arquivos. Qual é a tua opinião sobre a minha actividade? Se tivesses de me descrever, o que dirias que sou?»

Hesitei durante alguns segundos. «É difícil dizer. Parece-me que o senhor conhece muita gente em muitos lugares. Que essas pessoas são os seus *clientes*, segundo entendi. Mas eu não estou interessado nos pormenores, para dizer a verdade.»

«Estás interessado em quê, então?»

«Pouca coisa. Aceitei este trabalho porque preciso de ajudar a minha mãe, que é uma incapaz. E a minha irmã.»

«*Incapaz* é uma palavra forte.»

«Foi a palavra que o meu pai sempre utilizou para a descrever.»

Millhouse Pascal sorriu. «Gosto dessa honestidade proverbial das classes trabalhadoras. Sem qualquer ofensa, repara. A classe trabalhadora, a certa altura da História, inspirou os pensadores a considerarem-na uma salvação, as formiguinhas obreiras do destino do mundo. O problema, claro está, é que eram tudo ideias antiquadas sobre uma esquerda trabalhadora que apenas lutava por melhores condições de vida, quando a esquerda de classe média tinha ambições de libertação social e sexual. É tudo muito aborrecido e previsível. Até a Virginia Woolf desprezava secretamente a classe trabalhadora; até ela era incapaz de compreender as motivações de quem tem pouco. Uma coisa nunca lhes faltou, contudo: essa franqueza do verbo. Não concordas?»

«Não percebo bem o que está a dizer. Desculpe-me.»

Ele voltou-se para trás e vasculhou a sua estante de livros. Encontrou o que procurava e atirou um volume para cima da mesa.

«Lê isto até ao próximo domingo. É melhor do que ser eu a explicar-te.»

Olhei para a capa do livro: *1984*, de George Orwell.

«Vou tentar. Não sou um leitor muito rápido.»

«Qual é a tua educação?»

«Terminei o liceu.»

«Universidade?»

«Não fui.»

«É uma pena.»

«Pois é.»

O homem exibiu um sorriso simpático. A sensação de que estava a fazer pouco de mim desvaneceu-se. «Pergunto apenas para que me relembres. Obviamente, sabíamos tudo acerca de ti antes de te trazermos para aqui. Folgo em saber que não tens opinião formada sobre as minhas actividades, uma vez que os teus antecessores foram demasiado lestos a conjurar as suas opiniões e, para não dizer pior, enganaram-se redondamente.»

«Garanto-lhe que não irei fazer isso. Sei qual é o meu lugar.»

Millhouse Pascal abriu uma gaveta da secretária, de onde tirou uma cigarrilha, acendendo-a. «A modéstia fica-nos bem, mas não é tudo. Não quero uma pessoa amorfa a trabalhar comigo. A curiosidade é tão natural no ser humano como o desejo sexual; estranho seria se não a tivesses. Quero que saibas o seguinte: antes que as ideias mais absurdas e estapafúrdias te assomem ao cérebro, gostava que viesses ter comigo sempre que tivesses uma dúvida ou uma questão. Podes perguntar-me o que quiseres; será da minha competência decidir o que devo ou não contar-te.»

«Obrigado.»

«Não estarei sempre disponível, obviamente. O melhor dia será sempre o domingo, e prefiro que guardes as tuas interrogações para a nossa reunião semanal.»

«Entendo.»

«Amanhã retomamos actividade, depois de uma paragem forçada por ausência de um secretário.»

«O Artur explicou-me.»

Ele reclinou-se na cadeira, dando uma passa na cigarrilha e expelindo uma argola de fumo. Observando-o mais atentamente, era possível ver no seu rosto as marcas da velhice, as rugas que lhe sulcavam o rosto e as veias salientes do pescoço.

«Ontem», continuou ele, «travaste conhecimento com os meus netos e, em particular, com Camila.»

Engoli em seco.

«Foi um encontro acidental. Eu estava a sair do...»

«Não te desculpes», interrompeu, agitando a mão direita. «Não há necessidade. Falo-te disso por uma única razão: como já deves ter percebido, tenho uma idade muito mais avançada do que qualquer outra pessoa nesta casa e, na ausência dos pais, sou obrigado a cumprir o papel de progenitor dos meus netos. Por vezes, delego as responsabilidades no Artur, outras tenho de ser eu a ter o pulso firme. Custa-me repreendê-los, porque deixei de entender o despotismo como método formativo há bastante tempo. Basta que te diga que passei metade da minha vida fascinado pelas formas de repressão e de controlo de que fui testemunha nos lugares em que vivi; não desejo reavivá-las no meu próprio lar. O Artur é um bom homem, mas decididamente não tem talento para crianças. E tu?»

Tentava seguir o seu raciocínio, mas era complicado perceber aonde queria chegar.

«Nunca pensei no assunto.»

«Ainda assim, no outro dia reparei que a Camila foi espontânea contigo, que se sentiu à vontade para socializar. Não acontece muitas vezes. A Camila é uma criatura rara, tão diferente dos seus irmãos como do resto dos adolescentes da sua idade, e vive de alguma maneira isolada no seu próprio mundo, consumida pelas fantasias de funambulismo que julga ter herdado da mãe. Se ela soubesse...»

Compreendi subitamente, e com alguma vergonha, que Millhouse Pascal observara da janela o tempo que eu passara com a sua neta no relvado.

«Era interessante, para mim, que não consigo chegar-lhes de uma maneira tão imediata – talvez devido aos muitos anos que nos separam –, ter um relato em segunda mão daquilo que os meus netos pensam e sentem. Sobre o avô, sobre o lugar onde vivem, sobre a vida que têm. Compreendê-los um pouco melhor. Achas-te capaz de partilhar comigo alguns destes segredos?»

«Eu mal os conheço. Não me parece que eles se queiram dar comigo. E, para além disso, já compreendi que o meu trabalho exige muitas horas de empenho. Não teria tempo para isso.»

«Não é preciso que eles queiram. Posso *impor* a tua presença como uma formalidade e, a partir daí, logo verás. Em vez de terem o Artur no encalço o tempo todo, controlando as actividades deles fora da quinta e eles dando cabo da paciência ao homem, poderei dizer-lhes que tu os irás acompanhar. Uma vez por outra será suficiente. És pouco mais velho do que eles, afinal.»

«E se o trabalho se atrasar?»

«O mais difícil está feito, pelo menos no que diz respeito à desorganização em que os arquivos se encontravam», respondeu, fumando a cigarrilha. «Seja como for, os miúdos só estão cá ao fim-de-semana, e normalmente *escapam-se* nas noites de sábado para domingo.»

Hesitei. Depois pensei em Camila, branca como uma nuvem, equilibrada sobre a corda bamba. «Está bem. Vou fazer o possível», respondi.

Millhouse Pascal ergueu-se subitamente. Era um homem enorme. Caminhou até ao outro lado da sala, nas suas calças de linho preto engomadas e camisa branca, e sentou-se numa das poltronas junto da janela, de costas para mim, segurando a cigarrilha.

«Amanhã chega um cliente. O convívio é estritamente proibido, a menos que te seja pedido. Bom dia.»

Levantei-me e abandonei o consultório, fechando a porta enquanto uma nuvem de fumo azulado se erguia sobre a sua nuca calva.

Não tornei a ver Camila ou os irmãos nesse fim-de-semana. Na segunda-feira, depois de uma noite de sono profundo – nada me inquietou, nem o som da televisão no andar de baixo, nem as ruminações de Artur na cozinha, nem os ruídos insólitos do campo –, saí da biblioteca depois de trocar a correspondência matinal e vi Artur ao volante do *Bentley*, percorrendo a estrada e aproximando-se da fonte, onde estacionou. Mantive-me na soleira da porta do casarão e observei a companhia que trazia: três homens de pele escura saíram do carro, dois deles olhando para o terreno em redor como se fossem guarda-costas, vestidos de fato e gravata, e um terceiro homem que viera no lugar do passageiro, vestido como os outros, com excepção do turbante branco que usava na cabeça. Nunca vira um homem de turbante, excepto na televisão, e recordei-me das notícias recentes sobre o Iraque e o Irão. Aquele era Ahmed al-Khalil. O seu rosto, contudo, não aparentava a mesma calma dos outros dois. Caminhou de cabeça baixa atrás de Artur, rodeado pelos guarda-costas, de expressão angustiada e com passo hesitante, olhando discretamente em redor como se temesse alguma ameaça invisível. Reparei nos seus dedos, que estavam crispados, as mãos à altura do estômago, rígidas, os braços arqueados de maneira que parecia querer remexer as entranhas. Aquela era uma visão bizarra, a de um homem que vivia, nitidamente, com algum conforto, mesmo opulência, mas que parecia ser escravo dos seus piores temores.

Ahmed passou o dia na casa das heras com Millhouse Pascal, os seus ajudantes permanecendo à entrada, fumando cigarros e conversando baixinho em persa. Às seis da tarde, quando subi ao quarto, vi chegar duas senhoras anafadas que, percebi mais tarde, eram as cozinheiras de serviço. Nessa noite, em vez do bacalhau com grão que Artur costumava preparar para nós, fomos servidos de sopa de rabo de boi, borrego assado no forno e baba de camelo para sobremesa.

«São sobras deliciosas, não acha?», perguntou Artur enquanto sorvia a baba de camelo acompanhada de um copo de vinho, mais satisfeito com a vida, agora que os netos de Millhouse Pascal tinham regressado ao colégio.

«Sem dúvida», disse eu, um tanto enjoado por ter comido demais. Comíamos o que restara do jantar do patrão, Ahmed e os seus guarda-costas. Soube mais tarde, pelas cozinheiras, que al-Khalil não tinha tocado na comida naquela primeira noite.

Às dez da noite fui para o quarto. Havia uma luz acesa no consultório da casa das heras, e a sombra de Millhouse Pascal e do iraniano sentados nos sofás. Perguntei-me de que falariam, interrogando-me sobre as razões da presença daquele homem num lugar tão distante do seu mundo, no meio da noite alentejana. Decidi escrever à minha irmã.

Outubro de 1981

Querida irmã: Espero que estejas bem. Como está a mãe? Dá-me notícias, porque ando bastante preocupado com o estado de saúde dela. Têm dado um passeio à noite, depois do jantar, como o médico recomendou?

Envio-te com esta carta o meu primeiro cheque, que pedi adiantado ao senhor Artur, esperando que chegue a tempo de pagar a renda e as contas em atraso; como vês, tenho um salário muito superior ao de qualquer trabalho que pudesse arranjar em Lisboa, quase vergonhosamente superior ao da maioria das pessoas que se formam nas universidades. Pedia-te, assim, que não mencionasses a ninguém o valor deste cheque e que não gastasses o dinheiro em coisas supérfluas. Sabes que confio em ti.

A Quinta do Tempo é um lugar espantoso. Acho que tu gostarias muito de aqui passar uns dias, porque sempre apreciaste o Alentejo. O terreno da casa é muito bem cuidado e tem um jardim maravilhoso. Ainda não me habituei aos sons nocturnos, aos grilos e ao vento e, para dizer a verdade, há muitas coisas que me deixam apreensivo. Por vezes, escuto uivos e murmúrios à noite, e quase posso jurar que têm origem na casa onde habita o meu patrão; tenho atribuído, porém, estes delírios a alguma solidão e à ausência dos barulhos da cidade, por isso tento não sentir medo. O homem mantém, muitas noites, o fogo de uma lareira, ou outro género qualquer de labareda, aceso na sua habitação, e a escuridão do Alentejo não se torna tão oprimente.

Como sabes, não te posso falar em detalhe das minhas actividades. Não são tarefas difíceis, mas exigem muitas horas e concentração, razão pela qual não te escrevi mais cedo. É tudo muito aborrecido, de qualquer maneira: ficheiros, datas e correspondência, as coisas normais que se esperam de um secretário.

Conheci, ainda, os netos de MP. São três, e a neta mais velha tem quase a tua idade. É uma rapariga bonita e de olhos grandes. Chama-se Camila. O avô deles pediu-me (e não sei a que propósito confia em mim, mas é melhor não lhe perguntar) que os acompanhe no próximo fim-de-semana, pelo que terei, talvez, a oportunidade de sair durante um bocado deste lugar. Uma mudança de cenário é sempre bem-vinda.

Manda-me os recortes do futebol quando responderes. E, se precisares de alguma coisa, não hesites em pedir.

Beijos para a mãe e para ti.

Coloquei a carta dentro do envelope, lambi a cola e desci para a deixar junto da outra correspondência que Artur iria levar à cidade no dia seguinte. O homem dormia em frente da televisão, um copo de vinho vazio pendendo dos dedos da mão direita. Regressei ao quarto e olhei para o exemplar de *1984* sobre a minha mesa-de-cabeceira. Peguei no livro, abri-o, e comecei a ler, mas logo adormeci; acordei a meio da noite com o vento a entrar pelo quarto dentro, o livro aberto sobre o peito, um fio de baba descendo-me pelo queixo. Levantei-me estremunhado para fechar a janela; as luzes continuavam acesas na casa das heras.

O corcunda. Um convite inesperado

A semana passou com lentidão. Com a excepção do domingo, continuei a dormir a espaços, despertando às horas mais estranhas. Ainda não me habituara à atmosfera abafada do quarto, nem à agitação nocturna de Artur. Cheguei a imaginar que o jardineiro tinha sósias, ou gémeos, que repartiam entre si as tarefas. Não me parecia humanamente possível que alguém se conseguisse dividir daquela maneira, estar em tantos lugares ao mesmo tempo e ainda passar as noites em branco.

Os guarda-costas de al-Khalil rapidamente se tornaram amigos das cozinheiras, que apareciam todos os dias às sete da madrugada e partiam doze horas mais tarde, deixando as refeições preparadas. Entediados, os dois homens passavam os dias sentados à sombra à porta da casa das heras, um deles ocasionalmente escapando-se até à cozinha, de onde regressava com vários petiscos diferentes. Quando, uma tarde, ao sair da biblioteca e dirigir-me ao jardim, onde procurava Artur, os vi comerem de uma tigela de tremoços sem se preocuparem em separar a semente amarela da casca, não consegui evitar um sorriso discreto, ensaiando um tímido cumprimento com a mão, a que eles responderam com acenos de cabeça. No andar superior da casa das heras, Millhouse Pascal e Ahmed estavam juntos dez a doze horas por dia, com intervalos esporádicos, durante os quais al-Khalil vinha esticar as pernas para o jardim.

Nessa semana aconteceram duas coisas inquietantes. A primeira foi a rápida transformação do nosso visitante, o homem de semblante angustiado que chegara à Quinta do Tempo na segunda-feira de manhã. Não foi uma transformação gradual; foi uma mudança de ânimo súbita, que ocorreu dois dias depois da chegada. Embora não se manifestasse de uma maneira evidente, para o observador mais atento – na altura eu registava todos os pormenores do fascinante e secreto negócio de Millhouse Pascal – a metamorfose era clara. As olheiras haviam desaparecido, uma espécie de sorriso assomara-lhe ao rosto, e a sua postura havia sido corrigida, como se tivesse passado por um intenso processo de fisioterapia: caminhava mais direito, os braços tinham perdido o *rigor mortis,* as mãos pareciam dotadas de uma nova leveza. Parece-me que até os seus guarda-costas repararam, porque tomaram a liberdade de fumar junto de al-Khalil sempre que este deixava a casa das heras e dava um passeio pela propriedade, trocando algumas palavras com o homem de turbante.

O segundo acontecimento foi de uma natureza mais sinistra. Mesmo agora, ao escrever estas palavras, sinto um calafrio ao invocar a memória daquela noite, a primeira de muito frio no Alentejo. Outubro desaparecia rapidamente em direcção a um Novembro chuvoso. Despertei de um sono pesado por volta das duas da madrugada, o vento fazendo bater a portada de uma janela algures no casarão. Era um barulho distante mas contínuo, o compasso de um vendaval que se infiltrava pelo meu quarto através das frinchas da janela. Levantei-me, fui à casa de banho, onde uma torneira gotejava incessantemente, e regressei ao quarto. Começava a fazer descer a persiana interior da janela quando reparei que a luz do candeeiro de presença sobre a porta das traseiras do casarão se encontrava acesa. Porque, nessa ocasião, não existia qualquer luz na casa das heras, que parecia finalmente repousar, as sombras funestas dos dois homens eram as únicas formas visíveis na densidade escura da noite. Um deles, reconheci-o pela postura, era Artur, que estava de costas para a porta, segurando alguma coisa grande entre as mãos, um saco de alguma espécie; o outro, porém, era-me completamente desconhecido – não apenas porque era incapaz de lhe distinguir o rosto, mas também porque a sua figura era invulgar. Inclinava-se na direcção de Artur, vestido com um género qualquer de manto, ou um casaco muito longo, e parecia ter uma enorme deformação na coluna: um corcunda, ou alguém que passara a vida inteira curvado. Os braços tremiam-lhe, e pareceu-me que tentava dizer alguma coisa a Artur, gesticulando. Abri um pouco a janela, sem fazer barulho, e tentei escutar, mas as palavras chegaram-me numa ladainha que se assemelhava ao lamento de um animal ferido, idêntico ao que já ouvira noutras noites. Pouco tempo depois o corcunda afastou-se carregando o saco que Artur lhe passara, e desapareceu na noite, desviando-se do círculo de luz criado pelo candeeiro a passadas instáveis. Afastei-me um pouco da janela, temendo que me vissem – o que, compreendi depois, era impossível, uma vez que o meu quarto se encontrava às escuras; enquanto tivermos um corpo, contudo, estaremos sempre demasiado conscientes da nossa presença – e observei Artur olhando em redor, desligando a luz e afastando-se.

Nada acontecera de particularmente tenebroso e, ainda assim, regressei à cama dominado por um medo irracional. A imagem era lúgubre – dois homens, um aparentemente deformado, trocando confidências e uma bagagem misteriosa na escuridão de uma noite fria –, mas eu já não tinha idade para acreditar em histórias da carochinha: foi disso que me tentei convencer enquanto fechava os olhos, continuando a ver a criatura desconhecida a afastar-se com o pesado fardo às costas. Não sei se, durante o resto da noite, dormi ou dormitei; sei que acordei com a cabeça pesada.

Na quinta-feira, al-Khalil e os seus homens partiram pela manhã, levados por Artur no *Bentley*. Foi um dia complicado porque, para além do cansaço, recebi duas cartas a cancelar visitas e um inesperado pedido de Millhouse Pascal – que enviou um recado para Artur, que por sua vez mo transmitiu às seis da madrugada, estava eu ainda enfiado debaixo dos lençóis – para agendar a visita relâmpago de Tito Puerta, com quem o patrão tinha recentemente trocado correspondência e que vivia em Sevilha, a várias horas de viagem. Assim que Artur regressou, pedi-lhe que fosse a Santiago do Cacém enviar um telegrama urgente a Pina Santos, que verificou algumas pontas soltas nas informações que tínhamos sobre o homem.

Puerta nascera na Nicarágua em 1943 e era um escritor de algum renome na América Central. As suas denúncias da corrupção do ditador Anastasio Somoza (escritas, com nomes falsos, num romance que publicara em Espanha intitulado *A Febre Amarela*) foram recompensadas com múltiplos encarceramentos e sessões de interrogatório e tortura, que terminaram quando a administração do presidente americano Carter ajudou a derrubar Somoza. O que se seguiu, porém, foi a gota de água para Puerta, quando compreendeu que as forças da guerrilha sandinista iriam transformar o seu país numa nova versão de Cuba. Seis meses depois de a Frente Sandinista de Libertação Nacional ter tomado o poder, e um mês antes de enviarem uma delegação a Moscovo, em Março de 1980, para assinarem um acordo com a União Soviética, Tito fugiu para Espanha, assentando arraiais em Sevilha. Segundo o que Pina Santos conseguiu apurar, as suas crónicas no *La Vanguardia*, sobre a nefasta influência soviética na América Central, tinham-lhe valido várias ameaças de morte, e o homem vivia num estado de pânico contínuo. Como era a primeira visita, esperava-se que Puerta chegasse sozinho. Artur instruiu-me para que o direccionasse para um hotel em Beja, onde o jardineiro o iria buscar no sábado de manhã.

Os netos de Millhouse Pascal chegaram na sexta-feira ao final da tarde. Era um dia ventoso mas ameno. Quando saí da biblioteca – onde aproveitei parte da tarde para adiantar a leitura de George Orwell – escutei as suas vozes no jardim. Esperava tornar a ver Camila e, ao caminhar pelo relvado, descobri-a junto da árvore, a corda já esticada até ao cavalete. Tinha uma sombrinha de várias cores na mão direita e, subindo ao banco, equilibrou-se de um salto sobre a corda, depois vacilando, a sombrinha na mão direita ajudando-a a estabilizar-se. Usava um vestido azul-claro que deixava à mostra os tornozelos delgados. Reparei nos seus pés: desta vez não estava descalça, usando umas sapatilhas de bailarina. Perto dela, Gustavo, de tronco nu, jogava ao disco com Nina, que perseguia o objecto pelo relvado por causa do vento.

«Olha quem é ele», disse Camila, dando alguns passos hesitantes, sem tirar os olhos da corda.

«Nova técnica, essa do guarda-chuva?»

«Da sombrinha, pateta», respondeu, desequilibrando-se e saltando para a relva. «Sombrinhas, varões, pessoas às cavalitas – tudo serve para um funâmbulo se manter lá em cima.»

Camila aproximou-se e pregou-me um beijo na bochecha. Senti o perfume adocicado da sua pele.

«O grande Blondin andava sobre a corda de olhos vendados, fechado dentro de um saco, e até de andas. Uma vez, chegou a sentar-se em cima da corda, a cozinhar uma omeleta e a comê-la. Carregar uma sombrinha é coisa de amadores.»

«Ei, pá!», gritou Gustavo, um segundo antes de o disco vermelho me atingir em cheio na cabeça. Fiquei atordoado durante um momento e depois baixei-me para o apanhar. «Desculpa, não pensei que fosses tão lento», acabou ele por dizer, aproximando--se e batendo-me nas costas. Reparei no seu corpo escultural e magro, de abdómen definido. Nina acercou-se de mim, de calções sujos de relva e uma camisa branca, e estendeu-me a mão em cumprimento.

«É bom tornar a vê-lo, cavalheiro», disse, e eu devolvi-lhe o cumprimento. Ela sorriu, mostrando uma fila de dentes pequeninos e brancos, parecidos com os de Camila. Gustavo tirou um frasco de metal do bolso das calças.

«Toma, dá um gole.» Tive vergonha de recusar e abri o frasco, bebendo. Era *whisky*. Tossi e limpei os lábios com as costas da mão. Camila sorriu, e Nina veio para junto dela, agarrando-lhe o braço. «É da garrafeira pessoal do meu avô, mas não lhe digas nada», continuou Gustavo, bebendo também. «Ele nunca bebe, mas oferece estes primores aos seus convidados.»

«Aos clientes, queres tu dizer?»

«Sei lá, convidados, clientes, é tudo a mesma coisa», respondeu, encolhendo os ombros. Estava rubro da correria atrás do disco.

«Como é que se portou o fascista esta semana? Deu-te muito trabalho?», perguntou Camila, que desatava a corda da árvore. O dia chegava ao fim, e o Sol punha-se à distância sobre os campos amarelos e verdes.

«Acho que não devias falar assim do teu avô. Só estive com ele uma vez, mas pareceu-me um homem muito inteligente.»

«Pfff», gozou Camila, olhando para Gustavo, com quem trocou um olhar cúmplice. «É o que ele gosta de fazer parecer. Deixa-me adivinhar: já te deu livros para leres.»

«Por acaso, deu-me um.»

«*As Viagens de Gulliver?*», perguntou Gustavo, vestindo uma camisa branca que estava pendurada num dos ramos da árvore.

«Não.»

«Ele costuma começar com esse. Mas nenhum secretário, até agora, sobreviveu ao *Guerra e Paz.* Costuma ficar abandonado na mesa-de-cabeceira, depois de eles se porem a milhas.»

«A *milhas,* cavalheiro», disse Nina, oferecendo uma ênfase inocente à frase.

Gustavo deu outro gole do frasco. Olhei-o nos olhos, que estavam vermelhos nas orlas. «Eu e a miúda vamos para dentro. Vens, papoila?», perguntou a Camila, dando-lhe um beijo no rosto.

«Já lá vou ter», respondeu ela. Encostei-me ao cavalete, de braços cruzados, sem saber o que pensar daquele trio. Gustavo e Nina afastaram-se na direcção do casarão.

«E o que é que fazes para te divertires, tu?», perguntou-me Camila, que enrolava a corda na direcção da árvore.

«Aqui? Não faço nada. A minha família está em Lisboa.» O *whisky* queimava-me a garganta. «Para dizer a verdade, nem sei bem onde é que estou. Geograficamente, isto é.»

Camila aproximou-se, o cabelo atirado contra o rosto por causa do vento. «Gostavas de conhecer isto melhor? O Alentejo tem os seus segredos, sabes?»

«Talvez.»

Ela chegou-se muito perto, e senti-lhe o hálito a pastilha elástica. Ficou tão próxima que consegui discernir a variação de cores na íris dos seus olhos, fixos nos meus. «Amanhã vamos dar uma volta», disse, baixinho. «Eu e o Gustavo temos uns amigos do colégio aqui perto. Queres vir connosco?»

«Quero», respondi. Teria aceitado, mesmo que o avô deles não me tivesse tentado convencer.

«Óptimo», sorriu. «Não deixes que o Artur descubra. Partimos ao final da tarde.»

Uma noite fora da quinta

Fui incapaz de me concentrar no trabalho durante o dia seguinte. Artur foi buscar Tito Puerta a Beja e, quando chegaram, dirigiram-se à biblioteca, onde, com o livro escondido no colo, tentava terminar outro capítulo de *1984*, um monte de papéis espalhados sobre a secretária. Tito era um homem baixinho, de bigode e cabelo comprido, com um ar demasiado andrajoso para corresponder à ideia que eu fazia de um escritor; tinha uns olhos fogosos, de um cinzento carregado, e inúmeras cicatrizes no rosto que, a princípio, pensei serem a consequência da varíola, e que depois o meu patrão me revelou serem marcas de tortura, cicatrizes de cigarros apagados no rosto. «Tito é um homem marcado pela violência que se instala no interior de uma sociedade controlada pelas grandes ideias», disse-me Millhouse Pascal muito mais tarde, não relembro onde, ou a propósito de quê. Apenas retive a dimensão apocalíptica da frase.

Não era varíola. Eram marcas de tortura, cicatrizes, cigarros apagados no rosto. Tito parecia um homem muito nervoso e, enquanto esperava por Millhouse Pascal, não parou de andar de um lado para o outro, olhando e remexendo os livros e mapas que estavam sobre a mesa da biblioteca, espreitando para as estantes, observando demoradamente a fotografia de Sébastien Pascal e de Alma Millhouse, lançando-me olhares furtivos a que respondi fitando os papéis à minha frente, sem saber o que fazer na presença de um homem tão inquietante.

Passaram-se dez minutos quando Artur apareceu e me pediu que abandonasse a biblioteca. Quando ia a sair, cruzei-me com Millhouse Pascal que, do alto dos seus dois metros, me olhou com um sorriso, algures entre a simpatia e o cinismo, antes de se aproximar de Tito Puerta, estendendo-lhe a mão. Deixei a biblioteca acompanhado de Artur, que caminhou comigo até à porta do casarão, explicando-me que as primeiras impressões eram trocadas ali, e não na casa das heras.

«O patrão gosta de olhar para eles antes de os levar para o matadouro», disse, antes de partir na direcção da nossa habitação.

Às cinco da tarde Camila e Gustavo apareceram no relvado. Eu continuava a tentar ler o romance de Orwell, agora no meu quarto, mas muitas vezes via-me obrigado a recomeçar um parágrafo porque estava desatento, lendo as frases mecanicamente enquanto outro discurso corria na minha cabeça. Encontrava-me neste estado quando Camila, olhando na direcção da minha janela, acenou para que descesse. Desci e juntei-me a eles no jardim. Artur não andava por ali, e rezei para que não surgisse de repente; a relva encontrava-se aparada e húmida, sinal de que a tratara há pouco.

«Vamos», disse Gustavo, passando à minha frente com determinação, batendo-me nas costas. Camila aproximou-se e deu-me um beijo no rosto. Ambos vestiam de branco, Gustavo uma camisa do colégio inglês, e Camila uma saia e uma camisola de decote redondo. Senti-me deslocado, de calças de ganga velhas e uma camisa aos quadrados que pertencera ao meu pai; mas eles pareciam nem ter reparado, tão decididos estavam em partir. Contornámos a casa das heras e fomos até junto do *Citroën*.

«Chaves sobressalentes», riu-se Gustavo, abrindo a porta do carro. Camila deixou-me entrar para o banco de trás e sentou-se à frente, junto do irmão. Este ligou a ignição e partimos a grande velocidade. Era a primeira vez que deixava a Quinta do Tempo desde que ali chegara.

«Aproveitámos a sesta da Nina para nos pormos a andar», disse Camila, vasculhando o porta-luvas, de onde tirou uma cassete. «Se dependesse de mim, trazia-a, mas o meu avô tinha um enfarte.» Enfiou a cassete no leitor e os Beatles rebentaram nas colunas atrás da minha cabeça.

«*Abbey Road*», disse ela, voltando a cabeça para me olhar. Tinha feito um rabo-de-cavalo e o sol do final da tarde iluminava os muitos tons de castanho do seu cabelo.

McCartney cantava, acompanhado por Camila, e Gustavo guiava como um louco pelas estradas de terra, o carro derrapando a cada curva e levantando nuvens de pó na nossa esteira. O Sol foi-se pondo até chegarmos à estrada principal, o vento do litoral arrefecendo a noite. Consegui ver, de passagem, alguns dos nomes das localidades pelas quais fomos passando – Alagoinha, Outeiro, Brejos, Barranca – mas só prestei atenção à estrada na altura em que surgiram as placas, porque Camila passou a viagem inteira voltada para trás a falar comigo. Falou-me dos Beatles e declarou o seu amor por John Lennon, ao que Gustavo respondeu chamando-lhe *hippie* e professando adoração por Paul McCartney; falou-me dos seus planos para o Verão seguinte, depois de terminar o colégio, de ir para Nova Iorque ter com a mãe; e falou-me, claro, de funambulismo. Não recordo tudo o que me disse – sei que, a certa altura, me explicou as várias possibilidades de colocação dos pés sobre a corda bamba, e da diferença entre fazê-lo descalça ou com sapatilhas, e dos tipos de corda ou de cabos existentes –, mas lembro-me em detalhe da história de William Leonard Hunt.

«William Leonard Hunt, nascido em 1838 em Nova Iorque, um dos grandes representantes da História Universal do Funambulismo», proclamou Camila, teatral, enquanto Gustavo conduzia com um cigarro aceso no canto do lábio. «Os seus pais, tal com o meu avô, eram disciplinadores e fascistas; ele, tal como nós, gostava de lhes desobedecer, apesar de ser severamente castigado. Tinha cinco irmãos. Quando um circo apareceu na cidadezinha para onde tinham ido morar, William foi vê-los em segredo e começou a exercitar o corpo.» Camila arregaçou as mangas da camisa e mostrou uns bíceps minúsculos, dando um murro no ombro de Gustavo, que se queixou e fez guinar o *Citroën*, entrando na berma da estrada. «Aos vinte um anos fez a sua primeira apresentação pública, sob o nome de...» – Gustavo imitou o ribombar de um tambor, acompanhando Camila – «Signor Farini!»

Comecei a rir daquela patetice toda.

«Não te rias, idiota!», gritou Camila, agora sentada ao contrário no banco do carro, voltada para mim, de olhos esbugalhados. Continuou, como se estivesse a representar: «Porque, um ano passado, Farini fez a sua estreia nas potentes Cataratas do Niagara, a Meca dos funâmbulos. Atravessou-as muitas vezes, sempre na perfeição, ora carregando um homem às costas, ora fazendo saltos mortais sobre a corda, executando manobras apenas ao alcance dos predestinados. Tornou-se uma lenda e viajou para Londres, sendo um dos acrobatas mais requisitados da Europa. Porém, e aqui está o busílis: aos trinta e um anos, o grande Farini deu por terminada a sua carreira, e não existem mais registos de ousadas travessias sobre abismos ou de arrojadas manobras em cima da corda bamba. Não; William Leonard Hunt tinha outro propósito na vida, um propósito maior. Queres saber qual é?»

«Quero», disse eu, baixinho, temendo que, a qualquer momento, Gustavo fosse obrigado a travar e Camila saísse disparada pelo vidro dianteiro.

Ela agitou os dedos das mãos, como se deitasse pozinhos mágicos sobre a narrativa. «William tornou-se, primeiro, um treinador e agente de outros acrobatas, bem como inventor. É sua a invenção do canhão que dispara pessoas pelo ar, tão conhecido do circo moderno. E, depois, em 1885, partiu para África, onde enfrentaria o maior desafio da sua vida: a travessia do deserto do Kalahari. Tornar-se-ia o primeiro homem branco a atravessar este deserto e a sobreviver. Muitos não acreditaram nele quando afirmou ter encontrado a Cidade Perdida do Kalahari e, na verdade, esta pretensão nunca foi provada; eu, contudo...»

Gustavo travou de repente, e Camila caiu para cima do *tablier*.

«Chegámos», anunciou ele, saindo do carro. Era já noite cerrada, e a história ficou esquecida. O *Citroën* tinha sido estacionado na pequena praça mal iluminada de uma povoação, onde meia dúzia de velhotes nos observaram, fumando cigarros. Começámos a caminhar por uma estrada de terra em direcção a umas luzes mais fortes. O cheiro a maresia tornava-se mais intenso à medida que nos aproximávamos e, a certa altura, comecei a escutar o barulho do mar. Camila e Gustavo caminhavam à minha frente, trocando sorrisos, ele fumando, ela saltando ao seu lado e empurrando-o.

Entrámos numa casinha branca com uma lâmpada sobre a porta. O lugar estava inesperadamente cheio, o barulho de vozes escondido do exterior pelas grossas paredes. Um grupo de velhos juntava-se a um bar do lado direito, olhando para um jogo de futebol na televisão. À esquerda, em diversas mesas, uma dúzia de rapazes da idade de Gustavo bebia cervejas e falava alto, alguns deles em inglês. O bar terminava num passadiço que conduzia à praia; a porta estava aberta, deixando entrar a brisa fria com cheiro a mar, que se misturava com o fumo intenso dos cigarros.

Fui apresentado ao grupo de rapazes, mas não recordo os nomes, excepto os dos gémeos – Jonas e Tomás – e de um rapaz mais velho, David. Jonas e Tomás eram em quase tudo idênticos a Gustavo: altos, atléticos, de cabelos claros e peles brancas, falando português e inglês ao mesmo tempo; David era mais tímido e com feições mais próprias do Sul: moreno, de rosto anguloso e nariz aquilino. Todos pareciam gostar de Camila, e foram-na beijando no rosto, alguns afagando-lhe o cabelo como se ela fosse uma espécie de mascote. David foi menos expressivo e limitou-se a dar-lhe um breve abraço.

«Quem é este gajo, afinal?», perguntou Jonas, envolvendo-me os ombros com um braço demasiado longo.

«Deixa-o em paz, Jonas. Trabalha para o meu avô», resmungou Gustavo, dirigindo-se ao bar.

«Ups, mil desculpas, *so sorry*», disse Jonas, fingindo que me ajeitava a roupa e fazendo uma vénia. «Não fazia ideia de que fosse gente tão importante.» Camila cuspiu a pastilha elástica que tinha na boca na direcção de Jonas. «Estúpida», queixou-se ele.

Gustavo regressou com canecas de cerveja. Sentei-me à mesa, com Tomás de um lado e Camila do outro. Gustavo, Jonas e outros rapazes levantaram-se para jogar dardos ao fundo do bar, um alvo ressequido e parecido com um queijo suíço comido pelos ratos. Entre eles, falavam apenas inglês. O barulho parecia ter aumentado desde que entráramos no bar, as gargantas engolindo canecas de cerveja. O dono do bar, um tipo velho com um espesso bigode, olhava distraidamente para o ecrã, ignorando aquela fauna insuspeita numa vilória de pescadores.

«Não dês importância ao meu irmão, ele bebe demasiado», disse Tomás, segurando uma caneca na mão e arrastando as palavras. «Conta lá, como é que é trabalhar para o grande homem?»

«Normal, acho eu. Não sabia que o senhor Millhouse Pascal era assim tão importante.»

Tomás começou a rir, e Camila acompanhou-o.

«*O senhor Millhouse...*», repetiu ele, imitando-me. Depois deu-me uma palmada nas costas. «Deixa-te lá de formalidades, aqui não és empregado de ninguém. Toda a gente sabe que o avô da Camila tem um parafuso a menos. A verdadeira questão é: como é que tu aguentas? Eu cá já me tinha posto na alheta. O homem dá-me arrepios na espinha.»

Dei um gole demorado na cerveja.

«Na realidade, não o acho nada sinistro», respondi. «Não é por a Camila estar aqui que digo isto, a sério que não. Parece-me uma pessoa fora do comum. Parece-me iluminado, ou consciente de alguma coisa que escapa à maioria das pessoas.»

«Concordo contigo», afirmou David, entrando na conversa. Chegou-se à frente na cadeira de plástico e acendeu um cigarro. Ao contrário de Tomás, cujos olhos pareciam querer fechar-se a qualquer segundo, David parecia desperto e perspicaz. «Só o conheci uma vez, mas vê-se na postura de Millhouse Pascal uma elegância fora do comum. Falámos durante uma hora, ou assim, no jardim da Quinta do Tempo – tu ainda eras muito nova, Camila, e eu devia ter uns dezoito anos – mas fiquei com a impressão profunda de que ele viveu muitas vidas, uma a seguir à outra, coladas como na montagem de um filme. Falou-me um pouco sobre as suas experiências. Os lugares onde esteve, na altura em que esteve... viveu momentos importantes da História do nosso século.»

«Senhor professor», interrompeu Tomás, arrotando entre palavras, «com todo o respeito, isso são tudo tretas. És um sortudo, porque os teus paizinhos não te levaram, em criança, a jantar à mesma mesa que o homem. Aquele gigante a olhar para nós como se fôssemos comestíveis. Como se pudesse entrar dentro dos nossos cérebros com um bisturi.»

Voltei-me para Camila. «Professor?»

«O David ensina no nosso colégio, onde também estudou», explicou-me. «E os pais do Tomás e do Jonas foram amigos do meu avô durante a minha infância. Quando o David foi escolhido para professor assistente, o meu avô decidiu que ele seria meu tutor e insistiu em que fosse à quinta para o conhecer pessoalmente.»

«Vão-se todos foder», disse Tomás, indo juntar-se ao grupo que jogava dardos.

A noite mergulhou numa vertigem. Gustavo trouxe consecutivas canecas de cerveja; eu fui acompanhando o ritmo dos outros. Camila era a única rapariga, mas bebia com a mesma voracidade do irmão. Falei durante bastante tempo com David, de quem gostei – daquilo que recordo dele – porque cedo uma névoa caiu sobre todas as coisas, todas as conversas fluíram numa só. Ele ensinava as turmas dos dois primeiros anos do colégio e explicou-me que todos os alunos provinham de boas famílias, habituados a terem tudo e nada quererem daquilo que tinham. David conseguira admissão porque o conselho directivo oferecia uma bolsa de estudo anual aos melhores alunos de Inglês das escolas públicas. Segundo entendi, a família de David era de um nível social equivalente à minha.

Com o decorrer da noite, os rapazes foram-se levantando alternadamente para jogarem dardos e pedirem bebidas junto do bar; David permaneceu sempre no mesmo lugar. Quando não falava, olhava de soslaio para Camila, que conversava com todos no seu tom insolente, excepto quando se dirigia a ele; era, então, solícita e encantadora. Julguei, primeiro, que isso se devia ao facto de ele ter sido seu professor. Mais tarde – e poderia ser influência do álcool; eu raramente bebia, e rapidamente fiquei ébrio – comecei a suspeitar de que existia entre eles uma ligação secreta. Quando a televisão junto do tecto deixou de emitir programação e se transformou numa mira, o dono do bar ligou o rádio, que passava uma canção *rock* que fez Camila dar um salto na cadeira e obrigar alguns dos rapazes a dançarem com ela. David deixou-se ficar, mas Jonas, que trocara a cerveja pela aguardente, bebendo-a em copos redondos de vidro fininho e entornando grande parte no chão, agarrou-a pela anca e começou a dançar com ela à maneira irlandesa, a toda a largura da sala, arrastando-a contra o bar, contra as outras mesas e, a certa altura, contra Gustavo. Camila parecia estar a divertir-se, mas o dono do bar mandou-os parar com aquilo. Ela regressou à sua cadeira, suada e zonza da bebida, o cabelo colado contra a cara.

Devia passar da uma da manhã quando o póquer começou. Eu bebera oito ou nove canecas de cerveja e, ainda que sentisse o corpo dormente e perdesse o equilíbrio sempre que me erguia para ir à casa de banho, caminhando em ziguezague para o cubículo com uma retrete atrás do bar, a sugestão do jogo despertou-me. Nunca jogara póquer. O meu pai ensinara-me as regras numa noite de Verão em que ficámos acordados até mais tarde, à varanda. Quando Tomás sacou de um baralho e os rapazes se reuniram em redor da mesa, tive uma inexplicável vontade de vencer, de humilhar aqueles meninos de colégio. Todos eles entraram com uma nota de cem escudos para iniciar as apostas; quando enfiei a mão no bolso à procura de dinheiro, descobri que tinha gasto tudo em álcool e que me sobravam apenas algumas moedas.

«Toma», disse Camila, estendendo-me uma nota debaixo da mesa, sorrindo. «Aposto em ti.»

«Vamos a isto, senhores. A noite ainda é uma criança», disse Tomás, começando a distribuir as cartas. Gustavo regressara entretanto com copos de aguardente, que eu bebi de um trago.

O jogo durou algumas horas, e eu entreguei-me com a coragem de um pateta – sabendo que jogava com o dinheiro de Camila, num estado lastimável de embriaguez. Felizmente, os outros não estavam melhor, e consegui ir ganhando algum dinheiro durante a primeira hora. Sentada ao meu lado, Camila ia observando as minhas cartas, e por vezes tentava ajudar-me, aconselhando-me a subir a parada ou a sair de jogo. Jogávamos duas cartas na mão e cinco abertas sobre a mesa. Calculara que, dada a natureza do póquer, Tomás e Jonas fossem os rivais mais difíceis. Mas Jonas parecia quase desinteressado das cartas, apostando quantias demasiado elevadas que assustavam os outros jogadores quando tinha boas mãos (desperdiçando paradas mais altas se apostasse com mais calma) e cometendo erros infantis, como anunciar um *flush* confundindo uma copa com um ouro; Tomás, por outro lado, tentava dar o seu melhor, mas o último copo de aguardente tinha-o aniquilado e, depois de existir consenso na mesa de que ele não poderia continuar a ser o *dealer* – as cartas voavam em todas as direcções –, jogou grande parte do tempo de olhos semicerrados, tentando manter-se acordado. Acabei por jogar sobretudo contra Gustavo, dois colegas seus de que não recordo o nome, e David. Gustavo, a certa altura, desistiu e foi tentar outra vez a sua sorte aos dardos; e, de repente, a sorte de todo o dinheiro sobre a mesa estava a ser decidida numa jogada na qual apenas eu, David e outro rapaz ficáramos em jogo.

Ao meu lado, Camila, entusiasmada e bêbeda, roía as unhas. No total, deviam estar mais de mil e quinhentos escudos sobre a mesa, que era uma quantia razoável. O dinheiro não me interessava, porém: o que eu queria era ganhar por ganhar, marcar posição no meio daquele grupo de diletantes. Tinha dois valetes na mão, outro sobre a mesa, e esperava um segundo oito para completar o *full house.* O rapaz abandonou o jogo na jogada seguinte, quando David subiu a parada em cem escudos. Camila financiou-me e, rezando pelas duas últimas cartas, exultei quando surgiu um novo oito. Mostrei o meu jogo, lançando as cartas sobre a mesa, mas David, com toda a calma, apresentou um póquer de oitos que era uma hipótese tão remota que nem sequer me ocorrera.

«Sortudo do caralho», balbuciou Tomás, despertando do seu torpor e levantando-se pesadamente para ir à casa de banho.

Houve um silêncio súbito. Devo ter ficado lívido. David sorriu – *bom jogo,* disse-me – mas, naquele instante, observando-lhe o rosto magro e moreno, as mãos de dedos finos juntando as cartas, pensei que o odiava; que, a partir daquele momento, seria um ódio para o resto da vida. Ele ergueu-se, pegou na mão de Camila e ofereceu-se para lhe pagar uma bebida no bar; depois convidou-me também, mas eu recusei, deixando-me encostar para trás na cadeira a digerir a derrota.

«*So sorry,* meu caro», disse Tomás, que regressara, sentando-se e batendo-me nas costas. «Sabes o que se diz, *sorte ao jogo, azar ao amor?* No caso dele, pelos vistos» – apontou para Camila e David, que conversavam animadamente ao balcão –, «o ditado não se aplica. À tua!»

Tomás bebeu a aguardente de um gole e eu imitei-o. E depois outra. Tenho uma vaga memória do que aconteceu então – a sensação de me ter juntado aos outros numa dança estapafúrdia ao som da música que a rádio ia passando, de sentir Camila muito próxima, e porém distante, e então nada, como se a vida me tivesse fechado as portas.

*

Despertei com a cara mergulhada na areia húmida. Ainda era noite. Ergui-me, embriagado: atrás de mim encontrava-se o mar, as pequenas ondas da maré baixa rebentando próximas. A única luz era a da lua e, às apalpadelas, fui descobrindo os corpos deitados em meu redor, que grunhiram quando os sacudi, tentando acordá-los, procurando Camila e Gustavo. Os meus olhos habituaram-se finalmente à escuridão, e distingui a silhueta do bar recortada contra o céu. Não sabia há quanto tempo fechara, nem há quantas horas estávamos deitados sobre a areia da praia. Finalmente descobri Camila, que dormia junto de Gustavo, e despertei-a com ligeiros safanões no ombro. Gustavo, contudo, despertou primeiro.

«Está na hora, papoila», disse, suavemente. Camila abriu os olhos, esfregou-os com as costas da mão, bocejou e ergueu-se, apoiando-se ao meu ombro para calçar os sapatos.

Fizemos o caminho de regresso em silêncio, começando a sentir o peso da ressaca. Camila ficara de mau humor, encostando o rosto à janela do carro e observando a passagem bucólica da noite. Gustavo repetia uma ladainha de números para se manter acordado ao volante. Alguma coisa latejava ininterruptamente na minha testa. Comecei a ficar preocupado com a minha ausência da Quinta do Tempo e perguntei-me se Artur teria dado pela minha falta; calculei, porém, que deveria estar ocupado com as exigências de Puerta, que só partiria na noite seguinte.

Passavam alguns minutos das cinco da madrugada quando chegámos ao portão da quinta. Eu adormecera brevemente, mas despertei em sobressalto com a violência de uma luz apontada ao meu rosto. Abri os olhos e vi os faróis de um carro voltados na nossa direcção, avançando pela estrada de terra.

«Merda», disse Camila.

O *Bentley* parou ao lado do *Citroën* e Gustavo, com o ar mais descontraído do mundo, baixou o vidro da janela para cumprimentar Artur. O jardineiro, de expressão soturna, acenou com a cabeça em silêncio e depois fez o mesmo a Camila, que escondia o rosto cansado entre as mãos, procurando evitar o seu olhar recriminador. Artur não estava sozinho. No banco traseiro do *Bentley* estava Tito Puerta, também ele de expressão carregada, o cabelo comprido num desalinho, olhando furiosamente para nós. Dezenas de possibilidades atravessaram a minha mente. Sabia que o homem só deveria partir no dia seguinte porque fizera a sua agenda; perante aquele cenário, contudo, era impossível dizer o que poderia ter corrido mal, ou por que razão estaria Artur a conduzi-lo para fora da propriedade àquela hora da madrugada.

«Conto vê-lo esta manhã na biblioteca», disse Artur. «Vou a Lisboa levar o senhor Puerta, mas regresso de imediato. O patrão deseja reunir-se consigo a seguir ao almoço.»

O *Bentley* partiu, Gustavo estacionou e, sem se despedir de mim, de cigarro ao canto da boca, cambaleou para a porta do casarão. Camila deu-me um beijo de despedida.

«Pobrezinho», disse, num tom maternal, e afagou-me o braço antes de entrar em casa.

Tentei dormir algumas horas, mas foi impossível. A cabeça latejava-me incessantemente, e observei o céu mudar de negro para cinzento, depois uma cor de fogo enquanto o Sol despontava sobre os campos, e finalmente um azul baço após uma chuvada matinal que fez emergir os aromas da terra. Dormitei por volta das sete da manhã e tive um sonho fugaz, uma imagem inusitada: sonhei que atravessava o deserto do Kalahari sobre uma corda bamba, e que o meu corpo ia derretendo debaixo de um sol que, de tão grande, ocupava todo o espaço do horizonte.

«O senhor Puerta ainda não se encontra preparado para a minha intervenção», afirmou Millhouse Pascal, sentado atrás da secretária, de cigarrilha na mão. Existia um clima pesado no consultório, diferente da primeira vez que eu ali estivera; a aura de leveza havia desaparecido e, acompanhando a mutação do céu que, naquela tarde, tinha passado de um azul morno a um cinzento carregado, ameaçando chuva, uma nuvem pesada e melancólica tomara conta da casa das heras. O próprio Millhouse encontrava-se tenso, desarranjado, a comprida mão antes segura tremendo ligeiramente. Até então não lhe vira muitos sinais da idade mas, naquela tarde, as rugas no seu rosto pareciam mais evidentes, o cabelo e a barba mais brancos, os olhos menos azuis.

«Posso perguntar-lhe o que aconteceu?», atrevi-me a dizer.

«Pode perguntar o que quiser, o que não significa que eu tenha de lhe responder. O senhor Puerta pareceu-me, desde que entrámos em contacto, um caso interessante. Vinha referenciado por um velho amigo em Espanha, um psiquiatra, e tinha uma história peculiar da qual você deve conhecer alguns detalhes.»

«Só sei que nasceu na Nicarágua, pouco mais.»

«Já ouviu falar dos Sandinistas?»

«Só de nome.»

«Bom, os Sandinistas tomaram conta do país de Puerta depois da queda de Somoza. Puerta sempre se julgou um homem de *esquerda*» – Millhouse Pascal desenhou aspas no ar com os dedos – «e foi, para ele, um grande choque compreender que aqueles em que sempre acreditara se tinham vendido aos soviéticos ao desbarato. Puerta ainda carrega consigo, para onde quer que vá, um exemplar do *Barricada,* o jornal sandinista que é impresso em papel soviético e onde é denunciado como um traidor. Apesar de ter um cariz revolucionário, Tito só quis melhores condições para o seu país. Eu compreendo que tenha fugido quando os russos começaram a financiar a juventude marxista-leninista na Nicarágua. É quase como ter a juventude hitleriana a marchar à nossa porta.»

«Parece-me que o entende bastante bem.»

Millhouse deu uma passa na cigarrilha e expirou o fumo pelo nariz. «Não é bem assim. O problema de Puerta, compreendi a noite passada, é que o seu ódio está de tal maneira enraizado que se voltou do exterior para o interior. É o pior género de ódio, e o mais difícil de desarreigar. Ele começou por odiar um ditador, depois os americanos, em seguida os marxistas sandinistas; agora, odeia-se a si próprio por ser um desertor.»

«E do que é que ele desertou?»

«Do seu país, da sua gente. Transformou-se naquilo que sempre odiou, um burguês europeu, com uma vida confortável, escandalosamente pago pelas suas crónicas nos jornais. Um homem com dinheiro suficiente para me visitar. Os meus serviços não são baratos. Mas o que lhe vai sair caro, a Tito Puerta... O que lhe vai sair verdadeiramente caro é não conseguir expurgar aquele ódio.»

«Já teve casos semelhantes?»

«Claro. Muitas vezes. Normalmente, lido com eles internamente, sugerindo aos meus clientes que fiquem mais tempo. No caso deste, porém, tive de o mandar embora. Tito tem uma personalidade conflituosa.»

«É violento?»

Ele encolheu os ombros e apagou a cigarrilha num cinzeiro que estava em cima da secretária.

«Deixemos isso por agora.» Millhouse Pascal abriu uma agenda e folheou algumas páginas. Manteve-se em silêncio durante um bocado, olhando para as folhas, e depois olhou-me nos olhos; parecia mais calmo. «Foi a Camila que te convidou para a noite passada?»

Fiquei embaraçado. O tom de Millhouse era neutro, e não sabia dizer se era apenas uma pergunta, ou uma condenação implícita. «Como é que sabe?»

«Bom, eu não cheguei a pedir à Camila que te deixasse acompanhá-los. O meu neto Gustavo é demasiado egoísta para pensar noutra pessoa que não nele próprio, e a Nina demasiado nova. Só sobra a Camila que, mais uma vez, se antecipou às minhas manobras.»

«Pensei que era o que queria.»

«E é.»

«Lamento, contudo, não ter grande coisa para lhe contar. A noite foi muito confusa. Muita gente que eu não conhecia.»

«Não tem importância. A partir de hoje, quero que os acompanhes sempre que possível. Mais tarde faremos um balanço.» Millhouse deixou escapar um risinho cínico e coçou a barba com os dedos da mão direita. «Tem a quem sair, aquela miúda», disse baixinho, como se falasse consigo mesmo.

«Perdão?»

«A minha neta Camila. Lembra-me muito a mãe, a minha filha Adriana.»

«A Camila já me falou dela.»

«Calculo.»

«Posso fazer-lhe uma pergunta?»

«Já te disse que, se tiveres dúvidas, podes vir ter comigo.»

«O que é feito dela?»

«De quem?»

«Da sua filha.»

Millhouse respirou fundo e recostou-se na cadeira. Atrás de si, o mapa do mundo parecia escurecer a cada minuto, e começava a ouvir-se o som distinto de uma chuva miudinha lá fora.

«A minha filha nasceu quando eu vivia nos Estados Unidos. No último ano da guerra, em 1945. Eu regressei a Portugal quando a Camila tinha dois anos, em 1966, e tentei convencer a Adriana a voltar comigo, mas foi impossível. Não interessa entrar em pormenores. Os miúdos vieram porque a situação assim o exigia. Tive algum receio, confesso, quando cheguei e compreendi a complexidade da situação antes do 25 de Abril. A revolução dos cravos, como vocês lhe chamam, abriu uma perigosa caixinha de Pandora e, há meia dúzia de anos, pensei seriamente em partir, quando vi os malditos comunistas e os subversivos quererem tomar conta da terra. Mas as coisas estabilizaram, surgiram novas oportunidades para o país, e acabei por ficar nesta propriedade.»

«Entendo.»

«Mas diz-me: porquê o interesse súbito?»

«Nenhuma razão em especial», atalhei, tentando parecer o mais desinteressado possível. «Fiquei curioso, apenas isso.»

«Aconselhava-te algum cuidado, então. Quando te pedi que os acompanhasses, não pensei que valeria a pena advertir-te, porque te achei demasiado reservado para cederes à curiosidade. Mas, enfim, a curiosidade parece ser uma das características comuns a todos os seres humanos. Os meus netos Camila e Gustavo cresceram num meio que tu desconheces, rodeados de conforto e de grandes ideias. Aos cinco anos, eu já lhes falava do fascismo, e hoje em dia arrependo-me. Era mais novo, e não fazia ideia nenhuma de como educar uma criança. O problema é que, se somos educados dessa maneira, tendemos a ser cegos para as zonas cinzentas do mundo, e para as pessoas que o habitam que não se encaixam num conceito. As próprias pessoas tornam-se ideias. Enfim, não vale a pena continuar; basta que saibas que, apesar de serem mais novos do que tu, são muito mais velhos do que parecem, sobretudo a Camila. Limita-te a observar. Quanto menos souberes, melhor para ti. *A ignorância é força*, certo?»

Tentava seguir o raciocínio de Millhouse Pascal, quando a última frase acendeu uma lamparina na minha cabeça. Sabia que já a ouvira; mas não fui capaz de a identificar. Ia dizer alguma coisa – qualquer coisa – quando o homem deu um murro na mesa, fazendo-me saltar na cadeira. Alguns papéis que estavam sobre o tampo voaram para o chão.

«*1984!* Não leste o livro?»

Quis mentir, mas não fui capaz. Ele saberia. «Não li todo. Não tive tempo.»

Millhouse Pascal suspirou, parecendo honestamente desapontado. Abriu a caixa de charutos e tirou uma cigarrilha do interior.

«Doravante, quando te comunicar um dever, espero vê-lo cumprido.»

«Sim, senhor.»

«Ao menos leste alguma parte?»

«Alguns capítulos.»

«Com que ideia ficaste?»

«Tem um título curioso», disse, encolhendo os ombros. «Mil novecentos e oitenta e quatro é daqui a poucos anos.»

«Será sempre daqui a poucos anos», atalhou ele, menosprezando o meu comentário. «Não é isso que me interessa. O que interessa saber é: o que é que Orwell te está a dizer sobre a classe trabalhadora, aquela a que tu pertences? Qual é a ideia que quer fazer passar?»

Pensei com muita força, sentindo-me incrivelmente estúpido. «Recordo-me de uma frase. Ele diz que, se existe salvação, ela está no proletariado.»

«Muito bem», disse ele, acendendo a cigarrilha. «Muito bem. E o que achas tu disso?»

«Sinceramente, não sei. Faz-me lembrar o que vem na Bíblia. Que aos pobres de espírito chegará a salvação. E que deles será o reino dos céus.»

Millhouse Pascal olhou-me muito sério. «É uma observação interessante. Caramba, nunca tinha pensado nisso. A comparação teológica é pertinente; afinal, Cristo foi o primeiro líder do proletariado de que temos notícia.»

«Se o senhor o diz.»

«Foste tu que levantaste a questão. Não tenhas medo de defender a tua tese, mesmo quando ainda não compreendes por inteiro aquilo que estás a defender.»

Nunca me tinham dito semelhante coisa. *Tese* era uma expressão que eu conhecia de debates na televisão; que ninguém na minha família alguma vez usara.

«Passei muitos anos a tentar compreender a tese do romance de Orwell, uma vez que ela é dada na forma de uma metáfora. A tese e a antítese constituem um paradoxo intelectual com que o leitor se debate – por vezes, o romance parece ser uma apologia do socialismo, enquanto, noutras, parece que nos está a revelar a inutilidade do próprio socialismo. A salvação reside no proletariado, afirma; porém, o proletariado é a massa informe que não necessita de controlo do Partido, porque dela não se teme a insurreição. O verdadeiro perigo está na classe média, no pensamento livre. O que gera o pensamento livre? A dúvida. E o que gera a dúvida? O pensamento livre. Duvido de que duvido, à maneira de Descartes. O que é que nós estamos aqui a fazer?»

«A pensar?»

«Exactamente. A liberdade de pensamento é o nosso primeiro instrumento de luta, mesmo quando não compreendemos tudo aquilo que dizemos.»

Millhouse Pascal deu uma longa passa na cigarrilha, parecendo satisfeito com a conversa. Depois, quando julguei que iria continuar, mudou bruscamente de assunto, e começámos a reorganizar a agenda para os meses de Novembro e Dezembro. No que restou desse dia, fui para o meu quarto continuar a leitura de *1984*, escutando a chuva cair em abundância sobre o telhado da casa, sobre o jardim, sobre os campos que se estendiam a perder de vista. Superei o cansaço, lutando com as palavras até chegar ao último capítulo, até conseguir ver, com nitidez, os olhos do Grande Irmão dentro da minha cabeça.

Foi o primeiro dos muitos livros que António Augusto Millhouse Pascal me deu para ler. Tivemos muitas conversas posteriores sobre aquilo que eu ia descobrindo nas leituras e, se alguns volumes eram impenetráveis para mim – relembro as dificuldades que tive com *A Montanha Mágica*, no qual passei à frente inúmeros capítulos, ou com *A República* de Platão –, outros deram-me verdadeiro prazer, como *Crime e Castigo* e *Uma Agulha no Palheiro*. Naquele tempo, pensei que o meu patrão me obrigava a ler aquelas obras porque sentia uma certa solidão intelectual: Artur era homem de poucas palavras, e os seus netos desinteressados das grandes conversas; percebo, hoje, que o fez porque viu em mim alguém que podia educar, que podia formar à sua maneira, alguém com um espírito limpo de preconceitos e de ideias fixas. Uma criatura maleável, simultaneamente um pupilo e uma experiência.

No princípio de Novembro, a minha irmã respondeu à minha carta. Reconheci imediatamente a sua caligrafia quando abri o envelope. O que me contava, porém, era inquietante.

Novembro de 1981

Desculpa-me a demora em responder à tua carta. Recebi o teu cheque, que chegou mesmo a tempo de aliviar a nossa situação financeira complicada. Não temos palavras para te agradecer.

Tenho passado muito tempo com a mãe e, sempre que saio das aulas, à tarde, volto para casa para que ela não passe muito tempo sozinha. Asseguro-te de que estou a fazer tudo o que é possível, porque me sinto tão preocupada como tu acerca da sua saúde mental. A demora em escrever também se deveu a uma hesitação da minha parte. Pensei muitas vezes se te deveria contar aquilo que te vou contar, e acabei por decidir que seria melhor, para que estejas completamente a par da nossa situação. Queria, contudo, pedir-te para não te preocupares, uma vez que, como irás perceber, é tudo provavelmente fruto da imaginação hiperactiva da nossa mãe.

Como me pediste, tenho ido passear com ela à noite, depois do jantar. E é precisamente por causa dos passeios que se encontra no estado de perturbação a que o médico chamou obsessão compulsiva. *Há coisa de dez dias, enquanto passeávamos pelas ruas desertas de Campolide, devia passar pouco das dez da noite, a mãe começou a apertar-me a mão com muita força. Perguntei-lhe o que se passava, e ela confidenciou-me, ao ouvido, que estávamos a ser seguidas por um homem. Assustada, parei e olhei em volta, mas não vi ninguém. Passado algum tempo, já regressávamos a casa, quando a mãe teve a mesma impressão, e desta vez tão forte que se abraçou a mim, segura de que quem nos seguia lhe iria fazer mal. Mais uma vez olhei em redor e, dessa vez (não posso jurar, tu sabes que à noite ouvimos coisas que não estão lá), pareceu-me ver uma sombra desaparecer numa esquina e o som de passos à distância. Corremos para casa, onde tranquei todas as portas para a sossegar. Nas noites seguintes aconteceu a mesma coisa. O mais ridículo desta história é que, embora tenha a certeza de que nada se passa, a casa parece ter vida própria e andar a gozar com os nossos medos. O telefone toca a altas horas da noite, e quando atendemos não há ninguém do outro lado. Por vezes tenho a sensação de que, quando volto as costas, as coisas se mexem sozinhas, mudando de lugar. No outro dia fiz a experiência, e deixei uma faca propositadamente em cima da televisão. Quando voltámos, a faca não estava lá, e fui encontrá-la na gaveta da cozinha. Pensei em chamar a Polícia, mas o que poderia eu dizer-lhes? Estou, provavelmente, a ficar tão maluca como a mãe, imaginando coisas que nunca fiz.*

Mais uma vez, não te preocupes demasiado. Estamos de boa saúde, e não me parece que corramos qualquer perigo. Sempre foste sair com essa rapariga chamada Camila? Pela maneira como falas dela, parece que estás apaixonado.

A carta deixou-me apreensivo. Os estranhos acontecimentos em Campolide eram dificilmente explicáveis – a minha irmã tinha dezoito anos e era racional e sensata –, mas o estado da minha mãe tinha, aparentemente, decaído desde que eu partira e, de uma ausência ou indiferença permanente, parecia ter passado a uma insanidade preocupante. Não me detive a pensar na possibilidade de que elas pudessem, na realidade, estar a ser seguidas por um homem; era uma hipótese tão ridícula que a atribuí imediatamente a um delírio.

Não havia muito que eu pudesse fazer. Escrevi uma resposta rápida, que enviei por telegrama através de Artur, assegurando à minha irmã de que iria visitá-las o mais depressa possível. O mês de Novembro, porém, acabou por ser muito mais complicado do que eu antevira, com mudanças constantes na agenda, quatro clientes novos (que implicaram procedimentos acrescidos, bem como trocas de correspondência constantes com Pina Santos) e a repetição de alguns acontecimentos que, por mais que os tentasse ignorar, faziam das minhas noites na Quinta do Tempo uma experiência difícil.

O Outono chegara em pleno, e o vento fazia agitar os ramos e a copa da grande árvore no jardim, arrancando as folhas que começavam a perder cor e fazendo-as voar contra as janelas da casa. Por vezes chovia, e eram chuvas curtas e torrenciais que em poucos minutos alagavam o terreno fronteiro ao casarão. Numa dessas noites de chuva fui arrancado ao sono por uma angústia indefinida. Fui até à janela e vi Artur e o homem corcunda – assumi que era um homem sem nunca lhe ter visto o rosto –, este último usando o manto que lhe cobria por inteiro o corpo deformado. Pareciam estar a ter uma discussão. Observei aquelas sombras sinistras debaixo da luz ténue do candeeiro e da água abundante, os gestos e movimentos de cabeça deixando perceber uma troca de palavras acesas, incompreensíveis à distância. Uma vez mais Artur entregou-lhe um saco enorme, que o corcunda, depois de muito gesticular, carregou com um braço, arrastando-o pelo chão enlameado. Noutra das noites, o cenário repetiu-se e, embora não chovesse, fazia um frio terrível na Quinta do Tempo, um frio insuspeito, que parecia o prenúncio de uma nova era glacial no meio do Alentejo, e pude ver com maior nitidez a troca entre Artur e a figura misteriosa. Um calafrio percorreu-me o corpo e deixou-me paralisado: na altura em que Artur entregou o pesado saco ao homem, este respondeu com um safanão da mão direita, mandando a misteriosa carga ao chão; parecia irado, e os seus braços moviam-se descontroladamente. Não tive coragem de abrir a janela para escutar a conversa. Um momento depois do gesto brusco, Artur lançou uma das suas longas mãos ao pescoço do corcunda e, de um só golpe, ergueu-o do chão como se ele nada pesasse, o outro tentando libertar-se do aperto poderoso do jardineiro que – e imagino-lhe uma expressão impassível, a mesma que tinha quando me entregava a correspondência – o segurou no ar durante alguns segundos antes de o deixar cair como um peso morto sobre o chão de terra batida. A minha atenção, porém, não estava centrada na luta entre os dois homens, mas no saco que tinha sido abandonado por momentos. O saco movia-se. Movia-se como se estivesse alguém ou alguma coisa viva presa lá dentro que, ao despertar de uma vertigem, tentasse sair do buraco negro onde havia acordado. Afastei-me da janela, aterrorizado, e enfiei-me na cama, tapando a cabeça com os lençóis.

*

Alheia a estes acontecimentos funestos, sobre os quais não me atrevi a falar com Artur, a Quinta do Tempo foi adquirindo os belos tons castanhos da estação. As heras mais frondosas; as folhas vagueando ao vento; os campos, em redor, ainda queimados do sol do Verão. Dediquei-me ao trabalho e a construir uma relação com Camila, desleixando a atenção que deveria ter dado à minha família. Era difícil, no entanto, que as coisas fossem diferentes: a distância criava um fosso entre nós e, porque não tive notícias urgentes da minha irmã, cedo me dediquei, como todas as pessoas jovens o fazem, aos assuntos mais próximos do corpo.

Um dos clientes do princípio de Novembro, Jack Cox, exigiu especial atenção da minha parte e de Artur. Parecia ter nascido um clima de suspeita em relação aos rostos desconhecidos após o incidente com Puerta, e Cox apresentara exigências muito particulares que denunciavam uma personalidade difícil, fazendo parte dos «casos complexos» de Millhouse Pascal. Nascido em Leeds, Jack mudara-se para Londres em adolescente, após desertar de uma família conservadora e racista, e subira a pulso no difícil mundo artístico dos anos setenta em Inglaterra. Tornara-se curador de museus e galerias, reunindo um espólio que viria a tornar-se moderadamente valioso na viragem para os anos oitenta, alimentando durante uma década o sonho secreto de exibir o seu próprio trabalho. Admirador de Hockney, Jack queria juntar-se à linha da frente dos artistas desse período e, em Dezembro de 1978, conseguiu-o através de um contacto na Tate Gallery, que planeava uma exposição colectiva de artistas ingleses emergentes, a inaugurar um ano mais tarde. Porém, a vida pessoal de Cox era tudo menos pacífica: homossexual, tivera uma diversidade de parceiros relativamente famosos até que, em Março de 1979, conhecera J. S. Underhill, um americano, também ele homossexual, e um dos principais investidores da National Gallery de Washington. Quando Underhill, durante uma visita a Londres, apareceu morto no apartamento de Cox e a autópsia determinou que tinha sido envenenado, Jack passou de bestial a besta: foi a julgamento quatro vezes e, apesar de ter sido absolvido por insuficiência de provas que o ligassem directamente ao crime (na noite em que aconteceu, diversas testemunhas afirmaram tê-lo visto em Brighton), a sua carreira artística morreu antes de começar, tendo sido cancelada a sua presença na exposição colectiva da Tate.

Cox era, assim, um homem extremamente frustrado, e a sua aspereza mostrava-o: durante os três dias que passou na Quinta do Tempo, andou sempre de óculos escuros, acompanhado de um criado e de um cozinheiro, e quis comer as suas refeições sozinho, quebrando os protocolos de Millhouse Pascal. Recusou também ser transportado por Artur, alugando uma limusina para se deslocar do aeroporto para a Quinta do Tempo, limusina esta que seguiu o *Bentley* pacientemente conduzido pelo jardineiro até às imediações de Santiago do Cacém. Depois, Cox foi mesmo obrigado a entrar no carro de Artur, ou a regressar a casa; e, uma vez instalado, exigiu que as horas de consulta com Millhouse Pascal fossem alteradas, já que não lhe apetecia acordar tão cedo ou deitar-se tão tarde. Jack Cox foi um daqueles raros casos em que pareceu não existir qualquer transformação de personalidade, do dia em que chegou até ao dia em que partiu: quando, finalmente, a sua estadia teminou, tinha a mesma carantonha frustrada, os mesmos modos insolentes.

À parte este homem desagradável – do qual falo agora para que, mais tarde, a sua presença não constitua uma surpresa –, o final do ano foi um bom período, de muito trabalho. Os clientes chegaram sem cessar e, embora não tenha um registo exacto, sei que entre Novembro e Dezembro marquei as visitas de Oleguer

Alvarez, Florian Shultz (em três ocasiões), Jesus Estrada, um dos pintores nova-iorquinos cujo nome não recordo, Samuel Wussupov, Figgis (duas vezes), Ali Jessup (um canadiano que chegou a trabalhar com a administração de Ronald Reagan mas que, em 1981, vivia na Bélgica) e al-Khalil. Existiram outros, mas não vale a pena escrutinar minuciosamente o meu catálogo mental que já data de há um quarto de século; não é relevante para aquilo que quero contar, nem para os acontecimentos tenebrosos que, em 1982, marcaram a viragem na história da Quinta do Tempo.

Um *Citroën* na valeta

Uma noite, em meados de Novembro, vi Camila nua. A meio dessa tarde, um sábado, os três irmãos encontravam-se no jardim; passara uma semana desde aquela madrugada ébria, e Camila estava a praticar funambulismo com um par de bermudas castanhas que lhe deixavam à mostra a brancura quase transparente da barriga das pernas. Tinha o cabelo preso num carrapito e sorriu quando me viu aproximar. Desceu da corda, abraçou-me e obrigou-me a subir para o banco.

«Se não praticares, nunca mais dás o primeiro passo. Não quero ficar com aquele *poster* do Philippe Petit para sempre, sabes?»

Subi para o pequeno banco de madeira e, com Camila segurando-me a mão direita e dizendo-me para manter os pés paralelos, transversais à corda, até conseguir equilíbrio, apoiando o peso do corpo nos tornozelos, fiquei dois segundos suspenso, durante os quais o meu corpo balançou para trás e para a frente como o pêndulo de um relógio, antes de cair sobre a relva.

«Que desgraça, cavalheiro.» Era a vozinha de Nina, que aparecera acompanhada de Gustavo. Nina fez-me uma festa na cabeça e Gustavo ajudou-me a erguer, puxando-me pela mão. Ofereceu-me um gole do seu frasco.

«Não, obrigado», respondi, ainda zonzo. «Tenho de regressar ao trabalho.»

«Tu é que sabes», disse Gustavo, dando um gole. «Olha, os meus amigos gostaram de ti. Estão convencidos, de qualquer maneira, de que foram aldrabados ao póquer. Querem o dinheiro de volta.»

«Que estupidez», comentou Camila, subindo para a corda.

Gaguejei durante uns segundos. «Foi o teu amigo David que ficou com o monte final. É com ele que devias resolver o problema», disse.

«E tu não ficaste com nada? Tens a certeza de que não estavam combinados?» perguntou Gustavo, agressivo.

«Deixa-o em paz», gritou Camila, dando um passo sobre a corda. Equilibrava-se melhor do que da última vez que a vira, com menos hesitações, um pé a seguir ao outro, em linha, imitando os profissionais.

Gustavo aproximou-se ameaçadoramente e, quando julguei que me ia deitar ao chão com um murro, deu-me uma forte palmada nas costas e começou a rir. «És mesmo crédulo. Estou a gozar, pá. Devias ter visto a tua carinha de susto. Agora a sério, eles gostaram de ti. Quando houver uma noite de póquer, estás convidado. Limpar o sebo àqueles gajos.»

Gustavo deu outro gole do frasco e afagou a cabeça de Nina, que se desinteressou da conversa, indo sentar-se a uma das mesas do jardim. O céu ficara encoberto, ameaçando chuva.

«Então, o velho fascista já andou a bisbilhotar?», perguntou Camila, desequilibrando-se e saltando para o chão.

«Não é muito simpático chamares isso ao teu avô», respondi, sentando-me na relva.

«Deixa lá, é meu avô, não teu. Ele já fez perguntas, ou nem por isso?»

«Sabes bem que não te vou contar isso.»

Camila veio sentar-se a meu lado, transpirada, o cabelo húmido junto da testa. Devia ter estado a praticar durante horas.

«O que é que me podes contar, então?»

«Pouco. Falámos, por exemplo, da tua mãe. Adriana.» A expressão de Camila mudou, e pareceu abstrair-se por uns momentos. «Porque é que ela não quis vir para cá?»

Camila voltou o rosto para o outro lado e brincou com um punhado de relva que arrancou com os dedos. «Não sei bem. A vida dela é nos Estados Unidos, não é aqui.»

«E tu sentes o mesmo?»

«Acho que sim», respondeu, encolhendo os ombros. «Seja como for, acabo o liceu no próximo Verão. Depois, gostava de ir para lá.»

«Estudar?»

«Ou fazer funambulismo para o Central Park», respondeu, olhando-me com um sorriso.

Também sorri. Camila ergueu-se e foi ter com Gustavo, roubando-lhe o frasco da mão e bebendo um longo gole. Gustavo tentou alcançar o frasco, mas ela fugiu com ele, e o irmão perseguiu-a até a lançar ao chão, os dois rebolando sobre a relva numa luta intensa.

Depois do jantar sentei-me à secretária do meu quarto, e acabava de ler um texto de Rilke, de que iria falar com Millhouse Pascal no dia seguinte, quando olhei pela janela e vi Camila. Estava no seu quarto, no segundo andar do casarão, do lado mais próximo da casa das heras. Até então, as persianas tinham estado sempre corridas, e apenas as sombras eram visíveis; nessa noite, porém, depois de uma breve chuvada que limpou o céu, Camila acendera a luz e abrira as janelas de par em par. Julgo que trocámos um olhar quando a vi, mas não posso ter a certeza; senti-me envergonhado, mas incapaz de desviar a atenção. Era impossível que ela não me tivesse visto, porque também eu tinha a janela entreaberta e as persianas subidas, também eu tinha a luz acesa. Camila aproximou-se do parapeito e, com um gesto lento, desabotoou a camisa branca que tinha vestida. Não tinha roupa interior, e o seu peito nu, pequeno e perfeito, ficou exposto. Depois, desapertou os botões das bermudas e desceu-as devagar pelas pernas, tirando de seguida as cuecas brancas que revelaram um triângulo de penugem. Eu estava hipnotizado, e erguera-me da cadeira, sentindo que o meu corpo pairava, fora de mim, pela escuridão adentro. Encostei o nariz ao vidro da janela e a minha respiração formou uma névoa, que rapidamente esfreguei com as costas da mão. Camila voltou-se de costas e caminhou para a cama, onde se deitou, cobrindo-se com o lençol e apagando a luz. A última coisa que recordo são as suas nádegas adolescentes, brancas como a neve. Nessa noite não existiu fogo bruxuleante na casa das heras, ou homem corcunda que me despertasse; ou, se existiram, tiveram de passar sem mim. Deitei-me, bêbedo de desejo, e sonhei com as dunas escaldantes do Kalahari.

Porque a mesma cena se repetiu na noite seguinte – passei o domingo inteiro desejando, e ao mesmo tempo temendo, encontrar Camila, mas nenhum dos netos apareceu no jardim; após o jantar, porém, esperei pacientemente no meu quarto, até que Camila ligou a luz, já depois da meia-noite –, a inquietação tomou conta de mim durante a semana que se seguiu. Os dias pareciam não ter fim. No fim-de-semana seguinte, quando os netos de Millhouse Pascal não vieram, perguntei discretamente a Artur pelo seu paradeiro, tentando parecer desinteressado. O jardineiro explicou-me que era a semana anual de festas no colégio.

«Os estafermos ficam lá até ao próximo sábado, graças a Deus», comentou, com o escárnio que lhe era habitual quando falava deles. «Um fim-de-semana de paz.»

Paz para Artur, miséria para mim. No meu estado de paixão ansiosa, via Camila em toda a parte, sonhava com ela das maneiras mais inusitadas. Estava seguro de que, quando nos reencontrássemos, seria apenas uma questão de tempo; e comecei a pensar nas muitas maneiras de contar ao seu avô o que se passava entre nós. Comecei a imaginar coisas. Imaginei, por exemplo, que eu e Camila fugíamos da Quinta do Tempo no *Bentley*, e que Artur, às ordens de Millhouse Pascal, dedicava o resto da vida a perseguir-nos de terra em terra, conduzindo aquele *Citroën* pelas estradas mais remotas da Europa. Deitado na cama, à noite, sem conseguir adormecer, tentava invocar uma e outra vez o rosto de Camila, a imagem do seu corpo nu, mas tudo me surgia envolto numa estranha bruma.

Quando o segundo fim-de-semana chegou e me reencontrei com Camila, Gustavo e Nina no jardim, comecei a suspeitar de que tudo não passava de um delírio. Camila agiu como se nada tivesse acontecido, como se nunca houvesse tirado a roupa perante o meu olhar pasmado, e cumprimentou-me com um beijo no rosto. Pouco falámos nessa tarde, porque ela estava dedicada a treinar o equilíbrio e recusava-se a deixar a corda bamba, começando no final, junto da árvore, e caminhando para trás; e Gustavo e Nina jogavam uma partida de xadrez. Convidaram-me para sair com eles nessa noite. Aceitei, sentindo que subira involuntariamente para uma corda muito fina, equilibrando-me sobre a ponta dos pés, podendo cair a qualquer instante.

Se fosse necessário indicar o momento em que o estado quase idílico que se vivia na Quinta do Tempo chegou ao fim, provavelmente escolheria essa noite. Existiram, claro, acontecimentos bem mais sinistros – e tanto eu como Artur carregámos, durante muitos anos, a culpa daquilo que fizemos –, coisas bem mais sórdidas que irei narrar quando a altura se propiciar; porém, mesmo o assassino mais impiedoso tem a sua epifania, o instante em que decide o seu destino, o lavar das mãos antes de as sujar de sangue. Nada se passou de especialmente tenebroso e, no entanto, acredito que, se essa noite não tivesse existido, provavelmente as coisas teriam tomado outro rumo.

Fomos ao mesmo bar da vez anterior, onde se encontravam os gémeos Tomás e Jonas, David e um tipo que eu nunca tinha visto chamado José. Este último era alto e gordo, de rosto rosado. Camila disse-me que José tinha estudado no colégio de Cascais, mas havia sido expulso, e trabalhava agora numa quinta perto do Cercal, para onde os pais o tinham enviado depois de perceberem que era impossível mantê-lo na escola. As cervejas começaram a chegar à mesa com uma rapidez estonteante; jogámos dardos, jogámos póquer; quando saímos, já passava das três da manhã. José, que passara a última hora a beber aguardente com o dono, foi carregado por Tomás e Jonas para o banco traseiro do carro destes, e Gustavo abriu a porta do *Citroën*. Preparava-se para entrar quando, subitamente, se dobrou sobre um arbusto e começou a vomitar.

«Bonito», disse Camila.

«Merda para isto», disse Gustavo, erguendo-se e recomeçando a vomitar.

«Eu posso guiar», afirmou David, que estava muito mais embriagado do que da última vez, cambaleando e tentando tirar as chaves da mão de Gustavo.

«Não estás em condições», interrompi. «Guio eu.» As palavras saíram-me de maneira decidida; David olhou-me, surpreendido, enquanto me aproximei de Gustavo e lhe arranquei as chaves. Ninguém sabia que eu não tinha sequer carta de condução e, na altura, o problema nem me ocorreu. Camila sorriu e entrou para o banco da frente. Fiquei estupidamente orgulhoso da minha determinação – descobrindo que, bêbedo, tinha a confiança que sempre desejara – e, depois de Gustavo e David entrarem para o banco de trás, arranquei a grande velocidade, deixando para trás o carro dos gémeos.

Talvez Camila tivesse falado comigo, mas não me lembro de nada do que disse. Tinha apenas dois pensamentos, ambos viciosos: aquela rapariga de dezassete anos que se despira para que eu a visse e a desejasse comportava-se agora como se nada tivesse acontecido; e aquele rapaz no banco de trás, chamado David, estava a intrometer-se no meu caminho, coisa que, na minha confiança acabada de descobrir, não poderia permitir. Uma vez mais, tinham trocado palavras e olhares cúmplices no bar; uma vez mais, reparara na maneira especial como Camila falava com ele.

Gustavo, agarrado ao estômago, foi-me dando indicações e, até chegar à estrada principal, guiei com perícia e a uma velocidade desnecessária, ansioso por mostrar a Camila que podia confiar em mim. Quando chegámos ao asfalto, porém, a adrenalina desapareceu e, de repente, Gustavo adormeceu. Podia ouvi-lo a ressonar no banco de trás. David estava silencioso e fora do ângulo de visão do espelho retrovisor, e Camila encostara a cabeça ao vidro, fechando os olhos. Tinha quarenta minutos de estrada à frente, a meio da noite, e, subitamente, assaltou-me a certeza de que nunca iria conseguir. Estava demasiado embriagado e perdera todo o entusiasmo. Devia ter parado o carro, ou pedido a David que conduzisse, mas estava cego de obstinação e ciúme. Entrara numa missão suicida: preferia adormecer ao volante, sair pela berma da estrada e ter um acidente a entregar o controlo do carro a David. Recordo-me de fazer um esforço enorme para permanecer acordado, de tentar focar a linha branca do lado direito da estrada para me manter a direito. Porém, a certa altura, tudo em meu redor desapareceu e o mundo convergiu para um ponto de fuga no infinito: os campos, as árvores, a Lua, a estrada, o carro, Camila, David, Gustavo, eu próprio. Fiquei a observar esse ponto, espantado com a sua existência, enquanto sentia o carro, desgovernado, sair da estrada, descer uma ladeira e aterrar de focinho contra uma árvore.

Gustavo foi o primeiro a sair, abrindo a porta com um pontapé e vomitando para o chão. Camila despertou, assustada, e David estava pálido do susto. Um dos faróis dianteiros do carro partira-se contra a árvore, o outro permanecia aceso. Tentei ligar a ignição, mas o *Citroën* cuspiu, engasgou-se e morreu.

«Bonito serviço», disse David, levando as mãos à cabeça.

«O Artur vai matar-te, pá», disse Gustavo, de costas dobradas e a cabeça voltada para o chão, as mãos apoiadas nos joelhos. Apenas a parte da frente estava danificada. Para o tirar dali, no entanto, era necessário um reboque.

«Não lhe podemos dizer quem ia ao volante, estúpido», disse Camila. «O avô ainda o manda embora.»

«E então?», atalhou Gustavo, sentando-se no chão. «Vai um, vem outro. Sempre foi assim.»

Também me sentei no chão, envergonhado e furioso comigo próprio. Camila aproximou-se e afagou-me o cabelo.

«Não te preocupes», disse ela. «Isto depois resolve-se. Vamos é tentar perceber como é que saímos daqui.»

De repente, David começou a correr pela encosta acima e ficámos os três a olhar para ele, estupefactos. Um minuto depois, vimo-lo na berma da estrada, acenando na nossa direcção. Junto dele estavam Tomás e Jonas. David vira os faróis de um carro aproximarem-se e encontrou os amigos. Desliguei as luzes do *Citroën*, entreguei as chaves a Gustavo e, deixando-me ficar para trás, segui aquele triste grupo em último lugar, temendo o escárnio dos gémeos.

«Campeão», disse Tomás.

«O Nelson Piquet do Alentejo», disse Jonas.

Fui sentado no banco de trás, espremido entre David e José, com Gustavo do lado direito de cabeça fora da janela. José adormecera e ocupava grande parte do banco com o seu tamanho, ressonando um hálito fétido a bagaço. Não o tentei acordar nem fiz qualquer comentário; sentia-me ridículo e envergonhado com o que Camila pensaria agora de mim. Tomás, com Camila ao seu colo, ia bebendo de uma garrafa de aguardente e passando-a a Jonas. O leitor de cassetes passava uma canção dos The Who no volume máximo. Devia passar das quatro da madrugada quando chegámos à Quinta do Tempo.

O carro foi aos ziguezagues pela estrada de acesso à quinta, levantando pó e ceifando arbustos à sua passagem. Já deixara de temer pela nossa segurança; temia agora pelo que aconteceria quando Artur soubesse do *Citroën* na valeta e descobrisse a vegetação do caminho de acesso esmagada pelas rodas de um carro. Jonas estacionou junto da fonte, travando estridentemente. Olhei para a casa das heras e senti-me aliviado por não existir luz no interior. Tudo parecia silencioso.

«Vamos acordar aquele sacana», disse Tomás, saindo do carro depois de Camila.

«Tomás, não te atrevas!», disse Camila, sussurrando. Mas os gémeos não lhe pareciam prestar qualquer atenção.

«Vamos a isso», respondeu Jonas, batendo com a porta do carro e começando a procurar pedras no terreno. Os faróis do carro eram a única fonte de luz e incidiam sobre a porta principal do casarão.

«Gustavo, faz alguma coisa, por favor», pediu-lhe Camila. Mas o irmão estava semi-inconsciente e, ao sair do carro, deixou-se cair no chão, murmurando alguma coisa imperceptível. Camila olhou para David, suplicante, e este dirigia-se para os gémeos, mas foi tarde demais: de um só movimento, como se fossem uma e a mesma máquina, Tomás e Jonas arremessaram um punhado de pedras às janelas do casarão – onde, por sinal, não se encontrava ninguém, mas eles não sabiam que Millhouse Pascal pernoitava no seu consultório. As pedras, no silêncio da noite, fizeram um enorme estrondo ao chocarem contra as janelas, partindo alguns vidros.

«Toma lá, velho rançoso», disse Jonas, indo procurar outro punhado de pedras.

Nesse momento, a figura ameaçadora de Artur surgiu da esquina da casa das heras. Caminhou na nossa direcção a passo largo. Só quando entrou no círculo de luz dos faróis é que reparei que trazia nas mãos uma espingarda de dois canos. Tinha os olhos gelados de fúria.

«Eh lá, tem calma, pá», disse Gustavo, subitamente sóbrio, erguendo-se do chão.

Tomás e Jonas entraram em pânico e recuaram perante a caminhada imparável de Artur que, com um movimento, puxou atrás o carregador da arma.

«Quero-vos fora daqui neste momento. Vou contar até três, e quem aqui estiver leva chumbo», disse, a voz cerrada pela fúria. Depois olhou para mim e, pela primeira vez, senti um medo terrível daquele homem.

«Você, vá para dentro agora mesmo.»

Nem me atrevi a olhar para trás. De cabeça baixa, humilhado, caminhei na direcção da casa. Ouvi os gémeos a entrarem no carro e a arrancarem com um chiar agudo dos pneus, depois vozes à distância, e então o silêncio das escadas que conduziam ao meu quarto. Não fui capaz de dormir. Temia o que me viesse a acontecer por ter arranjado aquele sarilho – a visão de Artur carregando aquela arma despertara a consciência da realidade em que vivia, e acreditava agora que ele era homem para puxar o gatilho, se fosse necessário – e, ao mesmo tempo, não conseguia esquecer-me de Camila. Caminhei de um lado para o outro dentro do quarto. Não sei dizer quanto tempo passou até que, olhando acidentalmente lá para fora, vi as luzes do quarto de Camila acenderem-se. Ansiando pela sua imagem, abri as janelas de par em par, esperando um sinal, uma breve nudez, algo que me desse esperança e me dissesse que, afinal, eu estava perdoado.

Camila levantou a persiana e, porque a luz estava acesa, vi claramente a sua imagem, ainda vestida; mas tão cedo ergueu a persiana como a baixou e, subitamente, a silhueta de alguém mais alto, de um homem, abraçou a sua sombra e, como quem assiste a um teatro de sombras projectado numa parede, vi os rostos aproximarem-se e unirem-se. O meu estômago apertou-se num nó, enquanto as sombras desapareciam na repentina escuridão do quarto, e imaginei David deitado com Camila, sobre Camila, partilhando, de maneira quase perversa, de um sentimento anódino de prazer e repulsa.

O rapaz que nunca cresceu

Os dias passaram indiferentes. Não tornei a ver Camila, Gustavo ou Nina nesse ano – já ficarão a saber porquê –, mas pouco me importava. Parecia ter caído numa espécie de vazio existencial; um hiato entre este mundo e o outro, no qual, embora sentisse as diferentes partes do corpo, elas agiam como se não me pertencessem, separadas de um espírito incapaz de tomar as rédeas à realidade. Passeei-me pela Quinta do Tempo como se o tempo não existisse, cabisbaixo e silencioso, obedecendo às ordens intermitentes de Artur, continuando a trocar correspondência com os clientes e a manter os arquivos em ordem. Felizmente – porque não desejava que me visse naquele estado – fui dispensado das reuniões com o meu patrão devido ao excesso de trabalho, uma vez que este aproveitava o tempo livre para descansar.

Ou assim o afirmava o jardineiro. Compreendi, nesse tempo de desilusão, algumas das coisas que Millhouse Pascal me tentaria ensinar: que, preenchidas que estão as necessidades primeiras da vida, o espírito torna-se ágil e vagabundeia, lançando sobre o mundo as trevas próprias da sua condição. *Ignorância é força,* escrevera Orwell: quanto mais pensava sobre tudo, mais facilmente perdia aquilo em que pensava, e a matéria palpável de que é feito o mundo parecia começar a fugir-me de baixo dos pés.

Os netos apareceram no fim-de-semana seguinte, mas forcei-me a permanecer na biblioteca até mais tarde, embrenhado no trabalho, e em seguir directamente para o quarto. Escutei as suas vozes à distância, o timbre mais infantil de Nina, os resmungos de Gustavo, a voz de Camila, e pesou-me aquela proximidade tão parecida com uma distância, mas estava determinado a não cair outra vez numa armadilha. Quanto ao problema do carro, julgo que foi resolvido por Artur de maneira silenciosa – nunca me foram pedidas justificações nem imputada responsabilidade, moral ou financeira. O jardineiro deve ter tratado do problema como tratava de todas as outras coisas: de semblante inexpressivo, com gestos mecânicos. O *Citroën* reapareceu pouco tempo depois do acidente sem um único arranhão.

Recebi um telegrama da minha irmã numa manhã chuvosa. Era uma frase apenas, sem pontuação, telegrafada num papel amarelo que Artur deixou sobre a minha secretária pela manhã. A minha mãe estava no hospital, na unidade de Cuidados Intensivos. *Por favor vem assim que puderes,* dizia.

Artur conduziu-me, nesse mesmo dia, a Santiago do Cacém, onde apanhei transporte para Lisboa. Chovia sobre os campos e a estrada, um aguaceiro infindável que descia pela janela da camioneta e formava uma cascata de água que distorcia a paisagem. A impaciência em chegar cedo foi substituída pela melancolia, culpei-me por ter sido negligente e ter ignorado os avisos da minha irmã. Nas duas últimas cartas que me enviara, era evidente que o estado mental e físico da minha mãe se havia deteriorado rapidamente e que as suas alucinações – o vulto que julgava persegui-las, a sensação constante de estar a ser observada – precisavam de atenção médica. Para além daquele breve telegrama, eu não respondera a qualquer uma dessas cartas, apesar de as palavras da minha irmã me terem alertado para o estado fantasmagórico da nossa casa em Campolide; e agora censurava-me pelas minhas fantasias acerca de Camila e por ter pensado apenas em mim.

Cheguei a uma Lisboa mergulhada na bruma ao princípio da tarde. Apanhei um táxi para o hospital e, uma vez lá dentro, dirigi-me aos Cuidados Intensivos, atravessando os longos corredores que cheiravam a éter, os enormes saguões desertos visíveis das janelas. Uma enfermeira conduziu-me ao quarto, onde a minha mãe estava deitada numa cama a dormir serenamente, o cabelo castanho espalhado pela almofada. A minha irmã ergueu-se da cadeira onde estava sentada e abraçou-me, chorando. Depois limpou as lágrimas do rosto pálido e explicou-me o que acontecera.

No princípio da noite anterior, depois de um passeio breve pelo bairro, regressava a casa com a mãe que, nas últimas horas, parecia ter melhorado um pouco, quando reparou que uma das janelas da casa, que era um rés-do-chão, se encontrava aberta. Apressaram-se a entrar, e a minha irmã vasculhou o apartamento de uma ponta à outra, quando ouviu os gritos da minha mãe vindos do quarto de dormir. Encontrou-a prostrada no chão, como se acabasse de ter tido um colapso, e as gavetas da cómoda e da mesa-de-cabeceira escancaradas, as roupas e papéis remexidos; alguém tinha estado dentro da casa.

Só mais tarde, quando a minha mãe recuperou a consciência durante algumas horas, é que a minha irmã compreendeu a causa do colapso – perante o choque de ver o seu quarto voltado ao contrário, explicaram os médicos, a mulher teve um enfarte, provocado por uma emoção demasiado forte para um coração demasiado fraco. Quando regressei a casa nessa noite – aonde não ia desde Outubro –, eu e a minha irmã percebemos que, aparentemente, nada tinha sido levado. Quem quer que fosse o responsável, entrara, virara tudo do avesso e, aparentemente, saíra sem levar um único objecto. Havia um pormenor estranho: quase todas as fotografias da família tinham sido retiradas dos álbuns e largadas ao acaso, até os pequenos retratos mais antigos que a minha mãe guardava em envelopes – e que eram os derradeiros testemunhos do casamento, dos anos de casados, da nossa infância – tinham sido remexidos e deixados no chão. Quem cometera aquele acto de *criminalidade emocional*, como lhe chamou o polícia que veio registar a cena do furto, parecia ter estado à procura de alguma imagem em particular.

«Nunca vi coisa assim», disse Melo, o inspector. «Um assalto a uma casa sem qualquer objectivo aparente.»

Fiz companhia à minha irmã no hospital durante o que restou de Dezembro. Artur não me dera qualquer prazo de regresso, e Millhouse Pascal parecia-me, naquela altura perturbadora, uma personagem menos do que real. A minha mãe caiu num estado de ausência profundo, uma latência nas fronteiras da consciência, e estava desperta apenas alguns minutos por dia, balbuciando coisas sem sentido. Os médicos atribuíram a condição a um *stress* pós-traumático, mas eu já assistira a um episódio semelhante quando o meu pai morrera: a desistência da vida, o derradeiro fôlego exaurindo do seu corpo.

Na noite de Natal estava com a minha irmã na cantina do hospital, em silêncio. Alguns pacientes encontravam-se sentados às mesas com as famílias, vestidos com as batas verdes, ou os pijamas que os familiares lhes traziam.

«Sabes, estamos muito gratas pelo que fazes por nós», disse a minha irmã. «O dinheiro chega para a renda, as contas do hospital, enfim, tudo. Mas há uma coisa que me anda a incomodar.»

«Então?», perguntei, ausente, erguendo o olhar da chávena de café pousada à minha frente.

«Sinto que... Não leves a mal, por favor. Estamos-te mesmo agradecidas. Mas, desde que tu partiste, as coisas mudaram. Parece que a tua ausência despoletou este período em que estas coisas estranhas começaram a acontecer. Tu foste-te embora e, de repente, as nossas vidas, a minha e a da mãe, foram invadidas por um mal que não tem origem nem objectivo, um mal puramente malvado. Percebes o que te digo?»

«Não. Que tenho eu a ver com esse mal?»

«Nada, tu não tens nada a ver. Mas esta maldade toda à nossa volta, que nos persegue e nos entrou pela casa adentro, instalou-se quando tu partiste. É como se tivesse estado à espera deste momento para atacar.»

«Caramba, até parece que te juntaste a uma seita religiosa. Mal? Maldade? Isto é obra de um maluco qualquer que vos quer infernizar a vida, mais nada.»

A minha irmã baixou os olhos, parecendo humilhada pelas minhas palavras.

«Desculpa, não queria ser bruto.»

«Não faz mal», disse ela, dando-me a mão.

Nesse momento surgiu ao nosso lado uma enfermeira jovem, que se apresentou e disse ter sido destacada para acompanhar a condição da nossa mãe. Convidámo-la a sentar-se e fizemos conversa de circunstância; não consegui, contudo, deixar de reparar nos seus traços, nas suas mãos pequenas de dedos finos, no rosto sardento. Foi sem surpresa que, na minha cabeça, a comparei com Camila; sem surpresa que os dois rostos se pareceram cruzar, detendo-se no momento em que se sobrepuseram. O que sentia por Camila era agora, no entanto, alguma coisa parecida com humilhação, a sensação insidiosa de que tinha sido usado, e procurei afastar esse pensamento.

A enfermeira passou a noite de Natal connosco. A minha irmã preparara comida em casa, e comemos em redor da cama onde a mãe estava, de olhos fechados, os tubos escondidos debaixo dos lençóis. Não me recordo do que conversámos, mas lembro-me de que, vindo de parte nenhuma, recuperei um sentimento de pertença que me abandonara desde que partira para a Quinta do Tempo, uma familiaridade morna com as coisas. A condição da minha mãe não melhorou nem piorou – manteve-se *estável,* como explicam os médicos quando nada têm a acrescentar – e aquele estado de espírito manteve-se comigo durante toda essa noite sonolenta – um magro consolo, é certo, mas o único que existe perante a precariedade das coisas. Fez-me, sobretudo, esquecer: esquecer a doença da minha mãe, esquecer o mundo menos do que real no qual eu me encontrava mergulhado, esquecer que havia alguém, algures, que entrara em nossa casa e, como um fantasma, espalhara as evidências da nossa memória por toda a parte. Depois desse jantar dei um passeio com a minha irmã pelas ruas de Lisboa e, quando despertei em casa, na manhã seguinte, tive a ilusão de que colocara outra vez um pé em solo firme, em vez da corda bamba sobre a qual andara a praticar a perigosa arte do funambulismo.

O ano passou sem sobressaltos. No dia 2 de Janeiro, recebi um telefonema de Artur, perguntando-me pelo estado de saúde da minha mãe e querendo saber quando regressaria ao trabalho. Havia muitas coisas a tratar, alguns clientes novos, uma pilha de correspondência por abrir. Compreendi que a minha presença era necessária e pedi-lhe mais uns dias, que incluíam o fim-de-semana; ele concordou.

Combinei um encontro com o inspector Melo na esquadra de Santos-o-Velho no dia seguinte. Apareci à hora combinada, e Melo recebeu-me numa sala privada, expulsando um polícia gordo que dormia com os pés descalços sobre a secretária.

«Interrogámos todas as pessoas do vosso prédio, e muita gente no bairro. A nossa opinião é que foi obra de alguém que não vive em Campolide», disse ele, acendendo um cigarro.

«Isso não me oferece grande tranquilidade, inspector», respondi. «Vou-me embora depois de amanhã, e não quero deixar a minha família nesta insegurança.»

Melo soprou uma bola de fumo na minha direcção, o que me deixou irritado.

«Diga-me lá: o que é que você faz?»

«Isso tem importância?»

«Curiosidade.»

«Trabalho para um empresário no Alentejo.»

«Que género de empresário?»

«Eu próprio desconheço a natureza dos seus negócios. Assinei um contrato de privacidade, e a pessoa que paga o meu salário deseja permanecer incógnita.»

«Já colocou a hipótese», disse ele, franzindo umas sobrancelhas demasiado unidas, «de esse seu patrão ter alguma coisa a ver com o que se passou? Segundo o que a sua irmã nos disse, estes acontecimentos bizarros tiveram início após a sua partida.»

«Isso é completamente absurdo. Que género de pessoa emprega alguém, pagando-lhe bom dinheiro para trabalhar, para depois lhe dar cabo da vida?»

«Há gente para tudo. Nem imagina os casos que nos passam pelas mãos.»

«E que espécie de relação teria o meu patrão com a minha família? Já se esqueceu de que andaram a remexer a casa por inteiro?»

«Era sobre isso que lhe queria falar. Você já reparou – e só falo nisto porque, como polícia, compete-me analisar todas as provas disponíveis – que, na vossa casa, não existe uma única fotografia sua recente?»

«Não percebo.»

Melo inclinou-se para a frente. «Há pelo menos dois álbuns de fotografias, um na cómoda da sua mãe, outro, mais pequeno, no quarto da sua irmã. Junto com os retratos espalhados aqui e ali, devem ser cerca de cinquenta imagens, ao todo, mais coisa, menos coisa. Da sua mãe, do seu pai, da sua irmã e de si, enquanto crianças. De outros familiares que desconheço. Você, porém, tal como é hoje em dia, não aparece numa única.»

«Custa-me acreditar nisso.»

«Pois acredite na minha palavra. Ou verifique por si mesmo. Você é o rapaz que nunca cresceu.»

Fiquei um tanto chocado com as palavras do homem. Tentei recordar, sem sucesso, a última vez que alguém me tirara um retrato; tinha a vaga memória de que existia, na casa, uma fotografia minha recente, mas era incapaz de dizer onde se encontraria ou em que circunstâncias havia sido tirada.

«E isso é prova de quê?»

«De nada, de nada», atalhou o inspector, pouco se esforçando por fingir que nada estava implicado naquela observação.

«O que me importa é manter a minha mãe e a minha irmã em segurança. Vinha perguntar-lhe se era possível destacar um polícia para as vigiar.»

«A isso chama-se um guarda-costas.»

«Pois.»

«O que podemos fazer é apertar a vigilância ao vosso bairro, em Campolide. Se quiser uma escolta pessoal, posso indicar-lhe um serviço privado.»

«Por favor», disse. Melo escreveu um nome e um telefone num papel, entregou-mo e apertámos as mãos. Deixei o seu escritório sem conseguir parar de pensar no que me tinha dito. Embora me parecesse um pormenor sem importância, não deixava de ser lúgubre.

Jantei nessa noite com a minha irmã, mas fui incapaz de lhe relatar aquele episódio. Comemos em relativo silêncio e, depois, segui para casa e ela para o hospital, onde dormiu, para fazer companhia à minha mãe. Se eu tivesse sido um homem diferente, teria nesse momento tomado a decisão certa e ficado ao lado delas, não mais as abandonando; em vez disso, deixei-me arrastar pela sedução mórbida do inesperado, e voltei a partir, vinte e quatro horas passadas. Se, naquele momento fugaz da escolha, tivesse contrariado os meus instintos mais negros, talvez hoje ainda estivéssemos juntos; e talvez a vida não se tivesse tornado nesta queda pela garganta de um penhasco vertiginoso, neste olhar dilacerante ao interior da barriga de um monstro.

A minha irmã levou-me à estação das camionetas. Beijámo-nos, e eu prometi-lhe regressar depressa. Entrei na camioneta e, quando esta partiu e a minha irmã já não era mais do que um grão de areia à distância, o mundo pareceu transformar-se num deserto.

Dois e dois são cinco

«Seja bem-vindo», disse Artur, entrando na biblioteca e entregando-me uma caixa de cartão repleta de cartas. «Temos um cliente de partida esta tarde, o senhor Bolenguer, amanhã deverá chegar Anton Karpov e, na quinta-feira, o incansável senhor Shultz.

Fui eu próprio que fiz as marcações, por isso seria bom que confirmasse tudo.»

Detectei uma boa-disposição inusitada na sua voz. Olhei para a ficha de Karpov: União Soviética, exilado, presumivelmente governo ou agência governamental*, acusado de crimes de guerra, ilibado por ausência de provas, residente em Paris.

Aproveitei a boa-disposição de Artur, que deveria sentir-se aliviado pelo meu regresso. «Ando há algum tempo para lhe perguntar uma coisa», disse-lhe.

«Pois pergunte», respondeu Artur, arrumando alguns dos livros que se encontravam sobre a grande mesa da biblioteca.

«O que é que o patrão faz, exactamente, com os seus clientes? Quero dizer, o que é que se passa lá em cima, na casa das heras?»

Artur parou um segundo, olhando-me com suspeita, antes de recomeçar a arrumar a mesa.

«Pensei que você sabia.»

«Porquê?»

«É consigo que o patrão se reúne aos domingos, é consigo que ele fala de trabalho. Já vi os livros que tem no quarto, pertencem à nossa biblioteca. Está, com certeza, mais informado do que eu.»

«Engana-se, não faço ideia nenhuma. Se tivesse de adivinhar, diria que ele é uma espécie de...»

«Filósofo?», adiantou Artur.

«Precisamente.»

O jardineiro encolheu os ombros, preparando-se para sair. «Quem sabe? Talvez um dia descubra.»

* Na realidade, ex-KGB – foi um dos conselheiros militares de Putin, como podem comprovar facilmente; opôs-se fortemente, no princípio dos anos oitenta, à decisão dos líderes do Pacto de Varsóvia de não invadirem a Polónia para colocarem um ponto final nas acções da Solidariedade, que estavam a desestabilizar o equilíbrio comunista na Europa de Leste; Brezhnev não gostou das suas declarações ao Politburo, nessa altura, e afastou-o da polícia secreta e do país.

«Não tem curiosidade?»

«Não me pagam para ter curiosidade», rematou Artur, deixando-me sozinho na biblioteca.

Fiz o possível por tratar de todos os assuntos pendentes e, ao final do dia, escrevi uma carta à minha irmã, dizendo-lhe que chegara bem e que sentia a falta delas. Nessa noite, durante o jantar, enquanto Artur via televisão, dei por mim a pensar em Camila e fui dar um passeio pelo jardim, detendo-me ao pé da árvore junto da qual a neta de Millhouse Pascal caminhava sobre a corda bamba. A árvore perdera quase todas as folhas e parecia uma criatura de uma história triste para crianças; o relvado, mal tratado pelas chuvas de Inverno, perdera o seu esplendor. Observando o cenário, senti uma saudade inesperada dos dias de Outono em que encontrara Camila e os irmãos naquele lugar, quando o sol agraciava a Quinta do Tempo com a sua luz. Chutei algumas folhas secas que repousavam no chão e fui para o quarto, onde encontrei, sobre a cama, um recado de Millhouse Pascal junto a um exemplar de *A Metamorfose* de Kafka. O recado dizia: *Domingo, 13:00.*

Resolvi dedicar-me ao trabalho. Os meses anteriores tinham-me deixado ansioso, incapaz de me concentrar nas tarefas mais simples e, através de um esforço da vontade, passei essa primeira semana após o regresso entregue aos meus deveres, obrigando-me a fazer horas extra, parando apenas quando me encontrava demasiado cansado para continuar. Na sexta-feira ao final da tarde, evitei encontrar-me com os netos de Millhouse Pascal, dizendo a Artur que não lhe faria companhia ao jantar – justifiquei a minha ausência com um princípio de gripe; a quinta era um lugar gelado, onde o orvalho matinal se assemelhava a flocos de neve, e a casa onde habitávamos não tinha outro aquecimento senão uma lareira na sala de estar – e, logo após o trabalho, fechei-me no quarto a ler, as persianas da janela corridas. Não vou dizer que foi fácil. A presença de Camila na quinta era quase palpável e tive de reprimir, umas quantas vezes, a vontade de ir até ao jardim ver se ela lá se encontrava.

Cruzei-me duas vezes com Anton Karpov – um homem assombrosamente alto, de olheiras profundas e quase careca, vestido de fato preto e camisa branca – e a curiosidade que, por vezes, sentia em relação ao aspecto singular dos clientes do meu patrão transformou-se, dessa vez, em medo: Karpov caminhava como um assassino, tinha olhos e mãos de assassino. Tudo no homem respirava homicídio. De queixo proeminente e rosto anguloso, arrastava consigo, por onde passava, o peso dos seus passos, caminhando entre a casa das heras e o casarão. Era o único, de entre todos os clientes, que até a Artur parecia causar arrepios e, durante as noites em que esteve na Quinta do Tempo, creio que o jardineiro não se chegou a deitar na cama, ficando sentado em frente da televisão e dormitando nos intervalos da sua vigília. A presença de Karpov quase me fez esquecer aquelas madrugadas em que a figura corcunda surgia, carregando em direcção à escuridão um saco com qualquer coisa viva no interior. Ao lado do soviético, Artur parecia uma criatura inocente de um conto de fadas.

No domingo entrei no casarão cinco minutos antes da uma da tarde, carregando comigo correspondência por assinar, várias sugestões para a agenda e os perfis confirmados por Pina Santos dos novos clientes. Subi as escadas devagar. A porta estava, como de costume, entreaberta.

«Entra», disse a voz do meu patrão.

Millhouse Pascal estava sentado de costas para mim numa das poltronas. Ocupei a cadeira em frente da secretária e, passados alguns segundos, ergueu-se e caminhou para o seu cadeirão.

Estava diferente da última vez que o vira: parecia ter ganho vida nova, como se a passagem de ano o houvesse regenerado. O cabelo branco estava mais espesso, engordara um pouco e tinha um sorriso nos lábios.

«Bem-vindo», disse, acendendo uma cigarrilha. «Como está a tua mãe?»

«Mais ou menos.»

«Não está melhor?»

«Nem por isso. Os médicos dizem que está estável, mas a mim pareceu-me estar adormecida para sempre.»

Millhouse Pascal abanou a cabeça, com ar consternado.

«A minha mãe, Alma, também sofreu de problemas de saúde. Logo a seguir a ficar grávida, em 1910. Foi por isso que os meus pais vieram para Portugal. A atmosfera de Londres era demasiado poluída para ela, disseram os *especialistas*. Como se, nessa altura, existissem especialistas de alguma coisa. Mas a verdade é que vieram para cá e a minha mãe melhorou, talvez devido ao clima que se respirava em Sintra, talvez devido à sugestão psicológica que, como todos sabemos» – fez uma pausa e deu uma longa passa na cigarrilha –, «vale por trinta mil panaceias. E depois eu nasci, e foram ficando, ficando, ficando... até que a minha mãe morreu mesmo, ainda nova, muito antes do meu pai.»

«Sinto muito.»

«Deixa-te disso. Foi há tantos anos.» Mudou de assunto bruscamente. «Como é que te soube este tempo fora daqui? O tempo fora do tempo, por assim dizer.»

«Mais ou menos. A minha família está a atravessar um período difícil, e a minha irmã... Bom, a minha irmã, subitamente, transformou-se numa pessoa supersticiosa e está convencida de que a razão de todos os azares é o facto de eu ter partido.»

Ele recostou-se no cadeirão, cruzando os dedos.

«Interessante. E o que é que tu achas?»

«Acho que ela está a imaginar coisas.»

«Não acreditas na mão do destino.»

«O destino? Não sei bem o que é isso.»

«O destino significa que não fazemos as nossas escolhas, que o livre arbítrio é uma ilusão. Que, mesmo quando julgamos poder escolher, essa escolha já foi feita por outrem. Normalmente, *outrem* é designado por Deus; mas podes chamar-lhe o que quiseres.»

«Nunca pensei nisso.»

«A tua vinda para aqui, por exemplo. Achas que foi inteiramente escolha tua?»

«Acho que foi uma coincidência. Precisava de trabalho para sustentar a minha família, e o senhor precisava de um ajudante.»

«E, de entre todas as pessoas que poderia ter escolhido, escolhi-te a *ti*.»

«Tive sorte.»

«Ou estava escrito?»

«Por quem?»

«Pouco importa. Depois de acontecido, é fácil atribuir a um evento a qualidade do acaso. *Que grande coincidência, imagina tu que*, etc. O que é difícil é ler nas entrelinhas e ver os mecanismos secretos do universo decidindo o seu rumo. Concordas comigo que o passado é uma inevitabilidade?»

«Em que sentido?»

«Não pode ser alterado.»

«Concordo. O que passou, passou.»

«E que todos os acontecimentos que constituem o passado, no momento em que acabam de acontecer, são também inevitáveis, uma vez que, se assim não fosse, seriam outros?»

«Acho que sim.»

«Errado», disse Millhouse Pascal, continuando a fumar a cigarrilha. «O passado pode ser alterado subjectivamente, bem como os acontecimentos que o constituem, porque o passado não tem existência física. Devias ter aprendido isso com *1984*. E, agora, com *A Metamorfose*, que te dei para ler. Assim fizeste, espero.»

«Li, mas não sei aonde quer chegar.»

Pensei, por alguma razão, nas fotografias espalhadas pela minha casa.

«Quero chegar a um paradoxo. Por um lado, a coincidência e o acaso não são matrizes suficientemente fortes para explicarem o porquê de as coisas serem como são; por outro, a inevitabilidade e o destino destituem a vida do factor humano. Em que ficamos? Na subjectividade do homem. O passado é alterável se acedermos ao interior do espírito humano e, de alguma maneira, o conseguirmos vergar. E, se o passado é alterável, então somos donos do presente e do futuro. Não basta, como o Partido faz em *1984*, reeditar todas as notícias que já foram publicadas e mudar-lhes o conteúdo, manipulando a informação; ou seja, não basta afirmar que dois e dois são cinco – é preciso fazer *acreditar* que dois e dois são cinco. A crença tem de ser alterada a partir de dentro.»

«Através da tortura», disse, relembrando o último capítulo do livro.

«Não necessariamente. Existem outros métodos, menos dolorosos.»

«É isso que o senhor faz?», perguntei, enchendo-me de coragem. «Altera o passado dos seus clientes?»

«Essa informação é exterior às tuas competências», respondeu. «Mas, se leste *A Metamorfose* com atenção, poderás compreender melhor o processo de que te estou a falar. A modificação das nossas crenças não é progressiva nem pode ser ensinada, apenas induzida: acontece num momento de clarividência e implica uma passagem por um instante durante o qual aceitamos a monstruosidade do nosso ser.» Relembrei o livro que acabara de ler e imaginei Gregor Samsa deitado sobre a cama, transformado em insecto, agitando as suas patas no ar. «Mas já divagámos o suficiente. Tudo isto vinha a propósito da tua irmã e da tua mãe. Espero que recuperem rapidamente dos traumas sofridos.»

«Obrigado.»

«Agora passa-me os papéis, por favor.»

Fui-lhe entregando os papéis, e Millhouse Pascal assinou-os e devolveu-os. Fizemos alguns ajustes na agenda e, nos momentos de silêncio, tentei fazer sentido da conversa que acabáramos de ter. Tive a súbita impressão, sem saber porquê, de que tudo se encontrava ligado àquele homem; de que ele era, de alguma maneira, o homem das marionetas que se escondia por detrás dos acontecimentos que iam constituindo a minha vida, desde o nascimento até à minha futura morte; de que tudo estava já contido neste presente. Preparava-me para abrir a porta e sair quando ele me tornou a chamar.

«Lembrei-me agora mesmo da nossa combinação em relação aos meus netos. Ainda não ouvi uma palavra tua.»

«As coisas não correram como eu esperava.»

«Se estás a falar do incidente em Dezembro, não te preocupes. Sei que a culpa não foi tua. Aqueles idiotas dos amigos do Gustavo nunca gostaram de mim, mas apanharam um susto valente. Não me parece que tornem a pôr os pés em minha casa.»

«Não é só isso», respondi, acabrunhado. «Se não se importasse, preferia não perder mais tempo. Tenho uma situação difícil em Lisboa e, seja como for, não me parece que alguma vez venha a existir uma amizade. Nada tenho, ou terei, para lhe contar sobre os seus netos. Somos pessoas muito diferentes.»

Millhouse Pascal encolheu os ombros e escreveu alguma coisa no seu bloco de notas.

«É pena», afirmou, fazendo-me um gesto para sair. «A minha neta Camila parecia gostar da tua companhia.»

Janeiro passou numa enxurrada de água. Os céus pareceram abrir-se e, como se alguém derramasse um caldeirão gigante através deles, o mundo escondeu-se atrás de um aguaceiro interminável. Recebi uma carta da minha irmã perguntando-me quando nos tornaríamos a ver. Respondi que iria a Lisboa em breve, porque a condição da minha mãe assim o exigia. Soube, por intermédio de Artur, que Nina era a única dos netos de Millhouse Pascal que estivera na quinta nos dois últimos fins-de-semana desse mês – não perguntei pelo paradeiro de Camila ou de Gustavo; quanto menos soubesse, melhor seria – e, do meu quarto, observei a figura da rapariga brincando sozinha no jardim, sempre que a chuva fazia um pequeno intervalo. O resto do tempo era de pura solidão: as manhãs morosas na biblioteca, usando uma grossa camisola de lã por causa do frio, escrevendo cartas e telegramas, preenchendo fichas e arquivando-as, dactilografando na máquina de escrever a história secreta daqueles homens enigmáticos. Por vezes despertava, inquieto, à beira da madrugada, o fogo tremeluzente na janela da casa das heras como uma espécie de farol, uma indicação do Norte no meio de um mar tumultuoso.

No princípio de Fevereiro fui a Lisboa durante dois dias, com permissão de Artur. A actividade na Quinta do Tempo tinha entrado em piloto automático e, com a agenda preenchida e Millhouse Pascal em grande forma – aguentando cargas horárias de trabalho superiores à capacidade de um homem com metade da sua idade –, existia algum tempo livre. Embora a minha mãe permanecesse no hospital, na mesma condição vegetativa em que a encontrara no mês de Dezembro, a minha irmã parecia ter conseguido dissipar a nuvem negra de superstição que havia pairado sobre ela. Eu considerara seriamente a hipótese de contactar os serviços privados de protecção que o inspector Melo me recomendara, mas não o chegara a fazer; embora tivesse um bom salário, a estadia da minha mãe no hospital começava a ser dispendiosa.

Passei a primeira noite com a minha mãe no hospital e, na noite seguinte, antes de regressar ao Alentejo, dormi na casa de Campolide. Tive então o mesmo sonho que me assaltava desde que conhecera Camila: atravessava o deserto do Kalahari – sabia, no sonho, que se tratava do Kalahari, embora nunca o tivesse visto – sobre uma corda bamba e, a determinado momento, o sol começava a derreter o meu corpo, derramando-o sobre a corda, um funâmbulo transformado em mel, como num quadro de Salvador Dalí. Acordei de madrugada, em sobressalto: a minha irmã estava aos pés da minha cama.

«Estavas a ter um pesadelo», disse ela, baixinho.

«Eu sei.»

«Com que sonhavas?»

«É impossível explicar-te.»

«Gostava de saber o que é que te atormenta. Nunca te tinha dito, mas desde que foste para esse lugar começaste a dormir mal. Quero dizer, pelo menos quando estás aqui. Murmuras no sono e rebolas-te na cama, de um lado para o outro, como se tentasses escapar a alguma coisa que te persegue.»

Suspirei, ainda cansado. «Não me vais falar do mal outra vez, pois não?»

«Vou», disse ela.

«Acreditas mesmo nisso?»

«Acredito», respondeu, beijando-me e saindo do quarto.

Apesar deste episódio, deixei Lisboa com a sensação de algum alívio: os estranhos acontecimentos do final do ano pareciam haver cessado, e a casa em Campolide regressara à sua quietude habitual.

Quando voltei à Quinta do Tempo, as chuvas tinham terminado, mas o frio não dava tréguas. Ao entrar no meu quarto, ao final da tarde, encontrei um recado no chão, escrito à pressa num papel amarelo, idêntico àquele que eu usava para dactilografar as notas sobre os clientes.

Se ainda for dia, olha pela janela.

Esmaguei o papel numa bola que mantive entre os dedos durante um longo minuto; implorei para não ceder à tentação; e depois fiz subir as persianas. Lá estavam Gustavo e Nina, sentados a uma mesa, a jogar xadrez, ele dando goles sucessivos no seu frasco de *whisky*. E lá estava Camila, sobre a corda bamba, com uma sombrinha na mão. Coincidência ou destino, olhou para cima no momento em que a vi e, sorrindo, acenou-me para que descesse.

Assistente de funâmbulo

«Podes dar-me os parabéns», disse Camila, depois de me abraçar. Tinha o corpo quente.

«Porquê?»

«Fiz dezoito anos, estúpido.» Deu-me um murro no braço. Usava uma fita azul no cabelo e tinha ainda vestido o uniforme do colégio, com uma grossa camisola branca por cima.

«Parabéns», disse, sem grande entusiasmo, recordando-me da noite em que a vira com outra pessoa no quarto.

«Bom, não podias adivinhar. Depois do acidente, o velho fascista resolveu castigar-nos, e ficámos dois fins-de-semana sozinhos no colégio», explicou.

«Tudo culpa tua, que não sabes conduzir», berrou Gustavo, caminhando na minha direcção. Parecia ter crescido, naquele curto lapso de tempo em que não o vira: o cabelo estava mais longo e escuro, e uma barba incipiente começava a despontar-lhe no queixo.

«A culpa foi dos teus amigos, que são uns porcos», disse Camila, pegando-me na mão e afastando-me do irmão.

«Seja como for, que é que me dizes a uns copos mais logo?», perguntou Gustavo, regressando para junto de Nina.

«Não posso», menti. «Tenho muito trabalho. Estive ausente e, agora, é preciso pagar a factura.»

«Tu é que sabes, pá. Tu é que sabes.»

Camila ajoelhou-se junto do cavalete a que a corda estava amarrada e, pegando numa mochila, vasculhou o conteúdo. Encontrou o que queria, sorriu e passou-me para a mão uma venda preta. Depois voltou-se de costas.

«Vá, põe-me a venda sobre os olhos. Aperta com força.»

Hesitei, olhando em redor para verificar que Artur não nos observava.

«Para que serve isto?»

«Se o grande Blondin caminhou sobre as Cataratas do Niagara de olhos vendados, eu consigo caminhar dez metros no meu jardim», afirmou, ajustando a venda aos olhos enquanto eu dava o nó. Depois subiu para o banco e pediu-me que lhe segurasse na mão. Já na corda bamba, libertou-se dos meus dedos e equilibrou-se esticando os braços na horizontal. «Preciso de saber que estás ao meu lado», disse ela. «Quando começar a caminhar, acompanha-me, ou agarra-me se eu cair.»

A imagem de Camila, vendada sobre a corda, era inusitada; mas era mais do que isso: oferecia-lhe uma fragilidade inesperada. Habituara-me a pensar em Camila como um adulto à força, alguém que desafiava os limites da sua idade e apresentava ao mundo uma segurança fora do comum. Agora, tremendo como varas verdes, parecia ter recuado aos primórdios de si própria, hesitante em dar um único passo, pedindo-me que falasse para ter a certeza de que eu permanecia ali.

Ao final de dois passos caiu, e eu tentei agarrá-la nos meus braços, mas o peso da queda deitou-nos ao chão, e Camila arrancou a venda, gritando no meu rosto um aroma a pastilha elástica.

«Grande merda!»

Tentámos novamente, mas ela não conseguia caminhar mais de metade do comprimento da corda; sem referências visuais, o seu corpo parecia feito de plasticina. Ficou muito zangada consigo mesma e começou a desatar a corda de rosto rubro, murmurando palavrões. A sua teimosia era impressionante e, ao mesmo tempo, sem saber porquê, fez-me ter pena dela – como se fosse um artista de circo que falhasse uma actuação diante de uma plateia.

«Não fiques assim», disse-lhe, um pouco atrapalhado com a situação. «É a primeira vez que tentas fazer isto?»

«Deixa-te de consolos», respondeu, agressiva. Depois pediu-me desculpa. «Preciso de um favor teu. Eu pedia ao Gustavo, mas ele não se interessa por nada disto, por isso tenho de recorrer a ti.»

«O quê?»

«Gostava que me ajudasses a treinar na corda bamba. Que sejas *assistente de funâmbulo*, por assim dizer.»

«Mas eu não percebo nada disto. Como é que te posso ajudar?»

Camila afastou o cabelo suado dos olhos e pegou-me na mão.

«Não precisas de perceber. Basta fazeres o que fizeste hoje, ficares ao meu lado, ires corrigindo os erros que não sou capaz de perceber que faço, porque estou lá em cima. Serás uma espécie de farol, avisando-me quando estiver a desviar-me do rumo.»

«Está bem», respondi. «Não pode ser muito difícil.»

Camila largou-me a mão e deu-me um beijo no rosto. Ficou outra vez animada.

«Obrigada. Quero ser bem melhor nisto quando estiver com a minha mãe.»

«A tua mãe vem cá?»

«Não, tonto. Eu vou para os Estados Unidos. Já te disse isto antes, não te lembras? Este Verão, depois de terminar o liceu, parto para Nova Iorque. Quero que a minha mãe fique orgulhosa com aquilo que já sei fazer.»

«E o teu avô concorda com a tua ida?»

«Não tem grande hipótese», respondeu, baixando os olhos. «Tenho dezoito anos, posso fazer o que bem me apetecer. Estou farta do velho e das suas manias, estou farta desta quinta e dos seus clientes chalados. Toda a gente no colégio acha que somos uma família de loucos. Há uma colega da Nina que está convencida de que viemos de outro planeta.»

«As pessoas são estúpidas quando não percebem uma coisa. Sempre foi assim. As bruxas iam para a fogueira, na Idade Média.»

Camila baixou-se e pegou na mochila, colocando-a ao ombro. «Pois como eu não quero ir para a fogueira, vou pirar-me desta Idade Média antes que me apanhem», disse, sorrindo. «Vemo-nos amanhã?»

Foi um mês de trabalho intenso. Os clientes chegaram em catadupa, e o avô de Camila teve apenas dois dias de folga. Os meus fins-de-semana dividiram-se entre as noites solitárias no meu quarto, a ler – onde, por vezes, tinha de me sentar com o cobertor da cama aos ombros por causa do frio, esforçando-me por segurar no livro sem tremer; e fingir que era o assistente de Camila num espectáculo imaginário. Gustavo e Nina passeavam-se pelo jardim quando o tempo ficava mais quente, fazendo pouco de mim e da irmã ao jeito sarcástico de Gustavo, que Nina ia aprendendo a imitar, mas eu e Camila nunca desistimos, e chegámos a estar mais de duas horas debaixo de uma chuva miudinha para não perdermos a tarde. Eu fazia-o porque era incapaz de recusar; e, embora soubesse que ela gostava da minha companhia, sabia também que era apenas um mero acessório, alguém que servia um propósito e uma teimosia.

Ainda assim, não posso dizer que ajudá-la a fazer funambulismo não tenha sido, por vezes, uma boa distracção das longas horas na biblioteca e das noites intermináveis na companhia de Artur. Em pouco tempo, Camila aprendeu a caminhar com a venda sem cair, utilizando a minha voz como ponto de referência. Depois, dominada a técnica da caminhada – sem a venda, a corda tornara-se para Camila tão difícil de percorrer como o chão, e era capaz de atravessá-la sem tremer, falando comigo durante longos períodos sem precisar de pensar no que estava a fazer –, chegou a altura das diversões. Passei um fim-de-semana inteiro a lançar laranjas e ameixas ao ar, na direcção de Camila, que as ia apanhando – e deixando cair –, fazendo malabarismos com elas sobre a corda. Naquela altura só conseguia equilibrar três ao mesmo tempo no ar e, para cada uma que deixava cair sobre a relva, Camila dava um passo atrás e eu lançava-lhe outra peça de fruta. Vistos à distância, devíamos parecer loucos, caminhando para trás e para diante, ela sobre a corda, eu na relva, atirando fruta ao ar e deixando-a cair. No fim da tarde de domingo, já conseguia caminhar de um lado ao outro da corda sem largar qualquer peça de fruta e, no final, comemos as laranjas e as ameixas.

Outro dos truques que Camila aprendeu com a minha ajuda foi o da bilha de água. Não era propriamente uma façanha vistosa, mas desenvolvia as capacidades de equilíbrio. Eu passava-lhe uma bilha de água quando ela já se encontrava sobre a corda e Camila colocava-a sobre a cabeça; a água enchia quase completamente o recipiente e, a cada parcela de água entornada por causa da oscilação do corpo, tinha de recuar um passo. O resultado era que, no final, a bilha meio cheia pesava exactamente aquilo que era necessário ao equilíbrio de Camila, o ponto exacto de pressão sobre o seu corpo que permitia uma travessia incólume da corda, de um lado ao outro, aumentando a amplitude do seu balanço. No último fim-de-semana de Fevereiro, Camila quis fazer um teste à sua capacidade de equilíbrio e pediu-me que, enquanto ela se encontrava sobre a corda do lado mais afastado do cavalete, junto da árvore, eu me equilibrasse também na corda, mas do lado oposto. Ainda não tinha chegado a dar um passo mas, nos intervalos, enquanto Camila descansava, tinha vindo a aprender a equilibrar-me, conseguindo ficar alguns segundos sobre a corda sem cair, de braços abertos. Nessa ocasião, olhando para a figura dela do outro lado – devia pesar menos vinte quilos do que eu –, temi que, ao colocar os pés sobre a corda, ela levantasse voo. Mas descobri que não era uma questão de peso. O maior problema era a minha entrada descuidada, colocando o segundo pé com demasiada força e fazendo tremer de tal maneira a corda que Camila era obrigada a saltar fora. Depois de muitas tentativas – estive quase a desistir, receoso de que Millhouse Pascal e Artur nos estivessem a observar da casa das heras, rebolando no chão de riso – consegui, finalmente, aterrar com suavidade e, durante breves segundos, eu e Camila ficámos suspensos no ar, voltados um para o outro, como se pertencêssemos a um mesmo organismo, uma só criatura ligada pela tensão de um fio esticado de um lado ao outro de um corpo dividido em dois. E foi então que me enchi de coragem e dei o primeiro passo sobre a corda bamba. Camila sorriu, um sorriso largo e aberto, antes de eu me estatelar sobre a relva.

No dia seguinte, já Camila partira para a escola, Artur entregou-me, pela manhã, quando regressou da viagem a Lisboa, um envelope.

«A menina Camila deixou-lhe isto.»

Era o *poster* de Philippe Petit que me prometera. Uma imagem a preto e branco mostrava um homem magro, sorridente, vestido de preto, equilibrado sobre um cabo que partia de um edifício a uma altura imensa – o 104.º andar do World Trade Center, ainda inacabado –, segurando nas mãos, de braços afastados, um varão de muitos metros de comprimento. Coloquei o *poster* sobre a minha cama, onde ficou até ao meu último dia na Quinta do Tempo.

O PRIMEIRO INCIDENTE

As notícias da minha família eram animadoras. A minha mãe começava a passar mais tempo acordada e dava pequenos passeios pelo átrio do hospital. Apesar de ainda se encontrar muito fraca, já perguntara por mim e até manifestara o desejo de regressar a casa. A minha irmã pedia-me que as fosse visitar o mais depressa possível e assim indaguei, junto de Artur, se o final da primeira semana desse mês seria uma boa altura para me ausentar durante uns dias e, depois de consultar Millhouse Pascal, o jardineiro respondeu afirmativamente.

No dia anterior à minha partida, porém, as coisas começaram a complicar-se. Na altura, não podia saber que esse primeiro acidente era o prenúncio dos acontecimentos que viriam depois – já várias vezes vos alertei para eles, mas só farão sentido se os descrever numa sequência temporal que me ajude a ordenar as memórias que guardo desse período. Se soubesse, estou seguro de que teria fugido da Quinta do Tempo; mas isto é uma conjectura fácil de ser feita a vinte e cinco anos de distância. Importa, pois, contar aquilo que aconteceu; este passado que, por mais que o tenha tentado exorcizar, continua tão presente como o Sol, a Lua e todas as outras coisas às quais é impossível fugir neste mundo.

Recordam-se de Jack Cox, de quem já vos falei. Passava das dez da noite quando, sentado à mesa com Artur, a televisão ligada, comia uma refeição ligeira depois de um dia cansativo – Artur pedira-me para deixar muitos assuntos em ordem antes de partir, o que implicara três ou quatro viagens a Santiago para enviar telegramas e correio, tratando dos problemas conforme surgiam –, escutámos gritos provenientes do exterior. Durante alguns segundos ficámos em silêncio, tentando perceber a origem dos gritos; e então Artur afastou a mesa, ergueu-se e correu na direcção da porta.

«Vêm da casa do patrão», disse, num tom surpreendentemente calmo.

Quando cheguei lá fora, a quinta iluminada pela lua e pelos candeeiros de presença sobre as portas, havia uma confusão imensa. Era-me difícil distinguir quem era quem nas sombras que lutavam mas, no chão, derrubado contra a parede, estava sem dúvida Millhouse Pascal, de mão agarrada à cara, o cabelo branco desalinhado. Só me detive na sua figura um segundo, porque a cena de pugilato era caricata: Artur lutava, ao mesmo tempo, contra Jack Cox, tentando afastá-lo de si sem o magoar – Cox mantinha os óculos escuros no rosto, ainda que ligeiramente tortos –, e com o criado de Cox que, apesar de corpulento, parecia um boneco de plasticina que o jardineiro esmurrava sem piedade. O cozinheiro do inglês já estava no chão, com a mão sobre a boca, de onde jorrava sangue e, segundos depois, o criado caiu junto dele, de gatas, erguendo uma mão em sinal de desistência. Com toda a calma, Artur pegou em Jack Cox pelo braço, que gritava palavras obscenas a plenos pulmões na direcção de Millhouse Pascal, e levou-o para o interior do casarão.

«Vocês, para o carro», disse Artur, em português, para os dois homens que estavam no chão, antes de entrar, apontando para o veículo. «Tu, ajuda o patrão», ordenou-me, antes de fechar a porta atrás de si. O criado e o cozinheiro afastaram-se, humilhados e ensanguentados, na direcção do *Bentley*. Ajudei Millhouse Pascal a erguer-se, reparando que tinha um inchaço e um lanho junto do olho esquerdo, provavelmente causado por um murro de alguém que usava um anel.

«Maldito paneleiro», rosnou, erguendo-se subitamente mais alto do que eu. «Se isto tivesse acontecido há dez anos, teria dado cabo dele.»

Foi a primeira vez que o vi fragilizado. Até então o meu patrão, bem ou mal disposto, sempre me parecera o género de homem em quem ninguém se atreveria a tocar com uma pena; agora via que a realidade era bem mais negra. Existiam pessoas que, aparentemente, não respeitavam a idade ou a sabedoria.

«Devia ter suspeitado deste tipo desde o início», disse, caminhando apoiado sobre os meus ombros na direcção da casa das heras. «É a idade, rapaz. A idade torna-nos moles e displicentes, cheios de ilusões idiotas sobre a bondade dos homens.»

«É melhor não pensar nisso e ir descansar», respondi, abrindo-lhe a porta.

«Preciso que adies todos os meus compromissos durante dois dias», anunciou, a sua voz regressada à normalidade. «Nestes momentos é necessário reflectir. Trata disso assim que possível e reunimo-nos depois de amanhã.»

Não tive coragem de lhe dizer que partia no dia seguinte para Lisboa, o que acabou por nunca acontecer. Regressei ao quarto, a quinta outra vez em silêncio, e, deitado sobre a cama, perguntei-me o que poderia ter acontecido entre Jack Cox e Millhouse Pascal; no que poderia tê-lo levado a querer esmurrá-lo, a gritar-lhe obscenidades furiosas. Ao mesmo tempo, quase senti pena de Cox, que se encontrava nas mãos de Artur. Já tivera a experiência da determinação e da agressividade do homem quando os amigos de Camila e Gustavo lançaram as pedras às janelas;

agora observara também que era fisicamente robusto, que conseguia deitar por terra dois, três homens, se assim fosse necessário.

Acabei por adormecer a pensar nestas coisas. Já de madrugada fui despertado pelo murmúrio, aquela ladainha distante que me deixara aterrorizado noutras ocasiões. Fazia algum tempo que não a escutava e, quando despertei na escuridão, fiquei debaixo dos lençóis durante uns momentos, tentando perceber se ainda sonhava. Levantei-me, aproximei-me da janela, afastei um pouco as persianas e vi-os: Artur e o homem corcunda, debaixo da única luz de presença que permanecera acesa, junto de uma das portas traseiras do casarão. O corcunda, como das outras vezes, parecia barafustar e refilar com Artur, agitando os braços. Estavam na mesma posição de sempre: o jardineiro, de rosto visível debaixo da luz; o corcunda, de costas para mim. A familiaridade da situação deixou-me menos tenso; consegui olhá-los, do negrume do meu quarto, como se fossem velhos conhecidos: gente que, vá-se lá saber porquê, tratava dos seus negócios na calada da noite. Depois, Artur entrou dentro do casarão, demorou-se uns segundos e tornou a sair arrastando um saco preto muito maior do que qualquer dos outros que eu vira. O saco devia ser pesado, porque Artur o arrastava lentamente na direcção do corcunda, que se foi afastando. Tentei imaginar o que se encontrava dentro do saco – que era grande o suficiente para conter um homem –, mas cedo o jardineiro o levou para fora da zona iluminada, e os dois desapareceram na noite. A luz de presença apagou-se. Ia regressar à cama pé ante pé, cheio de calafrios, quando me pareceu ver, à distância, para lá da cerca que delimitava a propriedade, os faróis de um carro acenderem e apagarem; como se alguém, lá ao fundo, dentro da noite, me procurasse mostrar que não estava sozinho naquele imenso negrume. Depois tudo cessou e, ao deitar-me, pensei em Jack Cox, e em como Artur o levara para dentro do casarão depois da cena de pancada. Permaneci acordado durante muito tempo, o coração aos pulos, sentindo o frio que entrava pelas frinchas da janela como se fosse o frio da morte, tentando reprimir o poder sinistro da minha imaginação.

Um ataque em Lisboa

Millhouse Pascal reclinou-se na cadeira, acendeu uma cigarrilha e, passando os dedos da mão esquerda pelo inchaço no rosto, largou um suspiro prolongado.

«O problema com os casos complexos é que, na ausência de verdadeiros traumas, o seu descontentamento advém da monotonia da vida», disse. Olhou de relance para o novo plano da agenda que eu e Artur fizéramos em quarenta e oito horas, numa vigília quase constante. «Não foram torturados, inquiridos, molestados, violentados, encarcerados, roubados ou queimados. Ninguém lhes apontou uma arma à cabeça e lhes disse: *chegou a tua hora.* Nenhum soldado raso de um país miserável e comunista lhes gritou aos ouvidos que a hora da libertação havia chegado. Vivem a vida dos ricos e, quando se deparam com dificuldades que, para outros, seriam *fait divers* de países abastados, julgam-se universalmente injustiçados.»

«Sinto muito pelo que aconteceu», disse-lhe, depois de um silêncio.

«Não sintas, é bom que tenha acontecido. Há algum tempo que suspeito ter expandido em demasia o meu negócio. O passa-palavra que até agora nos tem sustentado chegou ao limite, a corda partiu-se, e começámos a atrair gente indesejável.»

«Confirmei tudo o que me pediu com o doutor Pina Santos.»

«Não estou a duvidar de ti, ou do Pina Santos. Ele tem sido um aliado inestimável, ainda por cima arriscando o seu lugar na vida burocrática. Pagamos-lhe bem, está claro; a sua filha não estaria a estudar em Manchester se não fosse pelas nossas *trocas*. O problema está na qualidade da informação. O mundo está a tornar-se um lugar rarefeito, com demasiadas alianças, demasiados partidos políticos e demasiadas frentes de autoridade para se poder confiar na informação que nos é transmitida. Quando vivi em Inglaterra, nos anos 40, as coisas eram bem mais simples. Claro que os soviéticos tinham tido a sua revolução, os malditos bolcheviques que construíram aquele emparedado e, mais tarde, chacinaram tudo o que se mexia; claro que Espanha foi um destroço de um país durante a Guerra Civil, que ainda não está completamente explicada; mas eram genocídios regionais, comparados com a grande ameaça nazi. Em Londres, naquele tempo, sabíamos quem eram os bons e os maus, era simples escolher um lado. Se escolhêssemos Hitler, Mussolini e Hirohito, sabíamos onde nos encontrávamos e que consequências sofreríamos quando o nosso lado perdesse. Churchill tinha razão: as tropas, na Grande Guerra, não deviam ter parado até terem chegado a Moscovo. Hoje? É impossível dizer. A esquerda social-democrata, a democracia liberal, o socialismo ou o capitalismo? Leste ou Oeste? Reagan e Thatcher, ou Brezhnev e Jaruzelski? Quem tem razão? São tempos confusos, rapaz. O problema é que clientes como Jack Cox pagam o mesmo do que os outros.»

«Eu sei.»

Millhouse Pascal deu uma passa na cigarrilha e expeliu o fumo.

«Seja como for, é um caso arrumado. Quero que todas as referências a Cox, nos nossos ficheiros, sejam apagadas. Todas.»

«Se não se importa que lhe pergunte, o que é que aconteceu depois do incidente na outra noite?»

«Como assim?»

«A Jack Cox. A última vez que o vi, o senhor Artur levou-o para dentro da casa.»

«Tanto quanto sei, conduziu-o de madrugada a Santiago, onde tinha a sua própria viatura, trazida de Lisboa. Porque é que perguntas?»

«Não tenho a certeza», disse. «Tenho visto algumas coisas, já tarde na noite, que me parecem estranhas. Vi o senhor Artur e um outro homem a carregarem um enorme saco preto para fora do casarão. Não é a primeira vez que acontece.»

«Qual é a aparência desse homem?»

«É difícil dizer, a noite aqui é muito escura. Mas, pela silhueta e pela maneira de caminhar, parece-me um homem deformado, com uma espécie de corcunda.»

Millhouse Pascal franziu o sobrolho e deu outra passa na cigarrilha. Parecia estar a meditar nalguma coisa mas era difícil dizer em quê. De repente, a sua expressão transformou-se num sorriso. A ferida no seu rosto brilhou à luz que entrava pela janela.

«Ah, deve ser o Alfredo. É um homem que vive numa vila próxima, incapacitado e com paralisia cerebral, a quem prestamos ajuda ocasionalmente. O Artur dá-lhe comida e, por vezes, animais de caça. Deve ser isso que viste dentro do saco, um animal de caça.» Não fiquei convencido mas, perante a determinação do meu patrão, limitei-me a acenar com a cabeça. «Seja como for, eu falo com o Artur e digo-lhe para moderar essas trocas. Ou que, pelo menos, não as faça de madrugada. Pobre Artur. É insone desde que o conheço.»

«Não é necessário. Não me incomoda, deixou-me simplesmente curioso.»

Millhouse Pascal apagou a cigarrilha e a sua expressão regressou à seriedade habitual. Falámos um pouco sobre a agenda, após o que ele assinou a correspondência e redigiu telegramas para serem enviados no dia seguinte.

«Já que aqui estás», disse, interrompendo o silêncio, «aproveito para te perguntar: por que carga de água atiras laranjas ao ar para a minha neta as apanhar?»

Devo ter corado até ficar escarlate, porque Millhouse Pascal começou a rir.

«Desculpe. Devia ter-lhe perguntado primeiro. A sua neta. Camila. Pediu-me para a ajudar com alguns truques da corda bamba. Ela disse que quer aprender o máximo possível antes de ir ter com a mãe.»

Ele franziu o sobrolho.

«Com a mãe? Que disparate é esse?»

«Pensei que sabia. Ela contou-me que vai para Nova Iorque no Verão, depois de terminar o liceu.»

«Que ideia tão absurda», respondeu, com um gesto da mão. «São as patranhas que a minha neta inventa para se sentir importante. É verdade que vai para os Estados Unidos, e não por mérito próprio: as doações constantes que tenho feito à universidade de Columbia conseguiram-lhe a admissão para o programa de bacharelato. Ela nasceu nos Estados Unidos, tem nacionalidade americana, e faz sentido que estude por lá. Certamente que não vai para estar com a mãe. A minha filha Adriana nunca se preocupou sequer com o Gustavo, muito menos com a Camila ou com a Nina. Limitou-se a tê-los, e ficou-se por aí. A humanidade chegará a Marte antes de a minha filha querer saber dos meus netos.»

«É triste saber disso. A Camila parece muito ansiosa por reencontrar a mãe.»

«A Camila tem dezoito anos», afirmou ele, autoritário. «Enquanto viver sob a minha tutela, e às minhas custas, fará exactamente aquilo que eu achar melhor. É muito mais minha do que alguma vez foi de Adriana. Não vejo maneira de as coisas serem diferentes.»

Baixou os olhos e concentrou-se num livro aberto sobre a mesa. Era o meu sinal de debandada. Arrumei os meus papéis e deixei o consultório.

*

Um clima negro apoderou-se da Quinta do Tempo depois do incidente com Cox. Para mim, significou uma carga de trabalho suplementar: já não se tratava apenas de escrutinar minuciosamente o passado político e clínico dos clientes de Millhouse Pascal, mas havia que averiguar o presente também. O meu patrão queria saber a que frente política pertenciam actualmente, se a alguma, credos religiosos, ligações suspeitas dos próprios ou de membros da família ao partido comunista ou a facções reaccionárias ou radicais, e quaisquer informações pertinentes relativas ao cadastro policial. Deu-me, para o efeito, o contacto de outro homem no Ministério dos Negócios Estrangeiros – cujo nome não quero revelar uma vez que se mantém, ainda hoje, num cargo político em Portugal – que, através de uma rede de informação junto das embaixadas, me colocou a par do maior número de factos possível*. Era um trabalho minucioso e exaustivo, que me deixava afogado em papelada, telegramas e mensagens por responder. Várias vezes, prestes a ter um ataque de nervos por causa das novas exigências diárias, reclamei a necessidade de um telefone junto de Artur. De cada vez, ele ia falar com Millhouse Pascal; e, de cada vez, a resposta regressava negativa.

«O sigilo é o mais importante, disse o patrão. Nada feito.»

Noutra altura, julgo que não teria sido tão intransigente. Mas Millhouse Pascal parecia ter caído sob o feitiço de um dia escuro, quando a bruma nos impede de ver mais além e sentimos, com

* Os contactos do meu patrão nos diversos ministérios pareciam não ter fim; foi através destes, aliás, que conseguiu manter o negócio à revelia da Polícia Judiciária, das Finanças e dos olhares curiosos durante tantos anos. Se fosse preciso, António Augusto Millhouse Pascal deixaria de existir de um minuto para o outro; bastava um telegrama urgente e um telefonema a um dos seus muitos amigos em cargos importantes que lhe deviam favores.

um aperto no coração, a lenta passagem das horas, indolentes, irrevogáveis. Tentava manter a boa-disposição quando nos encontrávamos e continuava a trabalhar muitas horas mas, por alguma razão, parecia-me já não ser o mesmo; os últimos tempos tinham acentuado a sua idade em definitivo, um cansaço perante o espectáculo atroz da humanidade. Via-lhe nos olhos essa mudança, antes vivos e brilhantes, agora mais baços, reflectindo para o exterior essa espécie de morte lenta que encontramos, muitas vezes, nas pessoas a partir de uma certa idade; a mesma espécie de morte que observara no meu pai.

Em meados de Março, consegui dois dias de folga e fui a Lisboa. Quando cheguei à estação apanhei um táxi para o hospital, apreciando a brancura da cidade que, embora ainda não tivesse entrado na Primavera, não mais apresentava a escuridão opressiva do Inverno; o céu parecia ter aumentado, as gaivotas voavam sobre o rio, e as pessoas já não caminhavam pelas ruas de rostos escondidos pelos guarda-chuvas pretos. Encontrava-me, apesar disso, inquieto. Não eram apenas os acontecimentos recentes na Quinta do Tempo, mas a presença intermitente de Camila na minha vida: sentia que o meu coração andava à deriva. Ela despertava todos os meus sentidos de uma maneira inusitada, acordando alguma coisa submersa, que, ao assomar à superfície, era infinitamente mais poderosa do que o conforto de regressar a casa.

Quando cheguei ao hospital não tive tempo de ver a minha mãe. O inspector Melo telefonara e deixara uma mensagem na recepção para me apresentar na esquadra com urgência. Atravessei a cidade de táxi e, quando cheguei, ao entrar na sala privada de Melo, vi a minha irmã sentada numa cadeira de frente para o polícia, os olhos vermelhos e inchados de quem estivera a chorar. Melo ergueu-se, de sobrancelhas unidas e gravata preta, e apertou-me a mão.

«O que é que aconteceu?»

A minha irmã abraçou-me e soluçou. Eu sentei-me ao seu lado.

«Tenha calma. Acabou de chegar? O patrão deu-lhe folga?»

«O que é que isso interessa?»

Melo acendeu um cigarro com lentidão, deixando-me ainda mais enervado. Parecia que gozava comigo, ou que me exasperava de propósito.

«A sua irmã foi testemunha de um ataque violento a noite passada», disse, finalmente. Olhei para ela, mas não vi quaisquer sinais de agressão física. «Não, ela está bem. Quem não está nada bem é um tal Luís Garcia, um tipo de vinte e dois anos.»

«Quem?»

«A sua irmã também não o conhecia.»

Perdi a calma. «O que é que aconteceu, por amor de Deus? É capaz de me explicar?», perguntei em voz alta.

Melo apontou na direcção da minha irmã. Ela respirou fundo.

«Eu estava a voltar para casa, deviam ser nove e meia ou dez da noite, quando esse rapaz apareceu de lado nenhum e me abordou no meio da rua... esse tal Luís Garcia», disse ela, a voz embargada. «A princípio assustei-me, mas ele jurou que não me queria fazer mal e recuou um passo. Parecia desesperado, mas, ao mesmo tempo, tinha um ar muito gentil, e parei para o escutar. Perguntou-me, primeiro, se eu vivia no prédio amarelo ao final da rua, no rés-do-chão... eu disse-lhe que ele não tinha nada a ver com isso, e ele perguntou-me se eu tinha um irmão. Respondi que sim, que tinha; acho que fui apanhada de surpresa pela pergunta. E então ele começou a pedir desculpa. Repetiu várias vezes a palavra, «desculpa», e disse que só assaltara a nossa casa porque tudo o que sabia era um nome, que não possuía mais informação, e que esse nome» – ela voltou-se para mim – «o *teu* nome, disse-o em voz alta, repetiu-o, era um nome comum que muita gente tinha; e que demorara tanto tempo porque tivera de andar à procura pela cidade, à procura da família onde houvesse um rapaz mais ou menos da mesma idade do que ele. Disse-me que, quando viu a fotografia, soube que o tinha encontrado, e que me reconheceu das outras fotografias, e que só agora arranjara coragem para me abordar...»

A minha irmã deteve-se um momento, parecendo perdida no seu próprio relato, que eu seguia com dificuldade. Parecia que ia começar a chorar outra vez, e coloquei-lhe a mão no ombro, procurando encorajá-la.

«Tem calma. Continua. Faz um esforço.»

«Há partes de que não me consigo lembrar...» Ela afastou o cabelo dos olhos. «Sei que ele se aproximou de mim e começou, em voz baixa, muito depressa, a tentar explicar um monte de coisas que não entendi. Disse que tinham acontecido coisas horríveis, e que *eles* o tinham mandado embora... e eu perguntei-lhe quem eram *eles*, e o rapaz respondeu que não tinha tempo para explicar, porque desde então andava a ser vigiado... e que, mesmo quando tentou esquecer tudo, percebeu que não conseguiria viver assim, sem, pelo menos, tentar avisar a pessoa que ocupara o seu lugar... e depois falou-me sobre um escritório, aqui em Lisboa, onde entrou à força e encontrou um contrato assinado com o teu nome...»

A minha irmã fez uma pausa. «Isto diz-lhe alguma coisa?», perguntou-me o inspector Melo.

Ignorei-o e pedi à minha irmã que continuasse. Ela fitou-me. «Ele disse que era impossível falar pessoalmente contigo, porque tinha a sensação de estar a ser seguido a todas as horas... e que, por isso, tinha de me contar tudo a mim, que eu era a única hipótese de tu te salvares. Coisas muito importantes, repetiu várias vezes, que eu te devia dizer. Não me lembro bem, estava nervosa, mas sei que ele afirmou, às tantas, que tu corrias perigo.»

«O quê? Que disparate é esse?»

«Espere», disse o inspector Melo. «Agora vem a melhor parte.»

«De repente», continuou ela, «quando ele ia tirar alguma coisa do bolso, apareceram dois homens de uma rua transversal que correram para ele e lhe começaram a bater. Atiraram-no ao chão e bateram-lhe como se fosse um saco de batatas, dois tipos altos, fortes, bem vestidos. Eu comecei a gritar por ajuda, mas a rua estava deserta. E estes tipos...» A minha irmã recomeçou a chorar.

«Bateram-lhe até à inconsciência», atalhou Melo. «Sem dizerem uma única palavra, segundo a sua irmã. Deixaram-no em tal estado que os paramédicos da ambulância tiveram de lhe fazer reanimação cardíaca. E só chegou às urgências porque a sua irmã foi a correr buscar ajuda. Senão, tenho a impressão de que alguém acabaria a lavar o passeio com o rapaz.»

«E os homens?»

«As descrições da sua irmã são insuficientes. Desapareceram sem deixar vestígios.»

«Estava muito escuro», disse a minha irmã. «O que é que queria que eu fizesse? Eu avisei-o de que não estava a imaginar coisas, inspector. Disse-lhe que precisávamos de mais polícias na zona.»

«O seu pedido foi anotado, menina. O problema é que a força policial de Lisboa é reduzida em número e mal paga. Há situações para resolver todas as noites, sobretudo os problemas de droga, que se começam a tornar dramáticos. Não pode estar à espera de que coloquemos um polícia à sua disposição todas as noites.»

«A culpa é minha», disse baixinho à minha irmã, afagando-lhe o ombro. «Devia ter contratado um segurança privado.»

«Não temos dinheiro para isso», respondeu ela, limpando as lágrimas com as costas da mão.

«Há aqui várias coisas que me parecem óbvias», disse o inspector, dando um toque no cigarro com o dedo e largando a cinza sobre um cinzeiro feito de papel. «O agredido devia conhecer os seus agressores, ou estar à espera de um acontecimento deste género a qualquer instante, porque, como é evidente, não se aborda uma pessoa assim na rua – sobretudo uma rapariga nova –, a menos que se esteja em fuga, ou desesperado por passar uma informação qualquer de vital importância. Quero dizer, as pessoas que não são acossadas normalmente telefonam, ou marcam um encontro.»

«O que é que está a sugerir?», perguntei.

«Estou a sugerir que existe a possibilidade de este rapaz, este tal Garcia, não ser nenhum louco. Pelo contrário.»

«Já lhe disse que nunca ouvi falar dele. E a minha irmã obviamente não o conhecia.»

«Mas a verdade é que ele veio ter com ela. E ainda há mais.»

«O quê?», perguntei.

«Isto», disse Melo, abrindo rapidamente a gaveta da secretária e atirando uma fotografia para cima da mesa. Peguei na fotografia e olhei-a; fiquei gelado. Era uma imagem minha, tirada há cerca de dois anos, sozinho, sentado nos degraus da nossa casa; o tal retrato, o único recente, que eu sabia existir algures. Voltei a fotografia e li a data inscrita por trás: Março de 1979.

«A fotografia foi encontrada no bolso do casaco dele. Era a única coisa que carregava consigo, para além de uma carteira velha com o passe social e uns trocos em dinheiro, e sem dúvida o que ia mostrar à sua irmã naquele momento. Ou talvez mesmo devolver a fotografia roubada.»

«Mas porque é que...?»

«Isso era o que eu queria saber», atalhou o inspector. «Porque é que este tipo se deu ao trabalho de entrar em vossa casa, virar tudo ao contrário até encontrar a fotografia, e depois abordar a sua irmã desta maneira. Já percebemos que ele o procurava; na impossibilidade de o contactar, abordou a sua irmã, mas porquê todo o desespero e urgência? Porquê?»

«Isto é tudo completamente insólito», respondi, sem saber o que dizer.

«Meu caro, o mundo é insólito até prova em contrário», disse Melo, apagando o cigarro. «Mas a verdade é que tenho um tipo em coma, no serviço de urgência, que é neste momento incapaz de me explicar o que se passa. Com todo o respeito pela condição em que está a vítima, vou investigar um pouco os seus antecedentes. Tentar perceber o que é que o liga a vocês.»

A minha irmã recomeçou a chorar e ergueu-se para sair da sala, perante o olhar passivo do inspector Melo. Eu também me ergui, sem saber o que pensar de toda aquela história.

«Quanto a você, *rapaz que nunca cresceu*», gozou Melo, «ainda estou para saber o que é que faz lá no meio do Alentejo, e qual é o negócio do seu patrão.»

«Não é da sua conta», respondi, irritado com a insolência do homem. «Trate é de resolver este caso. A minha família já sofreu o suficiente.»

Levei a minha irmã a casa e segui para o hospital. A minha mãe tinha piorado nos últimos dias e encontrava-se sob o efeito de fortes medicamentos. Deitada na cama, no mesmo estado vegetativo em que a vira da última vez, conseguiu dizer umas quantas palavras sussurradas ao meu ouvido, mas não teve forças para se manter desperta. Os aparelhos ao lado da cama, explicou a enfermeira, monitorizavam as suas funções vitais e alertavam para qualquer mudança na sua condição. Estava fora de perigo, depois de ter sido tratada a pericardite que tivera origem no enfarte do miocárdio, assegurou-me, mas a instabilidade da sua condição exigia cuidados permanentes. Ainda falámos da possibilidade de uma enfermeira que cuidasse dela em casa, mas eu recusei, preferindo a despesa do hospital; enquanto os acontecimentos bizarros não cessassem, preferia manter a minha mãe afastada de Campolide.

No final da tarde seguinte, antes de regressar à Quinta do Tempo, atormentado com o relato que ouvira da boca da minha irmã – e, ao mesmo tempo, descrente de todas aquelas histórias mirabolantes –, fui ao escritório onde conhecera Artur, na Baixa de Lisboa. Subi ao segundo andar do mesmo prédio silencioso onde estivera meses antes e encontrei a porta entreaberta. O trinco, era visível, havia sido forçado por um objecto contundente; entrei a medo, a luz do final da tarde entrando pela janela do saguão e iluminando o pó que parecia impestar o ar. Lá estava a máquina de calcular, os arquivos empilhados encostados à parede: mas não havia um único documento, uma única folha de papel, sequer um agrafo que fosse a prova de que, em tempos, aquele lugar havia sido um escritório. Abri as gavetas dos arquivos e também as encontrei vazias.

Dormi a última noite em Lisboa muito angustiado. Receava pela segurança da minha irmã que, de alguma maneira, se parecia ter afeiçoado ao rapaz que fora atacado e o visitara duas vezes desde o encontro na esquadra; a noção de que tudo aquilo que se estava a passar tinha a ver comigo era agora impossível de afastar e, de certa maneira, julgo que ela me atribuía responsabilidade – ou, pelo menos, a cegueira de não mostrar qualquer vontade de me afastar de Millhouse Pascal ou do meu trabalho. O mal de que tantas vezes me falara parecia ter chegado com toda a força, um sortilégio que não caía apenas sobre os que me eram próximos, mas ainda sobre gente desconhecida. Eu não conhecia o tal Luís Garcia – o destino ditaria que nunca o chegasse a conhecer – mas temi pela sua vida e desejei que, um dia, se melhorasse, pudesse falar com ele sobre o sucedido. As palavras do inspector Melo também continuavam a ecoar na minha cabeça e, no dia seguinte, quando a minha irmã me quis levar à estação de camionetas, recusei, sabendo que, se ela me pedisse uma vez mais para ficar, talvez fosse incapaz de partir.

E sei porque é que tornei a partir, e porque é que ignorei todos os avisos: Camila ocupara grande parte do meu coração. Olhando para esse momento, e ainda que nunca tivéssemos falado do assunto, tenho a certeza de que a minha irmã compreendeu isso antes de mim – que, ao despedir-me dela em casa, com um abraço, estava já a anunciar um adeus prematuro. Era muito cedo, a manhã ainda não chegara, e Artur esperava-me para recomeçar o trabalho.

A ADEGA

Se, até agora, era possível dizer, com alguma boa vontade, que os acontecimentos me tinham apanhado desprevenido, o meu regresso à Quinta do Tempo e os três terríveis episódios que se sucederam, perante a minha apatia, são a evidência inegável da minha culpabilidade. Existem muitas desculpas fáceis: que me limitei a seguir as ordens do meu patrão; que, na verdade, fui coagido a cooperar com os crimes cometidos; que, bem vistas as coisas, estava pressionado a pactuar pela situação da minha família; a verdade é que sou tão culpado como Artur ou Millhouse Pascal.

Nesse Março, entreguei-me abatido ao trabalho e à monotonia dos dias. Camila, Gustavo e Nina não apareceram no fim-de-semana após o meu regresso, e o meu patrão andava sorumbático, escusando-se a sentar-se à secretária durante a nossa reunião e dando ordens de uma das poltronas, de costas para mim, a cigarrilha presa entre o indicador e o médio. Vira-lhe o rosto quando entrara e descobrira-o sulcado por olheiras profundas. Disse-me para não aceitar quaisquer novos clientes até ordem em contrário. Recordo-me, nesses dias, da presença na quinta de Ali Jessup, Ahmed al-Khalil e os seus guarda-costas, e Oleguer

Alvarez, mas a condição taciturna de Millhouse Pascal parecia ter infectado todos, incluindo Artur e as cozinheiras, e o mundo mergulhara no silêncio próprio dos cemitérios, repletos de fantasmas que vagueiam de um lado para o outro sem destino. Nos tempos mortos ia até ao jardim e repousava junto da árvore a que Camila amarrava a corda bamba. O cavalete parecia uma escultura abandonada, sem qualquer ligação com o resto das coisas, e ficava a olhá-lo durante horas, o sol encoberto pelos longos ramos da árvore, cujo tronco, pleno de reentrâncias, nodoso, parecia ter sido feito para acolher um corpo humano.

Assim se passou essa quinzena até que, no final do mês, os netos do meu patrão regressaram. Vi-os da janela do meu quarto num final de tarde de sexta-feira, saindo do *Bentley* conduzido por Artur. Esperei, até ao cair da noite, que aparecessem no jardim, mas tal não aconteceu. Fiquei deitado na cama a ler durante horas, espreitando de vez em quando pela janela, na esperança de ver uma luz no quarto de Camila. Acabei por adormecer de livro aberto sobre o peito, escutando o som primaveril das cigarras. Não sei quanto tempo passou; acordei com frio, porque deixara a janela aberta, e com um som que me pareceu o da queda de granizo. Uma, duas, três vezes. Olhei lá para fora, as pálpebras meio coladas do sono, mas não chovia; foi então que uma mão-cheia de cascalho entrou pela janela do meu quarto, caindo sobre o chão e sobre a secretária. Espreitei para o jardim e vi uma sombra iluminada pela lua, os braços movendo-se como se tentasse atrair a minha atenção. Uma luz redonda piscou duas vezes no escuro, e consegui distinguir o rosto de Camila, que segurava uma lanterna na mão esquerda. Fez-me sinal para descer.

Desci as escadas sem fazer barulho. Confirmei que Artur não estava acordado – deixara a televisão ligada, sem som – e saí pela porta das traseiras. Camila pregou-me um susto ao aproximar-se no escuro, tapando-me a boca para que não falasse. Deu-me um beijo frio no rosto e conduziu-me pela mão para a porta mais pequena das traseiras do casarão, evitando a luz de presença. Entrámos pé ante pé e, sem que conseguisse ver um palmo à frente do nariz, começámos a descer um lanço de escadas. Nessa altura Camila acendeu a lanterna.

«Cuidado com o último degrau», sussurrou.

No final das escadas abriu uma porta, revelando um corredor em pedra iluminado por uma única luz no tecto. Julguei que estávamos numa espécie de passagem subterrânea até que, descendo outro pequeno lanço de escadas e atravessando outra porta, o aroma do vinho e uma série de barris empilhados revelaram uma adega. O som de vozes chegava do fundo daquele espaço de tecto côncavo, que se prolongava a todo o comprimento, ladeado por barris com pequenas torneiras e estantes com garrafas de vinho. Quando nos aproximámos, comecei a distinguir os rostos familiares de Gustavo, Tomás e Jonas.

«Olha quem é ele», disse Gustavo, sentado numa cadeira, bebendo de uma caneca. «O espião que veio do frio.»

«Espião?», perguntou Tomás, que estava sentado no chão e segurava o gargalo de um garrafão. Tinha os olhos raiados de vermelho.

«Um dos trabalhos deste rapaz é fazer espionagem para o meu avô.»

Jonas, de pé, encostado a um barril, começou a rir, com um cigarro no canto da boca. Camila deu um pontapé a Gustavo.

«Cala-te, idiota!»

«Tens alguma coisa a dizer em tua defesa?», perguntou-me Jonas, em tom sarcástico. Estava ligeiramente bronzeado e deixara crescer o cabelo castanho, que começava a encaracolar.

«O que acontece na adega, fica na adega», respondi.

«Este é o nosso lugar de eleição quando a rédea anda mais curta», afirmou Gustavo. «Se alguma vez nos denunciares, serás banido para toda a eternidade da Irmandade do Vinho.»

«Saúde!», disse Tomás, erguendo o garrafão. Camila sentou-se perto de Gustavo e eu no chão, ao lado de Tomás. Deram-me uma caneca de vinho, que bebi de um gole, e depois outra. O álcool soube-me bem, e rapidamente senti as tensões e os problemas das últimas semanas começarem a evaporar-se. Não fazia ideia das horas mas, a partir de certa altura, deixou de me interessar. Aquele era o lugar perfeito para beber e conversar, onde ninguém nos poderia ouvir. Também me ocorreu, não sei porquê, que era o lugar perfeito para um crime.

«Vai dizendo adeus a esta vida, papoila», disse Gustavo a Camila, quando abrimos a terceira garrafa de vinho tinto, uma casta destinada às cozinheiras e a Artur. Era uma mistela adocicada que ardia no estômago. Camila parecia estar cheia de sono mas, quando falou, percebi que estava embriagada.

«Diz tu adeus a esta vida, idiota», respondeu. «Quando o avô souber que vais chumbar outra vez o último ano do liceu, ficas de castigo até aos trinta anos.»

«Estás fodido», disse Jonas, que continuava de pé, a fumar. «Ainda por cima, *limpaste* o David ao póquer no outro dia. Achas que ele não te vai lixar quando chegar a hora de ir falar com o reitor?»

«És mesmo tanso», disse Camila, dando uma palmada na nuca de Gustavo.

«Deixem o gajo em paz. Ele já está com saudades da irmãzinha», disse Tomás, que se estendera no chão a olhar para o tecto, o garrafão pousado em cima do peito.

«Ouvi dizer que Nova Iorque está em crise», disse Jonas. «Desde 1979 que o mercado financeiro não consegue sair do buraco. Aparentemente, existe uma onda crescente de criminalidade associada às drogas. É um lugar perigoso para uma rapariga sozinha.»

«Não vou estar sozinha», respondeu Camila, indignada. «Vou estar com a minha mãe.»

«Fico muito mais descansado», murmurou Jonas com ironia.

«Ei, a miúda precisa de ir descobrir as origens», continuou Tomás, arrotando pelo meio. «Além disso, o velho jarreta já a conseguiu meter na Columbia, que é a escola dos meninos bem-comportados. Eu aposto já aqui que ela não dura um semestre.»

«O meu avô não me meteu em parte nenhuma. Fiz os testes de admissão.»

«Ah sim?», perguntou Jonas, apagando o cigarro no chão de pedra. «E quais foram os teus resultados?»

Camila corou ligeiramente, depois enterrou a cabeça no cabelo de Gustavo. «Calem-se, estúpidos», disse, a voz abafada.

«Aparentemente», continuou Jonas, dirigindo-se agora a nós, «a menina Camila teve uns resultados tão maus que foram enviados para a NASA como prova de uma nova espécie sub-humana de terráqueos.»

Camila ergueu-se e lançou-se a Jonas, que deixou cair o copo ao chão, provocando um eco que se propagou pela adega. Os dois lutaram durante um minuto e depois Jonas obrigou Camila a sentar-se outra vez.

«Um dia ainda irás pagar para teres a honra da minha presença», disse ela, ajeitando o cabelo que lhe caíra sobre o rosto.

«Só se as visitas à prisão deixarem de ser à borla.»

Camila quis lançar-se a Jonas outra vez, que se afastou, a rir à gargalhada, mas Gustavo impediu-a, segurando-a pela cintura.

«Não ligues, papoila. Eu acredito no teu talento», disse Gustavo.

«Eu também», acrescentei, só para dizer alguma coisa. «Acho que vais ser uma funâmbula bestial.»

Camila libertou-se de Gustavo e veio para o meu lado, dando-me beijos na bochecha. Tinha um hálito a vinho misturado com pastilha elástica. «Obrigada, obrigada, obrigada», disse, sentando-se junto de mim.

«Vocês são todos uns maricas», grunhiu Tomás, de olhos quase fechados. «O mundo está a mudar à velocidade da luz, e continuam a alimentar sonhos de pacotilha. Pensem em grande escala. O futuro está nas corporações e nas multinacionais.»

«Do que é que ele está a falar?», perguntou Camila, sorrindo, encostando a cabeça ao meu ombro.

«Do futuro, acho eu.»

«O futuro é só daqui a muito tempo», disse ela.

Jonas sacou de um baralho de cartas e começámos a jogar póquer. Gustavo abriu outra garrafa de vinho, e a noite transformou-se numa névoa de álcool e fumo. Bebi copo atrás de copo, lutando por me manter concentrado no jogo, mas incapaz de resistir à embriaguez do contacto com Camila, que adormecera com a cabeça no meu ombro. Sentia-lhe o aroma do cabelo sempre que inspirava, o corpo morno e ensonado colado ao meu. A certa altura do jogo, Tomás adormeceu agarrado ao garrafão de vinho, começando a ressonar. Jonas pegou-lhe pelas pernas – Tomás era bastante maior do que o irmão – e arrastou-o para o fundo da adega, deixando-o lá.

«*One down, four to go*», disse, regressando ao jogo.

Pouco tempo passado, Camila também se deitou no chão, seguida por Gustavo. Jonas e eu bebemos o que restava do vinho e jogámos mais umas quantas mãos. Depois, subitamente, quando também ele entrou em colapso, apercebi-me de que devia ser madrugada e de que Artur estaria à minha espera para começarmos a trabalhar. Tentei erguer-me, mas o vinho parecia ter-me descido às pernas, tornando-as pesadas como chumbo, e caí em cima de um barril, deitando-o ao chão. Corri como um pateta atrás do barril, que rolou pela adega, mas ninguém despertou com o barulho e, vencido pelo cansaço, deitei-me no chão de pedra. Adormeci logo, um sono pesado e sem sonhos. Quando despertei, estava sozinho. Todos os vestígios da noite haviam sido eliminados. Fiz o caminho de volta para o andar superior do casarão, cambaleando, ressacado, e depois, com cuidado para não ser visto, ajeitei, o melhor que consegui, as minhas roupas, e fui directamente para a biblioteca.

Recebi, nessa manhã, uma carta de Lisboa. As notícias não eram animadoras. A minha mãe permanecia internada, na mesma condição, e o rapaz que fora atacado continuava em coma. Dei pouca atenção às palavras da minha irmã, porque só conseguia pensar em Camila, em relação à qual parecia ter chegado a um impasse. Não podia continuar a manter-me à margem, vivendo os curtos momentos que passávamos juntos – e ansiando por eles – como se a vida deles dependesse. Se continuasse assim iria perder o juízo, acabando por estragar tudo num gesto fracassado ou numa confissão pueril. Era necessário agir, equilibrando a possibilidade da coragem com a possibilidade do fracasso, com a mesma determinação de um artista da corda bamba quando se entrega à tarefa de a atravessar: nunca, em ocasião alguma, deve olhar para a distância entre si e o solo, para que a possibilidade da queda não precipite a própria queda. Quando Abril chegou, e os céus finalmente se abriram à Primavera – os ramos da árvore floresceram, as rosas desabrocharam e o ar ficou impregnado de um aroma adocicado –, decidi que iria falar de amor com Camila. E, se fosse capaz, iria também arrebatá-la com um gesto de paixão.

Em Abril, no entanto, Sean Figgis regressou à Quinta do Tempo. Era a primeira visita desse ano, e a última que alguma vez faria.

O PEQUENO IRLANDÊS

Figgis era um homem pequeno e delicado. Tinha cerca de sessenta anos, mas caminhava curvado como se a velhice tivesse chegado mais cedo, o cabelo ralo e branco adequando-se a um rosto triste e enrugado. Possuía, ainda assim, uma simpatia pouco comum entre os clientes de Millhouse Pascal e, embora o tivesse visto poucas vezes – tinha uma vaga memória da sua visita anterior, durante a qual andava demasiado ocupado para lhe prestar atenção –, recordo-me de nos cruzarmos no caminho entre o casarão e a casa das heras, e de Figgis fazer sempre o mesmo gesto solícito – um aceno discreto da mão e um sorriso tímido. Chegou numa quinta-feira e deveria ficar até domingo. Artur dissera-me, no dia em que o trouxera do aeroporto, que Figgis, normalmente falador durante as viagens, permanecera daquela vez silencioso no banco de trás do carro, olhando pela janela com um ar melancólico.

«O patrão vai ter muito trabalho com o irlandês», disse-me, ao jantar, um olho posto nas notícias da televisão.

Figgis esteve na casa das heras, de quinta para sexta, durante um período extraordinariamente longo. Em geral as sessões duravam um dia ou uma noite, mas eram interrompidas para as refeições, ou para um passeio dos clientes pela propriedade. Naquela ocasião, contudo, as cozinheiras foram dispensadas quando já passava da meia-noite, também elas perplexas com a ausência de um pedido para almoço, jantar, ou ceia. Não prestei grande atenção a este pormenor, não apenas porque as mudanças de rotina eram habituais, mas também porque, na sexta-feira, ao final da tarde, Artur se fez à estrada no *Bentley* para ir buscar os netos de Millhouse Pascal. A chegada de Camila roubava-me a atenção e, embora desconfiasse de que só a veria no dia seguinte, era incapaz de pensar noutra coisa, formulando, na minha cabeça, as várias hipóteses que teria para a abordar e lhe explicar os meus sentimentos. Acabei por adormecer cedo, exausto do trabalho da semana. Artur deve ter-me chamado para jantar, mas já não o ouvi.

Despertei com a lua já alta. Era noite de lua cheia e o seu brilho projectava um rectângulo de luz no interior do meu quarto. Levantava-me para ir à casa de banho quando, do outro lado, uma figura me chamou a atenção. No lado mais afastado do casarão, no segundo andar, onde ficavam os hóspedes, uma janela encontrava-se aberta e a luz do quarto acesa. Sorri ao ver Sean Figgis, do tamanho de um dedo mindinho, inclinado sobre a mala de viagem que pousara em cima da cama. Nunca antes vira o interior do quarto de um hóspede – nunca noutra ocasião um cliente abrira a janela – e, por alguma razão, aquele gesto conferia-lhe uma humanidade particular, como se fosse um semelhante, e não um estranho, alguém que, como toda a gente, vasculha a sua mala por uma escova de dentes, um livro, um pijama dobrado. Figgis tirou uma corda da mala. No início julguei que fosse uma serpente e, por alguma razão, ocorreu-me a imagem ridícula daquele irlandês pequeno e tímido a tocar flauta enquanto o bicho emergia de uma cesta; demorei tempo demais a compreender o que se preparava para fazer. Figgis arrastou um banco até ao centro do quarto e, colocando-se nele de pé, atou uma extremidade da corda à viga de madeira que atravessava o tecto a todo o comprimento. Na outra extremidade fez, com uma destreza insuspeita, um laço que colocou em redor do pescoço.

Não houve tempo para esperar por Artur. Desci as escadas aos trambolhões, bati à sua porta, gritando por ajuda e, saindo pela porta das traseiras – escorreguei na relva, estatelei-me, ergui-me de um salto –, avancei para o casarão, irrompendo porta adentro ao mesmo tempo que tentava calcular o lugar exacto onde se encontrava o quarto de Figgis. A habitação estava na penumbra e, depois de passar junto da biblioteca e de subir as escadas, corri o corredor principal no sentido oposto, chegando finalmente à porta que adivinhava ser a certa. Estava trancada; pontapeei a fechadura com força, que cedeu, entrando no quarto onde o irlandês pendia do tecto, o pescoço amarrado pela corda, abanando ligeiramente de um lado para o outro, o banco tombado no chão. Um chiar ligeiro, quase imperceptível. Nunca tinha visto um cadáver e, para minha surpresa, tive a reacção mais inesperada: chamei o seu nome, baixinho. *Senhor Figgis,* murmurei, uma e outra vez, aproximando-me, de mãos erguidas à frente do corpo, daquela criatura ainda morna de vida, mas que já não respirava. Se Figgis fosse um homem mais novo teria resistido mais tempo; mas Figgis estava velho e enfraquecido pelo desejo de morrer. Quando me aproximei o suficiente para ver os seus olhos vazios, Artur surgiu atrás de mim.

«Deus do céu», disse ele, fitando também o cadáver. No momento em que ergui um braço para tocar no homem enforcado, Artur impediu-me. «Nem pense nisso. Vamos embora daqui.»

Saímos do quarto e apagámos a luz. Esperei no andar inferior da casa das heras enquanto Artur se reunia com Millhouse Pascal no consultório. As mãos tremiam-me. Caminhei de um lado para o outro, sem parar: a imagem do morto havia-se colado à retina dos meus olhos e, sempre que os fechava, lá surgia o pobre Sean Figgis, de cabelo cor de neve e tão pequeno, tão enrugado, exposto como um pedaço de carne velha num açougue. Imaginava que Artur e o nosso patrão estivessem a telefonar à Polícia, aos médicos ou aos bombeiros mas, quando o jardineiro desceu as escadas ao meu encontro, parecia mais calmo do que nunca.

«Vamos ter de transportar o morto. Preciso da sua ajuda.»

«Transportá-lo? Para onde? Não vai chamar a Polícia?»

Artur deteve a marcha e voltou-se na minha direcção, aproximando o rosto do meu. Os seus olhos permaneciam inexpressivos mas, pelo modo como falou, compreendi que não iria permitir qualquer interferência.

«O senhor Figgis nunca aqui esteve. Nunca foi cliente do patrão, nem alguma vez pôs um pé na Quinta do Tempo. Se o corpo for descoberto naquele quarto, significa o fim do nosso negócio. Entende?»

«Não sei.»

Artur começou a caminhar na direcção do casarão, e eu segui-o. A Lua estava maior do que alguma vez a vira, pairando como um fantasma perdido no céu.

«O homem suicidou-se. É uma infelicidade, mas a culpa não é nossa. O senhor Figgis era um jornalista conhecido no seu país. Será encontrado, e ser-lhe-á feita justiça, mas não aqui. Os outros clientes precisam dos serviços do patrão, e são estes que importa preservar.» Artur deteve-se e, antes de entrarmos, olhou-me. «Você esteve recentemente na Polícia, não esteve?»

«Como é que sabe disso?»

«Não importa. O que importa é que viu como eles trabalham, como gatos esfomeados de curiosidade que não descansam enquanto não derem cabo da sua presa. Com os jornalistas, é a mesma coisa. Um morto encontrado aqui, e não tarda a virarem este lugar do avesso.»

«Entendo.»

«Então vamos despachar este assunto.»

Passámos pela cozinha deserta e escura, onde Artur encontrou e me entregou umas luvas de plástico, calçando também um par, e regressámos ao quarto de Figgis. Artur inspeccionou o corredor, para ter a certeza de que nenhum dos netos do patrão nos veria – o *Citroën* tinha sido levado, o que significava que Camila e Gustavo estavam longe da quinta e Nina, provavelmente, já dormia – e, depois de libertar o morto da corda, carregámo-lo escada abaixo. Figgis estava agora mais frio e, ao pegar nas pernas emaciadas do homem, descendo cada degrau cuidadosamente, a meio da noite, senti-me um profissional da morte, um criminoso de carreira, idêntico aos que vira no cinema; quando o transportámos até à bagageira do *Bentley* e, à contagem de três, o enfiámos lá dentro – Artur fechando a porta com um golpe seco –, desejei que tudo aquilo não passasse de um pesadelo terrível, do qual pudesse despertar a qualquer momento.

«Esteja atento, homem», disse-me Artur, estalando os dedos da mão direita. «Quando mais cedo isto acabar, mais cedo esquecemos o problema. Vamos.»

Não lhe perguntei aonde íamos enquanto guiou pelos caminhos desertos do Alentejo, apenas os faróis do *Bentley* iluminando um sonho de terra, arbustos e pequenos animais ruminantes da noite. Na minha cabeça corriam todas as possibilidades e nenhuma fazia sentido: por que razão teria Sean Figgis vindo até aqui para se suicidar? O que teria acontecido na casa das heras, com Millhouse Pascal, que conduzisse a um final tão abrupto e sinistro? Quem, no fim de contas, eram estes homens para quem eu trabalhava, que se recusavam a chamar a Polícia e colocavam um morto na bagageira do carro?

Foram horas longas. Assim que chegámos à estrada, Artur ligou o rádio, e a voz do locutor, intercalada com música, foi o único som que ouvimos durante grande parte do caminho. A certa altura, o jardineiro começou a assobiar, acompanhando uma canção. Olhando o seu perfil, agarrado ao volante, de mãos longas e venosas, queixo proeminente e olhos vítreos, perguntei-me quantas vezes teria ele feito aquela mesma viagem. Tive, de repente, a terrível certeza de que Artur lidava frequentemente com a morte. Antes de chegarmos a Lisboa, por volta das três da madrugada, Artur meteu por uma estrada secundária e passámos várias povoações até chegarmos a um cais sem barcos, mal iluminado.

«Já estamos longe o suficiente», disse, apagando as luzes do *Bentley*. Esperámos alguns minutos, olhando pelas janelas para verificar que ninguém se encontrava à espreita – àquela hora, naquele lugar, devíamos ser as únicas pessoas num raio de um quilómetro – e depois saímos do carro ao mesmo tempo. Artur abriu a bagageira e pegou no morto pelos braços; eu peguei-lhe pelos pés e, poucos segundos depois, como se estivesse fora do meu corpo e observasse a cena à distância, vi-me a lançar o cadáver de um homem ao mar, escutando a queda do peso na água e o ligeiro chapinhar da maré enquanto nos afastávamos.

Artur tentou fazer conversa no caminho de regresso, mas eu estava incapaz de falar. Respondi com monossílabos e, a certa altura, olhando-me como se eu fosse uma criatura de outro planeta, o jardineiro aumentou o volume do rádio e regressou ao silêncio. A desumanidade do que tínhamos feito começara a roer-me por dentro e, com a estrada a passar perante os meus olhos, senti uma vertigem, como se perdesse o pé em terra firme e começasse a cair por um penhasco invisível que não tinha fundo. Não havia desculpa possível, nem mesmo a possibilidade de – e colocava essa hipótese pela primeira vez – ser perigoso não pactuar com as ordens de Artur. Decidi que, assim que chegássemos à Quinta do Tempo, iria fazer as malas e partir. Partiria nessa mesma noite, assim que raiasse a madrugada, mas não partiria só: Camila viria comigo. Não a deixaria ficar naquele lugar onde a morte era tratada como um ligeiro incómodo, onde um simples jardineiro transportava um cadáver e, sem pensar duas vezes, o atirava para as profundidades lamacentas do mar. Se ela recusasse, contar-lhe-ia tudo o que se tinha passado nas horas anteriores, para que ficasse a conhecer a verdadeira natureza dos negócios do avô.

Quando entrámos na propriedade ainda era noite, mas uma ténue linha de luz no horizonte ia anunciando a proximidade da manhã. Esperei que Artur se retirasse para o quarto e depois, sem fazer barulho, desci as escadas e voltei a sair. Entrei no casarão pela porta principal e, às escuras, avançando devagar e guiando-me pela memória, subi os degraus para o segundo andar, onde o corredor dos quartos estava iluminado por um candeeiro de presença. Ao fundo, do lado direito, ficava a porta do quarto onde encontrara Sean Figgis suspenso por uma corda; senti um calafrio ao olhar para a ponta final e escura do corredor, aonde a luminosidade já não chegava. Fiz um rápido cálculo mental e adivinhei a porta do quarto de Camila na extremidade oposta do corredor. A presença do *Citroën,* estacionado em frente à casa que eu e Artur habitávamos, indicava que os netos de Millhouse Pascal já tinham regressado à quinta; e, pé ante pé, aproximei-me da porta do quarto de Camila. Bati duas vezes, ao de leve, com os nós dos dedos, mas não houve resposta; lentamente, rodei a maçaneta e entreabri a porta.

Espreitei para o interior do quarto, onde o clarão fraco da madrugada que entrava pela janela iluminava o contorno das coisas. Os meus olhos demoraram um momento a habituar-se e depois olhei para a cama. Sobre ela estavam dois corpos abraçados. Por um momento julguei ter entrado na divisão errada, pois esperara ver apenas Camila; um corpo masculino estava de costas para mim, a silhueta das costas largas delineada contra a obscuridade. Depois, num movimento rápido, o corpo voltou-se ao contrário, e nesse instante quase fechei a porta, assustado com a possibilidade de ser visto, mas logo compreendi que o homem continuava a dormir e a ressonar. Ao seu lado vi Camila, a cabeça repousada na almofada e uma expressão serena no rosto, as madeixas de cabelo espalhadas pelo branco, o corpo nu meio escondido debaixo dos lençóis; e, quando finalmente observei atentamente o rosto do seu companheiro, uma e outra vez, como se os meus olhos recusassem aquela imagem, percebi que quem dormia ao seu lado era Gustavo.

Figgis foi notícia nos jornais da semana seguinte. Apesar de se ter retirado da vida pública três anos antes, depois do escândalo que envolvera o seu filho Paul, o IRA e treze civis assassinados por uma bomba num café em Londres, Sean era ainda uma figura respeitada em Dublin, e o seu desaparecimento foi relatado pelos principais jornais britânicos. Os artigos foram reproduzidos no *Diário de Notícias* dessa altura e, embora não recebêssemos jornais na Quinta do Tempo – ou, pelo menos, eles não me chegassem –, verifiquei, nas minhas investigações subsequentes, que a Polícia portuguesa tinha iniciado uma busca pelo escritor desaparecido. O seu corpo deu à costa perto do Arsenal do Alfeite, pouco tempo depois, mas os factos pareciam contraditórios: Figgis apresentava sinais de enforcamento, um método habitual dos suicidas; contudo, o seu cadáver tinha sido lançado ao mar, um método habitual dos homicidas. Das duas, uma: ou alguém enforcara o homem, primeiro, para depois o deitar à água, ou Figgis suicidara-se, o que levantava a questão do porquê de o seu corpo ter sido encontrado a boiar. Um suicídio não era um crime; só se tornava problemático se a sua investigação pudesse conduzir a outras situações, porventura mais criminosas. As relações de Figgis com Portugal, porém, nunca foram devidamente explicadas na imprensa: segundo os registos dos voos, o irlandês tinha sido visita habitual desde 1977. Na ausência de família que pudesse explicar aquelas viagens (o seu filho, Paul, não tinha qualquer contacto com o pai desde o atentado), ou de amigos que pudessem esclarecer o assunto – Figgis vivera isolado num subúrbio de Dublin durante os últimos anos da sua vida –, foi impossível à Polícia Judiciária encontrar quaisquer provas que o ligassem à Quinta do Tempo.

Na altura, nada disto me chegou. E, mesmo que tivesse chegado, duvido que lhe tivesse dado qualquer importância. Passei os tempos que se seguiram àquela noite num estado de apatia, provocado não apenas pela enormidade do que fizera com Artur, mas ainda pelo que vira no quarto de Camila. O mundo começou a parecer-me irreal, um fragmento da imaginação de um tolo. Por mais que tentasse racionalizar, tudo me parecia um embuste: olhava para trás, para todos os meses que passara na Quinta do Tempo, e sentia que fora aldrabado por um génio maligno, que tudo o que vira fora uma ilusão encenada ao pormenor. Camila e Gustavo não eram irmãos, nem nunca tinham sido; Artur não era um jardineiro, mas um criminoso profissional; Millhouse Pascal não era um filósofo, mas um louco, o engenheiro de uma gigantesca conspiração; cheguei até a imaginar que Sean Figgis não estava morto, que fingira ter-se enforcado, que fizera a viagem na bagageira do carro com um sorriso cínico no rosto e, ao cair na água, nadara até à praia mais próxima. Um actor. Nada mais do que isso.

A realidade cedo substituiu estes delírios. Depois de a sorte de Figgis ter sido ditada, Millhouse Pascal foi alternando a sua crescente paranóia com uma depressão com laivos de agressividade. As nossas reuniões tornaram-se ocasiões que eu temia; encontrava-o a fumar uma cigarrilha na sua poltrona, ou a ler obsessivamente um livro à secretária, indiferente à minha presença durante um grande período de tempo e, subitamente, explodindo num exagero de acusações e recriminações às quais eu não sabia dar resposta.

«Mas o que é isto?», vociferou, uma vez, quando descobriu uma data errada na agenda, uma sobreposição de dias que acontecera por descuido, mas que era um problema facilmente solucionável. «Estou a perder a paciência contigo. Começo a achar que és tu o responsável pela desorganização em que se encontra a minha casa. Como é que, ao fim deste tempo todo, ainda cometes um erro deste calibre?»

«Peço desculpa», respondi, olhando para o chão. «Não volta a acontecer.»

Millhouse Pascal pegou na agenda e atirou-a contra a parede. «Disso tenho a certeza, até porque não te quero mais aqui! Fora! Desaparece-me da vista!»

Deixei o consultório com os nervos à flor da pele, ouvindo-o tossir e grunhir quando fechei a porta; chamou-me, por intermédio de Artur, uma hora mais tarde, pedindo-me desculpa pelo sucedido, subitamente calmo, afirmando que nunca tinha sido sua intenção despedir-me, que eu era um empregado competente e de confiança. Noutras vezes, o seu estado anímico era tão fraco que mal tinha forças para se levantar da poltrona. Tossia muito, fumava ainda mais, e passava pelos assuntos da semana como quem tratava de compras no supermercado, não parecendo demonstrar qualquer interesse pelos seus clientes. Que, com o passar do tempo, foram drasticamente reduzidos em número: não apenas tínhamos parado de aceitar novos proponentes, como a carga horária de Millhouse Pascal foi diminuída, a partir de Maio, a seu pedido. Mostrava-se cansado, quase exausto; falava pouco, comia quase nada, e vivia numa vigília constante. Quis, muitas vezes, falar-lhe de Camila e Gustavo. Sentado à sua frente, no consultório, imaginei qual seria a sua reacção se lhe contasse o que vira no quarto de Camila naquela noite – mas teria sido um desejo puramente vingativo e ressentido da minha parte. Quis também falar-lhe do que acontecera em Lisboa, do assalto à nossa casa, da estranha história que aquele rapaz em coma contara à minha irmã, do escritório desactivado na Baixa. Noutra altura, de maior vigor, provavelmente tê-lo-ia feito. Mas a condição actual do meu patrão inspirava alguns cuidados, e eu não queria correr o risco de o transtornar ainda mais. Afinal, a minha mãe permanecia no hospital; seria a pior altura possível para perder o emprego e deixar a minha família desamparada.

Temia, também, pelo que o futuro traria. O suicídio de Figgis tinha sido uma espécie de premonição dos perigos que corríamos se o equilíbrio da Quinta do Tempo se perdesse. Esse equilíbrio dependia, sobretudo, da clarividência de Millhouse Pascal, da relação de confiança com os seus clientes e da boa-fé destes a respeito do sigilo que era necessário manter. Na verdade, era mais do que boa-fé, como compreendi ao reagrupar os factos que constituem esta história – era uma necessidade de parte a parte, uma troca benéfica para ambos os lados, mas que repousava sobre as tábuas de uma jangada muito frágil. Tanto Millhouse Pascal como os homens que recebia tinham segredos; esses segredos deveriam ser trocados apenas na segurança do consultório, e em mais parte alguma. A partir do momento em que esta segurança deixasse de existir, seriam náufragos lançados à água, e cada um tentaria, à custa dos outros, agarrar-se à única bóia de salvação.

Tentei fazer um escrutínio cada vez mais minucioso dos seus clientes e, à revelia da sua vontade – e depois de uma discussão acesa com Artur, que se recusava a cumprir ordens que não viessem directamente do patrão –, decidi encurtar ainda mais o leque de opções. Sentei-me com o jardineiro para fazer contas e, depois de calcularmos o dinheiro que seria necessário para manter o negócio de pé, excluímos todos aqueles nomes que poderiam ser problemáticos para o estado de espírito perturbado do nosso patrão. Entre Maio e Junho, suspendemos a correspondência com cerca de dez clientes, habituais e semi-habituais – foi, por exemplo, da minha responsabilidade a interrupção das visitas frequentes de Florian Shultz depois de, através de Pina Santos, termos recebido uma informação de que Shultz andava a ser vigiado pelos soviéticos e surgia numa lista de possíveis nomes referenciados pelo serviço de contra-espionagem do Politburo –, sem o consentimento de Millhouse Pascal; ainda que eu não compreendesse plenamente o significado daquela informação, era suficiente para o considerar perigoso. Julgando fazer o melhor, eu e Artur precipitámos, inadvertidamente, o horrível acontecimento que foi a sentença final da Quinta do Tempo.

Quanto a Camila e Gustavo, evitei-os durante aquele período. Os fins-de-semana na propriedade eram passados entre a biblioteca, o quarto e as reuniões com Millhouse Pascal que, no seu estado sorumbático, acabavam por ser encontros estéreis, nos quais nada se decidia e poucas palavras eram trocadas – chegou, uma vez, a chamar-me à casa das heras para me mandar embora em seguida, esquecendo-se da razão pela qual me chamara. Via Camila da minha janela aos sábados e domingos, fazendo funambulismo, brincando com Nina, ou conversando com Gustavo. Acenou ocasionalmente na minha direcção e, duas ou três vezes, gritou o meu nome lá de baixo, esperando que eu aparecesse. Senti-me tentado a descer e a confrontá-la; contudo, e apesar da sua partida iminente para os Estados Unidos, não era capaz de o fazer nem de conjurar as palavras certas, temendo a sua reacção. Desejei, nessas alturas, que ela desaparecesse de uma vez por todas. Tentando concentrar-me na leitura, olhava para o *poster* de Philippe Petit por cima da minha cama e via aquele homem desconhecido como uma figura mais real do que a gente de carne e osso, uma companhia das horas mortas que, tal como eu, procurava atravessar uma corda bamba que, a qualquer momento, ameaçava desaparecer sob os seus pés, revelando finalmente os abismos insondáveis do mundo.

No princípio de Junho recebi um telegrama por intermédio de Artur. Era da minha irmã, que me pedia que fosse a Lisboa o mais depressa possível. Parti no dia seguinte com autorização do jardineiro, aliviado por poder sair daquele lugar, mas também preocupado. Não era habitual a minha irmã enviar telegramas, a menos que se encontrasse numa situação difícil. Fiz a viagem em estado de inquietação, depois de telefonar para casa da estação de Santiago do Cacém, sem ter conseguido que ela me explicasse o que se passava.

Cheguei a meio da manhã, um dia esplendoroso de sol e céu azul. A minha irmã, contudo, esperando por mim no lugar de chegada das camionetas, destoava do tempo: tinha uma expressão de infelicidade no rosto que só lhe conhecera nos momentos mais negros.

«O rapaz morreu», disse-me, quando desci da camioneta e a abracei.

«O quê?»

«Fui visitá-lo ao hospital há uns dias e já lá não estava. As enfermeiras disseram-me que morreu de derrame cerebral. Não sabia o que fazer, por isso fui ter com o inspector Melo. Precisava de falar com alguém. Ele pediu para nos ver.»

Fomos, uma vez mais, à esquadra de Santos-o-Velho. Melo não estava, e esperámos mais de uma hora. Apareceu com ar apreensivo, de pistola enfiada no coldre apertado sobre a camisa, e mandou-nos entrar.

«O rapaz que nunca cresceu e a irmã», disse Melo, acendendo um cigarro e sentando-se. «As coisas complicaram-se, não é? Tal como eu suspeitava.»

«O que é que quer dizer com isso?», perguntei.

«Como lhe disse, investigámos o passado do Luís Garcia depois da agressão de que foi vítima. Já tínhamos indícios bastante fortes para acreditar que ele não era louco, que tinha os agressores à perna e, agora, estou completamente convencido disso. Parece-me que existiam boas razões para ele ter levado a tareia que acabou por o matar.»

«E que razões são essas?»

«Bom, não vou entrar em pormenores consigo, basta dizer-lhe que o passado deste rapaz coincide com uma investigação que já está em curso há algum tempo. As nossas fontes dizem-nos que, antes de abordar a sua irmã, entre Janeiro de 1980 e Maio de 1981, trabalhou para uma empresa chamada *Agência MP.* Esta agência, que ainda não sabemos onde fica, está fortemente indicada pelos meus colegas inspectores como um negócio fraudulento, uma vez que não há qualquer registo, nas Finanças, da sua existência.»

Engoli em seco, escondendo as mãos, que tinham começado a suar, debaixo das pernas.

«E você pensa que eles têm alguma coisa a ver com o espancamento?», perguntou a minha irmã.

«É uma forte possibilidade», continuou Melo, fumando o cigarro. «Não foi certamente ocasional, e não encontrámos nada no passado dele que o justificasse – dívidas, processos legais pendentes, nada. Suspeito de que exista um envolvimento por parte desta tal *agência* que, tanto quanto sabemos, funciona numa espécie de buraco negro burocrático. Temos informações, com algum grau de certeza, de que opera desde 1976, embora seja a primeira vez que conseguimos encontrar alguém que tenha trabalhado para eles. Tentámos localizar a agência através dos anúncios dos jornais, mas batemos com o focinho num apartado.»

Tentei desviar o assunto. «E que temos nós a ver com isso? Quero dizer, porque é que me chamou aqui?»

Melo sorriu, apagando o cigarro.

«Temos razões para crer que você trabalha para esta organização.»

Devo ter ficado lívido, porque Melo franziu o sobrolho.

«O meu irmão não é um criminoso», disse a minha irmã. «Se o quer acusar de alguma coisa, vá directo ao assunto.»

«Não estou a acusá-lo de nada. Trabalhar nunca foi crime. Parece-me que, tal como o nosso amigo Luís Garcia, o seu irmão está metido numa alhada que o ultrapassa. Eu explico-lhe. Tal como você, o rapaz desaparecido viajou constantemente entre o Alentejo e Lisboa durante aquele ano; tal como você, recebeu os vencimentos através de cheques assinados por um homem chamado Artur M. Faria.»

«Como é que você sabe disso?»

Melo encolheu os ombros. «Somos a Polícia Judiciária, amigo.»

«Isso é uma intrusão ilegal na minha vida privada.»

«Então contrate um advogado, e meta um processo. Tente processar a Polícia, a ver o que acontece.»

Fiquei furioso, mas só durante um momento: como se fosse um aviso, um recorte de jornal sobre a mesa onde Melo pousara os cotovelos chamou-me a atenção. Debaixo do seu braço esquerdo, vi um artigo que dava conta do desaparecimento de Sean Figgis.

«Continuando. Descobrimos que este tal Artur mora no Alentejo, na zona de Santiago do Cacém, e é jardineiro de um homem chamado António Augusto Millhouse Pascal. É aqui que a porca torce o rabo. Por mais que tentemos obter informações sobre este tal Pascal, é como se o homem fosse um fantasma. Como se não existisse. Sabemos que nasceu em Portugal, temos informações de que viveu em Espanha, e pouco mais. Regressou ao país em meados dos anos 60 e, a partir daí, nada. Os ministérios afirmam peremptoriamente que não possuem mais informação, o que é uma aldrabice de todo o tamanho. É evidente que os cidadãos têm direito à sua vida privada e, obviamente, a ditadura já lá vai. Existe, ainda, o princípio do livre empreendedorismo, e qualquer um pode, hoje em dia, formar a sua própria empresa e contratar quem bem lhe apetecer. Não nos meteríamos na sua vida se não existissem, porém, alguns indícios comprometedores, que não lhe posso revelar, sobre as actividades desta agência. Digamos que, nos últimos anos, algumas pessoas têm desaparecido.»

«Está mesmo convencido, então, de que eu trabalho para esse homem.»

«Não trabalha?»

Hesitei durante um segundo, e olhei para a minha irmã, que parecia desesperada. Depois pensei no recorte de jornal sobre Figgis.

«E se trabalhasse?»

Melo sorriu, acendendo outro cigarro.

«Bom, se trabalhasse para esse homem, e não para o senhor Artur M. Faria, o tal que lhe assina os cheques, ia pedir-lhe que mantivesse os olhos bem abertos.»

«Como assim?»

«Esteja atento. Espreite aqui e ali. Faça algumas perguntas. Conte-nos – perdão, conte-me – sobre qualquer coisa que lhe pareça suspeita.»

Encolhi os ombros. «Que género de coisa?»

«É mesmo preciso explicar-lhe?»

Respirei fundo, ansioso por sair daquela sala.

«Acho que não. Entendo o que quer dizer.»

Erguemo-nos e apertámos as mãos. A minha irmã olhou o inspector com desprezo antes de lhe voltar as costas, e Melo ficou a observar-nos, de cigarro ao canto da boca, enquanto saíamos. Mantive-me calado até chegarmos a casa, apesar das perguntas insistentes da minha irmã, pensando nas palavras do polícia, imaginando o que poderia ter acontecido na Quinta do Tempo em anos anteriores à minha chegada: quantos homens se teriam enforcado? Quantos teriam sido largados ao rio? E se as coisas fossem muito piores do que eu imaginara e alguém tivesse sido assassinado? Millhouse Pascal parecia ser um homem sensato, mas cada vez mais frágil, prestes a desmoronar-se; e Artur, um esbirro capaz de qualquer coisa para defender os seus interesses.

A minha irmã gritou e esbracejou, chorando à mesa da cozinha durante o jantar, implorando-me que lhe contasse o que se passava, mas não fui capaz. Naquela altura as coisas eram demasiado complexas para lhe poder explicar e, se o fizesse, iria implicá-la também nos meandros de uma história da qual ainda não conhecia o final. Depois de visitar a minha mãe na manhã seguinte, regressei à Quinta do Tempo um dia antes do previsto, sob o pretexto de não ter mais nenhum assunto para tratar em Lisboa; na verdade, temia que estivesse a ser seguido pela Polícia, e queria sair da cidade o mais depressa possível.

«Vou pedir-te uma última vez: vem-te embora assim que puderes», disse a minha irmã, abraçando-me à despedida. «Ou, um dia, quando acordares desse sonho, será demasiado tarde.»

Castigo e crime

«A menina Camila quer falar consigo», disse Artur, entregando-me um pacote de correspondência preso com um elástico.

Era um final de tarde de sexta-feira, e o jardineiro acabara de chegar de Lisboa, aonde fora buscar os netos de Millhouse Pascal. Eu passara a semana inteira preocupado com o que o inspector Melo me contara – tenho vergonha de dizer que coloquei a hipótese, em momentos de maior frustração, de informar a Polícia das actividades da Quinta do Tempo, tal como me pedira – e, nesse breve período, quase me esquecera de Camila. Não era possível, porém, continuar a evitá-la. Sabia que, se não a confrontasse, acabaria por fazer alguma coisa da qual me arrependeria, por ser incapaz de continuar a manter aquele segredo.

Encontrei-a no jardim, sobre a corda bamba. Nina estava junto dela, deitada sobre a relva, olhando o céu azul e contando alto.

«Trinta e quatro, trinta e cinco, trinta e seis...»

Fazia muito calor nessa tarde. Camila usava uma camisola de alças branca e uns calções azuis. Equilibrava-se sobre um só pé, os braços abertos, como se fosse uma ginasta.

«Quarenta, quarenta e um, quarenta e dois...»

«Olá, Nina», disse eu, sentando-me junto dela.

«Olá, cavalheiro», respondeu Nina, os caracóis cobrindo-lhe o rosto. «Estou a contar quanto tempo a minha irmã consegue ficar em cima da corda sobre um só pé.»

«E agora perdeste a conta», disse Camila, baixando o pé que estava no ar.

«Onde é que está o Gustavo?»

«Numa viagem com os amigos.»

«Eu também queria ir, mas o estúpido não me deixou», disse Nina, com um ar muito zangado.

«Querias falar comigo?», perguntei a Camila.

Ela desceu da corda com um salto, aterrando ao nosso lado.

«Queria ver-te. Andas desaparecido.»

«Quando é que partes?»

«Em Julho. Daqui a três semanas.»

«Achava que as universidades só começavam em Setembro.»

«E tens razão.» Camila sentou-se ao lado de Nina. Tinha a pele bronzeada do sol. «Mas vou fazer uns quantos cursos de Verão antes de começar o bacharelato. Para além disso, quero passear um bocado. Conhecer a cidade.»

«E a tua mãe?»

O rosto de Camila entristeceu. «Ainda não respondeu à minha carta. Deve estar em viagem, ou coisa parecida.» Depois olhou--me com ar de súplica. «Por favor não digas ao meu avô, ele não sabe que lhe escrevi.»

«Há outras coisas que ele não sabe», disse.

«O quê?»

«Nina, importas-te que fale com a tua irmã a sós?»

Nina levantou a cabeça da relva e olhou-me, desconfiada, de sobrolho franzido. Ia ser uma rapariga extraordinariamente bonita. «Então? Estão apaixonados?», perguntou ela. «Vão-se beijar?»

Camila começou a rir e fez cócegas à irmã. «Vai-te embora e volta mais tarde.»

Nina levantou-se e começou a afastar-se, olhando para trás. «Estúpidos», disse, entre dentes.

«Então? O que é que se passa?», perguntou Camila, afagando-me o cabelo. O gesto deixou-me sem fala e, por um momento, quis esquecer o que vira e confessar-lhe o quanto gostava dela. A decisão, porém, estava tomada.

«Passa-se que te vi com o Gustavo.»

Camila riu-se, sem compreender. «E...? Muita gente nos vê. Somos irmãos, sabias?»

«Vi-te com o Gustavo na mesma cama. Deitados.»

Os olhos dela abriram-se muito. Fechou a boca, mordendo o lábio inferior.

«Do que é que estás a falar?»

«Foi na outra noite. Tinha regressado tarde à quinta, com o Artur, não interessa porquê. Precisava de falar contigo, precisava de te ver, e bem sei que não devia ter ido ao teu quarto. Mas bati à porta, e tu não respondeste.»

«E?»

«E vi-te deitada na cama com o teu irmão.»

Ela afastou o cabelo do rosto e, numa fracção de segundo, a sua atitude mudou. Julgara, por um instante, ver o brilho de uma lágrima nos seus olhos mas, de repente, assumiu a expressão decidida que lhe era habitual. Apoiando-se numa mão, levantou-se da relva e começou a desatar a corda do cavalete.

«Camila?»

Ela olhou-me de soslaio, cheia de raiva e indignação. Nunca ninguém me olhara daquela maneira antes – um olhar próximo do ódio.

«Tens cá uma lata, tu», disse, enrolando a corda em redor dos pulsos. «Entras no quarto dos outros sem autorização, vês uma coisa a meio da noite, e julgas que já sabes tudo.»

«O que é que há para saber?», disse, erguendo-me da relva. «Qualquer outra pessoa que visse o que eu vi assumiria o mesmo.»

Ela aproximou-se de mim, sem deixar de me fitar.

«Ah sim? E o que é isso, exactamente?»

«Como assim?»

«Que coisa é essa que tu assumes, porque me viste, e ao Gustavo, na mesma cama?»

Fiquei sem palavras durante um momento, engolido pelos seus olhos enormes e furiosos.

«Deixa-me adivinhar», continuou ela. «*Assumiste* que, lá porque dormimos juntos, também temos relações sexuais, é isso?»

«Por favor, não fales assim.»

«A isso chama-se incesto, sabias? É o que julgas, que tenho sexo com o meu irmão?»

«Não.»

«Não, uma merda!», berrou ela, baixando depois o tom de voz. «Faz-me um favor: mete-te na tua vida. Já me chega o velho fascista a chatear-me o tempo todo. Tu não fazes ideia do género de relação que eu tenho com o Gustavo, não fazes ideia, aparentemente, do que significa o amor fraternal.»

«Eu tenho uma irmã», respondi, começando a sentir-me ofendido. «Acho que conheço bastante bem esse género de amor.»

«Então pensa nisto: se, a meio da noite, a tua irmã te pedisse consolo, porque teve um pesadelo, ou porque se sente horrivelmente angustiada, ou porque, simplesmente, precisa de companhia, tu recusavas? Eu e o Gustavo crescemos sem pai nem mãe. A coisa mais próxima que tivemos foi um avô, que não é capaz de um gesto de ternura. Só nos temos uns aos outros. Eu, o Gustavo e a Nina.»

Olhei para o fundo do jardim, onde Nina, alheada da nossa conversa, corria entre os canteiros de flores.

«Desculpa», disse. «Não pensei nisso.»

«Pois não, não pensaste. Mas agora é tarde, não achas?»

Camila terminou de enrolar a corda e, deixando-a junto da árvore, passou à minha frente a passo rápido, caminhando na direcção de Nina. Depois pegou na mão da irmã e levou-a para dentro do casarão. A mais nova ainda me acenou quando chegaram à porta, despedindo-se, e eu acenei de volta, sem qualquer ânimo, um sorriso forçado no meu rosto.

Foi difícil olhar-me ao espelho durante o tempo que se seguiu. Na altura, as duras palavras de Camila convenceram-me de que tinha ultrapassado os limites, de que deixara a imaginação tomar conta da minha percepção das coisas e, assim, com um gesto egoísta, magoara alguém que, independentemente do que sentia, fora a melhor coisa que eu encontrara na Quinta do Tempo. Quis, muitas vezes, desculpar-me pelas minhas palavras, mas nunca encontrei coragem; o meu pai ensinara-me, há muito, que o tempo acaba por resolver certos dilemas, sem necessitar da intervenção dos homens. Sabia que, se me tentasse aproximar de Camila, seria a sua vez de me magoar.

Teriam sido três semanas morosas, de auto-recriminação e horas perdidas de dúvida, até à data da sua partida, se, de um momento para o outro, o mundo não tivesse dado outra cambalhota – desta feita com tanto vigor que tudo ficou permanentemente voltado do avesso. Aconteceu numa estranha tarde de chuva no princípio de Julho. Encontrava-me no consultório de Millhouse Pascal, sentado à secretária, o meu patrão na poltrona lendo um livro sobre ocultismo. De vez em quando fazia-lhe uma pergunta sobre a agenda que estava a preencher, escutando nos intervalos a chuva batendo contra os vidros da janela. Lá fora, o jardim estava ensopado, e não consegui evitar um sorriso quando vi a figura minúscula de Artur escorregando, ao tentar atravessar o relvado de um lado ao outro para proteger os canteiros da chuva com plásticos. Millhouse Pascal chamara-me nessa tarde para lhe fazer companhia, por alguma razão que eu não compreendera: estava mais abatido do que o habitual, e adivinhei-lhe um género de solidão que está reservada à idade. Quis, novamente, falar-lhe de todas as coisas que me atormentavam, contar-lhe tudo o que acontecera com Camila, com a minha irmã, com o rapaz em coma que morrera; pedir-lhe a verdade, exigir que me explicasse todos os mistérios; e, uma vez mais, ele desarmou-me antes que eu pudesse começar.

«Existem certas coisas das quais temos de falar em breve», disse ele, subitamente, levantando os olhos do livro, os óculos pequenos pendurados na ponta do longo nariz.

Ergui também os olhos dos papéis e olhei-o, sem compreender. «Como por exemplo?»

«Em alturas como esta, um homem já avançado nos anos vai começando a sentir o peso das horas. Os ossos doem como nunca doeram antes, as mãos já não têm o poder de agarrar os objectos com a firmeza de outrora. Pomo-nos a pensar no futuro, ou na ausência dele.»

«Entendo.»

«Não, não entendes. Nem devias entender.» Ele acendeu uma cigarrilha. «É um pouco prematuro falar disto mas, com este dia que se pôs hoje, é como se recebêssemos uma ordem divina, dizendo que está na altura, que não devemos adiar mais o inevitável.»

«Estou a ouvi-lo», respondi, confuso.

«A verdade é esta: os meus netos serão sempre uma espécie de filhos emprestados para mim. Eles ressentem-se de terem crescido com um velho, e nem a Camila nem o Gustavo têm apetência para apreciar o meu trabalho. São demasiado vivos, estão demasiado despertos para o mundo. Para fazer este trabalho, temo que seja preciso estar um bocadinho morto. Receio, ainda, que a Nina siga o mesmo caminho e, se assim for, então terão saído todos à mãe. Ora, isto deixa-me sem alternativas no que diz respeito à família.»

«Alternativas para quê?»

«Para dar continuidade àquilo que eu faço.»

«Que eu ainda não entendi bem o que é.»

A cinza da cigarrilha caiu para o chão, mas ele pareceu não reparar.

«É natural que assim seja, não só porque o acesso a essa experiência não te foi oferecido, mas também porque é, como a palavra indica, uma *experiência*. Poderia passar dez anos aqui sentado, a explicar-te, e ficaríamos exactamente na mesma.»

«Está a dizer que não é explicável por palavras?»

«Precisamente.»

«Como espera, então, que alguém dê continuidade àquilo que faz, se não é capaz de o explicar?»

Ele deu uma longa passa e tossiu. Depois tirou um lenço do bolso do casaco de malha e limpou o cuspo acumulado nos cantos dos lábios. «Não espero que qualquer pessoa o faça. É em ti que deposito as minhas esperanças, caso não me tenha feito entender.»

Senti-me, ao mesmo tempo, elogiado e aterrorizado pela perspectiva.

«Agradeço a sua confiança em mim, mas não me parece que seja a pessoa indicada.»

«Ainda não, mas poderás vir a ser. As tuas funções, neste momento meramente instrumentais, poderão ser ocupadas por qualquer outra pessoa.»

«Está a dizer que andei a perder o meu tempo?»

«Nenhum tempo é perdido. Tudo o que aconteceu até aqui tem servido para te preparar para a experiência de que te falo. Se, como suspeito, tiveres uma sensibilidade especial aos resultados dessa experiência, serás então a pessoa que eu procuro para, digamos, prolongar o meu legado.»

Nesse instante os pneus de um carro chiaram lá fora. Eu sabia que Artur só regressaria mais tarde – tinha ido tratar de assuntos a Lisboa – e corri para a janela. Millhouse Pascal também se endireitou na poltrona, com esforço, uma expressão de alarme no rosto. Olhei pelo vidro e vi, junto da fonte, um carro parado – um *Saab* 900 verde-escuro, com matrícula espanhola – e a figura pequena de um homem dirigindo-se à porta da frente da casa das heras. Encontrando-a fechada, caminhou durante uns momentos para um lado e para o outro, contornando depois o edifício na direcção do jardim. Corri ao lado contrário da sala para espreitar pela janela das traseiras, mas não conseguir observar o perfil do visitante.

«Quem é? Artur voltou mais cedo?»

«Não», respondi, alarmado. «É alguém que me parece conhecido, mas que não consegui identificar.»

«Vai lá abaixo. E leva isto.» Millhouse dirigiu-se à secretária, abriu-a e mostrou-me um revólver.

«Guarde isso», disse, surpreendido pelo gesto. Millhouse aproximou-se e colocou a arma na minha mão à força.

«Não estou a pedir», disse ele. «Pode ser necessário, para a tua segurança.»

No momento em que abri a porta soube que seria inútil pensar no problema do revólver. Uma figura caminhava pelo corredor na nossa direcção, a passo decidido. Enfiei a arma na parte de trás das calças, escondida pela camisa, no momento em que a figura desalinhada de Tito Puerta emergiu da semiescuridão para a luz do consultório.

«Quero falar consigo. Agora», disse ele, num espanhol com sotaque sul-americano. Parecia ainda mais perturbado do que da última vez que o vira, escoltado por Artur para fora da quinta no banco de trás do *Bentley;* naquele momento, de cabelo longo molhado pela chuva e com uma barba de três dias a despontar em redor do bigode, os olhos raiados de sangue, tinha o ar de um homem perigoso à beira de perder a sanidade. Recordei, subitamente, que nos últimos dois meses havíamos recebido inúmeras cartas de Puerta, a que eu respondera com negações consecutivas da sua possibilidade de visita, sem sequer as mostrar ao patrão.

«Você não pode aparecer aqui assim», disse, em português, avançando um passo e colocando-me entre ele e Millhouse Pascal. A arma presa ao cinto das calças dava-me uma inusitada sensação de autoridade.

«Deixa estar, eu trato deste assunto», interveio Millhouse Pascal, estendendo a mão para cumprimentar o homem. «*Señor* Puerta», disse, convidando-o a sentar-se. Pediu-me para sair do consultório e, lentamente, fechou as portas, olhando-me com uma mistura de confiança e apreensão.

A fúria e o desespero no rosto de Puerta denunciavam um homem capaz de qualquer coisa, e temi pela segurança de Millhouse Pascal. Desejei, durante as três horas que passei à porta do consultório, que Artur ali estivesse, que nunca houvesse deixado a quinta naquele dia. Apesar de ter uma arma comigo – que observei minuciosamente enquanto, sentado na cadeira a meio do corredor, esperava pelo desfecho daquele encontro inesperado –, não me sentia seguro, uma vez que me sabia incapaz de a usar. Premir o gatilho era impensável e, no máximo, conseguiria assustar alguém com a ameaça de poder vir a usá-la. Tito Puerta era, porém, um homem com vasta experiência de vida: tinha passado pelas mãos de Somoza e, agora, vivia num estado de pânico constante, ameaçado pelo KGB e por grupos radicais de esquerda em Espanha; não seria uma arma empunhada por um rapaz que o iria assustar.

A certa altura, quando o som das vozes de dentro do consultório já cessara há algum tempo, um barulho brusco colocou-me em alerta imediato. Foi um baque surdo, uma espécie de interrupção da monotonia dos sons do mundo lá fora – a chuva incessante, o murmúrio do vento. Ergui-me e aproximei-me da porta, encostando o ouvido para tentar escutar mais alguma coisa. O silêncio era completo. Bati ao de leve na madeira com os nós dos dedos, chamando baixinho o nome do meu patrão; quando não obtive qualquer resposta comecei a ficar preocupado e, a medo, rodei a maçaneta e entreabri a porta. A primeira coisa que vi, sobre a carpete, foi uma das pernas de Millhouse Pascal, imóvel, o pé afastado para o lado. Entrei de rompante, sem pensar, e encontrei-o estendido no chão, de olhos fechados e boca aberta, o sangue a descer da boca e das narinas. O meu primeiro impulso foi ir socorrê-lo mas, no exacto momento em que me lembrei de Puerta, este surgiu de trás da porta e, com um grito, deu-me um pontapé com toda a força nas costelas, que me atirou ao chão e me deixou sem ar. O homem estava possuído por uma força qualquer superior à sua, e vi nos seus olhos uma aflição quase demoníaca, a espuma começando a formar-se aos cantos da boca, os dedos das mãos tensos e hirtos. Hesitou durante um momento e, depois, vendo que eu me começava a erguer, fugiu na direcção do corredor. Corri no seu encalço e, a meio caminho das escadas, lancei-me sobre Puerta, agarrando-o pelos ombros e atirando-o contra a parede. Ele pegou-me no braço e, de olhos esbugalhados, mordeu-me a mão esquerda, cravando os dentes na minha carne até esta começar a sangrar. A dor propagou-se como uma onda de choque pelo meu corpo e, instintivamente, cravei-lhe os dedos da mão direita na garganta, forçando-o a abrir a boca – a minha mão escorregou dos seus dentes manchados de sangue. Foi então que Puerta, imitando o meu gesto, lançou também as suas mãos ao meu pescoço, com uma força impressionante para um homem daquele tamanho e, ao darmos uma volta completa, ficando eu de costas para a escada, me senti sufocar. A pressão dos seus dedos na minha traqueia era brutal – em menos de um minuto, ter-me-ia matado, se eu não tivesse feito o que fiz. Lembrando-me do revólver, tirei-o da parte de trás das calças e bati-lhe com a coronha na nuca com toda a força. Os dedos de Puerta imediatamente cederam; os seus olhos negros rolaram nas órbitas e, trocando os passos, cambaleou, caindo pelas escadas abaixo. Quando me recompus, enrolando a mão na camisa para estancar o sangue, e desci ao andar inferior, encontrando o corpo do homem estendido no chão, Puerta estava morto.

O ENTERRO

«Esperemos pela noite», disse Artur, olhando para o corpo do nicaraguense. Havíamos levado o corpo de Puerta para o *Saab*, deitando-o sobre o banco traseiro; aparentemente, explicou-me Artur depois de o observar, partira a coluna durante a queda. O jardineiro fechou a porta, e regressámos ao casarão, onde Millhouse Pascal tinha sido instalado num dos quartos e se encontrava a repousar. Os ferimentos eram ligeiros mas, quando caíra, magoara a bacia e custava-lhe andar. Era, porém, proibido chamar um médico enquanto o morto permanecesse na Quinta do Tempo.

Encontrava-me em estado de choque, incapaz de aceitar que, pela minha própria mão, conseguira tirar a vida a um homem. A paralisia em que Artur me descobriu, sentado nas escadas da casa das heras junto do morto, a cabeça entre as mãos, cedo foi substituída por uma necessidade – quase um desespero – de exonerar a minha culpa, livrando-me de todas as provas. O respeito para com os mortos não existe quando somos culpados. Pelo menos o respeito imediato; a única coisa em que pensamos, por mais honestos que sejamos, é na nossa salvação. A coronha do revólver foi esfregada com álcool, a arma devolvida à gaveta da secretária; o sangue, espalhado pelo chão do corredor, lavado com detergente inúmeras vezes; a camisa com que atara a mão foi queimada e, numa operação mórbida, lavei a boca de Puerta, manchada do meu sangue. Cumpri estas tarefas todas com diligência, arrastando um balde com água e uma esponja até ao *Saab*, regressando ao casarão com a esponja e a água manchadas de vermelho. Artur, uma vez mais, ajudou-me a tratar de tudo com uma neutralidade repugnante, reduzindo, uma vez mais, o mundo a uma relação causa-efeito desprovida de humanidade.

A chuva cessara quando a noite chegou. Estava arrasado, mas não tive muito tempo para matutar no assunto. Artur ordenou-me que fosse atrás dele no *Citroën* e, entrando para o *Saab*, arrancou pelo caminho de terra em direcção ao portão da quinta. Segui-o pelas estradas secundárias, a poeira erguendo-se das rodas traseiras do seu carro, atemorizado pelo breu e pela presença invisível do morto no banco de trás. Parámos junto de uma casinha à beira de uma estrada de terra, Artur fez sinais de luzes, e uma figura apareceu à porta, fechando-a depois atrás de si antes de caminhar para o carro de Artur a passo instável. Era o corcunda – o tal «Alfredo» de que Millhouse Pascal me falara – e, ao vê-lo entrar para o lugar do passageiro do *Saab,* os meus piores receios começaram a tomar forma. Continuei a seguir o carro de Artur por estradas mal iluminadas até chegarmos a um ermo, onde o céu se abria sobre nós como um espelho difuso, as nuvens carregadas ameaçando tornar a inundar a terra. Artur veio até ao meu carro.

«Deixe-se ficar onde está e desligue as luzes», disse.

Fiz o que me pedia, e o lugar caiu numa escuridão quase completa, um resto de brilho da lua, obscurecido pelas nuvens, oferecendo os contornos aos vultos. Artur estacionara o carro na berma da estrada de terra. Ao lado desta estendia-se um enorme campo por cultivar. Artur e Alfredo saíram do carro e, abrindo as portas traseiras, carregaram o corpo de Tito Puerta pelo campo fora. Nesse momento as nuvens dissiparam-se e pude ver, à claridade mortiça da lua, que os dois estavam junto da única árvore presente no campo, baixando o corpo de Puerta até ao chão. As nuvens fecharam-se e a terra tornou a cair na escuridão. Poucos minutos passados, Artur regressou para buscar a pá e uma vez mais voltou a aventurar-se no negrume. O meu coração batia descompassadamente, e entrei e saí do carro várias vezes, tentando perceber, na ausência de luz, se alguém se aproximava ou andava por ali, mas parecíamos estar no fim do mundo. Quase uma hora depois, os dois regressaram, o corcunda arrastando-se atrás de Artur em silêncio. O jardineiro fez-me novamente sinal para os seguir e, ao entrarmos numa estrada alcatroada, compreendi que íamos em direcção ao mar. Parámos quando chegámos a um penhasco onde as ondas batiam com violência, uma ventania varrendo os arbustos rasteiros. Artur e Alfredo estacionaram o *Saab* de frente para a água e, saindo do carro e colocando-se atrás dele, deram um ligeiro empurrão à carroçaria; o suficiente para, uns segundos depois, o automóvel voar de grande altura até embater com violência no sopé do penhasco. Ao contrário do que vira nos filmes, o carro não explodiu; simplesmente ficou lá em baixo, destruído.

No caminho de regresso evitei olhar pelo espelho retrovisor, porque Alfredo ia sentado no banco de trás. Não disse uma palavra o caminho todo, mas libertava um fedor intenso e murmurava coisas incoerentes, enrolado no manto que o cobria até ao pescoço. Por vezes, quando o carro resvalava num buraco, o homem resvalava para a frente e o cheiro nauseabundo enchia o carro. Saiu do *Citroën* cambaleando, sem dizer nada, regressando à sua casa à berma da estrada.

«Curioso. É mais difícil desfazermo-nos de um carro do que de um ser humano», disse Artur quando entrávamos na Quinta do Tempo.

A PARTIDA

Millhouse Pascal fracturara o osso da bacia. No dia seguinte à morte de Puerta, Artur levou-o ao hospital de Santiago do Cacém para alguns exames e, depois da radiografia, o médico obrigou-o a repouso absoluto. As coisas iriam complicar-se, no que dizia respeito à sua saúde, mas essa possibilidade passou-me ao lado – como tantas outras coisas; se tivesse estado atento, teria começado a desconfiar daquele diagnóstico tão simples quando o médico, um homem de alguma idade, o começou a visitar com intervalos de poucos dias, sempre à porta fechada. Naquela altura, contudo, depois do que acontecera com Puerta, achando que ia enlouquecer de culpa, não prestei qualquer atenção.

Não voltei a falar com Artur sobre o que acontecera. Continuámos as nossas vidas, atarefados durante uns dias por causa do adiamento das actividades do nosso patrão – cancelando visitas, reorganizando a agenda e adiantando tudo para Agosto – e, depois, a quietude angustiante dos dias instalou-se, oferecendo-me a maldição do tempo: tempo para pensar, tempo para reflectir, tempo para desesperar. Encontrei refúgio no meu quarto, de onde observei as lentas metamorfoses do início do Verão. O céu abriu-se num azul infinito, as nuvens vagueando em pequenos grupos ao sabor da brisa; os campos em redor da propriedade ganharam o amarelo-torrado do sol, as espigas altas e frondosas; e, mesmo debaixo dos meus olhos, o jardim parecia ir crescendo todos os dias, a relva mais alta, as flores mais violeta, os ramos da árvore mais longos. Camila, Gustavo e Nina apareceram e desapareceram como as nuvens, trazidos por uma brisa, levados por outra, presenças intermitentes na minha existência.

Apesar da beleza dos dias, eu só conseguia pensar na morte. Na morte do meu pai, na morte por que a minha mãe passava em vida, na morte de Figgis, na morte de Puerta. A minha irmã escreveu-me algumas cartas a que não dei resposta. Embora tivesse colocado a hipótese de ir a Lisboa, estava aterrorizado com a perspectiva de reencontrar a minha família, ignorando se teria forças para esconder a ignomínia do meu acto; pior ainda – porque eu agora era tão culpado como Millhouse Pascal ou Artur – seria reencontrar o inspector Melo, que levantara suspeitas a meu respeito; tinha, finalmente, conseguido justificar essas suspeitas.

Quando não estava sozinho fazia companhia ao meu patrão que, deitado sobre a cama do quarto de hóspedes, as cortinas cerradas deixando entrar, a espaços, alguns raios de sol, repousava silencioso. Dormia grande parte do tempo – dormia como se tivesse acumulado um cansaço de anos, como se uma insónia do tamanho do mundo lhe tivesse dado tréguas. Nas poucas horas em que estava acordado, pedia-me para lhe ler em voz alta.

Li-lhe passagens de Ovídio, Platão e Dante; por vezes li-lhe passagens da Bíblia, que pareciam deixá-lo particularmente calmo, os olhos fechados escutando as minhas palavras quase sussurradas, uma estreita linha de suor na sua testa denunciando as dores que o afligiam. Quando adormecia, fechava o livro e ficava a observá-lo. O grande e sábio Millhouse Pascal, deitado naquela cama antiga, parecia-me subitamente humano, demasiado humano. A sua fragilidade estava exposta, e julgo que era isso que mais lhe custava – ir deixando de ser, aos poucos, o poço de sabedoria e de vigor que fora ao longo da sua vida. Proibira Artur de deixar que os seus netos o visitassem – nenhum deles sabia do ataque de Puerta; a versão oficial era que tinha sofrido uma queda aparatosa –, e não penso que fosse por falta de amor, como Camila julgava. Ele era, simplesmente, a única voz de autoridade que existia na vida das criaturas que o rodeavam. E, naquela condição, a sua autoridade estava comprometida.

As alturas que eu passava junto dele eram, também, as únicas em que encontrava algum repouso. Passado o choque inicial, o fantasma de Puerta começara a penetrar os meus sonhos e, muitas vezes, acordava a meio da noite encharcado em suor, julgando ver, na escuridão, as formas do homem que eu lançara escada abaixo aproximando-se da minha cama. Agitava então os braços, como se pudesse dissolver a matéria vaporosa de que era feita aquela ameaça e, a tremer de medo, enfiava-me debaixo dos lençóis rezando para que a manhã chegasse. Durante o dia, aguardava secretamente pela mão da justiça que me viesse buscar para decretar a minha sentença. Não me parecia possível que o desaparecimento de um homem como Puerta, que cultivara amizades em Sevilha, que escrevia para um jornal espanhol, não fosse investigado pelas autoridades. Millhouse Pascal assegurou-me, porém, numa tarde em que eu me encontrava especialmente inquieto e, incapaz de me manter calado, lhe expressei estes medos, que, se existia alguém cujo desaparecimento ou morte não seriam estranhados, era Tito Puerta. Perseguido há vários anos, recebera ameaças de morte de todos os quadrantes da esquerda radical pela sua dissidência da Nicarágua sandinista e cometera o pior erro que um intelectual da sua condição poderia cometer: fazer frente à expansão soviética na América Central, denunciando-a no Ocidente.

As palavras do meu patrão deixavam-me mais tranquilo; não sabia dizer, contudo, se ele de facto acreditava nelas, ou se desejava apenas sossegar-me, para que não o abandonasse. Depois do ataque de Puerta, julgo que começou a olhar-me como uma espécie de aliado inestimável ou, atrevo-me a dizer, um filho adoptivo. Era a mim que confiava os seus segredos, como me tentara explicar naquela tarde; e, ao compreender que fora eu que o defendera, que fora atrás de Puerta depois do que este lhe fizera – ainda que não tivesse chegado a compreender a razão da agressão –, começou a tratar-me com uma espécie de intimidade velada que, até então, tinha estado ausente. Pedia-me, por exemplo, que lhe passasse o pano molhado que estava ao lado da cama, numa bacia de água, pela testa; e, em várias ocasiões, dispensou a presença de Artur durante o jantar – era o jardineiro que, normalmente, o ajudava a erguer-se na cama e a comer –, pedindo-me que cumprisse essas funções.

No princípio, senti que o contacto físico com Millhouse Pascal era extremamente desconfortável – sobretudo quando lhe tocava nas mãos, grandes e enrugadas, de dedos muito longos e unhas duras como conchas – mas, com a passagem do tempo, comecei a habituar-me à sua pele rugosa e aos cheiros próprios de um homem de alguma idade paralisado numa cama. Muitas vezes, poupando o esforço a Artur, despejei a bacia onde fazia as suas necessidades, sempre nas alturas em que ele dormia, e nenhuma destas coisas fez diminuir o respeito que sentia por ele; apenas o tornaram, como já disse, mais humano.

Camila não falava comigo e, para ser honesto, não desejava falar com ela – sentia, ao mesmo tempo, demasiada vergonha para conseguir ser forte e demasiado amor para poder acreditar na sua inocência –, por isso foi Gustavo que, numa tarde de sábado, veio ter comigo à biblioteca e me perguntou pelo estado do avô. Estava mais bronzeado do que a última vez, e o cabelo louro chegava-lhe agora aos ombros.

«Tens sorte, sabes», disse ele, acendendo um cigarro, sentado numa cadeira do meu pequeno escritório. «O velho parece gostar tanto de ti que te deu privilégios.»

«Não sei se serão exactamente privilégios. Basicamente, limito-me a ler-lhe passagens de livros», respondi, fingindo-me ocupado com o trabalho. Desconhecia se ele se encontrava a par da minha confissão a Camila.

«É mais do que isso. Ele confia em ti. Trata-te de maneira especial. Não me admirava nada se, um dia desses, acabasses a herdar a fortuna toda do velho.»

Olhei para Gustavo com desprezo. «Acho que não devias dizer essas coisas. São profundamente injustas. O teu avô é o meu patrão, e nada mais. Para além disso, ele preocupa-se com vocês.»

«É por isso que não nos deixa vê-lo?»

«Exactamente por isso.»

«Ou porque, lá no fundo, está a considerar seriamente a hipótese de, nos próximos dias, se ver livre de nós para sempre?», perguntou, com um cinismo descontraído, fumando o cigarro sofregamente.

«Como assim?»

«Vinha aqui despedir-me, palerma. Vou para Inglaterra amanhã. O velho meteu-me num colégio de rapazes em Clapham.»

«Mas porquê?»

Ele deu outra baforada no cigarro, colocando os pés em cima da secretária.

«Ah, chumbei o ano outra vez. A mesma história do costume. Não me importo, nem vou fazer ondas. Está-se melhor lá do que aqui.»

De repente senti pena de Gustavo. Ali sentado, na pose indiferente de quem não se importa com nada, surgiu-me exactamente como aquilo que era: um miúdo mimado, estragado pela vida afortunada que o avô lhe proporcionara.

«Se não quiseres ir, não és obrigado. És maior de idade.»

Ele apagou o cigarro no chão, chutando-o para debaixo da secretária. «Estás louco? O velho mete-me na rua, e depois tenho de me arranjar sozinho. Bom, vinha só ter a certeza de que ele ainda não bateu a bota.» Gustavo levantou-se, limpando a cinza que caíra sobre a camisa branca. «Ele está bem, não está?», perguntou, tentando abafar a indiferença, mas incapaz de mostrar verdadeira preocupação.

«Está, tanto quanto sei. Tem a bacia partida e, com os anos, estas coisas demoram a sarar.»

«Era só o que precisava de saber.»

«Vais visitá-lo antes de partires?»

«Não me parece. Se ele não nos quer ver, que faça bom proveito. Certo, companheiro?»

Gustavo ergueu-se e deu-me uma palmada nas costas. «Até à vista!»

Não tornei a ver Gustavo Millhouse Pascal durante mais de uma década; mas isso é, por agora, irrelevante. Artur explicou-me que também Nina já tinha sido colocada no internato do colégio em Cascais, à guarda de preceptoras generosamente pagas pelo avô. Seria aborrecido, para ela, estar na Quinta do Tempo sem a companhia dos irmãos e, no colégio, tinha a companhia de outras raparigas da sua idade. Estava a dar-se uma espécie de êxodo, mas só me senti nostálgico quando, sem ter dado pelo tempo passar, fui confrontado com a partida de Camila para os Estados Unidos. Tinha estado de tal maneira embrenhado na minha própria tristeza que, quando o momento chegou, me pareceu que chegava cedo demais, que tinha sido aldrabado pelos dias: de repente, chegáramos ao final de Julho.

Camila, ao contrário de Gustavo, veio despedir-se do avô. Eu estava no quarto de Millhouse Pascal quando ela entrou, ao final da tarde, pé ante pé. Não falávamos há semanas e, no momento em que a vi, soube que iria ter saudades suas: apareceu bonita, com uma fita preta no cabelo e um vestido azul e, sorrindo-me, sentou-se na cama junto do avô. Millhouse Pascal despertou de um sonho pacífico, com um ar de serenidade no rosto.

«Estava a sonhar», disse ele à neta, colocando-lhe um braço atrás das costas.

«Como era o seu sonho?», perguntou Camila, beijando-lhe a testa ligeiramente suada.

«Se eu fosse o Hemingway, teria estado a sonhar com os leões. Como sou apenas eu, sonhava com a minha neta mais velha.»

Era a primeira vez que os via juntos, e fiquei comovido com a intimidade que mostravam. Pela maneira como Camila sempre falara do avô – chamando-lhe, invariavelmente, o *velho fascista* –, julgara que se mostrariam distantes, ou mesmo agressivos, na presença um do outro. Mas aquela espécie de comunhão não podia ser inusitada, ou dever-se apenas ao facto de o homem estar debilitado – aquela era uma comunhão sincera, com raízes.

«Lembro-me bem desse livro. O avô deu-mo para ler quando fiz quinze anos.»

«E tu gostaste tanto dele que durante esse ano querias ser pescadora de alto mar.»

Levantei-me para os deixar a sós, mas Millhouse Pascal ergueu a mão.

«Não, fica. Fica.» Tornei a sentar-me, relutante. «Acho que, depois do que fizeste, tens direito a estar connosco nos melhores momentos.»

Camila pareceu ficar um pouco mais tímida, ao escutar as palavras do avô. «Tenho receio de o deixar assim, avô. Tenho medo.»

«Medo de que eu morra?», perguntou Millhouse Pascal, a voz saindo-lhe do fundo da garganta.

«Por favor. Ninguém morre de uma fractura na bacia. Não diga essas coisas. Tenho medo de que fique sozinho. O Gustavo já se foi embora, a Nina também.»

«Tens medo da minha solidão, porque temes toda a espécie de solidão. Olha para mim. Tenho mais de setenta anos. A solidão é uma benesse, e não um tormento. Vivi mais vidas do que um batalhão de homens. Para além disso, enquanto tiver o Artur, nunca estarei sozinho.»

«Tem mais do que o Artur, agora», disse Camila, olhando para mim.

Millhouse Pascal também me olhou.

«Sim, por agora. Mas as pessoas jovens acabam por seguir as suas vidas. É o curso natural das coisas. Deposito, porém, grandes esperanças neste rapaz. É um rapaz especial.» Falavam de mim como se eu não estivesse ali. «E tu, estás pronta?»

«Para partir?»

«Para deixares tudo isto para trás.»

«Não fale assim. Virei visitá-lo sempre que possa.»

«Quando deixei este país, pouco mais velho do que tu és agora, ainda desconhecia o efeito que o mundo tem em nós. Partimos de um lugar achando que um dia voltaremos; vivemos tudo de coração aberto; e, quando damos por nós, somos incapazes de regressar.»

«O avô já regressou há muitos anos.»

«Regressei? Será mesmo verdade?»

«Está aqui, não está?»

«A presença física não é prova de nada. O lugar onde vivemos é o lugar que habitamos em espírito. E, em espírito, nunca regressei. Estou espalhado pelas almas de todas as pessoas que conheci, de todas as coisas que, por lhes ter tocado, modifiquei. Irás aprender isso com o tempo. Um homem não é uma entidade, são muitas e, se não nos decidimos, a tempo certo, por uma delas, acabamos feitos em retalhos.»

«O que é que quer dizer?»

«Quero dizer-te», continuou ele, agarrando a mão da neta, «para te manteres fiel à tua promessa. A que me fizeste, e as que farás aos outros.»

«Está bem.»

«Sabes bem o que combinámos.»

«Sei, avô.»

«Não te perdoarei se não cumprires.»

Camila abraçou Millhouse Pascal. Vi no olhar dela uma centelha de emoção, mas também enorme inquietação. Começava a nascer uma lágrima nos seus olhos quando, de repente, o avô a afastou com um sorriso.

«Vai-te embora, e faz boa viagem.»

«Eu dou notícias assim que puder», respondeu Camila, dando-lhe um último beijo na testa. Depois ergueu-se e saiu, visivelmente perturbada. Millhouse Pascal fechou os olhos, como se tivesse adormecido num segundo, e pediu-me que o deixasse a sós.

Saí do casarão. Era um princípio de noite quente e repleto de aromas. Ao olhar para o jardim, vi Camila sentada debaixo da árvore, a luz evanescente colorindo o céu em tons escarlate. A sua ternura com o avô e o facto de eu ter estado presente tinham servido para afastar os mal-entendidos que haviam ocorrido entre nós. Fui sentar-me ao seu lado. A árvore escondia-nos das estrelas que começavam a surgir. Camila chorava e, talvez para tentar esconder as lágrimas, encostou a cabeça ao meu ombro, olhando para os dedos, que brincavam nervosamente com pedaços de relva arrancada.

«Tenho medo de nunca mais o ver», disse ela, entre soluços.

«Estou seguro de que o verás.»

«Como é que sabes isso?»

«Da mesma maneira que sabemos todas as coisas: acreditando nelas.»

«Pareces o velho.» Ela afagou-me o braço. «Sabes aquela promessa de que falámos?»

«Sim?»

«Apenas a fiz para o tranquilizar, e já me sinto uma traidora.»

«Qual foi a promessa?»

«Prometi que não iria procurar a minha mãe.»

«Ele fez-te prometer isso?»

Ela acenou com a cabeça em concordância.

«Mas não é possível, ou é? Quero dizer, uma filha quer conhecer a sua mãe, por mais doloroso que isso seja.»

«Acho que ele quer proteger-te. Só isso.»

«A minha mãe teve-me com a idade que eu tenho agora. O meu avô trouxe-me dos Estados Unidos com dois anos e, desde então, só a vi uma vez, mas quase não me lembro dela.»

«Quando foi isso?»

«Ela veio a Portugal trazer a minha irmã Nina e voltou a partir uns dias depois. Não soube nada dela durante anos. E, depois, um dia, começou a escrever-me.» Camila olhou-me de soslaio. «Promete que não contas ao meu avô. Ele não sabe que trocámos cartas, e eu não quero que o descubra.»

«Prometo. Mas o teu avô nunca reparou nessas cartas?»

«Eu sempre as escondi muito bem. E, de qualquer maneira, alguma vez o viste a abrir o correio? Foi sempre o Artur quem separou a correspondência.»

«Claro, que pergunta tão estúpida», comentei. «E a tua mãe chegou a responder à última carta que tu lhe enviaste?»

Camila ergueu a cabeça e fitou-me demoradamente antes de responder.

«Sim», disse, sorrindo e abraçando-me. Senti as lágrimas secas do seu rosto nos meus lábios, salgadas e quentes. Ficámos debaixo da árvore durante muito tempo, em silêncio, sentindo a brisa suave da noite circular em nosso redor, levantando as folhas nos ramos das árvores para depois as deixar pousar. Camila deitou a cabeça no meu colo e, julgando-a adormecida, também eu me entreguei ao sono. Quando despertei, estava descalço e sozinho. De alguma maneira, Camila tinha conseguido descalçar os meus sapatos castanhos sujos e gastos, e também os seus, uns ténis brancos e limpos, e havia-os colocado no ramo mais baixo da grande árvore, lado a lado, quatro objectos vazios de gente. Era a única coisa que me restava dela.

Lisboa revisitada

A partida de Camila ensombrou os dias. Onde antes existira vida, passeavam agora os espíritos dos que nos haviam deixado. Muitas vezes olhei para o jardim e para a árvore – o cavalete permanecia lá, sem qualquer propósito neste mundo – e, num exercício inútil, imprimi sobre a realidade as figuras dos netos de Millhouse Pascal: Camila sobre a corda bamba, Gustavo e Nina sentados a uma mesa, jogando xadrez. Nesses momentos apetecia-me sorrir mas, depois, quando o jardineiro me chamava para jantar, ou preencher a monotonia das horas com uma tarefa qualquer, a minha disposição sorumbática regressava. O patrão recuperara do problema na bacia mas, depois de várias visitas por parte do médico, decidira não aceitar clientes durante algum tempo, embora eu desconhecesse a verdadeira razão. Agosto chegou e, sem nada para fazer – mas continuando a receber o salário –, decidi catalogar os livros da biblioteca. Eu e Artur matámos o tédio das horas tirando, um a um, os milhares de volumes das estantes, limpando-lhes o pó, e criando um registo num arquivo novo. Faulkner deixou de estar misturado com Cervantes; Tchekov ganhou direito a uma fila, bem como Shakespeare e, finalmente, aprendi os nomes de todas as obras de Eça de Queiroz.

Manter-me ocupado era fundamental para que, ao final do dia, o cansaço vencesse a tentação de pensar na ausência de Camila. Sonhar acordado era um mal que afligia alguns homens, uma doença crónica, e eu sabia sofrer dessa condição; a panaceia eram as horas longas de trabalho; descobri ainda que, mantendo-me ocupado, os pesadelos com Puerta deixavam de ser tão frequentes. Muitas noites fiquei sozinho na biblioteca remexendo os arquivos, a correspondência e as contas do último ano, organizando tudo em *dossiers* fáceis de manusear. Nunca tinha prestado grande atenção às movimentações de dinheiro – era da responsabilidade de Artur a cobrança aos clientes e o depósito do capital distribuído por vários bancos, nacionais e ingleses – e, pela primeira vez, tive um vislumbre da fortuna do meu patrão. A sua situação legal de reforma era uma fachada conveniente para um negócio que já lhe rendera centenas de milhares de contos. Infelizmente, estes documentos encontram-se hoje em parte incerta. Seria interessante estudar as formas engenhosas como os fundos eram desviados e manipulados de forma a fugirem ao escrutínio financeiro do Estado, e os valores que foram pagos, na forma de subornos, aos contactos de Millhouse Pascal nos vários ministérios para impedir que as suas actividades fossem divulgadas ou conhecidas.

Em finais de Agosto o meu patrão voltou a viver na casa das heras. O tempo de repouso depois da fractura da bacia tinha-o deitado abaixo e, ainda que já conseguisse caminhar com dificuldade, o seu corpo parecia ter perdido outras qualidades: faltava-lhe a robustez e a segurança de outrora. Os piores males, porém, eram do espírito: fechado no seu consultório, raramente saía e, quando o fazia, caminhava em círculos pelo jardim, usando uma bengala, os lábios movendo-se como se falasse consigo próprio, os olhos constantemente postos no chão, parecendo vasculhar no solo a presença de bichos. Reunia-se com Artur todas as tardes e dera ordens para o jardineiro ir diariamente a Santiago do Cacém; por vezes, eu acompanhava-o, e fazíamos o trajecto no *Citroën* em silêncio, admirando a paisagem fértil do Verão, observando as cores intensas dos campos que ladeavam a estrada. Artur parecia estar menos carrancudo, e atribuí a sua boa-disposição à ausência dos netos de Millhouse Pascal. Na falta de clientes, deixei de me reunir com ele com regularidade, e um dia, durante a viagem, perguntei a Artur pelo seu estado.

«O patrão está preocupado com a menina Camila», explicou-me, sem desviar os olhos da estrada. «Desde que foi para os Estados Unidos que não dá sinal de vida.»

Relembrei, com alguma aflição, a última conversa que tivera com ela, debaixo da árvore.

«Não há maneira de contactar a universidade?»

«O que é que pensa que tenho feito? Cartas e mais cartas escritas pelo patrão. Venho buscar a correspondência todas as tardes. A universidade escreve, ele responde, a universidade volta a responder. Andamos nisto há algumas semanas.»

«E o que é que eles dizem?»

Ele encolheu os ombros com indiferença.
«Isso já não me diz respeito.»

Na altura, pensei que Camila estivesse, simplesmente, demasiado absorvida por Nova Iorque. Estávamos, afinal, em 1982, à distância de um telefonema, mas a Quinta do Tempo não possuía esse recurso; e, aos dezoito anos, numa cidade nova, pouca gente tem tempo para escrever cartas. Afastei os maus pensamentos ignorando o assunto, seguro de que, mais cedo ou mais tarde, uma carta iria surgir. Ainda que o estado de espírito de Millhouse Pascal denunciasse uma enorme preocupação, julguei que tinha outros assuntos em mente, e nunca abordei o assunto da sua neta, receoso de que me achasse demasiado intrometido.

Em Setembro, terminada a catalogação dos livros, e ainda sem sinal de recomeço de actividade na quinta, pedi um período de férias a Artur. Depois de falar com o patrão, o jardineiro deu-me uma semana para me ausentar e, poucas horas depois, parti numa camioneta em direcção a Lisboa. Não visitava a minha irmã e a minha mãe desde Junho, nem respondera às cartas da primeira; no entanto, o período de estagnação por que havíamos passado ajudara a assentar a poeira e, sem saber como, consegui arrumar o crime nos lugares esconsos da memória, bem como as coisas terríveis que haviam tido lugar nos últimos tempos e com as quais eu pactuara. Consigo entender hoje o porquê da minha aparente descontracção: da mesma maneira que um condenado profere um último desejo, eu estava, de maneira velada, a antecipar o futuro, a apreciar os derradeiros momentos antes da consumação de um castigo.

A minha irmã ainda não ultrapassara completamente o trauma do rapaz que morrera, mas notava-se nela algum alento, um estado de espírito diferente daquele em que a encontrara da última vez. Talvez a minha mãe tivesse alguma coisa a ver com isso.

Quando cheguei ao hospital encontrei-a acordada, a almoçar na companhia de um enfermeiro. Perdera muito peso – as omoplatas e as veias do pescoço demasiado salientes – e o cabelo tinha embranquecido, mas parecia, também ela, possuir novo fôlego. Os três no quarto do hospital, durante essa tarde, voltámos a ser uma família. Elas fizeram-me inúmeras perguntas sobre o meu trabalho, a que respondi da maneira mais breve que consegui, tentando sempre mudar de assunto. Combinara previamente com a minha irmã que a nossa mãe não precisava de saber de nenhum dos sinistros acontecimentos que se tinham seguido ao seu internamento, e entretivemo-la com histórias corriqueiras. Ainda acompanhada de perto pelos médicos, cansava-se com facilidade e, por volta das quatro, os seus olhos já se fechavam de sono. Beijando-a no rosto, despedimo-nos e deixámo-la dormir.

Passámos essa semana sentados numa espécie de nuvem, pairando sobre um mundo em ruínas mas recusando olhá-lo, escondidos daquilo que o futuro nos reservava. Passeei com a minha irmã pela cidade, fizemos compras, jantámos fora duas ou três vezes; quando regressávamos a Campolide, víamos televisão e depois dormíamos de janelas abertas por causa do calor, nada temendo, alimentando a ilusão de uma vida feliz. No meu quarto dia em Lisboa, porém, alguém bateu à porta de nossa casa. Era o inspector Melo. Vinha de fato e gravata, um casaco demasiado grande para o seu corpo magro, o suor brotando sobre as suas sobrancelhas unidas.

«Vinha perguntar por si à sua irmã, mas folgo em encontrá-lo aqui», disse, entrando no apartamento sem ser convidado. «Tenho telefonado, mas ninguém atende.»

«Temos estado fora de casa», respondi.

Oferecemos-lhe um café. Sentou-se à mesa da cozinha em frente da minha irmã, observando atentamente os pormenores da casa. Eu estava de pé, encostado à parede.

«O que é que o traz aqui?», perguntei.

Melo sorriu, acendeu um cigarro e, procurando no bolso interior do casaco, tirou um recorte de um jornal espanhol. Passou-mo. Quando o abri, reconheci imediatamente a fotografia de Tito Puerta e estremeci por dentro, fazendo o possível por parecer sereno.

«E?»

«Mais um para juntar à lista. Dos casos bizarros. Um dia destes, vamos ter de construir um cemitério para tanta gente que, chegando a Portugal, ou desaparece como fumo, ou aparece a boiar nas águas.» O inspector deu uma passa no cigarro. «A fotografia. É-lhe familiar?»

«Não fui eu que a tirei, se é isso que quer saber.»

«Engraçado», escarneceu. «O rosto. Diz-lhe alguma coisa?»

Fingi observar o retrato com atenção. «Não, nunca o vi.»

«O que é que se passa?», perguntou a minha irmã.

«Nada, menina, não se preocupe. Nada que lhe diga respeito.»

«Se diz respeito ao meu irmão, diz-me respeito a mim», respondeu ela, olhando o inspector nos olhos.

«Tenha calma. Vinha também ver como você estava. Pareceu-me muito abatida da última vez que falámos.»

«Estou óptima. De quem é essa fotografia?»

«O homem chama-se Tito Puerta, nascido na Nicarágua. Deu entrada na fronteira portuguesa no princípio de Julho, conduzindo o seu próprio veículo. As autoridades em Sevilha contactaram a Polícia Judiciária quando a sua ausência foi notificada pelo senhorio do apartamento em que habitava, que não recebe a renda desde então.»

«E o que tenho eu a ver com isso?», perguntei.

«Aparentemente, nada. Só que o carro que ele conduzia, um *Saab* com matrícula espanhola, foi encontrado todo desfeito no sopé de um penhasco, o corpo estranhamente ausente. Já não é a primeira vez que, numa zona geográfica relativamente próxima, um estrangeiro de visita a Portugal tem, por assim dizer, um «acidente». O corpo de um homem chamado...» – Melo consultou um bloco de notas que tirou do bolso das calças – «... Sean Figgis, também foi encontrado na água, a sul de Lisboa, em Abril, dois meses antes de o tal *Saab* ter sido lançado do penhasco.»

«*Lançado?* Porquê lançado?», perguntou a minha irmã.

Melo deu uma passa no cigarro.

«Se não estava ninguém lá dentro, foi um acto premeditado, certo? Os carros não costumam suicidar-se por iniciativa própria.»

«Não percebo aonde quer chegar com isto», disse, ficando cada vez mais nervoso com a explicação de Melo.

«É simples. Embora o corpo de Puerta não estivesse no fundo do penhasco, existem fortes indícios de que está morto, porque foram encontrados vestígios de sangue no banco traseiro do carro. Ambos os casos correspondem, também, a um padrão: nos países onde viviam, eram figuras polémicas e colunistas da imprensa. Nenhum deles deu entrada em qualquer hotel, residencial ou estalagem no nosso país, o que indica que vinham para um lugar específico, com um propósito definido. Tanto o carro de um, como o corpo do outro, foram encontrados a sul do Tejo.»

«Continue.»

«Ora siga o meu raciocínio. Eu já lhe tinha dito que as actividades da *Agência MP* estão sob suspeita. Por enquanto desconhecemos a natureza específica dessas actividades, mas desconfiamos que os métodos utilizados por estes indivíduos para se livrarem de provas – como no caso do Luís Garcia – são violentos e coercivos. Sabemos que este Garcia trabalhava para Artur M. Faria, que por sua vez trabalha para o tal Millhouse Pascal, o homem mistério. As iniciais da agência, claro. E sabemos, ainda, que operam a partir do Alentejo, na zona de Santiago do Cacém. Tudo leva a crer que Puerta e Figgis estavam, de alguma maneira, ligados a esta agência, para a qual você trabalha. Por isso venho perguntar-lhe directamente se ouviu falar de algum destes nomes, esperando que, desta vez, seja sincero.»

«Eu trabalho para o senhor Artur M. Faria, o homem que me paga o salário», respondi, tentando esconder o medo daquele cerco, que parecia começar a apertar. «E é a primeira vez que ouço qualquer um desses nomes.»

Melo suspirou e apagou o cigarro. A minha irmã parecia ainda mais confusa do que da última vez, na esquadra, olhando-me como se eu lhe devesse uma explicação. O inspector ergueu-se com uma expressão desapontada e aproximou-se de mim, falando baixinho.

«A única razão pela qual aqui estou é esta: quero ajudá-lo. Gosto de si e da sua irmã. É o último aviso que lhe faço, porque da próxima vez não vão existir perguntas; passaremos logo à acção. Se deseja salvar-se a tempo da embrulhada em que está metido, agora é a altura de o fazer, porque o final está para breve. Pense nisso.»

Depois de o inspector sair, sentei-me à mesa da cozinha, em frente à chávena de café meio cheia. Era inútil continuar a mentir à minha irmã, que me olhava, expectante, mas, ao mesmo tempo, era impossível dizer-lhe a verdade, transformando-me, aos seus olhos, num assassino. Ficámos assim, em silêncio, durante longos minutos. Depois a minha irmã ergueu-se e pediu-me, de lágrimas nos olhos, que partisse o mais depressa possível. Até ela acabara por desistir de mim.

«Vou fazer uma viagem a Nova Iorque no final deste mês», disse Millhouse Pascal, de chávena de chá entre as mãos, o cabelo demasiado longo para um homem da sua idade, vestido com uma velha camisa. «Gostava que viesses comigo. Se o Artur não fosse essencial para o bom funcionamento da quinta, pedir-lho-ia, mas é importante que ele fique por cá. Para além disso, tem um inglês bastante pobre.»

«Não sei o que dizer», respondi. Estávamos sentados frente a frente, no consultório da casa das heras, a secretária atulhada de papéis separando-nos. O desarrumo dos seus aposentos era uma constante desde a partida de Camila e, por entre cartas abertas e outras por abrir, livros espalhados por toda a parte e notas rabiscadas em cadernos, o mundo do meu patrão parecia estar a desmoronar-se. Era o final de Setembro e, dentro de uma semana, cumpriria um ano ao seu serviço.

«Não te posso obrigar, evidentemente. Tens de o fazer de tua livre vontade. Como decerto o Artur te informou, ou já compreendeste por ti próprio, não tenho notícias de Camila há mais de dois meses. Já contactei todas as entidades competentes, ou melhor seria dizer, incompetentes, uma vez que são incapazes de me ajudar, e nem sinal dela.»

«A sua neta chegou a aparecer na universidade?»

«Existe um professor de Columbia que se recorda, no final de Julho, de uma rapariga portuguesa presente nas primeiras sessões de um curso de Verão de Literatura Comparada. De resto, fez a sua matrícula como todos os outros estudantes e ofereceu a morada de uma residência em Cathedral Parkway, onde não se encontra.»

«Desculpe perguntar-lhe isto, mas já pensou em contactar a sua filha?»

Millhouse Pascal riu-se com cinismo. «Eu não falo com a Adriana há quase uma década. Mesmo que a tentasse contactar, suspeito de que não me responderia e, caso o fizesse, certamente seria para escarnecer do pai, e não para me ajudar.»

«Mas já pensou que a Camila pode estar com ela?»

Ele beberricou o chá.

«Duvido que a minha filha se interessasse minimamente pela Camila. E, se por acaso se interessou, lá estarei para resolver essa potencial situação.»

«E como é que eu entro nesse plano?»

«Serás os meus olhos e ouvidos. Tenho uma certa idade, estou debilitado, e já não sou capaz de percorrer sozinho as mesmas distâncias de outros tempos. Preciso de ajuda. Para além disso, tenho confiança em ti.»

«É complicado para mim, com a minha mãe doente. Ela e a minha irmã podem precisar de mim.»

«Não te preocupes com isso. O Artur tratará do bem-estar da tua família, se te ausentares. Não deveremos demorar mais do que duas semanas. Trata-se, afinal, de encontrar alguém que, nos Estados Unidos, possui recursos muito limitados. Iremos circunscrever-nos aos lugares por onde passou, e decerto alguém nos colocará no caminho certo.»

A manhã começava a dar lugar a um início de tarde soalheiro. Pesei as minhas opções. Millhouse Pascal foi bebendo o chá, olhando com uma expressão ausente pela janela. Receava abandonar a minha mãe mas, por outro lado, seria a fuga ideal para deixar arrefecer a situação complicada em que nos encontrávamos. Nunca falara ao meu patrão das conversas com o inspector da Polícia, e o bom senso dissera-me para não o fazer; isso não significava, porém, que elas não tivessem existido.

«Aceito o seu convite», afirmei. Depois enchi-me de coragem. «Mas tenho uma condição.»

Millhouse Pascal tornou a olhar para mim, distraído, como se tivesse andado noutro mundo. «Condição?»

«Antes de partirmos, quero saber exactamente o que faz.»

Ele ficou muito sério, de sobrolho franzido. «O que eu faço?»

«Trabalho consigo há quase um ano», insisti, «e sou incapaz de descrever a sua actividade. O que faz aqui, neste consultório, com os seus clientes. As suas *sessões*, como lhes costuma chamar.»

O meu patrão endireitou-se na cadeira e, depois de um breve ataque de tosse, pousou a chávena de chá sobre a secretária. Continuava a olhar-me; percebi que não sabia o que dizer.

«Falou-me, há uns tempos, de uma *experiência*», continuei. «Disse-me que podíamos ficar aqui dez anos a conversar, e mesmo assim eu nunca compreenderia. Não tenho dez anos para ficar à espera. Quero compreender.»

Ele aclarou a garganta. «Tens consciência de que aquilo que me pedes poder ser frustrante para ti?»

«Como é que pode ser frustrante?»

«Nem todas as pessoas reagem da mesma maneira àquilo que eu faço. Já tive clientes, aliás, que não reagiram mesmo; que, junto das suas amizades, me descreveram como um charlatão. Mas esses constituem apenas dez por cento dos homens. É por isso que exijo um escrutínio detalhado dos seus historiais clínicos antes de os convidar a visitar a Quinta do Tempo: certas perturbações são indícios claros da abertura dos seus espíritos à minha intervenção. Em certos casos, a impossibilidade desta intervenção é tão evidente que nem me dou ao trabalho de tentar.»

«Acha que pertenço a esse último grupo?»

Ele encolheu os ombros. «Se o mundo fosse de encontro aos meus desejos, era bom que pertencesses. Repara: eu próprio pertenço a este último grupo. Desconheço, na prática, os efeitos que a experiência que induzo possuem, porque sou imune a ela. Do meu ponto de vista é a única maneira de a poder praticar.

Conheço as consequências do meu trabalho apenas pelas palavras e reacções dos outros. Gostava que, um dia, também tu pudesses ter a mesma satisfação, porque vejo em ti grande potencial.»

«Mais uma razão para me pôr à prova.»

Millhouse Pascal abriu a gaveta da secretária, de onde tirou uma cigarrilha, brincando com ela entre os dedos.

«Por outro lado, devo também advertir-te, como o faço a todos os que aqui vêm, de que a minha intervenção pode ter resultados perigosos. Surgem de forma muito esporádica, mas já assististe a algumas, por assim dizer, *crises*, que podem deixar marcas profundas na psique. Qualquer pessoa que escolha este caminho deverá saber que o faz por sua conta e risco.»

«Estou preparado para assumir esse risco», afirmei, relembrando a fúria de Jack Cox, o corpo sem vida de Figgis, a expressão demoníaca no rosto de Puerta.

«Assim seja», disse o meu patrão, tossindo outra vez antes de acender a cigarrilha; sem travar o fumo, expeliu-o pela boca.

No dia seguinte, Artur levou-me a Lisboa, onde tratámos do meu passaporte. Foi uma viagem relâmpago, e estávamos de regresso a meio da tarde. Havia outras burocracias a tratar – era necessário pedir um visto junto da Embaixada Americana, o que, assegurou-me, não constituiria um problema –, mas o meu patrão preferia esperar pelos resultados da sua intervenção antes de consumar o processo. Se tudo corresse bem, partiríamos no último dia de Setembro do aeroporto de Lisboa, com o voo de regresso ainda em aberto; e, com essa perspectiva no horizonte, comecei a ficar entusiasmado com a nossa viagem a Nova Iorque. Pouco sabia dos Estados Unidos nessa altura, mas vira imagens da cidade em filmes e postais, e parecera-me um lugar maior do que o mundo, um caldeirão de pedra escaldante habitado pelos homens do futuro. Guardava em segredo a esperança de reencontrar Camila, e ansiava por saber como era a sua vida lá fora.

Passei os três dias entre a proposta de Millhouse Pascal e a nossa «sessão» em grande inquietação. Não era capaz de estar quieto e, várias vezes, Artur mandou-me dar uma volta pelo jardim e apanhar ar fresco, depois de me encontrar na biblioteca a caminhar de um lado para o outro. Nessas horas, olhei muitas vezes para a fotografia de Alma Millhouse e Sébastien Pascal, observando em particular o relógio de bolso que o homem de bigode erguia à altura do peito e que indicava as doze horas, tentando imaginar que pessoas eram aquelas, de onde teriam vindo e de que forma tinham vivido, como se isso me abrisse as portas aos segredos de Millhouse Pascal. A minha ansiedade conseguira suplantar o medo: as advertências que recebera acerca dos perigos inerentes àquela experiência não me afectavam tanto como a possibilidade do fracasso. Fosse por excesso ou defeito, falhar perante aquele teste deixava-me em pânico e, numa maré irracional de pessimismo, quase cheguei a desistir.

Foi neste estado de espírito que, no princípio daquela tarde de final de Setembro, fechei a porta do meu quarto, depois de ter tomado um duche de água fria e, descendo as escadas devagar, com a lentidão de um condenado, me dirigi à casa das heras. Artur encontrava-se no jardim, de ancinho na mão, recolhendo as folhas da árvore que tinham começado a cair. Era um dia cinzento e chuvoso, as nuvens escuras formando um cobertor que tapava o céu. O jardineiro não disse nada, olhando-me com a indiferença habitual enquanto eu caminhava para a porta da habitação de Millhouse Pascal, sentindo que o coração me ia saltar pela boca a qualquer momento.

Sentei-me na poltrona de costas para a janela. Era um lugar confortável, o cabedal castanho ajustando-se às minhas costas. Millhouse Pascal estava vestido de maneira diferente da habitual – ou diferente da maneira como se vestia quando nos reuníamos – e parecia quase um homem de negócios: casaco e calças pretas engomados, uma camisa branca e sapatos escuros. Também o consultório parecia outro: os papéis, cartas e *dossiers* espalhados por toda a parte tinham desaparecido, e sobre a sua secretária encontrava-se apenas um bloco de notas com uma caneta pousada sobre a folha em branco, um relógio idêntico ao que o seu pai mostrava na fotografia de 1905 e uma pequena caixa preta.

«Estás nervoso», afirmou ele, de pé, consultando um livro que tirara da estante por trás da secretária.

«Um bocado», reconheci, incapaz de conter o tremor das mãos.

«Ainda estamos a tempo de desistir», disse ele, olhando por cima do livro, os óculos pousados na ponta do nariz. «Não é vergonha nenhuma.»

«Estou preparado.»

Ele sorriu e fechou o volume com um ruído seco. «Bem me parecia que tu não és daqueles que desistem.»

Pousou o livro sobre a mesa, pegou na caixinha preta e no bloco de notas e veio sentar-se à minha frente, erguendo de maneira elegante a bainha das calças antes de se instalar na poltrona.

«Vou pedir-te que tomes um destes.» Millhouse Pascal abriu a caixinha preta e tirou de lá um comprimido branco. Peguei no comprimido entre o dedo indicador e o polegar e olhei-o; não tinha qualquer inscrição.

«O que é?»

Ele suspirou. «Um substituto moderno para o velho pêndulo, ou o relógio de corda. Há uma escola de hipnotizadores que ainda os utiliza mas, desde que descobri as maravilhas dos produtos químicos, rendi-me a eles. Porquê perder tempo com práticas ancestrais, quando o resultado está à distância de uma pequena cápsula?»

«É isso que o senhor faz? Hipnotismo?»

«Não exactamente. A hipnose faz parte do processo. Toma o comprimido, por favor.»

«Tem um copo de água?»

«Deixa-o dissolver-se debaixo da língua.»

Obedeci com relutância à sua ordem. Era amargo.

Ele tirou uma cigarrilha do bolso interior do casaco e acendeu-a, recostando-se na cadeira.

«Já ouviste falar da palavra grega *hypnos?* Significa sono. É daí que deriva o termo 'hipnose', um processo que almeja, através desse adormecimento, contornar as faculdades críticas da razão, tornando, assim, o sujeito moldável e maleável, aberto às sugestões do hipnotizador. Um *sono da razão,* por assim dizer, permitindo aceder aos impulsos mais primordiais da percepção e da sensibilidade. Os Ingleses têm uma palavra engraçada para o estado em que o indivíduo se encontra, quando hipnotizado, que é *mesmerized;* deriva de Franz Anton Mesmer, um médico do século XVIII que, aparentemente, utilizava o processo de sugestão para curar os seus pacientes.»

«E dava resultado?»

«Quem sabe?», retorquiu, dando uma passa na cigarrilha. O fumo penetrou no ar e pareceu-me demasiado azul; uma espécie de ser orgânico invadindo o ar rarefeito do consultório. «A parte importante da hipnose, para nós, é o processo de relaxamento. A abertura do espírito é fundamental para qualquer intervenção por parte de um mentalista. Se quiseres, podes chamar-me assim: um *mentalista;* ainda que esta palavra, hoje, seja pejorativa. Esta abertura implica, obviamente, um derrubar das barreiras da razão, que nos diz, a todos os momentos, para vermos o mundo de uma determinada maneira, constituindo a chamada experiência fenomenológica. Estas barreiras, ou muros, podem, no entanto, ser derrubados; na realidade são-no, por vezes, em momentos ínfimos que atribuímos ao acaso e nos quais não tornamos a pensar – porque, se o fizéssemos, ficaríamos loucos.»

«Que momentos são esses?»

«Já alguma vez te olhaste ao espelho e, por um instante, não reconheceste o rosto da pessoa que lá se encontrava? Uma dissociação momentânea entre corpo e espírito, por assim dizer. Ou, num grau mais mundano, os erros que se vão intrometendo na realidade – uma caneta que julgávamos ter deixado num sítio e que, mais tarde, reaparece onde temos a certeza de nunca a termos largado? Uma memória que te parece tão real, sendo, porém, impossível dizer se de facto aconteceu, se a sonhaste, ou simplesmente a inventaste? São aquilo a que eu chamo falhas, buracos negros na constituição da realidade que provam que esta é uma construção subjectiva, uma projecção exterior das crenças que nos sustêm.»

As palavras dele começaram a parecer-me mais distantes e, ao mesmo tempo, mais próximas: um eco desmesurado nos meus ouvidos. O que dizia, porém, fazia inexplicavelmente sentido, embora a sua figura, sentada à minha frente, parecesse começar a recuar para uma dimensão espectral.

«A hipnose, contudo, recorre meramente ao que os praticantes denominam de 'estado delta' – uma frequência hertziana que corresponde ao sono ou ao sonho. No meu entender, essa experiência peca por escassa, é insuficiente para compreender aquilo que, verdadeiramente, acontece na dimensão que habitamos. Um hipnotista só executa a sua arte com um propósito – se o hipnotizado, por exemplo, tem medo de atravessar a rua, ser-lhe-á dada, de forma categórica, a ordem para o fazer. Serve, assim, um objectivo prático, com resultados variáveis. O estado de consciência que procuro induzir, contudo, é de outra natureza, mais complexa, e, na ausência de palavras para o definir, decidi apelidá-lo há muitos anos de 'estado gama'. Um lugar intermédio entre o sono e a razão.»

«Não entendo», disse, sentindo que começava, lentamente, a cair num lugar tranquilo e morno, uma dormência das várias partes do corpo que pareciam ter deixado de me pertencer.

«Ivan Pavlov, por exemplo, descrevia a hipnose como um estado mais próximo daquele que eu procuro: um sono parcial. O entendimento natural, ou o senso comum, diz-nos que o estado de vigília é a condição superior da consciência. As minhas experiências com outros dizem-me que isso não é verdade. Existe este estado intermédio mais poderoso, que joga com as coordenadas da razão, sem a derrubar, sem transformar o sujeito num receptáculo banal de sugestões.»

«Que coordenadas são essas?»

«O espaço e o tempo. Tudo o que vemos e assimilamos está contido dentro destas matrizes que, porém, não são absolutas, pesem embora as afirmações de alguns filósofos. O derrube destas barreiras permite um vislumbre ao caudal histórico dos acontecimentos, passados e presentes, a uma simultaneidade de todas as coisas e, em casos mais felizes, aos universos paralelos nos quais estamos, embora não o saibamos, mergulhados.»

Quis dizer alguma coisa, mas deixara de ter controle sobre a minha vontade. Sentia que tinha os olhos muito abertos, mas podia ser que sonhasse; o consultório parecia ter sido invadido por uma névoa e, durante longos momentos, a única cor era a dos olhos azuis de Millhouse Pascal. Vi-o erguer-se da cadeira e, como se caminhasse em câmara lenta, dirigir-se ao espaço atrás da secretária. A sua voz, porém, surgiu-me nítida como uma gota de água dentro do meu cérebro.

«Estás a começar a sentir os efeitos do comprimido. A partir de agora, todas as minhas explicações serão inúteis, por isso passemos ao que interessa.»

Ele abriu o pequeno cofre que repousava sobre a estante com uma chave e, do interior, tirou um estojo. Depois regressou e sentou-se à minha frente. No interior do estojo estavam três frascos com líquido, um conta-gotas e um copo do tamanho de um dedal. Vê-lo misturar os líquidos no copo foi uma experiência de prazer inimaginável – nunca na vida tivera os sentidos tão apurados, absorto por cada movimento e gesto seu. Millhouse Pascal passou-me o dedal e pediu-me que bebesse o conteúdo; fi-lo sem hesitar, acreditando que aquela era a poção mágica da vida. Tinha um sabor adocicado e suave. Um calor começou a espalhar-se no meu estômago.

«Fecha os olhos», pediu-me, uns minutos passados.

Obedeci-lhe e, durante um instante, julguei que, de alguma maneira, os mantivera abertos. No interior das minhas pálpebras permaneciam as silhuetas, recortadas contra uma semiescuridão púrpura, de todas as coisas que me rodeavam: também lá estava a poltrona e Millhouse Pascal sentado nela, como se estivesse a olhar para o negativo da realidade, para uma fantasmagoria do presente.

«É maravilhoso», disse, incapaz de conter o espanto.

Passou algum tempo. Depois a sua voz chegou-me, novamente, vinda de uma grande distância, nítida como cristal.

«Agora, quero que regresses à casa onde viveste com a tua família na infância. Conta-me o que vês.»

A imagem surgiu-me imediatamente, primeiro como se observasse um filme dentro da minha cabeça e depois, devagar, regressando ao meu corpo, resvalando para ele. É impossível descrever a sensação por palavras, tal como Millhouse Pascal me advertira. Estava sentado à mesa com o meu pai, a minha mãe e a minha irmã.

«A minha irmã está do meu lado direito», ouvi-me descrever. Ela olhou-me e sorriu; eu devolvi-lhe o sorriso. «O meu pai está à minha frente, e a minha mãe um pouco para a esquerda.»

«O que estão a fazer?»

Olhei para baixo, onde vi um prato de comida, um refogado de cebola e tomate que a minha mãe costumava fazer para acompanhar a carne picada. Cheirei o vapor que emanava do prato: era, sem dúvida, a receita dela.

«Estamos a comer. A minha mãe está a colocar o guardanapo no colo e o meu pai está a olhar para alguma coisa atrás de mim. É a televisão. Está ligada.»

«Consegues ver-me, aqui ao fundo?»

Olhei à distância, para o final da sala que se dissolvia numa vertigem. Lá ao fundo, num ponto de fuga, estava o meu patrão, tal como o deixara, sentado na poltrona, observando-nos, uma cigarrilha a queimar entre os seus dedos.

«Muito bem. Aproveita e prova o que tens no prato.»

Ergui o garfo que estava do lado esquerdo do prato e mergulhei-o no refogado suculento com pedaços de carne. Provei; estava delicioso. A minha irmã também provou e, no seu rosto, vi a alegria da aprovação.

«Que idade tens?», perguntou-me ele, lá do fundo.

Olhei para as minhas pernas. Usava uns calções e uma camisola vermelha.

«Oito anos.»

«Sentes-te feliz?»

«Sim», respondi, sorrindo, dando outra garfada daquela comida deliciosa.

«O teu pai quer falar contigo», disse a minha mãe, no seu tom melancólico. De repente, elas desapareceram, e encontrei-me no meu quarto, sentado na cama, o meu pai à minha frente, muito maior do que eu. Só lhe conseguia ver as pernas. Olhei para o meu joelho, que sangrava.

«Pai, não fui eu», disse, caindo de repente da felicidade para uma tristeza enorme, como se tivesse mergulhado num abismo. «Não fui eu.» Levei a mão ao rosto; tinha lágrimas nos olhos.

O rosto do meu pai surgiu perante mim. Ajoelhara-se à minha frente. Atrás dele, vi os *posters* do futebol que decoravam o meu quarto.

«É muito feio fugirmos às nossas responsabilidades», disse-me, num tom severo. «Sabes bem o que fizeste e tens de assumir a tua culpa.»

Claro que sabia. Sabia bem demais, e tentara esconder-lho. O sangue nos meus joelhos era a prova do meu crime. Jogara à bola nessa tarde e, depois do jogo, junto com outros rapazes, corrêramos atrás de um cão muito magro, atirando-lhe pedras. Uma delas atingiu-o e deixou-o prostrado no chão, a sangrar. Ajoelhei-me ao pé do pobre cachorro, enquanto os outros miúdos fugiam, incrédulo perante o poder destruidor que possuía. Temendo a punição, deixei-o morrer ali, fugindo para casa.

Abracei o meu pai, deixando as lágrimas caírem sobre o seu ombro.

«Pronto, filho, já passou. Já passou», disse, na sua voz rouca.

De repente, estava de regresso à mesa. Lá estavam a minha mãe e a minha irmã, desta vez mergulhadas num silêncio espectral, os rostos imóveis. A sala parecia ter escurecido e, à distância, no ponto de fuga para onde tudo convergia, existia apenas escuridão. A cadeira do meu pai estava vazia; o relógio de pêndulo que marcara as horas da minha infância começou a tocar, o som sustenido, possante, ribombando dentro do meu peito. O ponto de fuga avançou na minha direcção e, vorazmente, engoliu tudo no seu poderoso vazio, nada restando senão um negrume denso e palpável. Tacteei o espaço, como um cego, não encontrando coisa alguma.

«Aqui», disse a voz de Millhouse Pascal. Abri os olhos. Estava de regresso ao consultório ou, pelo menos, a um lugar parecido; a fantasmagoria continuava, o negativo dos objectos, num halo púrpura, realçando os contornos dos corpos e esborratando os seus centros. Ele permanecia sentado à minha frente mas, em nosso redor, existiam coisas que, reparei sem espanto – e com assombrosa certeza –, transportara comigo: o relógio de pêndulo estava à minha esquerda, junto da poltrona; no centro do consultório, quatro cadeiras frente a frente, abandonadas; o aroma do refogado com carne. As duas dimensões pareciam ter-se sobreposto, como dois fotogramas de cores diferentes que, uma vez unidos, formavam um único mundo de luz e sombras. Um momento depois, uma porta abriu-se do meu lado direito. Olhei. Por uma greta estreita entrou um cão, pequeno e jovem. Não me surpreendi; reconheci-o imediatamente. O animal veio ter comigo, abanando a cauda, os olhos vazios, as orelhas caídas. Afaguei-o e senti uma enorme vontade de o agarrar mas, quando o tentei fazer, ele escapou-me como se fosse feito de fumo, deixando apenas na ponta dos meus dedos a impressão evanescente do seu pêlo. O cachorro correu na direcção da porta, de onde surgiu um homem alto e magro, de cabelo ralo, que, com um gesto suave, tomou o cão nos seus braços e o ergueu à altura do peito. Reconheci-o: era o meu pai. Ele sorriu-me, e uma enorme felicidade atravessou-me. Era o meu pai e estava ali, tal como me lembrava dele, meio desleixado, meio careca, de rosto bondoso.

Ia levantar-me para me juntar a eles mas, como se um objecto agudo me trespassasse o crânio, vindo de trás, senti uma dor e um medo terríveis. Incapaz de manter os olhos abertos, movi a cabeça de um lado para o outro, procurando libertar-me do horror, sentindo a presença de alguma coisa muito próxima, como se estivesse colada à minha nuca, poderosa e malévola. A dor tornou-se tão aguda que comecei a cerrar os dentes e, quando já sentia o sabor do sangue a correr-me nas gengivas, tudo cessou.

Abri os olhos.

Estava no mesmo lugar, sentado em frente de Millhouse Pascal. Ele fumava outra cigarrilha, que não me recordava de ter acendido, e as luzes do consultório estavam acesas. Olhei pela janela: a noite começava a cair.

«Bem-vindo», disse ele.

«Quanto tempo passou?», perguntei, sentindo ainda a pressão das minhas mãos na cabeça, embora os meus braços repousassem sossegados sobre os braços da poltrona.

«Algum. Como é que te sentes?»

Olhei para a mesinha entre nós. As caixas tinham desaparecido, e existiam beatas de três cigarrilhas no cinzeiro.

«Sinto-me assustado.»

«Apenas assustado?»

Respirei fundo, tentando regressar plenamente ao meu corpo.

«E também feliz», respondi. Havia, para lá do medo, uma sensação indescritível de júbilo a correr por mim, uma espécie de brilho incandescente que emanava do meu corpo, como se eu fosse uma luz acesa por dentro. «Como uma luz acesa por dentro», repeti.

Millhouse Pascal ergueu-se e caminhou na direcção da secretária, sentando-se e começando a escrever no bloco de notas.

«Conseguiste algum alívio?»

«Como assim?»

«Se te sentes, de alguma maneira, perdoado.»

Pensei na pergunta durante um momento, mas nem precisava de o fazer. Estava em paz em relação àquele momento marcante da minha infância.

«Sim. Vi-os. Estive com eles. O cão perdoou-me.»

Ele começou a sorrir, uma mistura de simpatia e sarcasmo.

«O cão perdoou-te», repetiu. «É a primeira vez que ouço uma expiação a respeito de um animal.»

«E o meu pai estava lá.»

«Chegaste ao nível mais profundo. Eu estava completamente enganado. Julgava que poderias ser imune mas, pela duração e intensidade da sessão, parece-me que é exactamente o oposto. A memória pode falhar-me, mas não tenho recordação de alguém com tanta abertura e disponibilidade psíquica para esta intervenção. A verdade, também, é que nunca a tinha efectuado numa pessoa tão nova.»

«Podemos repeti-la?», perguntei, incapaz de conter o meu desejo.

«Foi uma primeira experiência bem-sucedida», disse ele, tossindo, olhando para o bloco. «Ao mesmo tempo, e julgo que recordas as nossas conversas anteriores, existem efeitos secundários e perigos inerentes a estas sessões. Elas têm de ser feitas com intervalos de tempo razoáveis.»

«Alguns dos seus clientes vinham com frequência», argumentei.

«Os casos mais difíceis, sim. Gente que se encontrava num difícil equilíbrio entre a sanidade e a loucura, ou entre a vida e a morte. Que necessitava de intervenções múltiplas. Não é o teu caso.»

«Quero voltar a vê-lo.»

«A quem?»

«Ao meu pai.»

«O teu pai continua morto, ainda que o tenhas visto.»

«Ele estava aqui, nesta sala.»

«Ele encontra-se numa dimensão diferente desta. Tal como o cão de que falaste. Essa dimensão é acessível, mas cada viagem tem custos tremendos para a psique.»

«Porque é que eu os vi?», perguntei, sentindo uma enorme saudade.

«Porque», respondeu Millhouse Pascal, erguendo os olhos para me fitar, «só quando vemos os mortos é que começamos a perdoar aos vivos».

A VIAGEM

Isto aconteceu há muito tempo, e eu era muito jovem. Achei, naquela altura, que o meu patrão tinha poderes mágicos. Que, através da sua refinada arte, era mesmo capaz de invocar fantasmas, de nos fazer entrar numa dimensão alternativa por onde vagueavam os mortos. Estávamos no princípio dos anos oitenta, e eu nunca sequer ouvira falar de hipnóticos; muito menos de dietilamida do ácido lisérgico, penciclidine, mescalina, beladona, difenidramina, sodiopentatol, metanfetamina de dióxido de metileno, e vários outros compostos que induzem alucinações ou quebram as barreiras naturais com a realidade. Sei hoje, através das experiências relatadas por utilizadores de drogas psicotrópicas e alucinógeneas, que muito do que experimentei no consultório, naquela tarde, foi consequência da ingestão destas substâncias; mas não sou capaz de jurar que todo o processo tenha sido provocado por elas. Uma vez que nada sabemos sobre as fórmulas de Millhouse Pascal, é impossível determinarmos com exactidão quanto dependia dos seus poderes e que parte era puro reflexo das drogas.

Depois da experiência, durante mais de vinte e quatro horas o meu corpo parecia estar mergulhado em água morna. Inundado por uma felicidade excessiva, esqueci todos os problemas que me afligiam e passeei-me de maneira infantil pela Quinta do Tempo, admirando a nova beleza que encontrava em todas as coisas. Na noite em que deixei o consultório de Millhouse Pascal tive sensações de amor profundo pela minha mãe, pela minha irmã, por Camila, pelo meu patrão; cheguei até a sorrir para Artur durante o jantar. O jardineiro olhou-me desconfiado e, no que restou desse serão, sentou-se de costas para mim a rabiscar contas num caderno. O dia seguinte também foi passado neste estado; e depois, na segunda manhã, acordei com o peso do mundo sobre os ombros. A felicidade que sentira desaparecera completamente, e sentia-me envenenado – de repente, a beleza fugira a todas as coisas, revelando a sua verdadeira natureza: Artur parecia-me um monstro, uma criatura enorme de mãos venosas e cruéis; a grande árvore no jardim, ao pôr-do-sol, era uma ameaça de ramos retorcidos, avançando na calada para a minha janela. Quando a noite se pôs, enfiei-me debaixo dos cobertores da minha cama, cheio de frio, temendo todos os ruídos: o vento, um mocho no jardim, uma porta a bater à distância. Comecei a compreender o que Millhouse Pascal me dissera acerca dos perigos da intervenção – nem no pior dos piores dias eu imaginara que pudesse sentir um terror daqueles, uma depressão tão profunda da alma. De olhos fechados, debaixo dos lençóis, suando por todos os poros, tive de fazer um esforço sobre-humano para não gritar, para não correr até à casa das heras e exigir de Millhouse Pascal que me levasse de regresso à felicidade. Que me desse, só mais uma vez, a sua poção mágica.

Quando o terror desapareceu na manhã seguinte, porém, depois de uma noite mal dormida, alguma coisa ficou. E o que ficou foi um sentimento morno de perdão, que tinha estado escondido, durante um dia inteiro, debaixo das trevas, emergindo devagar e sobrevivendo ao horror daquelas últimas horas – acompanhado da certeza de que esse sentimento seria a única coisa que restaria daquela experiência.

Só falei da viagem à minha irmã no dia em que fui buscar o visto à Embaixada Americana. Deixei-a para último porque temia que ela me convencesse a ficar; que, depois de uma discussão e de algumas lágrimas, me sentisse demasiado culpado para conseguir partir, desistindo da viagem à última hora. Artur levara-me a Lisboa, e eu pedira-lhe para ficar na cidade essa noite. Sem ver qualquer inconveniente, partiu para a Quinta do Tempo e eu prometi regressar na tarde seguinte.

Estava enganado. A aparente indiferença da minha irmã deixou-me abismado. No quarto do hospital, sentado numa cadeira, observando a atenção que ela dava à minha mãe, que havia piorado na última semana, pouco dissemos um ao outro. Limitou-se a concordar com o meu plano de viagem, desejou que eu chegasse bem e pediu-me para telefonar de vez em quando. Não quis saber, sequer, de uma eventual data de regresso. Hoje, olhando para trás, compreendo que era a única maneira que ela tinha de conseguir lidar com todos os mistérios que povoavam as nossas vidas. Soube, muitos anos depois, que, desde o nosso último encontro, ela vinha falando ao telefone com o inspector Melo. Este tinha-a certamente colocado a par da versão da Polícia Judiciária sobre as nossas «actividades». Não estou a dizer que a minha irmã fosse capaz de me atraiçoar; estou apenas a sugerir que, naquela altura, a única maneira de lidar com tudo aquilo foi esquecer temporariamente a minha existência e todas as interrogações que pairavam em redor, dedicando-se à minha mãe, que era, na verdade, quem mais precisava dela.

Dois dias mais tarde, já no Alentejo, fiz as malas e regressei com Millhouse Pascal a Lisboa no *Bentley* conduzido por Artur. O meu patrão usava um fato castanho, chapéu, e uma bengala na mão. Seguindo a sua sugestão, também eu vesti um casaco e calças escuras, que Artur me comprara. As calças estavam um pouco compridas, o casaco demasiado largo; sentado ao lado do meu patrão, porém, naquele carro luxuoso, senti-me um magnata ou um homem importante. Quando chegámos ao aeroporto dei um aperto de mão a Artur que, antes de entrarmos no terminal, me puxou à parte por um braço.

«Tome conta dele», disse em surdina. «Qualquer coisa que precise, telefone para este número.» Colocou-me um cartão no bolso do casaco. «É um amigo de longa data do patrão.»

Tirei o cartão do bolso e olhei-o. Nele estava escrito o nome, a morada e o telefone de um homem, em Nova Iorque.

«Obrigado», disse, erguendo o olhar para o jardineiro. Mas ele já partira, a sua figura espectral recortada contra a claridade da manhã.

Nova Iorque, Nova Iorque

Sonhava com o Kalahari quando a tosse de Millhouse Pascal me despertou. Sentado ao meu lado, a bengala no espaço entre os bancos, o meu patrão amaldiçoara o avião e tudo o que se encontrava nele desde o primeiro minuto. Era a primeira vez que eu voava, e a dimensão do aparelho, o barulho das turbinas e a descolagem haviam-me deixado apreensivo, julgando impossível que uma coisa daquele tamanho se pudesse fazer aos céus. Lá em cima, porém, as nuvens passando suavemente pela janela, fiquei mais tranquilo e acabei por adormecer; o meu patrão, porém, não deu tréguas aos outros passageiros, às hospedeiras, ao ar condicionado, à turbulência, ao incómodo das cadeiras. Não o fazia por vaidade; fazia-o porque, recluso na sua quinta durante tanto tempo, o inesperado choque com o mundo lhe abalou os nervos, reduzindo-o a um velho rezingão tão diferente do homem que eu conhecia.

Quando chegámos, apanhámos um táxi para o hotel que o meu patrão me pedira para reservar. Durante o percurso colei o nariz à janela e, passadas as auto-estradas, fiquei fascinado com a dimensão de Manhattan. Compreendi então que encontrar Camila seria uma tarefa muito mais penosa do que julgara:

uma coisa é uma fotografia ou a imagem de um filme; outra é vermo-nos perdidos nos desfiladeiros que são as ruas de Nova Iorque. Depois do abalo financeiro de 1979, a cidade recuperara rapidamente o seu ritmo e, se até à travessia da ponte de Brooklyn tudo me parecera maior em escala, mas ainda assim parte de um mundo reconhecível, quando entrámos na cidade senti-me como um pequeno soldadinho de chumbo perdido no meio de uma batalha de couraçados.

O táxi percorreu as ruas e, subindo a Broadway e passando o SoHo, a New York University e Union Square, virando para oeste na direcção de Chelsea, vi o maior aglomerado de seres humanos que poderia imaginar existirem num planeta, tão diferentes das pessoas que conhecia no meu país. Todos os rostos olhavam em frente, que parecia ser o único caminho a percorrer; os homens usavam fato e gravata, as mulheres vestiam-se com as modas quase cómicas dos anos oitenta, plenas de cores e de tecidos lustrosos; os velhos não existiam ou, se os havia, eram vagabundos de barbas enormes caídos nos becos ou nos passeios, gente anónima que caminhava com cartazes às costas pedindo comida e dinheiro, o olhar confiante próprio dos lunáticos. Quando chegámos à Oitava Avenida, no cruzamento com a rua 15, o taxista apontou para as nossas costas, na direcção da minha janela.

«Greenwich Village», disse, com um forte sotaque africano. «Se querem divertir-se, é para ali que devem ir. Lá para cima, não. Muitos pretos, muita droga.»

Ele próprio era de raça negra, mas o comentário pareceu genuíno. Foi ali que nos apeámos, fazendo o resto do trajecto até ao hotel a pé – Millhouse Pascal quis caminhar esse percurso para nos habituarmos ao nosso «bairro», e eu acompanhei-o de olhos postos no céu, observando os edifícios e as escadas de incêndio que, do lado de fora dos prédios, reproduziam as imagens que vira nos filmes. Alguns dias mais tarde, quando, contra a indicação do taxista, subi a Oitava Avenida em direcção a Times Square, pude ver com os meus próprios olhos algumas das marcas que as disparidades sociais e as drogas começavam a deixar na cidade – a prostituição, os sem-abrigo, os vendedores ambulantes, os traficantes e pequenos criminosos formando uma espécie de núcleo duro que, à noite, subia em direcção ao Harlem e ao Bronx, alguns dormindo mesmo ali, nos becos, dentro de caixas de cartão.

Ficámos no Chelsea Grand. Era um hotel sem grandes luxos, mas decente e limpo, um lugar frequentado, sobretudo, por homens de negócios que viajavam sozinhos e estrangeiros de ar elegante; não era um lugar para turistas ou americanos do interior, mas sim para gente que, tal como nós, desejava passar discretamente ao lado da comoção nova-iorquina. O elevador, de ferro forjado, deixava espreitar os andares todos iguais – o soalho e as paredes de madeira, as portas pretas, a semiescuridão dos corredores; o saguão, silencioso e desabitado, os ruídos de vozes, música e sirenes vindos do exterior. Os nossos quartos, porta a porta, eram idênticos, no segundo andar do hotel: a cama, a janela que dava para a rua – uma mercearia, do outro lado, vendia fatias de melão embrulhadas em papel aderente que eram constantemente roubadas pelos vagabundos de passagem –, a casa de banho em azulejo. A mobília era toda em madeira muito escura, o que, à noite, tornava os quartos sombrios, as luzes intermitentes da cidade invadindo o espaço em clarões.

Durante os primeiros dois dias pouco fizemos. O meu patrão deitou-se na cama, na noite da chegada, e na manhã seguinte estava com uma febre muito alta. Quando bati à porta do seu quarto encontrei-o de pijama, o cabelo desgrenhado, o suor visível nas têmporas e a voz sumida, quase inaudível. Pediu-me que lhe comprasse alguns medicamentos para a gripe e, depois de os tomar, voltou a deitar-se e dormiu durante muitas horas.

Perguntei-lhe se não seria melhor chamar um médico mas ele, nos intervalos de uma tosse cavernosa, proibiu-me de o fazer; tudo o que precisava era de descanso e, depois, começaríamos as nossas buscas. Não me querendo afastar muito do hotel, passeei pela Baixa da cidade naquele princípio de Outubro. Ainda fazia calor, e os nova-iorquinos e turistas passeavam-se em mangas de camisa e calções, conduzindo as suas bicicletas pelos trilhos geométricos das ruas, uma estranha alegria nos rostos dos que visitavam os museus, os teatros e os bares da cidade. Era uma época explosiva na história da América: uma época que prometia ser o início de todas as épocas. Reagan era presidente e, desde o princípio do seu mandato, ameaçava ser o arauto do final da Guerra Fria; Wall Street recuperara de uma depressão, e a economia disparava em direcção aos céus; e, naquele espaço emblemático entre a Liberty e a Vesey St., as torres gémeas do World Trade Center erguiam-se como dois pilares de tudo o que era prodigioso.

Foi no Washington Square Park que descobri os artistas de rua. Era um parque pequeno mas movimentado, no centro das artérias de Greenwich Village, visitado diariamente por milhares de estrangeiros e habitantes do bairro. Vi malabaristas, palhaços em cima de monociclos, retratistas, saxofonistas e cantores; e vi, numa espécie de profecia do que estava para vir, os funâmbulos. Tive de me aproximar e espreitar por entre uma roda de pessoas que, de máquinas fotográficas e suspiros de espanto, observavam o que acontecia no centro da clareira humana: entre duas árvores, sobre uma corda suspensa a cerca de dois metros do chão, estava um homem vestido de branco com uma vara de metal sob a palma das mãos, atravessando uma distância curta na direcção de uma rapariga bonita, vestida de preto, que se equilibrava sobre um só pé. O espectáculo trouxe-me as memórias de Camila no jardim e, enquanto ali estive, fui assaltado pela saudade. Vasculhei os rostos dos que observavam, procurando – quase esperando – ver o seu; sabia que era uma possibilidade ínfima mas, se existia lugar naquela cidade onde Camila poderia estar, era aquele. O funâmbulo da vara chegou perto da rapariga e, numa proeza mirabolante, colocou-a de pé sobre os seus ombros, e caminharam de regresso na direcção contrária da corda. A rapariga estremeceu um pouco ao princípio e pensei, durante um momento, que iria cair; mas cedo recuperou o equilíbrio e o sorriso regressou ao seu rosto. O público aplaudiu e eu também.

Jantei no quarto de Millhouse Pascal nas duas primeiras noites. Na mercearia da frente, comprei sanduíches de *pastrami* e de atum, melão e laranjas, cerveja e água mineral. Comi sentado ao lado da sua cama, olhando para as luzes da cidade, escutando os sons de Nova Iorque diluírem-se e formarem um ruído uniforme, as sirenes misturadas com as vozes, as buzinas, os escapes dos carros. Na segunda noite, depois de tomar os medicamentos, o meu patrão melhorou um pouco, e o seu rosto ganhou alguma cor. Durante a pior altura da febre parecia ter amarelecido, como se alguém lhe tivesse substituído o sangue por uma substância tóxica que lhe descolorava a pele. Até as suas unhas, duras como conchas, pareciam ter perdido a firmeza, a ponta dos dedos castanha do fumo das cigarrilhas. Sempre que se erguia para ir à casa de banho, apoiado na bengala, conseguia ver-lhe os ombros ossudos, proeminentes debaixo do roupão, o peito encovado, as pernas instáveis, a decadência física – decadência esta que, de tão óbvia, teria sido razão suficiente para qualquer um tomar medidas urgentes. Eu estava, contudo, demasiado alheado, demasiado encantado com aquela viagem, para que tal coisa me ocorresse. Millhouse Pascal melhorou um pouco, fez planos para sair à rua no dia seguinte, e eu aceitei a sua decisão como se fosse a coisa mais normal do mundo – afinal, ele era uma criatura com poderes mágicos, que me levara a ver os mortos e me trouxera de regresso.

Na manhã seguinte fomos à Columbia University. O sol havia desaparecido, sendo substituído por nuvens densas e escuras que ameaçavam chuva. Caminhámos devagar, rua acima, até ao metropolitano da rua 23, o meu patrão sempre ao meu lado, apoiado na bengala, usando o mesmo fato escuro com que viajara e um chapéu. Algumas pessoas ficavam a olhar para ele – Millhouse Pascal parecia um senhor do princípio do século, demasiado alto para a sua recente fragilidade, mas diligentemente asseado, de barba feita e cabelo cortado.

«Idiotas americanos», resmungou, antes de entrarmos no metropolitano.

Foi uma longa viagem até à rua 116. À medida que a carruagem se movia para norte, aos solavancos, os passageiros do metropolitano iam mudando de aspecto e de atitude. Cedo os boémios da Village e os executivos foram substituídos pelos turistas, ao chegarmos à rua 42; na 59, senhoras bem vestidas e compostas, e alguns cidadãos mais velhos, foram ocupando os bancos em nosso redor; e, ao passarmos da rua 96, o metropolitano foi-se enchendo de negros, porto-riquenhos e sul-americanos, falando espanhol e inglês ao mesmo tempo, vestidos com camisas e *T-shirts* de cores vivas, bonés, calções de basquetebol.

Saímos na rua 116 do Harlem e atravessámos Morningside Park na direcção da universidade. O *campus* da Columbia era um mundo à parte naquela zona da cidade, repleto de rapazes e raparigas brancos, muitos deles com sotaques de outras partes dos Estados Unidos, descendentes de famílias muito mais abastadas do que os nova-iorquinos que habitavam acima da rua 110. Atravessando os relvados que circundavam os edifícios da faculdade, observando os rostos pálidos dos estudantes, a maneira confiante como caminhavam, também eu me senti diferente e oriundo de um outro mundo; conseguia, no entanto, imaginar que Camila se sentisse como peixe na água num lugar assim.

Um funcionário de serviço num dos edifícios foi solícito quando Millhouse Pascal lhe anunciou que vínhamos falar com o professor Ernst Luber. Deram-nos dois passes, que prendemos à lapela do casaco, e fomos conduzidos a um gabinete no segundo andar. O meu patrão entrou sem bater à porta, e eu segui-o, constrangido pela situação. Um homem baixo e ruivo estava de costas para nós, arrumando livros numa estante.

«Quem é você?», perguntou, depois de se voltar, obviamente incomodado com a intrusão. Tinha um par de óculos enormes no rosto.

«António Augusto Millhouse Pascal», disse o meu patrão, ocupando uma das cadeiras em frente à secretária. «Este é o meu sobrinho.»

Cumprimentei o homem que, com relutância, nos estendeu a mão. Tinha uma boca pequena e dentes amarelos. O gabinete tresandava a tabaco. Luber sentou-se e acendeu um cigarro.

«O seu sobrinho vem para uma das minhas aulas?»

«Não é por causa dele que estou aqui.»

«São ingleses?»

«Portugueses.»

«Excelente sotaque britânico.»

«Obrigado», disse Millhouse Pascal, acendendo também uma cigarrilha. O fumo dos dois homens encheu o ar de fantasmas azuis. «Trocámos correspondência há pouco tempo a respeito da minha neta Camila.»

Ernst Luber franziu o sobrolho, abriu uma gaveta da secretária e, no momento em que pegava num molho de cartas, pareceu recordar-se.

«Ah, sim, sim, claro», afirmou, subitamente cheio de simpatia. Ergueu-se e estendeu a mão ao meu patrão, apertando-a com veemência, sorrindo com os seus dentes manchados. «Senhor Pascal, é um prazer tê-lo por aqui. Não imaginava que viesse de tão longe. Como sabe, estamos muito gratos pelas suas generosas contribuições para o departamento.»

«Deixe lá isso», interrompeu Millhouse Pascal, batendo com a bengala no chão outra vez, fazendo-me saltar com o susto. «Não viajei milhares de quilómetros para ouvir falar de filantropia. O senhor é o único professor que se recorda de Camila, vamos lá a saber o que se passou.»

Luber pareceu confuso.

«Bom, como lhe disse nas cartas que lhe enviei, a sua neta foi minha aluna num curso de Verão que terminou em Agosto. Temo, porém, que só tenha comparecido a três ou quatro sessões. Era uma turma grande e, para dizer a verdade, só começo a acompanhar os alunos mais de perto quando eles se mostram interessados no programa.»

«Como é que se lembra dela, então?»

«É curioso que pergunte isso», respondeu o homem, fumando nervosamente o cigarro. «Normalmente não daria importância ao assunto, mas a questão é que a sua neta veio acompanhada de gente um pouco estranha. Sentaram-se, durante aquelas sessões, na primeira fila do anfiteatro, e... Bom, tiveram um comportamento pouco ortodoxo.»

«Que gente era essa?»

«Um rapaz e uma rapariga. Pouco mais velhos, talvez. Conhecidos, dentro do nosso departamento, por fazerem uma espécie de *terrorismo* académico. Nada de grave, mas perturbam as aulas a que vão com toda a espécie de comentários impróprios. Quem os visse, sem os conhecer, julgaria o contrário: vestem-se bem, quase demasiado aprumados para estudantes universitários, e falam ainda melhor. Depois, é um problema. Alguns deles chegaram a fumar marijuana dentro das aulas, em frente do professor.»

«Alguns? Mas quantos são, afinal?»

«Os rumores que correm é que se trata de um grupo semiorganizado. Uma espécie de máfia intelectual, ou coisa parecida. Miúdos de boas famílias, com demasiado dinheiro, revoltados contra o *status quo*. Um disparate completo, na minha opinião.»

«E a faculdade não faz nada a esse respeito?»

Luber apagou o cigarro, baixando os olhos. «Bom, senhor Pascal, o problema é justamente esse. Não se ofenda com o que lhe vou dizer mas, à semelhança de Camila, os responsáveis por estes miúdos abrem os cordões à bolsa, anualmente, ajudando a suportar as despesas astronómicas da universidade. São patronos, e a direcção não quer problemas com patronos. Nunca morder a mão a quem nos dá de comer, por assim dizer.»

Millhouse Pascal bufou. «E tem a certeza de que a minha neta faz parte desse grupo?»

O homem ficou subitamente pálido. «Ou isso, ou é a rapariga mais atrevida que alguma vez conheci», disse, num tom de voz próximo do sussurro.

«O quê? Fale mais alto, homem», disse o meu patrão, irritado.

Luber encheu o peito de ar.

«Ela e outra colega entraram uma manhã na sala, sentaram-se na fila da frente e, sem qualquer razão, a meio de uma aula sobre Edgar Allan Poe, trocaram carícias impróprias para um ambiente académico. Nada de muito sexual, entenda-me. Uns beijos inocentes, sussurros ao ouvido. Mas fizeram-no durante o tempo suficiente para deixar os rapazes num estado perfeitamente aparvalhado. Afinal, estamos a falar de miúdos de dezoito anos.»

Millhouse Pascal ficou sem fala; eu fiquei embasbacado, olhando para o rosto de Luber, que passara da palidez a um vermelho rubro.

«Não lhe queria contar isto, mas o senhor insistiu», continuou o professor. O meu patrão apagou a cigarrilha meio fumada no cinzeiro sobre a secretária. «Nessa ocasião fui obrigado a mandá-las sair, e desde essa altura não tornei a ver a Camila ou a sua amiga.»

«Como é que se chamava essa amiga?», perguntei, enquanto o meu patrão tinha um ataque súbito de tosse.

«Não sei, não fazia parte da lista de alunos. Apareceu sem ser convidada a frequentar o curso.»

«E o resto desse tal grupo de que falou?»

Ernst ergueu-se, tirou uma garrafa de água de um armário e serviu um copo a Millhouse Pascal.

«Ouça, eu sou apenas um professor de Literatura. É estritamente proibido, pelas normas da faculdade, passar qualquer informação pessoal dos meus alunos a outras pessoas, a menos que representem autoridades competentes.»

«Nada que nos possa ajudar?»

O homem voltou a sentar-se, enquanto o meu patrão bebia a água.

«Posso dar-lhe uma sugestão. Falem com a Trisha Edwards. Ela é a representante da associação académica de novas alunas da universidade e conhece toda a gente.»

«Onde é que a podemos encontrar?»

«A menina Edwards vive na residência de Cathedral Parkway, abaixo da catedral de St John Divine.»

«Obrigado», disse, ajudando Millhouse Pascal a pegar na bengala e a erguer-se da cadeira.

«As melhoras do seu tio», desejou Ernst Luber, antes de fecharmos a porta.

Apesar da insistência de Millhouse Pascal em visitarmos a tal residência, fiz questão de que fôssemos directamente para o hotel. O céu era agora um manto cerrado e negro, e as primeiras gotas de chuva tinham começado a cair; dentro de pouco tempo, se continuássemos a caminhar, estaríamos encharcados e, no estado de saúde em que ele se encontrava, era um risco desnecessário. Foi impossível, no entanto, evitar a molha: quando saímos do metropolitano na rua 23, a chuva começou a cair com uma intensidade brutal, as nuvens descarregando tudo aquilo que vinham ameaçando desde manhã. Abrigámo-nos debaixo de um toldo durante alguns minutos, mas o meu patrão parecia decidido a chegar ao hotel o mais depressa possível e, ignorando o manancial de chuva gelada, pôs-se a caminhar lentamente pela rua abaixo. Não havia nada que eu pudesse fazer: a sua teimosia era inabalável e, quando atravessámos as portas do Chelsea Grand, até o empregado do balcão – um tipo gordo de meia-idade, com uma barba espessa, sorumbático – reparou em nós com surpresa: estávamos encharcados até aos ossos, e uma poça de água formou-se no chão ao nosso redor.

Ao princípio da tarde, depois de um banho tépido no meu quarto, fui ver como Millhouse Pascal se sentia. O dia tornara-se invernoso, a chuva substituída por uma ausência quase completa de luz, os sons da cidade parecendo mais distantes através das janelas fechadas. Quando entrei no seu quarto, compreendi o erro que tinha cometido ao deixá-lo caminhar até ao hotel: Millhouse Pascal estava sentado, muito hirto, na única cadeira junto da janela, enrolado num cobertor, o suor a escorrer-lhe pela cara e as mãos a tremerem. Ajudei-o a caminhar para a cama e a deitar-se, tapando-o com dois cobertores, e desci até à recepção do hotel. O empregado não estava lá e, durante alguns minutos, andei de um lado para o outro sobre a carpete, aflito de preocupação. Assim que o empregado apareceu, pedi-lhe o telefone e liguei o número que estava no cartão que Artur me dera, o de um homem chamado A. C. Watson. Descobri que estava a ligar para um consultório quando a mulher que atendeu se referiu a ele como «doutor Watson» e, mencionando o nome do meu patrão, expliquei-lhe a urgência da situação.

O doutor Watson apareceu uma hora mais tarde – um tipo de quarenta anos, estatura média, óculos redondos e cabelo castanho ralo, com bochechas proeminentes e um tique nervoso no olho direito – e subimos ao segundo andar. Pediu-me que ficasse fora do quarto enquanto examinava o doente e, ao final de quinze minutos, emergiu, de estetoscópio ao pescoço.

«Tenho de regressar ao consultório», explicou-me. «Tirei algum sangue, que irá ser examinado. O meu pai terá, algures, a ficha clínica completa do senhor Millhouse Pascal, e seria conveniente olhar para ela.»

«O seu pai?», repliquei, confuso.

«O meu pai foi o médico do seu avô durante a Segunda Guerra Mundial, em Inglaterra», respondeu, desaparecendo pelo corredor sem me dar tempo de explicar que não era neto, ou sequer aparentado, daquele homem deitado na cama a arder em febre.

Estive o resto da tarde sentado ao lado de Millhouse Pascal, dando-lhe ocasionalmente água para beber e canja de galinha da *Campbell's*, que comprara na mercearia. Ele engolia com muita dificuldade e, num espaço de horas, desde aquela manhã de chuva, passou de uma condição precária, mas funcional, a outra de total prostração. A sua tosse crónica, nos últimos meses, levara-me a reflectir sobre as constantes visitas do médico à Quinta do Tempo; agora, vendo-o ali deitado, de olhos semicerrados, a barba branca despontando-lhe do queixo, o cabelo ralo, muito mais magro do que dantes – o homem robusto que eu conhecera transformando-se num ser quase esquelético, as veias das costas das mãos proeminentes e manchadas –, tinha a certeza de que não era uma simples gripe. Ele estava doente e, de todos os lugares possíveis para a doença se manifestar, escolhera justamente aquele: o centro nevrálgico de uma cidade enorme que eu desconhecia.

Já passava das dez da noite quando, de olhos fechados, dormitando, comecei a escutar a sua voz. Lá fora, as ruas pareciam ter abrandado o seu ritmo, e o corredor estava silencioso. De persianas corridas, sem mais luz do que a do candeeiro sobre a mesa-de-cabeceira, com o som da chuva batendo na janela, Millhouse Pascal começou, sem introdução ou aviso, a contar-me episódios da sua vida. Assim, sem mais nem menos; começou por uma história, e depois outra, e depois ainda outra, continuando nas noites que se seguiram. Apesar de a febre lhe toldar o raciocínio, tornando os seus relatos confusos e atabalhoados, guardo o essencial das coisas que me disse, o suficiente para construir esta narrativa – muitas outras ficarão condenadas à obscuridade, uma vez que o respeito que lhe devo me proíbe de as trazer à luz. Apesar de já ter partido, ele continua tão presente que, por vezes, sinto que me continua a olhar por cima do ombro.

Comunistas e fascistas

Contou-me, por exemplo, que, após a morte da sua mãe, em 1920 – quando ele tinha nove anos –, o pai se retirou de toda a vida social. Nessa altura viviam no Porto, porque o pai trabalhava na indústria metalúrgica, administrando algumas fábricas que tinham prosperado após a Primeira Guerra Mundial. Embora fosse um trabalhador diligente, a morte de Alma deixara-o num estado de perplexidade contínua – de homem decidido e determinado, Sébastien transformou-se num ser entorpecido, constantemente agarrado ao seu relógio de bolso como se temesse a passagem das horas, o olhar vago de quem se perguntava, constantemente, como podia uma coisa daquelas ter acontecido. António Augusto frequentava um colégio para rapazes e convivia pouco com o pai mas, quando o fazia, entristecia-o vê-lo naquele estado. Sempre pensara que a morte de um ente querido deixaria marcas de outra índole nos homens: amargura, raiva, desespero – mas nunca ouvira falar de alguém que se tivesse tornado *dormente*. Sébastien não parecia triste ou pesaroso: era como se uma parte de si tivesse deixado de funcionar e, incapaz de manter o interesse em conversas com os amigos, jantares, ou tertúlias, passou o resto da sua vida em casa, lendo, escrevendo e passeando de um lado para o outro sem propósito aparente.

Aos vinte anos, depois de terminado o ensino no colégio e de dois anos a ajudar nos negócios paternos – e usufruindo da considerável fortuna de um pai espiritualmente ausente –, António Augusto partiu para Espanha. Ouvira dizer que a economia daquele país crescera muito desde o final do século XIX e, com a instauração da Segunda República e a renúncia à chefia do Estado por parte de Afonso XIII, existiam novas oportunidades de fazer a sua própria fortuna. Ainda pensou em transportar o negócio metalúrgico da família para o país vizinho mas, em viagem para Madrid, passando pelas províncias espanholas e assistindo ao clima político e cultural conturbado que então se vivia, compreendeu, ao chegar à capital, que as sublevações das várias classes e partidos políticos só poderiam culminar com uma acesa disputa. Os republicanos tinham conquistado a maioria nas grandes cidades; o movimento operário estava dominado pela Confederação Nacional do Trabalho, o grupo anarco-sindicalista descontente com as reformas que Manuel Azaña, encarregado de formar governo, havia implantado; os anarquistas radicais tinham declarado guerra às instituições religiosas, queimando uma igreja jesuíta no centro de Madrid e outras espalhadas pelo país; e a direita era representada pela Confederação das Direitas Autónomas, que aguardava apenas o momento certo para avançar com um golpe de Estado militarista.

Confrontado com um país em ebulição, Millhouse Pascal inscreveu-se na Universidade de Madrid e, esquecendo de vez a profissão do pai, matriculou-se num curso de Ciência Política. Sem saber o que esperar, mas levado pela corrente de diferentes ideologias, encontrou-se rodeado de colegas estudantes que, poucos anos mais tarde, fariam parte de movimentos nacionalistas, anarquistas, republicanos e subversivos. Os amigos daquele momento seriam os inimigos do amanhã. Foi num café da Gran Vía que conheceu Oleguer Alvarez; e, indirectamente, foi através de Alvarez que a sua estranha carreira teve início.

Alvarez era um jovem corajoso e perigosamente louco. Nascera na Galiza e, quando a Guerra Civil de Espanha começou, convenceu Millhouse Pascal – que terminara os estudos – a partir para Vigo, onde as milícias nacionalistas haviam ocupado a região desde o início do conflito, constituindo uma espécie de retaguarda fascista. Férreo apoiante da Frente Popular (a esquerda e a extrema-esquerda, bem como o governo), Oleguer estava determinado a sabotar, como pudesse e onde fosse possível, as operações do Movimento Nacional, que declarava lutar contra o «perigo vermelho» e o «perigo separatista», mas que, na realidade, jurava Alvarez, queria apenas impedir a república de se estabilizar no seu país. Nas ruas de Vigo, incentivado pela revolta do seu amigo, Millhouse Pascal juntou-se à guerrilha republicana, apaixonado pelos ideais de esquerda que, mais tarde, viria a atraiçoar.

Os métodos das guerrilhas republicanas pareciam-lhe, porém, tão desumanos como quaisquer outros. Refugiados numa pequena vila próxima de Pontevedra, Alvarez, um capitão com o apelido de «Gordo» e cerca de doze homens, entraram em Vigo uma noite e, correndo uma lista com cerca de oito nomes, foram a casa de gente que se encontrava a dormir – civis, grande parte deles pequenos comerciantes e agricultores – e mataram-nos durante o sono. Não havia qualquer razão para suspeitar de actividade política ou de uma ligação ao franquismo por parte desta gente, com excepção do facto de, ao serem abordados por elementos pertencentes aos grupos anarquistas, se terem recusado a pegar em armas e juntar-se às guerrilhas espalhadas por toda a região. Segundo Oleguer lhe contou, já depois da guerra, estas acções foram justificadas por aquilo que os nacionalistas haviam provocado: o exílio de dezenas de milhares de galegos, os campos de concentração de Lubiám e Lavacolla, o cárcere de extermínio da ilha de San Simón, os lugares de fuzilamento de «subversivos» perigosos para o regime fascista.

Enquanto o seu amigo, mais radical, se dedicou ao lado mais activo daquela guerra fratricida, Millhouse Pascal começou a interessar-se pelos aspectos mais velados da psicologia dos que nela participavam. Sempre avesso ao confronto e aos *raids* das cidades e vilas que os seus amigos republicanos, anarquistas e comunistas iam fazendo, procurando desestabilizar o monopólio franquista da Galiza, foi começando a ter longas conversas com alguns prisioneiros que iam permanecendo vivos, arrastados pelas guerrilhas como moeda de troca ou burros de carga, ou esquecidos pela fúria dos militares. Assistiu a longas sessões de interrogatório que acabavam por ser sessões de espancamento colectivo, obrigando prisioneiros a confessarem-se fascistas, franquistas, monárquicos, absolutistas, déspotas – e, a certa altura, começara a odiar tudo o que dizia respeito àquela guerra quando, ao regressar a Madrid, conheceu os irmãos Juan e Pablo Ortiz. Estava no bairro da Chueca, uma noite, a beber uma cerveja num bar clandestino cujo dono abria as portas aos estudantes que soubessem a senha, acompanhado de alguns antigos colegas da universidade – todos republicanos, todos inquietos pelo futuro da Espanha –, quando foi apresentado aos irmãos. Mais tarde, descobriu que nenhum deles era espanhol nem se chamava Ortiz – eram, na realidade, dois agentes da GPU, a polícia política soviética, embora falassem um espanhol quase perfeito – e encontravam-se, sob as ordens de Estaline, a monitorizar as facções da esquerda que haviam estado envolvidas no conflito.

Quando o bar, nessa noite, por causa de uma fuga de informação, foi tomado de assalto por tropas do Movimento Nacional de Franco, Millhouse Pascal julgou que seria a sua última noite na Terra – mas acabou por ser levado para um local de interrogatório junto com Juan (Ulianov) e Pablo (Petrov). Os nacionalistas não tiveram grande dificuldade em perceber que, dentro daquele grupo indistinto de estudantes amedrontados, se encontravam dois espiões russos. Os próprios Ulianov e Petrov fizeram questão de se apresentar, no momento em que os soldados enchiam um camião do exército de rapazes. Estaline estava de um lado, Hitler e Mussolini do outro; na cave de uma *bodega* fechada nos arredores de Madrid, porém, a guerra não era assim tão linear. O facto era que os russos odiavam tanto os anarquistas e trotskistas como os militares de Franco; e, depois de várias horas de conversa numa sala isolada – o resto do grupo de estudantes largado sem água nem comida numa despensa, seis no total, contando com Millhouse Pascal –, os interrogatórios tiveram início. Nem sinal dos russos; um a um, os colegas de António Augusto foram sendo levados para a sala contígua e, de meia em meia hora, carregados em braços para fora dela por dois soldados de espingardas ao ombro. Alguma coisa, porém, estava errada, ou era substancialmente diferente das outras sessões de tortura e interrogatório que ele presenciara. Em vez de saírem desmaiados ou semi-inconscientes, cobertos de sangue ou de marcas de espancamento, todos eles pareciam completamente embriagados, com um sorriso idiota nos lábios, os pés arrastando-se atrás do corpo, os membros inertes.

Quando chegou a sua vez, foi levado para o interior da sala juntamente com o último dos estudantes, um rapaz que não tinha mais do que vinte anos. Era uma antiga adega, que cheirava a suor e resquícios de vinho. Os militares sentaram-nos em duas cadeiras debaixo de uma única lâmpada no tecto e, de mãos amarradas, Millhouse Pascal reconheceu os homens que ali estavam perante ele: os irmãos Ortiz, que, junto dos militares, fumavam e conversavam, observando-os. Seguiu-se um interrogatório breve, por parte dos militares, para determinar o grau de convicção e coragem de cada um deles – o rapaz ao seu lado era um anarquista convicto e, várias vezes, cuspiu no chão de terra, amaldiçoando as tropas de Franco, a monarquia e o regime fascista, jurando nunca trair os seus – e, depois, os russos tomaram a iniciativa. Millhouse Pascal ficou fascinado com o que viu: do interior de uma pequena caixa, os dois homens retiraram duas seringas, injectando cada um deles com um líquido incolor. Alguns momentos depois, o seu companheiro de humilhação começou a responder, ainda que de maneira grogue e atabalhoada, a todas as perguntas dos russos. Em menos de quinze minutos, os militares tinham preciosas informações sobre a localização de membros importantes da resistência anarquista e dos revolucionários libertários, bem como de líderes do Partido Operário de Unificação Marxista. O rapaz ficara completamente à mercê dos dois russos que, depois, prosseguiram o interrogatório concentrando-se em Millhouse Pascal.

Este, porém, continuava tão clarividente como antes da injecção. Sentia o corpo dormente e perdera algum controlo das funções motoras, babando-se constantemente durante o diálogo, mas aquele «soro da verdade» que tinha sido administrado ao seu companheiro nada lhe fizera. Os militares sabiam, de alguma maneira, sobre a sua estadia na Galiza e, depois de dezenas de perguntas sobre as milícias republicanas e o movimento clandestino de guerrilha – a que ele respondeu com mentiras e histórias disparatadas de que se foi lembrando –, os russos, incitados pelos nacionalistas, recorreram à solução de emergência. Foi a primeira vez que Millhouse Pascal viu os pequenos frascos de líquidos coloridos; o conta-gotas; a solução absorvida pela agulha, de uma cor púrpura, injectada nas suas veias. A expectativa na sala era grande, mas, uma vez mais, os resultados foram decepcionantes. Os químicos provocaram nele, a princípio, uma enorme confusão mental e uma paralisia quase completa dos membros; depois, uma sensação de calor e conforto instalou-se. As perguntas dos russos e dos militares, porém, continuaram a ser respondidas, embora mais lentamente, com a mesma inteligência evasiva. Os russos entreolharam-se a certa altura e, fazendo um sinal de assentimento, pediram aos soldados franquistas que os deixassem a sós com aquele rapaz.

Depois de lhe administrarem um antídoto, explicaram a Millhouse Pascal que não iriam prosseguir com o interrogatório. Uma mente como a dele era impermeável à sugestibilidade. Uma mente como a dele, aliás, aparecia uma vez em dez milhões, ou em cem milhões: alguém completamente imune ao poder indutivo daquelas drogas que, tendo sido experimentadas por Ulianov e Petrov em centenas de indivíduos, nunca tinham deixado de produzir resultados até essa noite. Uma mente como a dele tinha sido criada para um objectivo: assistir os serviços de espionagem e contra-espionagem dos governos e das agências – ou das resistências, dependendo de quem pagasse o preço mais alto. Alguém que nunca poderia ser vítima da tortura que infligia era, necessariamente, uma preciosidade e um luxo para as manobras de bastidores dos conturbados governos europeus, atormentados por sublevações de extrema-direita e de esquerda. Nessa noite, os seus colegas estudantes foram para um lado, e ele para o outro. Uns acabaram na prisão, outros em valas comuns; Millhouse Pascal partiu para Berlim, onde, em vésperas do acordo alemão com a União Soviética, faria a sua aprendizagem.

Mãos à obra

Na segunda semana de Outubro, a pedido do doutor Watson, fui com Millhouse Pascal até à sua clínica, na Columbus Avenue, próximo do Lincoln Center. Aproveitei uma manhã sem chuva durante a qual o meu patrão parecia encontrar-se um pouco melhor e, segurando-lhe um braço, o outro apoiado pela bengala, apanhámos um táxi à porta do Chelsea Grand.

Foi também nessa manhã que consegui falar com a minha irmã, aproveitando a hora da consulta. Já tentara telefonar duas vezes, mas nunca encontrara ninguém em casa. A conversa foi breve – ela contou-me que a nossa mãe passara alguns dias nos Cuidados Intensivos, depois de uma breve recaída, mas que já se encontrava melhor, e disse-me que o inspector Melo as tinha visitado no hospital, uma visita de cortesia ou, provavelmente, uma maneira que o polícia encontrara de fazer pressão; porque fiquei sem moedas para o telefone, não tive oportunidade de ouvir a explicação. Matei o resto do tempo da consulta passeando junto dos portões do Central Park, onde casais passavam com os cães, namorados caminhavam de mãos dadas, e solitários liam o jornal nos bancos, aproveitando a beleza daquele dia de Outono. Algumas pessoas faziam *jogging*, correndo para cá e para lá em calções e ténis; uma delas tinha um leitor de cassetes portátil com *headphones*, coisa que nunca tinha visto. A preocupação com a minha mãe cedo deu lugar a uma curiosidade natural por tudo aquilo que me rodeava. Estar fora do Chelsea Grand ajudava – longe daqueles quartos quase vazios, dos ruídos estranhos de um lugar que não pertencia a ninguém.

Por volta do meio-dia regressei à clínica, onde o doutor Watson me explicou que tinha efectuado vários testes adicionais, incluindo uma radiografia, depois de ter recebido os resultados do hemograma. Perguntei-lhe o que se passava com o meu patrão, mas o homem, por detrás dos seus óculos redondos e maneiras gentis, disse-me que ainda era cedo para chegar a conclusões.

No caminho de regresso ao hotel, no táxi, Millhouse Pascal, de cachecol enrolado em volta do pescoço, a voz rouca, pediu-me para, de momento, continuar sem ele.

«Estamos a perder muito tempo», disse, as mãos unidas sobre o cabo da bengala. «É preciso continuar e, neste momento, eu não estou em condições de te acompanhar.»

Tentei refutar aquela ideia, dizendo que, provavelmente, eu fazia-lhe falta para qualquer emergência, mas ele argumentou que, se fosse necessário, tinha o telefone directo do médico, do consultório e de casa. Mandou-me passar a noite no meu quarto, aproveitando para dormir um sono repousado – o que já não acontecia desde o dia da chuvada, uma vez que estava constantemente ao seu lado – e, na manhã seguinte, depois de um duche tépido e de me agasalhar contra o frio que se começava a sentir na cidade, parti sozinho à procura de Camila.

Segui as indicações de Ernst Luber e dirigi-me à residência de Cathedral Parkway, junto à Amsterdam Avenue, muito próximo da Columbia. Era um bairro pobre, mas a proximidade da universidade tornava-o menos agreste do que os outros lugares do Harlem. O edifício da residência estava bem cuidado, com um lance de degraus que conduzia à porta ladeado por flores e, acima do batente, encontrava-se um papel que dizia *Orientação dos Caloiros 82-83*. Toquei à campainha e, passado um minuto, uma rapariga de unhas pintadas de cor-de-rosa abriu a porta, mascando pastilha elástica. Sorria muito.

«És caloiro?», perguntou. «Esta é a residência das meninas, querido.»

«Queria falar com a Trisha Edwards», disse. O meu sotaque carregado deve ter assustado a rapariga que, largando o sorriso, foi lá dentro procurar a amiga.

Trisha apareceu e, com uma simpatia quase exuberante, convidou-me a entrar. Era uma rapariga muito pequena, de cabelo tão amarelo que parecia pintado, vestida como se tivesse o dobro da idade, excessivamente maquilhada. Passámos por um corredor ladeado por portas, levou-me para uma sala cujas paredes estavam cobertas de galhardetes e fotografias académicas e serviu-me um café.

«Ainda não apareceu muita gente para a orientação este ano», disse, com um ar desapontado. Era bonita, reparei, com uns enormes olhos azuis que apenas pecavam por ingenuidade. «Os tempos estão a mudar. Mas e tu, o que é que posso fazer por ti?»

«Foi o professor Luber que me indicou o teu nome», expliquei, beberricando um café que sabia a chá. «Estou à procura de uma pessoa, e ele disse que conhecias todas as alunas na universidade.»

Ela corou ligeiramente. «O professor Ernst Luber é muito simpático, mas exagera. Conheço quase todas, na medida em que a maioria acaba por aqui passar – precisam de ajuda para isto ou para aquilo. Algumas estudantes estrangeiras, sobretudo as orientais, vêm pedir-me para as ajudar a preencher os impressos de candidatura. Mas depois raramente regressam. De quem é que estavas à procura?»

«De uma rapariga portuguesa chamada Camila.»

Ela franziu o sobrolho, inclinando a cabeça de maneira estranha. «Camila Millhouse Pascal?»

«Sim», afirmei, esperançoso.

«Tu és da Polícia?»

«O quê? Porque é que havia de ser da Polícia?»

«Ela meteu-se em algum sarilho?»

«Não, não, nada disso. Estou à procura dela, é minha prima. Há semanas que não dá notícias e desconhecemos o seu paradeiro. Como é que a conheces? Ela passou por cá?»

«Ela viveu aqui. Quero dizer, durante duas semanas. O quarto dela, no segundo andar, ainda não foi ocupado. Estamos com dificuldade em encontrar gente decente.»

«Quando é que foi isso?»

Trisha ergueu-se e, de um armário, retirou um caderno. Abrindo-o, começou a conferir datas. «Ora, ela chegou em Agosto. No dia dois. Vieram buscá-la no dia dezasseis, por isso esteve cá catorze dias.»

«Quem é que a veio buscar?»

«Uma senhora mais velha que apareceu por cá. Altamente suspeita, se queres saber a minha opinião. Por isso é que te perguntei se eras da Polícia. Ela afirmou que era mãe da Camila, mas eu não acreditei. Era demasiado nova para ser mãe, demasiado excêntrica. Vestia-se como...» – Trisha fez uma expressão de horror, e falou em surdina – «...como uma *prostituta*».

«E para onde é que foram? Não deixaram nenhum contacto?»

«Nada. Assim que chegou, eu chamei a Camila e, uns minutos depois, estavam a sair pela porta da frente. O quarto estava pago até ao final do mês, por isso não havia nada que eu pudesse fazer. Durante o tempo em que cá morou, a tua prima esteve quase sempre fora. Nem sei se chegou a desfazer a cama.»

«E disseste que o quarto ainda não foi ocupado?»

«Ainda não. As estudantes preferem as residências oficiais da Columbia. Acham que nós, aqui, somos muito *quadradas*.»

«Posso vê-lo?»

«Claro», disse ela, contente por fazer o papel de anfitriã. Subimos ao segundo andar através de um lance de escadas que cheirava a lixívia e, ao fundo de outro corredor, ela abriu uma porta. Entrei e vasculhei o quarto durante um minuto. Tinha apenas duas camas de solteiro perfeitamente compostas, um armário cor-de-rosa e uma secretária voltada para a janela.

«A Camila tinha um *poster* muito curioso na parede, ali onde estão as marcas, por cima da cama», explicou Trisha. «Um homem em cima de uma corda bamba, a atravessar as torres gémeas do World Trade Center. Parecia uma montagem.»

Sorri, passando a mão pela madeira do tampo da secretária, imaginando que Camila poderia ter estado ali sentada e, olhando pela janela, vi as árvores do Morningside Park agitando-se com o vento. Depois, num impulso, abri uma das gavetas da secretária. No interior estava um cartão esquecido. Peguei-lhe com a ponta dos dedos.

Nosey
Tattoo Parlour
212-344688

«O que é?», perguntou Trisha, curiosa, espreitando por cima do meu ombro.

«Um cartão esquecido. Importas-te que fique com ele?»

«Não, acho que não faz mal.»

Despedi-me, prometendo regressar um dia para tomar um chá e, saindo do edifício, caminhei rua abaixo até ao telefone mais próximo. Enfiei dez cêntimos na ranhura, marquei o número e, depois de tocar duas vezes, uma voz feminina atendeu e deu-me a morada de um salão de tatuagens. Ficava na Primeira Avenida, perto de East Houston, e, de caminho, decidi parar no hotel para averiguar o estado do meu patrão. Assumi, por algum motivo, que aquela era a pista a seguir – o cartão poderia ter sido ali deixado por qualquer outra ocupante do quarto anterior a Camila mas, na minha cabeça, já tomara a decisão de que fora ela. Não tinha, de qualquer maneira, nenhuma outra indicação do seu paradeiro – Luber falara-me de um grupo de estudantes burgueses irreverentes, e Trisha descrevera uma mulher que se apresentara como «mãe», mas que não o parecia ser. Nenhum deles, no entanto, me soubera dizer nada de concreto sobre Camila; pareciam não ter tido qualquer contacto pessoal com ela.

Quando cheguei ao hotel, encontrei o doutor Watson no quarto do meu patrão. Não esperava vê-lo, e houve um momento de atrapalhação – o médico erguendo-se apressadamente da cadeira ao lado da cama para me cumprimentar, Millhouse Pascal tossindo e parecendo aborrecido pela minha súbita intrusão na consulta. Perguntei ao médico se estava tudo bem – o meu patrão tê-lo-ia chamado por alguma razão que eu desconhecia – e Watson, dirigindo-se a mim, pediu-me para falarmos no corredor.

No corredor, o homem tirou os óculos, limpou as lentes a um lenço que trazia no bolso das calças, piscou os olhos e disse:

«O seu avô está muito doente.»

Era desnecessário dizer-lhe, naquele momento, que o homem não era meu avô.

«Tem uma pneumonia agravada por diabetes», acrescentou o médico.

«Desde quando é que sabe?»

«Desde há uns dias, quando fiz as análises. Porque é que não me disse que ele era diabético?»

«Eu próprio não sabia», respondi, aflito. «E agora? O que é que se pode fazer?»

O doutor Watson recolocou os óculos. «Bom, neste momento a decisão é do senhor Pascal. Ou segue a minha recomendação, e é internado imediatamente num dos hospitais da cidade, ou então regressa ao seu país e procura tratamento por lá.»

«O que é que ele escolheu?»

«O problema é esse», respondeu o médico, com ar consternado. «O seu avô não quer, de momento, nenhuma das opções. Disse-me que ele e você têm *assuntos para tratar.* Seja o que for, não consigo imaginar que constitua assunto mais importante do que o estado em que estão os seus pulmões; mas a teimosia, aparentemente, é a mesma hoje do que aquela que é descrita pelo meu pai, há quarenta anos.»

«E não há maneira de o obrigar? Mandá-lo para o hospital contra a sua vontade?»

«É impossível forçar alguém a procurar tratamento, filho», disse ele. «Ainda para mais, estamos nos Estados Unidos. O seu avô teria de assinar um contrato de dezenas de milhares de dólares para que o tratassem aqui. É mais fácil, creio, que regressem a Portugal. Aconselho-o a tratar desses assuntos o mais depressa possível.»

O médico pôs-me uma mão no ombro e, dizendo que se encontrava à nossa disposição, desapareceu corredor abaixo na direcção dos elevadores. Pesaroso, entrei no quarto, depois de bater à porta. Millhouse Pascal permanecia deitado na cama a olhar para o tecto, as cortinas do quarto corridas, com o mesmo aspecto ausente dos últimos tempos. Agora que conhecia o seu diagnóstico, porém, agora que a decadência do seu corpo tinha um nome, não consegui evitar que os meus olhos ficassem marejados de lágrimas.

«Não te pago para teres pena de mim», disse ele, numa voz cavernosa. «Tira essa cara de enterro e mete mãos à obra. Quanto mais lesto fores, mais rapidamente encontramos a minha neta e saímos daqui.»

«O médico disse que o senhor tem de procurar tratamento imediatamente.»

Ele pegou na bengala que estava encostada à cama e, com uma força surpreendente para um homem no seu estado, atirou-a na minha direcção. Desviei-me, e a bengala bateu na televisão atrás de mim.

«Raios te partam! Estou a dar-te uma ordem! Os meus problemas de saúde são meus, e de mais ninguém.»

Apanhei a bengala do chão.

«Enquanto conseguir respirar, as coisas serão feitas à minha maneira. Dá-me cá a bengala e põe-te a andar.»

Obedeci-lhe, passando-lhe o instrumento a medo, e saí do quarto, fechando a porta devagar, enquanto ele ainda barafustava consigo próprio.

A Primeira Avenida, naquela zona da cidade, era uma espécie de barreira invisível durante os anos oitenta. A Leste ficava o Tompkins Square Park e as avenidas A, B e C, que albergavam grande parte da droga e da prostituição da Baixa. O salão de tatuagens ficava justamente nessa fronteira e, ao olhar a extensão da rua dois até ao East River, vi os prédios cada vez mais baixos, o lixo acumulado à porta dos prédios, e os *junkies* movendo-se lentamente pelas ruas como fantasmas à luz do dia.

A fachada exterior do salão era uma loja de filmes pornográficos. Entrei e perguntei a um empregado por Nosey; ele respondeu que era a alcunha da rapariga que geria o negócio, que se encontrava na cave. Desci as escadas, cruzando-me com dois *punks* de cristas no cabelo e pulseiras de bicos prateados que discutiam as respectivas tatuagens. Lá em baixo, uma mulher gorda, de rímel nos olhos, cabelo verde e toda vestida de preto, infligia a dor das agulhas no braço de um tipo magríssimo, sentado numa cadeira de cabedal, cujos ombros estavam já cobertos de imagens de mulheres nuas.

«Já está», disse ela, pouco depois. «Vai para casa e toma isto, vai doer-te como o caraças.» Ela passou-lhe uns comprimidos para a mão e o rapaz cambaleou escada acima. Depois, sem me olhar, perguntou-me o que queria.

«Falámos ao telefone esta manhã. Estou à procura de uma pessoa.» A mulher pegou num estojo de agulhas e começou a arrumá-las. Em cima de um balcão estava um *dossier* com desenhos de tatuagens. Como não deu resposta, decidi continuar. «É uma rapariga de dezoito anos chamada Camila. Tem sotaque britânico. Cabelo castanho, magra. Pálida.»

Ela fitou-me com indiferença, acendendo um cigarro. «Há quanto tempo esteve aqui?»

«Não sei se esteve. Mas encontrei isto» – mostrei-lhe o cartão que achara na gaveta – «na secretária do quarto dela».

A tatuadora pegou no cartão e, dando uma passa no cigarro, franziu o sobrolho. Tinha o rosto coberto de marcas de bexigas.

«Interessante.»

«Porquê?»

«Esse cartão já é velho. Tem, pelo menos, oito ou nove anos. Quando me telefonaste para esse número, que é o de minha casa, pensei que fosses um cliente antigo. Já nem sequer uso esse nome. *Nosey*.»

«Tens ideia de como poderia tê-lo arranjado?»

Nosey pensou durante um bocado e, depois, foi buscar um outro *dossier*, passando as páginas cheias de imagens à procura de alguma coisa.

«Como lhe chegou às mãos, não sei. Mas nessa altura eu vivia no Harlem, em meados dos anos setenta, e tinha uma lista de clientes restrita. Sabes que tatuagem tem a tua amiga?»

Fiquei espantado com a pergunta; estupidamente, não me ocorrera a hipótese de Camila ter feito uma tatuagem.

«Nem sei se tem alguma, para dizer a verdade.»

Nosey continuou a passar as páginas – as fotografias eram agora a preto e branco – e deteve-se sobre uma montagem de várias imagens.

«Havia um grupo de extrema-direita que gostava destas cruzes. Estás a ver, aqui?», disse, apontando. «Outros gajos do Bronx fizeram, nessa altura, imensas caveiras e ossos. *Skull'n'Bones*, cenas assim... E havia uns putos da Columbia que gostavam da estrela.»

«Da Columbia University?»

«Sim, era uma data deles. Comecei por fazer uma e, às tantas, apareceram aos magotes a pedirem tatuagens idênticas. Está aqui, olha.» Observei a fotografia de um tornozelo, onde estava tatuada a imagem de um punho fechado no interior de uma estrela de seis pontas. «Coisa esquisita, não é? Comunistas, ou coisa assim.»

«É uma estrela de David», disse eu.

«Ou isso. Eles já traziam o boneco desenhado, e era só imitar a cena. Acabei por guardar esta fotografia.»

«Ainda costumam vir ter contigo?»

«Às vezes aparecem, mas eu mando-os passear. O meu estilo é outro hoje em dia, e os estudantes não têm massa para me pagar. Estiveram aqui umas miúdas há uns tempos e, depois de olharem para o *dossier,* quiseram fazer um boneco destes.»

«Alguma que corresponda à descrição que eu te dei?»

«Sei lá, pá», respondeu ela, apagando o cigarro e agitando o cabelo verde. «Entra aqui tanta gente esquisita.»

Procurei o café mais próximo e, pedindo para consultar a lista telefónica, descobri que existiam centenas de salões de tatuagens só em Manhattan. Descobrir quem tatuara um punho dentro de uma estrela de David no corpo de uma rapariga era uma tarefa messiânica para muitos homens iguais a mim – partindo do princípio de que a pista sobre os estudantes da Columbia estava correcta.

Regressei ao hotel a pé, atravessando as ruas da cidade vergado à tarefa impossível que tinha em mãos. Camila parecia estar tão próxima a cada passo e, de repente, afastava-se outra vez, desaparecendo na infinidade de pernas, braços e rostos que incessantemente cruzavam as ruas. O peso do que o doutor Watson revelara começava a fazer-se sentir e, nesse final de tarde, ao caminhar pelas ruas de Chelsea, desejei que nunca tivéssemos deixado a Quinta do Tempo. Pensei em Artur, na minha família, e em como seria impossível explicar-lhes o que nos estava a acontecer. O jardineiro dir-me-ia para cumprir estritamente as ordens do meu patrão; e a minha irmã, que desconhecia a razão pela qual eu viajara até aos Estados Unidos – dissera-lhe que eram assuntos privados de Millhouse Pascal –, perderia os últimos resquícios de confiança que ainda tinha em mim se escutasse uma narrativa tão rocambolesca, consagrando-me eternamente à galeria de loucuras que, no último ano, invadira a nossa vida. De repente, todos esses mistérios acumulados me pareciam ninharias quando comparados com a dificuldade da nossa situação actual; e o meu quarto pequeno e abafado da quinta um refúgio de preciosa solidão.

Espiões

«O pacto de não agressão Ribbentrop-Molotov foi assinado, e os Alemães invadiram a Polónia. Ainda me encontrava em Berlim quando isso aconteceu, e o mundo transformou-se no paraíso dos espiões», disse Millhouse Pascal, mascando lentamente os pedaços de uma maçã que lhe cortara. A noite tinha acabado de chegar. «Antes da guerra, eu e os meus amigos russos instalámo-nos em Berlim, onde, com outros agentes do que viria a ser o KGB e membros dos serviços de contra-espionagem alemães, andámos a brincar com pequenos animais. Ratos, coelhos, até cães; tudo serviu para fazermos experiências. A medicina alemã estava altamente evoluída, comparada com a do resto da Europa, e os químicos eram fáceis de obter. Para além disso, éramos pioneiros na utilização de certas drogas que, administradas nas doses certas, funcionavam como indutores de dissociação psicológica, vergando as nossas cobaias à mais completa sugestibilidade. Os ratos enlouqueciam nas suas gaiolas, e as nossas experiências humanas, conduzidas, para grande vergonha minha, em rapazes jovens do exército, produziram resultados inimagináveis.

»A Alemanha não era, contudo, o lugar certo. Chegara rotulado de comunista, anarquista e outros epítetos, que faziam de mim um homem altamente suspeito num país infernizado pelas ideias de Hitler. Ainda que usufruísse de alguma protecção diplomática, os meus dias estavam contados a partir do momento em que o regime iniciou a sua expansão para o Ocidente e, munido dos conhecimentos necessários e do treino adequado, parti para Londres a conselho dos meus camaradas soviéticos. Não havia qualquer razão para tomar partidos, explicaram-me. Os amigos de hoje seriam os inimigos de amanhã; a espionagem russa já sabia, há muito tempo, que os nazis acabariam por invadir a União Soviética, o que fazia parte dos planos do Reich, mas a nossa missão era de outra índole: nós éramos mercenários. Depois de uma passagem por Portugal, onde visitei o meu pai, que parecia ter definhado a olhos vistos – tornara-se uma sombra de uma sombra, se é que tal é possível –, parti para Inglaterra e instalei-me confortavelmente em Knighstbridge. Por essa altura, uma rede de espionagem corria o submundo londrino e, nos tempos que antecederam o *blitz*, os meus serviços foram requisitados em abundância. Os alemães tinham acabado de vencer a Batalha de França e, ao empurrarem os Aliados para a retirada em Dunquerque, em Maio de 1940, através da força do *blietzkrieg*, a Inglaterra encheu-se de soldados feridos, almas desesperadas e agentes duplos.

»Uma vez mais, não existe qualquer honra naquilo que fiz, embora, em alturas de guerra, seja difícil olhar para os outros homens como pessoas repletas de duplicidade e de dúvida, de tal maneira as atrocidades nos cegam. Com menos de trinta anos, ainda conseguia encarar as minhas vítimas como receptáculos de informação, invólucros desprovidos de espírito que valiam por aquilo que deles conseguisse espremer. Numa primeira fase, os serviços secretos ingleses, através de um homem chamado Paul Riesling – o meu «contacto»; o nome é verdadeiro ou falso, não importa – utilizaram-me como executante de uma versão britânica da Noite das Facas Longas: dezenas de militares que haviam combatido em França, suspeitos de traição ou de espionagem para o lado alemão, foram submetidos ao meu minucioso escrutínio. Na altura, eu gostava de trabalhar, sobretudo, com o soro da verdade e com uma potente droga alucinatória extraída do esporão do centeio, que provocava nos sujeitos, ao final de alguns dias de encarceramento, uma ilusão de paranóia e perseguição que os colocava docemente nos meus braços.

»Esses sujeitos eram, em grande parte, rapazes inocentes de pequenas cidades inglesas, distantes de Londres, muitos deles voluntários do exército que, por uma razão ou outra, eram indicados como possíveis suspeitos. Naquela altura de grande alerta nacional, qualquer coisa servia. Recordo-me de um que, por ter roubado um isqueiro de fabrico alemão a um soldado morto do Eixo, me veio parar às mãos. O rapaz nada sabia de nazismo, propaganda, ou planos militares para a invasão alemã à Inglaterra;

era um simplório que caíra aos trambolhões no meio de um mundo enlouquecido. Quando o deixei partir, estava feito em frangalhos; era um destroço psicológico, um caso de internamento. Via inimigos por toda a parte, tinha pesadelos constantes, achava-se sob a influência de um enorme Mal. Umas semanas mais tarde, suicidou-se. Outros tinham feito amizade com militares franceses que haviam desertado e, por causa do armistício assinado pelo Marechal Pétain, foram indiciados pelos serviços secretos como traidores que prestavam auxílio às forças de Hitler. Também esses me vieram parar às mãos, e também quase todos deixaram as caves, quartéis e esconderijos onde se processaram os longos interrogatórios em condições sub-humanas provocadas pelas drogas que lhes administrei. Falou-se muito, depois da guerra, das horríveis experiências efectuadas por Joseph Mengele em Auschwitz; as minhas – e as dos agentes com a mesma especialidade – não eram, certamente, menos terríveis.

»Tinham de existir resultados, claro está. Dessa leva de militares, por exemplo, extraímos importantes informações sobre as movimentações das tropas nazis na direcção do Leste, antes da invasão da União Soviética, e sobre as investidas aéreas em Inglaterra. Era da nossa responsabilidade verificar a veracidade daquilo que era transmitido pela espionagem e pela contra-espionagem. Coventry iria ser atingida? Sim, mas quantos aviões, quantas bombas, precisamente a que horas? As tropas italianas, na Líbia, iriam lançar a ofensiva contra o Egipto? Muito bem, mas quantos homens, quantos canhões, que divisões de *Panzerjäger?* A história não contada da guerra, era isso o que fazíamos. Essa história não estava nos discursos dos generais, primeiros-ministros ou diplomatas: estava nos homens que, no terreno, iam convivendo com prisioneiros de guerra, com os feridos e com os civis. Estava nos espiões, que recolhiam informação de um lado para a colocarem em outro, e nos contra-espiões, que mandavam essa informação de regresso toda baralhada. Nós éramos, assim, uma espécie de 'contra-contra-espiões', se é que isto faz sentido.

»E depois, de repente, os alemães lançaram a Operação Barbarossa, invadindo a União Soviética, e comecei a trabalhar para o Eixo. Embora uma grande força militar alemã estivesse concentrada na fronteira com a Rússia, o ataque, na altura em que aconteceu, apanhou os soviéticos de surpresa: a Inglaterra permanecia a potência europeia não conquistada, e Estaline não acreditava que Hitler abrisse uma nova frente de hostilidades antes de resolver o problema britânico. Foram os meus próprios amigos, os espiões soviéticos, entre os quais se contaram Ulianov e Petrov, que denunciaram os seus companheiros de profissão ao verem a sua posição comprometida em Berlim: a ofensiva contra os russos fora inesperada na medida em que as baterias pareciam apontadas para o outro lado do mapa, o que ofereceu enorme vantagem táctica às tropas alemãs no Leste; quando o cerco de Leninegrado, em Setembro de 1941, deixou bem claro que a União Soviética seria obrigada a lutar ao lado dos Aliados, os nossos amigos espiões tornaram-se, imediatamente, prisioneiros de guerra.

»A determinação destes, porém, não era tão forte como a de outros e, após serem sujeitos a tortura, confessaram-se espiões, e até ofereceram os nomes de todos aqueles que conspiravam contra Hitler. O problema, no mundo infinitamente complexo da espionagem, é ser impossível dizer quem é quem ou o quê; e, assim, os russos deram todos os nomes que conheciam. Passámos de interrogadores a vítimas: a espionagem e a contra-espionagem em Inglaterra, o último bastião do mundo livre na Europa, transformou-se na obsessão dos serviços de inteligência de Hitler. O grande milagre é que eu escapei incólume a esta razia: não só porque era português, e Portugal considerado um país neutro, ou pelas minhas qualidades inatas de impermeabilidade; mas, também, pelo facto de nunca ter, na verdade, sido espião – entrei, por assim dizer, naquele mundo pela porta grande, nunca existindo necessidade de transportar ou fazer passar informação que, em última análise, era o bem mais precioso desses tempos, e a tua sentença de morte caso fosses apanhado com ele. Os meus serviços eram avulsos e os resultados adquiridos no momento.

»Nessa altura, entrei numa espécie de febre que só terminou quando conheci Berenice, a minha mulher. Até ao final de 1943, quando os exércitos aliados começaram a recuperar terreno e os americanos e os soviéticos foram obrigando os alemães a recuar, os meus serviços foram requisitados constantemente. Estive presente em interrogatórios de toda a espécie e se, em alguns deles, a minha intervenção não foi necessária, na grande maioria a coisa terminava, invariavelmente, comigo e com um espião dentro da sala, o meu estojo aberto em cima da mesa, uma seringa hipodérmica e um conta-gotas preparados. Usei os meus conhecimentos em todo o género de homens: fracos, fortes, corajosos, cobardes; alemães, ingleses, polacos, romenos, russos – qualquer um que pudesse ter interesses na guerra e, por alguma razão, ou nenhuma, tivesse caído no oceano de paranóia dos oficiais do Terceiro Reich. É verdade que, no meio de todos aqueles rostos de dor e angústia, fui descobrindo a verdadeira natureza de homens que, já tendo antes cruzado o meu caminho, se revelavam então o oposto daquilo que diziam ser. Os mais fervorosos apoiantes de Churchill revelaram-se profundos fascistas; e os espíritos aparentemente mais xenófobos acabavam por se mostrar de um profundo liberalismo. Mas também é verdade que, no decorrer destes anos, fui obrigado a interrogar pessoas que aprendera a estimar. Não posso dizer que tivesse 'amigos' – nesta linha de trabalho, tal palavra não existe –, mas havia alguns que, pelas semelhanças ideológicas e pela proximidade física, se tinham tornado rostos habituais. Viviam em Londres, tal como eu; e, tal como eu, não tomavam qualquer partido. Éramos, no fundo, agentes duplos, uma vez que nos era indiferente trabalhar para um lado ou para o outro. Porque o fazíamos, estávamos quase inexplicavelmente seguros. Os nossos resultados eram fiáveis, a nossa boca um túmulo. Os meus colegas de profissão, porém, tinham um defeito que eu não possuía: terem nascido alemães, húngaros, italianos, ou russos. Os seus países estavam comprometidos e, por inerência, eles também. A fúria implacável de Hitler era bem conhecida de todos, e os espiões alemães em Inglaterra, por exemplo, estavam no topo da lista de suspeitos – foram, assim, os primeiros a ser eliminados, ou, pelo menos, aqueles que não passaram nos meus pequenos 'testes'. Mas também os ingleses que vendiam informações à Alemanha, ou os húngaros, por exemplo, me passaram pelas mãos – gente com quem me cruzara inúmeras vezes, todos eles colocados numa cadeira à minha frente, de olhos vendados, sabendo exactamente aquilo que os esperava.

»Ninguém, no entanto, é imune. Quando chegámos a 1944, a minha vida estava por um fio – em todos os sentidos. Psicologicamente, encontrava-me destruído. Vira demasiados rostos conhecidos passarem da sanidade à loucura numa questão de dias. Se era verdade que os espíritos mais fortes sobreviviam com relativas mazelas aos químicos que eu lhes injectava, era também um facto que o resto das minhas vítimas ficava marcado para a vida. Vi homens comportarem-se como ratos, sentados a um canto de uma sala escura, comendo pedaços de pão com a ponta dos dedos, gorgolejando sons incompreensíveis; vi outros gritarem de pânico durante horas de alucinações para, no final, remetidos a uma cela, entrarem num silêncio apático que duraria anos. Aos poucos, todos estes rostos regressaram para me atormentar e, lentamente, comecei também a depender de alguns dos químicos que utilizava. Já não era capaz de dormir sem morfina, que me anestesiava os sentidos e me lançava em sonos indolores e profundos. Durante o dia, tomava doses pequenas de sedativos que me ajudavam, como eu descrevia nesse tempo, a 'passar um bom bocado'.

»Corria, também, o perigo de eliminação física. Até então, tinha sido protegido pelas circunstâncias da guerra – levado com a corrente, escolhendo o momento certo para aceitar ou rejeitar um trabalho, fazendo compreender, diplomaticamente, aos respectivos serviços secretos de cada lado do conflito que a minha existência era preciosa – mas, a partir de certa altura, quando a guerra atingiu proporções no terreno que a faziam depender menos da *inteligentsia* do que da dedicação das tropas, a minha posição ficou, como a dos amigos russos em Berlim, comprometida. Comecei a ser ameaçado por agentes anónimos, em telefonemas a altas horas da noite que, suspeitava, eram feitos por antigas vítimas que procuravam vingança. Quando chegasse o castigo, tinha a certeza de que seria a meio da noite, durante o sono, pela mão de alguém que outrora conhecera, um rosto familiar levado aos limites da razão, conduzido por mim aos lugares mais nefastos por onde o espírito humano é capaz de vaguear. Entrei num estado de pânico constante, uma paranóia que me impedia de dormir, de comer, de parar de olhar por cima do ombro, temendo o gesto traiçoeiro que, de um momento para o outro, viesse colocar um fim à minha dramática existência.

»Foi no dia 7 de Junho de 1944 que, refugiado num *pub* no Norte de Londres, próximo de Holloway Road, procurando afastar-me o mais possível de casa – nessa altura, tornara-me um habitante do submundo londrino; não atendia o telefone há semanas, não respondia a cartas ou telegramas –, me encontrei junto de um grupo de irlandeses que discutiam alegremente a invasão da Normandia. Tinha acabado de acontecer, e as forças americanas, inglesas e canadianas haviam chegado à costa francesa, dando início à batalha que marcaria o início da reconquista da Europa. A Berenice estava entre eles – uma mulher ruiva encantadora e jovem, que, por razões que ainda hoje desconheço, se apaixonou por mim. Nesse período da minha vida, era-me difícil dizer se conseguia sentir fosse o que fosse, de tal maneira o meu corpo estava entorpecido pelas drogas e a minha alma saqueada pelas coisas terríveis que fizera. Mas ela surgiu, nesse momento, como a minha tábua de salvação; como a minha saída de um mundo de horror e aniquilação no qual eu vivia há demasiado tempo. A este respeito, no entanto, não desejo falar em pormenor: basta que saibas que, seis meses depois de nos conhecermos, a Berenice ficou grávida. Ou que a morte anónima que eu previra nunca chegou a acontecer. E que, em Março de 1945, partimos, num barco a vapor saído das docas de Southampton que cruzou o Atlântico, para a terra prometida, desembarcando em Nova Iorque num dia frio de Primavera.»

A Liga da Justiça Judaica

O tempo começou a ser o factor principal na nossa equação. Na terceira semana de Outubro, depois de vários dias passados à cabeceira da cama de Millhouse Pascal – que, assolado por ataques de tosse e demasiado fraco para se levantar, necessitava de alguém que o ajudasse a fazer quase tudo –, o meu patrão melhorou um pouco e prossegui com a busca, depois de, a seu pedido, o informar sobre todos os avanços e recuos na investigação. Nos tempos mortos em que ele dormia, eu havia estado atento aos jornais, revistas, listas telefónicas e programas de televisão, procurando o símbolo que a tatuadora me mostrara. Era uma pista débil e um tanto ridícula, mas era a única que possuía. Nessa manhã, depois de lhe fazer um chá e de o deixar confortavelmente a ler o *The New York Times,* decidi passar à acção e, dirigindo-me à loja da tatuadora – esperei duas horas até que ela aparecesse, prostrando-me defronte de uma montra repleta de filmes pornográficos como se fosse um tarado –, consegui que me oferecesse a fotografia da tatuagem.

«Leva essa porcaria», disse Nosey, ensonada. «E não me voltes a aparecer aqui.»

Apanhei o metropolitano na Segunda Avenida e subi até à rua 116 onde, de fotografia no bolso do casaco, caminhei até ao portão do lado oeste da Columbia University. Depois, convencendo-me de que aquela era a única maneira, posicionei-me no caminho dos estudantes que passavam e, exibindo a fotografia, comecei a perguntar a todos os que consegui parar se acaso reconheciam aquela imagem.

Abordar desconhecidos na rua comporta vários graus de humilhação. Existem aquelas pessoas que mostram um ar completamente desinteressado e, sem se moverem um centímetro, passam por nós como se não existíssemos; outras, mais bruscas, desviam-se e afastam-se como se tivéssemos a peste negra; e as terceiras, as que decidem parar, por timidez ou altruísmo, acabam por, paradoxalmente, ser as piores: uma rapariga bonita ou um tipo simpático que, após olharem distraidamente para a fotografia, exibem os seus melhores sorrisos de simpatia ou comiseração por não nos poderem ajudar. Ao final de algumas horas, contudo, a vergonha ou o embaraço transformam-se em desilusão e, ali mesmo, no meio da rua por onde passam milhares de pessoas por hora, começamos a bufar, a agitar os braços de maneira desgovernada, a falar sozinhos.

Encontrava-me neste estado quando um rapaz, vestido à *hippie,* de óculos redondos, um grande símbolo da paz numa camisola branca e mochila às costas, se aproximou de mim.

«Ei, pá, então? Desanimaste? Mostra lá isso. O que é que vendes?»

«Nada», disse, irritado, mostrando-lhe a fotografia do tornozelo. «Ando à procura de uma pessoa com uma tatuagem destas.»

Ele franziu o sobrolho e, tirando os óculos, começou a rir.

«Eh, quem diria, pá! Parece que o destino nos uniu. O destino, o *karma*, o que lhe quiseres chamar. Sei de um tipo que tem uma cena parecida. Não sei dizer se é igual... Mas lá que é parecida, é.»

Os olhos dele, sem óculos, diminuíram de tamanho. Parecia a versão humana de um ouriço.

«E onde é que esse teu amigo anda?»

«Não é meu amigo», respondeu. «É o Tom *Kaputz.*»

«Kaputz? Que nome tão estranho.»

«É uma alcunha, ele chama-se Kapus. O gajo está sempre enfiado na biblioteca da universidade, a remexer nos mesmos livros vezes sem conta. Se lá fores agora, se calhar encontra-lo. Procura da secção de Estudos Judaicos. Boa sorte, pá.»

O *hippie* afastou-se, ajeitando a mochila aos ombros, na direcção do edifício Havemeyer, e eu fui à procura de Kapus, passando defronte do edifício central e detendo-me junto da estátua em bronze de Alma Mater, a guardiã daquele templo que, de livro enorme eternamente pousado sobre o colo, erguia os braços ao céu, segurando na mão direita o bastão da verdade. Perguntei a um estudante onde poderia encontrar a secção de Estudos Judaicos e ele indicou-me a Butler Library, do outro lado do recinto universitário. Já na biblioteca, requisitei um passe de visitante e, ao final de um longo corredor ladeado por estantes – tão altas que mascaravam a luz do dia que entrava pelas janelas –, vi, sentado a uma mesa, debruçado sobre um grosso livro iluminado por um pequeno candeeiro, um rapaz magro e com ar adoentado, de óculos grossos de massa preta. Aproximei-me e, repetindo o nome que o *hippie* me dissera, consegui que olhasse para trás, os olhos muito grandes atrás de umas lentes espessas. Rapidamente, o rapaz fechou o livro. Na capa lia-se: *Abraão, Lições para o Nosso Tempo.*

«Posso ajudar-te?»

Sentei-me ao lado dele e, devagar, para não assustar aquela criatura tão frágil, tirei a fotografia do bolso do casaco e mostrei-lha.

«Um colega teu disse-me que tu conhecerias isto.»

Ele suspirou, parecendo enfastiado.

«Ouve, se foram os meus pais que te convenceram a isto, leva o recado de vez: não sou afiliado. Nunca fui. A coisa nem sequer existe, foi uma invenção de uns putos sem nada melhor para fazer. OK?»

«O que é que não existe?»

Tom puxou a manga para cima exibindo, no braço, perto do ombro, uma tatuagem idêntica à da fotografia.

«A Liga da Justiça Judaica», respondeu ele. Tinha um braço tão magro que era surpreendente que nele coubesse um desenho.

«Não fui mandado pelos teus pais», assegurei-lhe. «Estou à procura de alguém que poderá ter uma tatuagem idêntica. O que é essa tal Liga da Justiça?»

«Se te explicar, prometes que te vais embora e não voltas a incomodar-me?»

«Prometo.»

Ele tirou os óculos, limpou-os à manga da camisola e tornou a colocá-los.

«É uma versão adolescente de uma organização chamada Liga de Defesa Judaica. Ou, pelo menos, assim era suposto. Quando entrei para a Columbia, em 1980, convenceram-me a aderir, porque seria ideal para um rapaz judeu de boas famílias, e muitos estudantes da universidade estavam a fazer o mesmo. O problema foi que, ao participar naquilo a que eles chamavam» – Tom fez sinais de aspas com os dedos – «*reuniões*, percebi que se tratava de um grupo de diletantes, que tinham tanto de judeu como eu de ariano. Mais uma merda de uma fraternidade, era o que era. Um grupo de gajos e gajas bêbedos, todos com a mesma tatuagem – e o pior é que a maioria nem tinha origens judaicas.»

«Porquê esse nome, então?»

«Os miúdos ricos fazem qualquer coisa para parecerem nobres. Na altura, essa Liga de Defesa Judaica era uma organização militante, fundada pelo rabi Meir Kahane aqui mesmo, em Nova Iorque, cujo objectivo era proteger os judeus contra as manifestações de anti-semitismo. Conseguiram milhares de seguidores, sobretudo em Brooklyn, mas, neste momento, é considerado um grupo violento e radical. Há mesmo quem fale em terrorismo contra os árabes e os soviéticos. Agora imagina o que irá acontecer se, por acaso, eles descobrem que um bando de putos mimados anda a usar o emblema deles e um nome parecido.»

«Estou a ver», disse. «É possível, assim, que uma rapariga de origem católica se tenha juntado a esse bando?»

«Claro. *Sobretudo* se for uma rapariga branca e católica e tiver um apetite por gente esquisita. Já te expliquei que o grupo é um embuste, uma congregação de idiotas. Uma desculpa para organizarem festas e faltarem às aulas. Ouve, deixa-me dar-te um conselho: não percas tempo com essa gente. Se és verdadeiramente judeu, tal como eu, lê estes livros. Vai à sinagoga. Estuda a Tora.»

«Não sou judeu.»

«Não?»

«Que eu saiba.»

Tom voltou a tirar os óculos e, passando a palma da mão pelo rosto, respirou fundo.

«Já sabes tudo o que precisas?»

«Ainda não. Gostava de saber onde é que os posso encontrar.»

«No meu caso, vieram ter comigo. Os teus pais são filantropos? Contribuem generosamente para a faculdade?»

«Ouve, eu nem sequer estudo na Columbia. Estou só à procura de uma rapariga, e preciso de a encontrar o mais depressa possível, porque o tempo está a chegar ao fim. Tu tens a tatuagem, conheces esse grupo, sabes onde é que se reúne.»

Ele olhou-me directamente nos olhos pela primeira vez; talvez o tivesse convencido. Depois baixou a cabeça e tornou a suspirar.

«Saber, não sei. É sempre num lugar diferente. Mas, por incrível que possa parecer, continuo a receber convites, embora não apareça há mais de um ano. Normalmente organizam um evento qualquer de duas em duas semanas. Dá-me o teu contacto e, assim que me avisarem, eu passo-te a informação.»

Escrevi o nome e o número do hotel na folha de um caderno que ele me passou. Tom *Kaputz* ficou a olhar para ela e depois fitou-me.

«Hotel Chelsea Grand? O que é que tu és, um maricas, ou assim?»

Novembro estava a chegar e, subitamente, as temperaturas baixaram. Na noite de 31 de Outubro, observei da janela do hotel as pessoas que passavam na rua, mascaradas de bruxas, vampiros e monstros. Era a noite das Bruxas, e eu e Millhouse Pascal ficámos despertos até às cinco da manhã, incapazes de dormir com o barulho dos carros, das vozes, dos gritos de celebração de um mundo que, lá fora, prosseguia a um ritmo incessante. Procurei, sem qualquer esperança, o rosto de Camila no meio da multidão e, sempre que via uma rapariga bonita passar, imaginava que pudesse ser ela, passeando sobre uma corda bamba feita da matéria da cidade: asfalto, luzes, milhões de janelas, infinitos rostos. O meu patrão sentia-se um pouco melhor e, nessa ocasião, sentou-se na única cadeira do quarto, silencioso, observando, tal como eu, a lenta procissão que percorria as ruas.

Dei-lhe, uma vez mais, conta dos meus progressos, que ele escutou sem fazer comentários. A doença que o debilitava deixara-o dependente, e essa era, julgo, a pior das condições para um homem como ele. Agora que ia descobrindo, aos poucos, como tinha sido a sua vida – como vivera no epicentro dos acontecimentos que haviam marcado a história do nosso século –, compreendia o quão doloroso devia ser, para alguém como ele, o lento definhar de um corpo que deixara de responder às ordens do seu dono. A dependência era o pior dos males e, incapaz de me acompanhar pela cidade, tudo o que podia fazer era viver as coisas em segunda mão, deixando que eu discorresse sobre as pessoas que tinha encontrado e os lugares onde estivera. Nunca tentou, em momento algum, interferir na minha busca – penso que aprendera a confiar em mim, mesmo sabendo que tínhamos as horas contadas, que, mais cedo ou mais tarde, se não encontrássemos a sua neta, haveria que colocar um fim àquela aventura e assumir a derrota. Mesmo quando lhe fiz referência à pessoa que Trisha Edwards descrevera, a que se apresentara como a mãe de Camila, não perdeu a paciência e escutou sem pestanejar o relato que lhe fiz, sem mostrar a ansiedade que sempre lhe provocara a menção de Adriana.

Durante a primeira semana de Novembro, ainda sem notícias de Tom *Kaputz*, aproveitei para telefonar à minha família sempre que possível. Era difícil apanhar a minha irmã em casa mas, quando o conseguia, assegurava-lhe de que estava tudo bem e que regressaríamos logo que pudéssemos. Ela disse-me que o inspector Melo tinha andado à minha procura e que se vira obrigada a mentir-lhe, explicando que desconhecia o meu paradeiro, mas que não sabia por quanto tempo poderia continuar a fazê-lo; o homem era insistente e estava a apertar cada vez mais o cerco, aparecendo nas alturas menos convenientes para fazer perguntas sobre coisas acerca das quais ela nada sabia: sobre o cadáver de Figgis, sobre o estranho caso de Tito Puerta, sobre o meu patrão. Implorei-lhe que se mantivesse em silêncio acerca da nossa viagem, ocorrendo-me naquele momento a imagem tenebrosa de uma campa anónima onde Puerta fora enterrado por Artur e pelo homem corcunda naquela noite tão escura no Alentejo – e, ao mesmo tempo, lembrei-me das últimas palavras do inspector Melo, que me advertira de que o final estava próximo. Em vez de contar a verdade e aceitar a sua ajuda, eu decidira embarcar com Millhouse Pascal num avião para os Estados Unidos – um homem que, apesar de tudo, era, aos olhos da Polícia Judiciária, o cabecilha de uma organização criminosa envolvida no desaparecimento de cidadãos estrangeiros e na morte de um rapaz português.

Para fugir destes pensamentos andei durante esses dias pela Baixa da cidade, passando grande parte das tardes em Washington Square Park. Fazia o caminho desde o hotel a pé, comprando uma sanduíche de *pastrami* numa loja de esquina e, passando debaixo do famoso arco ao centro do parque, saltava de atracção em atracção, observando os malabaristas, o homem que andava de monociclo com uma mulher às costas, os patinadores, os anões vestidos com a pele de criaturas peludas que assustavam as crianças. A afluência de turistas diminuíra desde Setembro, e o frio e a chuva iam afastando os próprios habitantes da cidade, que desistiam mais cedo de estarem sentados nos bancos ou nos degraus da fonte a observarem os artistas. Por volta das sete da tarde, restava pouca gente a quem estes se exibirem mas, apesar disso, os funâmbulos eram os últimos a partir.

Era a melhor hora para os ver: longe dos círculos formados pelos mirones, sem se sentirem obrigados a proezas patetas para conquistarem os aplausos, o riso das crianças ou o dinheiro dos turistas, utilizavam o espaço do parque como lugar de treino. Havia um deles que, um pouco mais velho do que a maioria – cujas idades raramente ultrapassavam os vinte e poucos anos –, sempre vestido de preto e com um chapéu de coco, praticava a sua arte à revelia da quantidade de pessoas que o observavam. Em algumas alturas cheguei a ser a única pessoa presente, enquanto aquele funâmbulo caminhava para trás e para a frente na corda executando passos que não estavam muito distantes de um bailado, de uma coreografia improvisada, que, a cada momento, pretendia dar ao espectador a ilusão da queda. Foi nestas observações que compreendi a verdadeira essência do funambulismo e do espectáculo: a possibilidade do fracasso era a receita para o sucesso. Quanto mais vezes o andarilho na corda bamba ameaçasse a queda, desequilibrando-se, deixando cair propositadamente um dos pés ou fingindo um abanão violento, mais empatia o espectador sentia por ele. A perfeição não era perfeita, por assim dizer; a perfeição era andar no limite do imperfeito, e essa, sim, era a autêntica arte.

O doutor Watson visitava Millhouse Pascal ao final da tarde mas, a pedido do meu patrão, eu não assistia às consultas. O médico, porém, bateu à porta do meu quarto duas vezes depois de observar o seu paciente, fazendo-me algumas perguntas sobre a evolução dos sintomas – uma vez que eu era a pessoa mais próxima e que ele não confiava plenamente na sinceridade de Millhouse Pascal que, como todos os cínicos e cépticos, desconfiava profundamente da medicina. Ainda não o vira cuspir sangue, e a perda de peso e de apetite eram crónicas e habituais nestes casos; à noite, porém, mesmo quando não dormia no seu quarto, ouvia os seus espasmos de dores sempre que tentava respirar mais fundo, e que lhe interrompiam o sono. Watson disse que podia ser um sinal de efusão pleural, uma complicação da pneumonia, que provocava dificuldade em respirar e uma acumulação de líquido entre as camadas pleurais. Começava a sentir, pela aspereza das suas palavras, que elas eram mais uma condenação do que uma advertência; como se ele não pudesse acreditar que um homem naquelas condições se recusasse a deixar um quarto de hotel, e que o seu «neto» nada fizesse para impedir que o avô sucumbisse perante os seus olhos.

É difícil, hoje, entender a verdadeira razão que justificou este impasse. Ainda que a decisão de Millhouse Pascal de permanecer em Nova Iorque até ao limite das suas forças, enquanto eu não encontrasse Camila, fosse irredutível, eu poderia ter tentado demovê-lo, fazendo-o ver que aquilo era uma loucura; que necessitava de tratamento, que este estava à distância de um dia de viagem, que eu ficaria para trás para completar o trabalho se fosse necessário. Mas nem sequer tentei – convenci-me de que ele nunca aceitaria estas condições, que se recusaria, na teimosia que era a sua característica mais empedernida, a sair de onde estava até a intensidade das dores o obrigar a isso. Na verdade, julgo que, por aquela altura, eu já não desejava que nenhum de nós partisse. Regressar ao que havíamos deixado para trás significava voltar a um mundo assombrado pela culpa, pelos espíritos errantes de todos os homens que haviam passado pela Quinta do Tempo e, sobretudo, pelos que nunca tinham chegado a partir; um mundo em que me divorciara da minha família, em que eu era suspeito e culpado.

No dia 11 de Novembro, recebi finalmente um telefonema de Tom *Kaputz*. O empregado do hotel chamou-me e, ao telefone da recepção, falei durante alguns segundos com o rapaz judeu que conhecera na Columbia. Havia um encontro da tal Liga da Justiça Judaica na noite seguinte, uma sexta-feira, um evento que teria lugar num apartamento da Broome Street, no SoHo. Quando lá chegasse, deveria procurar um tipo chamado Stephen, um dos organizadores.

Por volta das nove da noite deixei o hotel e apanhei um táxi. O edifício em tijolo castanho, de quatro andares, ficava ao lado de um conhecido café e, parando na esquina, toquei à campainha. Do topo do prédio ouvia-se uma música pesada. O trinco abriu-se e subi por umas escadas estreitas, onde, depois de gritar a um tipo de costas largas, blusão de cabedal e um cigarro na boca, que procurava o tal Stephen, tentando fazer-me ouvir por cima do som ensurdecedor que provinha do apartamento, me foi concedida passagem.

A porta encontrava-se entreaberta, e o ambiente era opressivo: o fumo de dezenas de pessoas formava uma espécie de densa cortina que, entrecortada com luzes fluorescentes provenientes de vários focos coloridos, me fez lacrimejar. A música, a tocar numa aparelhagem no canto mais afastado da sala, era uma mistura de *rock* electrónico com estranhos efeitos de percussão, e as pessoas – todas elas muito jovens – espalhavam-se pelo espaço aberto; era difícil perceber a verdadeira dimensão da sala. Fui abrindo caminho por entre os corpos, que se aglomeravam em pequenos grupos circulares, alguns dançando, outros simplesmente bebendo e fumando, tentando perceber se algum deles tinha tatuagens, mas era impossível naquela obscuridade. O bar era uma mesa quadrada coberta por um pano, colocada contra a única janela do apartamento que, aberta de par em par, não servia para escoar o fumo que se acumulara dentro da sala. Da janela viam-se as luzes coloridas da cidade, a noite densa sobre os edifícios da Baixa. Aproximei-me de um rapaz que, de copo na mão, parecia estar sozinho.

«Conheces o Stephen?», perguntei, berrando-lhe ao ouvido.

«Quem?», gritou ele.

«O Stephen», voltei a dizer, reparando, nesse instante, no punho cerrado com uma estrela de David que tinha desenhado sobre as costas da mão.

«É falsa», disse ele, reparando que eu olhava para o símbolo. «Morro de medo de agulhas. Mas não digas a ninguém. O Stephen? Anda por aí.»

Nesse momento, um rapaz alto, de cabelo preto encaracolado, vestido como um imperador romano – com uma túnica azul que lhe chegava aos pés e deixava entrever as omoplatas salientes –, aproximou-se, ladeado por duas raparigas. Uma delas, de cigarro pendente entre os dedos, toda vestida de preto, tinha o cabelo curto e espigado e uma sucessão de argolas numa das orelhas, sorrindo com um ar de malícia que a fazia parecer cruel; a outra, baixinha e loura, muito nova, usava as roupas de uma adolescente nos anos oitenta – um casaco demasiado largo nos ombros, uma saia curta e elástica – e, embora tentasse um ar altivo, parecia tão perdida como eu. O imperador abraçou o tipo com quem eu estava a falar e gritou-lhe alguma coisa ao ouvido que eu não consegui entender; ele respondeu-lhe e depois, voltando-se para mim, apresentou-me o amigo.

«Este é o Stephen.»

O rapaz da túnica deu um passo em frente.

«Não te conheço», disse ele, olhando-me com suspeita.

«É a primeira vez que venho», respondi, sem saber o que dizer. As raparigas, atrás dele, riam entre si. O outro tipo desaparecera.

«Quem é que te convidou para a Liga?»

Hesitei durante um momento; pensei em referir o nome de Tom *Kaputz*, mas depois lembrei-me das suas palavras de desagrado em relação àquela gente e calculei que o desagrado fosse mútuo.

«Foi a Camila Millhouse Pascal», afirmei, enchendo-me de coragem.

Subitamente, Stephen largou a postura defensiva e, sorrindo de uma orelha à outra, deu-me uma enorme palmada nas costas.

«Ah, já podias ter dito!», gritou, voltando-se para trás, na direcção da rapariga loura. «Camila, porque é que não disseste logo que ele era teu amigo? Estavas a tentar lixá-lo?»

A rapariga loura pareceu ficar muito atrapalhada durante um segundo e, depois, sorrindo, veio ter comigo e beijou-me na boca. Fiquei tão aturdido que não tive reacção.

«Mas tu não és a...»

«Cala-te», disse-me ao ouvido. Depois voltou-se para Stephen, que sorria, abraçado à morena. «Já voltamos, Stephen. Até já.»

Arrastando-me por uma mão, com passo decidido, aquela loura pequenina era muito mais forte do que poderia imaginar. Senti que os meus dedos começavam a ficar esmagados pelos seus quando, de rosto furioso, me enfiou numa casa de banho ao final de um corredor, fechando a porta atrás de nós.

«Estúpido!», disse, em voz baixa, batendo-me no peito. A música e as vozes tinham ficado para trás. «Queres denunciar-me? Queres que me expulsem daqui?»

«Espera», repliquei, confuso. «Porque é que ele acha que tu és a Camila Millhouse Pascal?»

«Porque eu *sou* a Camila.» Ela olhava-me nos olhos, de bochechas coradas. Não podia ter mais do que dezassete anos. «Neste lugar, pelo menos. Quem és tu?»

«Sou o primo dela.»

«És o meu primo, portanto», disse ela, subitamente divertida com a situação. «O meu primo do estrangeiro! Que chique.»

Respirei fundo, começando a perder a paciência. «Explica-me lá esta história. Porque é que te fazes passar pela Camila? Onde é que ela está?»

Ela encostou-se à parede da casa de banho, de braços cruzados.

«Foi a única maneira que encontrei de me deixarem estar aqui. Eles escolhem as pessoas pelo tamanho da conta bancária dos pais.

Se são ricos, se são nobres, se passam cheques chorudos à universidade.»

«Então eles nunca conheceram a Camila?»

«Claro que não. Fizemos a mesma tatuagem, olha» – ela ergueu um pouco a saia e mostrou-me a imagem que eu já conhecia, desenhada na coxa –, «e partilhávamos um quarto numa residência de estudantes. Assim que chegou, ela começou a chamar a atenção de toda a gente. Aquele sotaque britânico, o ar empertigado...»

«E como é que vieste parar aqui em vez dela?»

«É uma longa história. Desde o princípio, desde que começámos a frequentar estes círculos, que ela queria fazer-se passar por outra pessoa. Trocámos de identidade, por assim dizer, e, durante umas semanas, eu fui Camila, e ela fui eu. Quero dizer, ela foi Joan. O meu verdadeiro nome.»

«Quer dizer que toda a gente acha que tu és a Camila?»

«Bom, nem toda a gente. A Trisha, que é a madame lá da residência, sabe quem nós somos. Mas os professores da Columbia, por exemplo, estão a ser completamente enganados.»

«Como Ernst Luber, por exemplo.»

Ela franziu o sobrolho. «Eh, como é que tu sabes tanta coisa? Andas a espiar-nos, ou coisa parecida?» Nesse instante bateu alguém à porta, e eu saltei com o susto. «Faz nas escadas!», gritou Joan. A pessoa do outro lado resmungou qualquer coisa inaudível.

«Quem é este tipo, este Stephen?»

«É o presidente desta charada. Ele usa esta organização para levar as caloiras para a cama. Acho que foi o Stephen que assustou a Camila; assim que nos conheceu, caiu em cima de nós como uma abelha no mel. Não nos largou até nos convencer a fazermos a tatuagem e juntarmo-nos ao clube. Na altura pareceu-me uma ideia magnífica. Agora ele está sempre a perguntar-me pela minha amiga Joan, e eu tenho de inventar desculpas a toda a hora. O problema, estás a ver, é que já levei a coisa longe demais. Se eu lhes disser quem sou, que não me chamo Camila Millhouse Pascal, estou queimada para o resto dos meus anos universitários, que acabaram de começar.»

«E não sabes da Camila?»

«Nunca mais ouvi falar dela. Foi como um relâmpago, aquela miúda. Em Agosto saiu da residência e, depois disso, começou a desaparecer aos poucos. Deixou de aparecer nas aulas, deixou de vir às festas...»

«Não mantiveram qualquer contacto?»

«Nada. Excepto uma noite em que me telefonou para a residência, já tarde, para saber como é que eu estava. Parecia feliz, quase radiante, o que contrastava com a miúda conflituosa e cheia de ansiedade que eu conhecera. Disse-me uma coisa estranha, quando se despediu. Eu estava meio ensonada, mas julgo que ela disse qualquer coisa acerca de 'viver em cima de três vidas'. Não fez qualquer sentido.»

«Três vidas?» A expressão pareceu-me familiar, como se já a tivesse ouvido algures.

«Sim, acho que foi isso. E é tudo o que sei, primo», disse ela, sorrindo. Alguém tornou a bater, desta vez com mais insistência. «Acho que é melhor sairmos daqui antes que arrombem a porta.»

Voltei-me para sair e, nesse momento, senti que Joan me puxava. Ela aproximou o rosto do meu e, no seu hálito a vinho, fez-me prometer que a trataria por Camila durante o resto da noite. A promessa não foi necessária: assim que o fumo e a música me atingiram como uma densa nuvem, caminhei para fora do apartamento, continuando a escutar as vozes quando já me encontrava na rua, a chuva caindo devagar sobre o pavimento molhado.

«A minha filha nasceu em Dezembro de 1945, e essa foi a altura mais feliz da minha vida», disse Millhouse Pascal, deitado na cama, tapado até ao pescoço com um grosso cobertor que o doutor Watson me aconselhara a pedir. Fazia muito frio em Nova Iorque, e eu próprio começava a sentir os efeitos de uma constipação que apanhara nas caminhadas pela cidade. «Longe do clima de sofrimento que eu conhecera em Espanha e em Inglaterra, com o conflito resolvido a favor dos Aliados e a Guerra Fria ainda por começar, a América era uma nação orgulhosa e próspera. O plano de George Marshall para a recuperação dos países europeus era, também, uma maneira de repelir o comunismo e, de repente, parecia existir esperança num mundo há tanto tempo caído nas trevas. A Adriana cresceu saudável e alegre na nossa pequena casa em Westchester, no Norte do Estado de Nova Iorque, e eu e a Berenice aproveitámos para usufruir das coisas boas que o dinheiro podia comprar. O meu pai morrera entretanto e, herdando alguma da sua fortuna – ele doou grande parte do dinheiro a associações de refugiados no pós-guerra – e possuindo, eu próprio, algum dinheiro acumulado na minha estranha profissão, tivemos durante alguns anos um nível de vida confortável. Foi estranho e maravilhoso que, depois de tudo o que eu havia feito, o casamento e o nascimento da minha filha tivessem criado uma espécie de biombo invisível que me protegeu da cruel realidade – deixei de usar as minhas próprias drogas, e todos os pesadelos e fantasmas que me assombravam as noites desapareceram sem deixar rasto.

»Em 1948 mudámo-nos para a cidade, com o intuito de estarmos perto da escola de Adriana. Alugámos um apartamento espaçoso no lado oeste do Central Park, junto da rua 83 e, de repente, o bulício e a inquietação de Nova Iorque deixaram-me extasiado – depois de alguns anos de refúgio, estava cheio de vontade de regressar ao mundo. Tinha apenas 37 anos e, não obstante o meu passado macabro, sentia-me um jovem pronto para novas aventuras. Estava maravilhado com as possibilidades da América e, depois de falar inúmeras vezes com a Berenice, decidi que iria abrir um negócio de importação, aproveitando os contactos que o meu pai deixara em Portugal. Não suspeitava, sequer, de que esse passado macabro me pudesse ter perseguido através do Atlântico e, sem qualquer aviso, me viesse bater à porta. Ou quase.

»Foi numa manhã de Primavera que, após deixar a Adriana no infantário, descia alegremente a Columbus Avenue, na zona onde, mais tarde, seria erigido o Lincoln Center, quando, num vislumbre que me pareceu um sonho atrasado, me cruzei com um rosto conhecido. Cruzamo-nos, a vida toda, com todo o género de caras – bonitas, feias, grandes, pequenas, curiosas e banais – e, grande parte do tempo, ignoramos as feições de quem passa junto de nós. Aquele rosto, porém, era demasiado familiar, demasiado deslocado para que o pudesse ignorar. Hoje, seria impossível distingui-lo dos demais mas, em 1948, os traços duros e cansados de um russo nas ruas de Nova Iorque dificilmente seriam ignorados. Dei meia volta e, nesta meia volta, num pequeno gesto que nada significa por si próprio, joguei toda a minha vida; como um homem que, no lance final do póquer, aposta tudo ou nada, sabendo que se entrega às mãos do acaso.

»Foi assim que, de repente, me encontrei frente a frente com Ulianov. O soviético que, em Espanha, me abrira as portas àquela existência de terror que eu levara; o mesmo soviético com quem eu vivera em Berlim, trocando segredos sobre fórmulas químicas e processos de interrogação; e um dos homens que, debaixo de tortura, me denunciara, e a todos os agentes, condenando dezenas de homens à loucura ou, nos melhores casos, a uma morte prematura. Porém, e apesar de o seu rosto ainda ser o mesmo, Ulianov era um homem diferente. Fomos para um bar ali perto, onde ele insistiu em que o tratasse por Robert – o nome que adoptara na América – e, falando dos velhos tempos no sossego de um gabinete privado, comecei a compreender que eu não era o único que havia sobrevivido. Éramos centenas de antigos espiões, contra-espiões e agentes secretos que, nos anos posteriores à guerra, tinham ficado com a pior de todas as heranças. Os combatentes regressavam e, é certo, tinham de lidar com os seus traumas; os civis lutavam por reconstruir as cidades europeias; todos eles, no entanto, tinham a certeza de um inimigo derrotado, e o apoio dos seus camaradas no regozijo da vitória, a aliança dos seus conterrâneos num esforço comum de reabilitação. Nós nada tínhamos, porque por nada havíamos lutado. As nossas memórias eram de traições aos nossos, de facadas nas costas, de intermináveis sessões de interrogatório a gente que nascera em solo idêntico. Era uma triste história de enganos, ilusões e decepção. Fizéramos a guerra dentro de quartos fechados e caves escuras, massacrando o espírito de homens iguais a nós, gente que resvalava para as notas de rodapé de um conflito em que morriam milhões nos campos de batalha e de extermínio.

»Ulianov, ou Robert, como já te disse, estava um homem diferente. Apesar de todas estas coisas, havia nele uma esperança que se traduzia num brilho do olhar. Quando nos despedimos deu-me o seu contacto – vivia sozinho no Bronx – e disse-me que, sempre que precisasse de conversar, lhe poderia telefonar. Fui para casa nessa noite e, uma vez mais, escudado pela minha nova vida em família, pus o assunto de lado. Tudo aquilo, no que me dizia respeito, eram águas passadas. Alguma coisa, porém, me impediu de deitar fora o papel onde escrevera o seu número de telefone – não lhe posso chamar um presságio, porque estaria a dizer coisas disparatadas; prefiro chamar-lhe um mecanismo inconsciente de defesa. Defesa contra quê? Contra a crueldade dos factos. Em 1949, quando o meu negócio de importação – iria dedicar-me à cortiça e aos têxteis – estava prestes a arrancar, e a nossa vida confortável em Manhattan nos parecia um paraíso, decidimos deixar a nossa filha Adriana com uma ama e ir ao Michigan visitar a irmã da Berenice, que emigrara da Irlanda. Depois, embarcámos num cruzeiro, que partia de Detroit, pelo Lago Ontário. Na noite de 16 de Setembro, o nosso navio, o *SS Noronic,* atracou no cais de Toronto, no Canadá, e um incêndio deflagrou por volta das duas da manhã. Eu estava com alguns passageiros que havia conhecido durante a viagem numa das salas de diversões, a jogar às cartas, quando os alarmes começaram a tocar e o fumo a infiltrar-se por toda a parte. Quis correr para o quarto, em busca da Berenice, mas um grupo de marinheiros, no momento em que atravessava o convés, impediu-me de aceder àquela zona, obrigando-me a abandonar o navio através de uma escada de salvação, apesar da minha resistência. Eu era apenas um homem e, fisicamente obrigado a deixar o barco, foi-me garantido que tudo iria ser feito para salvar o maior número de vidas possível. Morreram mais de cem pessoas, a maioria passageiros. A minha mulher também.

»Foi num estado próximo do desespero que regressei a Nova Iorque. A minha filha, que ainda não fizera quatro anos, ficou aos cuidados da ama durante cerca de seis semanas, durante as quais – depois de tratar do transporte do corpo e do funeral – me voltei a afundar no abismo. Todos os fantasmas regressaram, de uma vez só, invadindo-me com o sofrimento de que padeciam no além; todos os rostos torturados, todas as pessoas que eu conduzira à miséria espiritual, todos os homens de quem não recordava o nome mas dos quais era incapaz de esquecer os olhos densos como névoa, os lábios secos de desidratação, os espasmos provocados pela insónia e pelos químicos que lhes corriam no sangue. Foi neste estado que, à beira do suicídio, telefonei a Ulianov. Não sabia o que esperar, ou se esperava alguma coisa; a verdade é que, depois de derramar o meu relato, numa noite gelada de Novembro como esta, há mais de trinta anos, me senti sobremaneira aliviado, ainda que fosse um alívio temporário. Ulianov foi compreensivo e, sobretudo, fez aquilo que um homem procura numa altura como aquela: ouviu-me com toda a atenção, durante horas, sentados num café do Bronx. E, depois, na altura certa – quando havia reconquistado a minha confiança, e eu o podia considerar um amigo –, disse que gostava de me apresentar uma pessoa. Era alguém muito especial, revelou; alguém que o ajudara, a ele e a outros como nós, a lidar com o passado. Naquela altura, julgo que teria aceitado qualquer proposta; qualquer coisa diferente do regresso diário a uma casa que, apesar de nela encontrar, todas as noites, a minha filha Adriana e a sua ama, era como se estivesse vazia.

»Assim, em Dezembro de 1949, conheci, numa pequena casinha voltada para Jones Beach, um homem que causaria uma reviravolta na minha vida. Todos aprendemos com alguém, e, naquela altura, eu estava pronto para receber qualquer panaceia para o meu sofrimento. Chamava-se Jesper Annemann e nascera ali mesmo, no Estado de Nova Iorque, mas fora obrigado a abandonar Manhattan quando um cliente insatisfeito deitara a sua reputação por terra, acusando-o de charlatanice e afirmando à imprensa sensacionalista que aquela era a 'maior golpada do mundo'*. Jesper, um homem com a idade que eu hoje tenho, deixou a cidade em 1929, na altura do grande *crash* da bolsa, e instalou-se em Long Island durante o resto da sua vida, onde continuou a praticar a sua actividade com clientes selectos. Foi

* Millhouse Pascal disse a frase em inglês: *The Greatest Blow on Earth*, que é um jogo de palavras com a famosa expressão *The Greatest Show on Earth* (O Maior Espectáculo do Mundo).

com este homem que aprendi quase tudo. Annemann era, à falta de melhor palavra, um 'mentalista' na verdadeira acepção do termo; não existiam quaisquer truques de magia no seu repertório, previsões do futuro, colheres torcidas com o poder da telepatia ou espíritos invocados do além. As suas técnicas eram deste mundo, uma abordagem racional aos limites da razão, ainda que isto seja um paradoxo. Annemann tomou conta de mim e tratou-me. De uma sessão por semana rapidamente passámos a sessões diárias e, sentado no seu escritório, usufruindo das suas técnicas de relaxamento e da sua utilização sensata da hipnose, fui lentamente aprendendo a aceitar aquilo que o destino me tinha reservado. Demorou bastante tempo – em meados de 1950, eu ainda era um homem revoltado, assolado por acessos de desespero e de fúria, alternando com fases de profunda melancolia; quando completei um ano desta terapia, porém, sentia-me substancialmente diferente e, embora ainda tivesse pesadelos ocasionais, conseguira regressar ao fluxo da existência quotidiana. Recomecei a tomar conta da minha filha e, durante algum tempo, ainda considerei a hipótese de retomar o negócio de importação. Ulianov, no entanto, tinha ideias diferentes.

»Foi sugestão sua a combinação dos nossos conhecimentos com os de Annemann. A princípio, achei a ideia absurda, considerando todos os males que tínhamos provocado. Mas a sua argumentação fazia sentido: se, no passado, havíamos utilizado as drogas com o intuito de quebrar a resistência das nossas vítimas, conseguindo informação ou silenciando-as para sempre, seria também possível utilizá-las para quebrar as barreiras da experiência comum e induzir uma abertura inédita à sugestão hipnótica. Existia um equilíbrio muito precário, porém, entre uma dose química insuficiente e uma dose excessiva, a cujas consequências tantas vezes tínhamos assistido. Eu não podia servir de referência, uma vez que a minha constituição física e psíquica me tornava impermeável à sugestão – e não aos compostos químicos, como algumas pessoas que fui conhecendo achavam; como qualquer outro, uma dose potente de dietilamida do ácido lisérgico, por exemplo, far-me-ia trepar as paredes. Assim, Ulianov ofereceu-se como voluntário para as nossas experiências e, fazendo-lhe justiça, foi a cobaia mais competente que poderíamos ter encontrado. Várias vezes por semana, no seu apartamento do Bronx, utilizando substâncias que arranjávamos através de um amigo seu que era farmacêutico – e a quem pagávamos quantias avultadas pela «ajuda» –, injectei o russo com variações das drogas que conhecíamos, elaborando, a partir das suas reacções, uma tabela comparativa do seu peso corporal, altura e idade, com as diversas fórmulas que íamos testando. Algumas vezes, sentindo-me um tanto culpado, fazia-lhe companhia até o efeito das drogas passar – em certas ocasiões, querendo testar a resistência do soviético, exagerei nas doses e o homem transformava-se, alternadamente, num vegetal sem qualquer reacção, num louco de felicidade, ou num paranóico, deitando-se na cama e fitando a parede durante horas a fio. Quando assistia a estes momentos, era incapaz de não pensar no que tínhamos provocado em homens mais baixos, menos pesados e mais frágeis do que Ulianov, administrando-lhes químicos durante dias e dias sem parar. Com o russo, tive sempre o cuidado de intervalar as experiências, dando-lhe tempo suficiente para recuperar entre uma e a seguinte.

»No princípio de 1952, tínhamos uma tabela sistematizada e bastante completa, que reinventava os nossos conhecimentos, abrindo as portas a novas possibilidades de aplicação dos compostos químicos, bem como os diferentes graus de risco envolvidos, dependendo da constituição física e psíquica dos sujeitos. Porque Annemann era um homem de idade e um naturalista, nenhum de nós lhe falou destas experiências, preferindo resguardá-lo da eventualidade de, à sua revelia, irmos usar os seus métodos em associação com os nossos. Decorreram alguns anos, contudo, até que qualquer um de nós começasse a praticar este género original de 'terapia' – do qual tu já tiveste a experiência. O mundo, nos anos cinquenta, era um lugar muito diferente do que é hoje, e era preciso avançar com muito cuidado para não nos chamarem charlatães, acabando no mesmo exílio forçado de Jesper Annemann. Para além disso, Ulianov casara-se com uma mulher polaca e, ao nascer o seu primeiro filho, fomos forçados a interromper as nossas sessões, uma vez que as responsabilidades da paternidade eram incompatíveis com as consequências da utilização frequente de drogas.

»Também eu me dediquei, durante essa altura, à educação da minha filha Adriana. A fortuna do meu pai tinha vindo a diminuir substancialmente, com o passar dos anos, mas o dinheiro, por alguma razão, nunca me preocupara: sabia que, quando fosse necessário, saberia ganhá-lo. A Adriana cresceu, tornou-se uma rapariga esperta, educada, sobremaneira inteligente e incrivelmente hábil. As minhas memórias da sua infância são sempre marcadas pela destreza da minha filha com tudo que implicasse movimento e equilíbrio – passeava-se pela casa fazendo malabarismos com laranjas, empilhava copo sobre copo em cima de bandejas, formando uma torre, corria de um lado para o outro com pesados livros equilibrados sobre a cabeça. A partir de uma certa idade tornou-se, também, o cabo dos trabalhos. Refilona, demasiado perspicaz para a idade e apreciadora de confrontos, era chamado constantemente à escola para resolver os seus conflitos com os colegas. A Adriana achava as raparigas demasiado fracas e os rapazes demasiado prepotentes, e envolvia-se numa rixa com quem quer que fosse que ousasse desafiar a sua visão do mundo. Comecei a achar que tinha um filho em casa, em vez de uma filha, tal era o número de vezes que ela aparecia com olhos negros, cotovelos esfolados e roupa rasgada.

»Em 1958, Ulianov e eu voltámos a juntar-nos, por ocasião da morte de Annemann. No funeral do homem estavam oito ou nove pessoas, contando connosco – a maioria daqueles que haviam procurado ajuda junto deste homem brilhante nos últimos tempos da sua vida. Foi a partir desse momento que construímos a nossa carteira de clientes. Ulianov encarregou-se dos processos logísticos – o lugar das consultas, o fornecimento dos químicos, o secretismo envolvido na nossa pequena operação –, delegando em mim a responsabilidade do trato pessoal com os 'pacientes'. Chegaram-nos, como dissemos na altura, em *mau estado*, dependentes de um processo de terapia hipnótica que deixara de estar disponível desde que o velho Jesper adoecera. Quatro eram antigos oficiais do exército americano, e os casos mais difíceis; os outros sofriam de perturbações de ordem obsessiva e compulsiva, distúrbios do sono e psicopatologias de comportamento. Devo dizer-te que não duvidei um segundo sequer do nosso sucesso. Tínhamos lidado com aquelas drogas durante grande parte da nossa vida e, com o advento dos novos barbitúricos, benzodiazepinas e antipsicóticos, nos anos cinquenta, o processo de hipnose tornou-se muito mais simples. Com estes primeiros clientes vieram outros e, em 1960, o nosso quotidiano era tão preenchido como o de um corretor de Wall Street. Ulianov serviu, nesses tempos, uma função parecida com a que tu hoje cumpres – assegurou-se de que todos os que nos visitavam respeitavam a nossa necessidade de sigilo. O russo era um homem grande e feio, e a sua voz grave e carregada de sotaque não era um convite a que gozassem com a sua cara. Foram tempos de grande desafogo financeiro e satisfação profissional – tempos de uma parceria perfeita que poderia não ter chegado ao fim se a minha filha Adriana não tivesse conhecido, aos dezasseis anos, o canalha que nos deu cabo da vida.»

Os dias passaram, infindáveis, o Inverno abatendo-se sobre a cidade e congelando os rostos dos transeuntes. Millhouse Pascal gastava todas as suas energias à noite, contando-me a sua história entre a tosse e o entorpecimento provocado pelos antibióticos que o médico receitara. Eu escutava-o, dormia, acordava de madrugada para tratar dele, passeava pela cidade à procura de uma pista, um rosto, uma sombra – qualquer coisa – que me pudesse levar a Camila, cujo rasto parecia ter perdido novamente. Quando olhei para o calendário, era o dia 23 de Novembro: estávamos em Nova Iorque há quase dois meses e, depois de ter calcorreado a cidade para cima e para baixo, restava-me uma pista disfarçada de enigma: *Três Vidas*. Quando contei esse episódio ao meu patrão, sobre a rapariga da festa e a troca de identidades, também ele reconheceu a expressão – mencionou que *Três Vidas* era, por exemplo, o nome de um texto de Gertrude Stein de 1909; e que era, também, o título de um programa de televisão dos anos cinquenta sobre a vida de um publicitário de Boston que se infiltrava no Partido Comunista americano a mando do FBI. Podia ser qualquer coisa, como podia não ser nada, uma vez que a própria Joan se confessara meio adormecida quando recebera o telefonema de Camila.

Nessa altura, falando regularmente com a minha irmã, compreendi que a minha mãe ia dando conta da minha ausência prolongada. Aparentemente, começara a perguntar por mim nos momentos em que se encontrava mais lúcida, embora, por alguma razão, se tivesse esquecido de que eu partira em viagem, o que a deixava muito confusa. Os cheques continuavam a chegar, todos os meses, à nossa casa de Campolide mas, por aquela altura, os problemas há muito tinham ultrapassado a questão financeira que, após a morte do meu pai, me competira resolver. Já não era possível continuar a inventar histórias sobre o meu paradeiro, disse a minha irmã; o inspector Melo falara-lhe, recentemente, de uma operação que estava a ser montada pela Polícia Judiciária para confiscar a propriedade e averiguação das actividades de Millhouse Pascal. Não contei nada disto ao meu patrão – o seu estado exigia o mínimo desgaste possível – e implorei que ela aguentasse a corda esticada durante mais um pouco. As coisas estavam prestes a resolver-se, garanti-lhe, e cedo regressaria. No final de um telefonema particularmente difícil, a minha irmã perdeu a paciência e acusou-me de as estar a abandonar.

As minhas promessas nasciam do desespero. Cheguei a desejar, durante aquelas semanas, que alguma coisa inesperada ou milagrosa acontecesse e me libertasse daquilo que me esperava em Portugal – qualquer coisa que me isentasse das responsabilidades, que limpasse o meu nome dos anais da História e me oferecesse uma nova identidade. Sem o saber, estava já a prever o futuro, um futuro no qual estes desejos se realizariam da pior maneira possível.

Cheguei à solução do enigma numa tarde de ócio, em que passeava, desatento, por Greenwich Village. O facto de a resposta ter chegado dessa maneira era mais um indício que confirmava aquilo que vinha aprendendo com Millhouse Pascal: a natureza da realidade era fugidia e só se revelava nos momentos em que, distraídos de nós, permitíamos que os sentidos se sobrepusessem à razão. Ali estava, perante os meus olhos, a imagem que já vira inúmeras vezes desde que chegara àquela cidade, na esquina de Waverly Place – o toldo aberto sobre a montra, os livros colocados em estantes, ao comprimento do vidro, a porta de madeira entreaberta, e o nome: *Three Lives Bookstore.* Olhara tantas vezes para a inscrição no toldo que ela se tornara parte da amálgama anónima da cidade.

Entrei na livraria. Estava pouca gente no interior, meia dúzia de pessoas de livros na mão, lendo em silêncio. Camila dissera que vivia «em cima de três vidas», por isso perguntei à rapariga que se encontrava na caixa se, por acaso, ouvira falar dela.

«Camila? Não, nunca ouvi falar. No andar por cima são os nossos escritórios, mas o segundo piso está ocupado por um casal.»

«Sabe se eles costumam estar em casa?»

«A entrada do prédio é mesmo aqui ao lado. Toque-lhes à porta.»

Toquei à campainha do segundo andar, mas ninguém atendeu. Toquei para o terceiro, e o trinco da porta zuniu. Entrei e, subindo por uma escada escura e íngreme, encontrei um homem de barba que descia apressadamente os degraus com um gato na mão.

«Foi você que tocou?»

«Fui, desculpe-me. Estava à procura de uma rapariga nova chamada Camila, não sei se vive aqui.»

«Ah, achei que eram os meus vizinhos. Camila? Não sei se é esse o nome, mas o casal do segundo, os donos deste animal, têm uma filha.» Ele coçou a barba com uma das mãos. Tinha os dedos sujos de tinta. O gato ronronou, visivelmente inquieto. «Estava a pintar o apartamento, mudei-me há pouco tempo, e eles pediram-me que tomasse conta dele. Está a dar-me cabo da casa, este palerma.»

«Sabe quando é que eles voltam?»

«Pensei que era hoje», confessou o homem, visivelmente desapontado, voltando-se para subir as escadas, largando o gato nos degraus. Contudo, em vez de o seguir, o animal desceu para vir ter comigo. Peguei-lhe com as duas mãos, admirando o seu pêlo reluzente e preto, a íris dos olhos, ferozmente verdes, em forma de lágrima. Foi nesse momento que, olhando para a sua coleira, li a inscrição com o seu nome: *Philippe Petit.* Deixei que o gato me escorregasse das mãos, aterrando com suavidade no degrau e partindo escada acima. Antes de desaparecer de vista, o homem chamou-o. «Anda, vamos embora. Anda, merda de bicho.»

Dormi a espaços nessa noite, inquieto. Era uma coincidência demasiado grande para não ser verdade e, sendo assim, encontrara a filha de Millhouse Pascal e, possivelmente, Camila. Deitado na cama do meu quarto, despertando muitas vezes com os barulhos da cidade e os ruídos do quarto ao lado, ponderei sobre o que fazer a seguir. Fora incapaz, à hora de jantar, de revelar a minha descoberta ao meu patrão – alguma coisa me impedira de o fazer, fosse a sua doença, que se manifestava de forma cada vez mais evidente, fosse a minha própria insegurança quanto ao desenlace daquela busca – e, com esse segredo guardado, fui deitar-me corroído pela dúvida.

Quando a manhã chegou, o doutor Watson apareceu, de estetoscópio ao ombro e um par de óculos novos, dourados, sobre a ponta do nariz, e pediu-me para falar comigo a seguir à consulta. Escutara, com alguma apreensão, os horríveis sons que Millhouse Pascal fizera durante a noite – uma tosse sinistra que, certamente, despertara outros hóspedes do hotel – e receava que as notícias não fossem animadoras. Eram piores ainda do que eu esperava.

«Dou-lhe uma semana para tirar o seu avô daqui», disse-me o médico, fechando devagarinho a porta atrás de si. «Tem até ao final do mês para se certificar de que ele procura tratamento, ou vou ser obrigado a telefonar ao Departamento de Saúde e dar conta de um caso de negligência familiar de um doente. O senhor Pascal está a desenvolver uma pleurisia, consequência da pneumonia por tratar e, caso não seja internado rapidamente, irá perecer aqui mesmo, nesta cama por mudar.»

«Não fazia ideia», disse, sentindo que o sangue me fugia do rosto.

«Eu avisei-o diversas vezes», censurou Watson. «Não percebo o que estão para aqui a fazer. A sério que não compreendo.»

«Prometo-lhe que saímos até ao final do mês.»

«A esta altura do campeonato, já me estou nas tintas para si. Faça o que lhe apetecer. Mas este homem está à beira de um colapso, e a minha dívida de gratidão para com o meu pai obriga-me a isto. Espero que, da próxima vez que falarmos, o senhor Pascal esteja a receber os cuidados de que necessita.»

O médico deixou-me sem se despedir, a sua figura pequena afastando-se corredor abaixo, a careca luzindo debaixo das luzes mornas do hotel. Entrei no quarto, onde encontrei Millhouse Pascal sentado à beira da cama, abotoando o casaco do pijama. Parecia muito velho e ressequido, os ossos das costelas visíveis, os pêlos brancos do peito um parco disfarce para a magreza do corpo.

«Estamos a chegar ao fim da linha», disse ele, a voz quase inaudível. «Fizemos tudo o que foi possível, mas está na altura de entregar os pontos.»

Hesitei, sem saber se lhe deveria contar o que acontecera no dia anterior. Dar-lhe esperança seria, provavelmente, a sua sentença de morte – sabia bem que, se existisse a mínima possibilidade de encontrarmos a sua neta, ele se recusaria a partir.

«Também me parece», respondi, finalmente. «Sinto que falhei esta missão.»

«A culpa não é tua». Ele olhou-me enquanto calçava os chinelos. «Viemos à espera de um golpe de sorte que não aconteceu.»

«E o que fazemos?»

«Está na altura de partir. Não gostava de morrer aqui. Este quarto cheira mal e os lençóis começam a ficar imundos.»

Julguei que se ia levantar, mas Millhouse Pascal deixou-se ficar sentado à beira da cama, de chinelos calçados, melancólico.

«Temo por Camila, mas temo também por nós», disse, num tom algo enigmático, antes de fechar os olhos e suspirar.

As coisas aceleraram em direcção a um abismo. Nessa tarde, seguindo as ordens do meu patrão, marquei a nossa viagem de regresso a Portugal para o último dia de Novembro, uma terça-feira. Tentei várias vezes telefonar à minha irmã mas, por alguma razão, nunca a consegui apanhar em casa. Gostava de, nessa altura, ter ouvido a sua voz, ter falado com ela acerca do dilema que se atravessara no meu caminho e que constituía um precipício no final de uma estrada cheia de curvas. Talvez ela me tivesse dado bons conselhos; talvez ela conseguisse, com o seu bom senso, ter-me convencido a não saltar. Teria sido a única a poder fazê-lo, estendendo para mim, sobre esse fosso, a corda imaginária que, de maneira invisível, vai conduzindo as nossas vidas a bom porto.

Regressei diariamente à livraria Three Lives. Passeava um pouco entre as estantes, observando sem interesse os exemplares expostos e, depois de fazer conversa com a empregada, tocava à campainha do segundo andar da porta ao lado. De cada vez que o fazia, sentia o meu pulso descontrolado, aguardando ansiosamente – quase desejando que nada acontecesse – pelo instante em que o trinco se abrisse, em que eu subisse as escadas e em que Camila ali se encontrasse. Mas nada acontecia e, todas as tardes, regressava ao hotel à hora de jantar com Millhouse Pascal, sentindo que as suas palavras tinham descrito bem a nossa situação: aguardáramos por um golpe de sorte que não surgira. Havia estado tão próximo e, na hora final, alguém me trocara as cartas que tinha na mão. Ao quarto dia de frustração, comecei a pesar as minhas opções – poderia deixar um recado debaixo da porta, ou com o vizinho que tomava conta do gato; ou podia, simplesmente, procurar o número de telefone daquela morada na lista. Eram, contudo, escolhas inúteis: o que poderia eu escrever num recado que fizesse sentido? O que poderia eu dizer, num telefonema, que resolvesse o problema que nos trouxera de tão longe? Camila estava, provavelmente, com a mãe, faltando à promessa que fizera ao avô. Se ele descobrisse, temia que essa desilusão o enfraquecesse ainda mais ou, pior, que se decidisse a fazer tudo para resgatar a neta, ignorando que a doença o estava a matar.

Passeando por Washington Square Park, ao final da tarde, sentei-me junto da fonte central e observei os malabaristas. É melhor assim, pensei para comigo, ainda que me aterrorizasse a perspectiva de regressar: é melhor perder por pouco, e ainda sobrar alguma coisa no final, do que apostar tudo e ficar sem nada. Quando regressasse ao meu país, deixaria a Quinta do Tempo e, embora me custasse dizer adeus a Millhouse Pascal, sabia que era o único caminho a tomar. Ainda ia a tempo de me salvar, dissera o inspector Melo; não era tarde demais para uma confissão, ou para reunir e entregar à Polícia Judiciária as provas que eles desejavam. Talvez dessa maneira o meu crime ficasse esquecido ou, aos olhos da lei, perdoado, um piscar de olho dissimulado de um juiz no momento da absolvição. Ergui-me, observando a lenta passagem das nuvens negras que encobriam o céu, o parque esvaziando-se de gente, e caminhei de regresso ao hotel, sentindo um ódio tamanho por mim próprio que tive de fazer um esforço para não me enfiar no caminho de um autocarro.

Nos últimos dias de Millhouse Pascal em Nova Iorque evitei deixá-lo sozinho. A sua condição ia piorando de hora para hora – tinha uma febre baixa constante, uma tosse seca, e agarrava-se com frequência ao peito, cheio de dores – e, de qualquer maneira, tinha desistido de procurar Camila. A aparente impossibilidade de a encontrar mexera comigo, e sentia-me fragilizado, à mercê de pensamentos egoístas e cobardes, de um medo do futuro que me dizia para procurar a saída mais fácil. Tive de me convencer de que permanecia um fiel empregado de Millhouse Pascal; de que, quando regressássemos, iria protegê-lo, defender o seu nome, apesar de tudo o que estava para vir, e, se necessário, alegaria legítima defesa no caso de Puerta – mas não me esconderia, não me entregaria, não conspurcaria a minha vida com actos de rendição.

E, depois, aconteceu aquilo que aconteceu.

Adriana

O homem chamava-se Gustav Brieger, de origem checa, e tinha vinte e oito anos quando raptou Adriana pela primeira vez. *Raptou* é uma palavra forte, mas foi a que Millhouse Pascal utilizou quando me contou esta história, numa noite de domingo, dois dias antes da partida. Gustav descendia de uma longa linha de artistas do circo – o seu pai fora engolidor de espadas, a sua mãe trapezista, ambos números de cartaz do Circo Kludsky da Checoslováquia por volta de 1920 – e emigrara para os Estados Unidos sozinho aos 16 anos, juntando-se a uma companhia de circo amadora que fazia *tournées* frequentes pela costa leste. O pai de Adriana não faz ideia de como se conheceram ou há quanto tempo andavam juntos; a sua filha frequentava, nessa altura, um colégio de raparigas com bastante prestígio – o colégio Chapin, na East End Avenue – quando, em Janeiro de 1962, uma preceptora da escola telefonou para casa de Millhouse Pascal a dar-lhe conta do desaparecimento da rapariga. Foi o princípio de um rol de ausências inexplicáveis de várias horas, por vezes dias inteiros, que duraram até Março quando, tendo contratado um investigador privado para seguir os passos de Adriana – depois de diversos interrogatórios domésticos sem resultado –, descobriu que ela se encontrava com um rapaz no relvado do Central Park, junto do Metropolitan Museum of Art, a nove quarteirões da escola.

Quando viu as fotografias tiradas pelo investigador, Millhouse Pascal ficou perturbado: a sua filha, ainda muito nova, vestida com o uniforme oficial do colégio – camisa e saia –, beijava um homem alto e magro, louro, de barba por fazer e todo vestido de preto. Ela encontrava-se em bicos de pés para chegar ao rosto dele, no qual, meio encoberto pelo cabelo longo, se distinguia um sorriso que ficava a meio caminho entre o prazer e o escárnio. Ao confrontar Adriana com as imagens, compreendeu que o caso requeria soluções drásticas, uma vez que esta se mostrou indiferente à preocupação do pai; se a mãe, ao menos, estivesse viva, as coisas seriam certamente diferentes. O que podia um pai fazer numa situação daquelas? Sem descortinar qualquer maneira de resolver o problema a bem, Millhouse Pascal colocou Adriana em regime de internato, com uma supervisão apertada por parte das professoras e dos funcionários do colégio. Naquela altura, ele e Ulianov estavam no auge das suas carreiras, e havia pouco tempo para perder com problemas alheios aos dos pacientes, que pagavam pequenas fortunas pelas consultas. Para além disso, Ulianov constituíra uma família numerosa: a sua mulher polaca tivera gémeos, após o primeiro filho, e o russo tinha cinco bocas para alimentar.

O internato foi a pior solução possível. É sabido que, quando em cativeiro, os animais selvagens procuram infindáveis soluções para se libertarem; em Maio de 1962, Adriana tornou a desaparecer mas, dessa vez, a funcionária que deu pela ocorrência telefonou à Polícia, declarando que uma das meninas havia sido «raptada». Com efeito, existiam sinais de luta dentro do quarto, uma janela aberta, uma cadeira tombada no chão, papéis por toda a parte, e todos os pertences de Adriana estavam lá, incluindo as roupas. Millhouse Pascal teve, nessa ocasião, de cancelar as suas marcações durante mais de dez dias. Embora já desconfiasse de que as suspeitas de rapto eram uma diversão criada pela filha, empenhou-se em colaborar com a Polícia, oferecendo-lhes todos os dados possíveis e prestando declarações que pudessem ajudar à investigação. A fotografia de Adriana e de Gustav no Central Park foi publicada no jornal e, da noite para o dia, os jovens amantes tornaram-se um item de colecção, uma imagem de culto junto dos jovens de Manhattan que, nessa altura, começavam a ver nascer a revolução social e sexual da segunda metade dos anos sessenta. No *The New York Times*, um conhecido colunista, ignorando o facto de a rapariga na imagem se encontrar desaparecida, utilizou a fotografia com a seguinte legenda *É Este o Nosso Doisneau?*, fazendo alusão ao beijo dos amantes em Paris captado pelo artista francês.

Adriana apareceu duas semanas depois à porta de casa do pai. Este, cansado das constantes peripécias da filha, escusou-se a fazer comentários quando, junto com Brieger – que, observado de perto, era um indivíduo assustador, de mãos enormes e os olhos esbugalhados de um louco, contrastando com a elegância do seu corpo –, ela anunciou que estava grávida e que iria ter a criança, quando ainda não fizera dezassete anos. Também não tentou rebater a afirmação peremptória da filha de que iria abandonar o colégio e seguir uma carreira artística, cedendo, sem qualquer alarido, ao pedido que lhe fazia de «algum dinheiro» para começar uma vida nova com Gustav. Era estranho que um pai não lutasse por uma filha, mas Millhouse Pascal pensara sobre a situação e concluíra que era escusado remar contra aquela maré. Grávida, com um filho, vendo o conforto que sempre sentira junto dos pais evadir-se, e vivendo com um artista de circo ambulante, tinha a certeza de que, mais cedo ou mais tarde, Adriana cairia no frio charco da realidade e voltaria para casa. Ter um neto também não o deixava infeliz: sentia, naquela altura, algumas saudades do tempo em que a sua filha fora criança e ansiava por presenças em casa que o resgatassem ao silêncio imperturbado das noites passadas sozinho.

Gustavo nasceu em Janeiro de 1963. Durante a gravidez, Adriana viveu com Brieger num apartamento da East Village que era uma comunidade de artistas desempregados, um porto de abrigo para malabaristas, funâmbulos e comediantes que faziam a sua vida nos parques, ruas e estações de comboio da cidade, ganhando pouco ou nenhum dinheiro e partilhando uma única renda. Alguns ficavam, outros partiam; Nova Iorque, nesse tempo, não era um lugar caro para viver, e a Village abrigava um sem-número de pessoas sem profissão fixa, que vagueavam pelos dias ao sabor dos estranhos talentos que possuíam, ajudando-se mutuamente. A gravidez, porém, foi complicada, porque Gustav e Adriana partilhavam um quarto minúsculo e gelado no Inverno, e a filha de Millhouse Pascal adoeceu pouco tempo antes do parto, uma gripe agravada pelas más condições em que vivia, colocando a criança em risco. Apesar dos pedidos constantes do pai para que ela se mudasse, temporariamente, para sua casa, a teimosia de Adriana foi mais forte.

Quando Gustavo nasceu, no entanto, muito pequeno e com falta de peso, Millhouse Pascal resolveu interferir e fez questão de o levar para o apartamento da rua 83, onde, ao cuidado de uma enfermeira, a criança passou o primeiro mês de vida. Adriana, tal como ele esperara, começava a sentir os efeitos de uma existência desprovida de conforto e, vivendo apenas com o dinheiro que Brieger ganhava nas ruas – o checo tinha algum talento para malabarismos com fogo, mas era um amador, ensombrado pelos profissionais que, nessa época, povoavam os parques da cidade, nos intervalos das épocas circenses –, uma vez que ela precisava, ainda, de recuperar as suas aptidões para o funambulismo após a gravidez, acabou por ceder aos pedidos do pai e confiar-lhe completamente a educação de Gustavo. A aptidão e vontade do casal para cuidar de uma criança eram nulas, e as condições precárias em que vivia impróprias para um recém-nascido.

Millhouse Pascal tomou conta dele como se fosse seu filho. Ajudado pela mesma ama que olhara por Adriana após a morte de Berenice, descurou um pouco a sua actividade profissional no primeiro ano de Gustavo e, em Dezembro de 1963, os clientes tinham diminuído para cerca de metade, por imposição sua. Ulianov, entretanto, decidira mudar-se com a família para a Europa. Estava farto da América, confessou, e a sua mulher, que tinha família em Cracóvia, queria regressar para que os seus pais ainda tivessem oportunidade de conhecer os netos. Iria dedicar-se a uma actividade da terra: agricultura ou jardinagem, qualquer uma destas, e deixar para trás todo um passado que procuraria esconder dos filhos, quando eles tivessem idade suficiente para se interessar pelos acontecimentos da sua vida. Despediram-se em Janeiro de 1964, dois meses antes de Adriana – que, por essa altura, deixara de ver Gustavo com regularidade, visitando-o de vez em quando – dar outra vez à luz. Em Março de 1964 nasceu Camila, uma menina de olhos profundos como os do pai e os traços delicados da mãe, por quem o avô se apaixonou. Gustavo era um bebé de pouco mais de um ano quando Camila se juntou à insuspeita família de Millhouse Pascal que, com duas crianças em casa, cessou temporariamente as suas actividades, suspendendo o aluguer do consultório. Continuava a adorar o que fazia, descobrindo, todos os dias, com os seus clientes, novas maneiras de abordar os problemas mais profundos da psique e de ir erradicando fantasmas; contudo, sem a ajuda de Ulianov e com obrigações domésticas acrescidas – Camila, ao contrário de Gustavo, era uma criança exigente, que chorava a noite toda e o mantinha acordado até de madrugada –, Millhouse Pascal viu-se obrigado a interromper o seu trabalho, incapaz de manter uma actividade paralela à atenção que desejava dedicar aos seus netos.

Depois do nascimento de Camila, as coisas complicaram-se. Adriana fazia uma vida activa de rua – actuando um pouco por toda a parte na companhia de Gustav – e era ainda uma rapariga muito nova, mas as duas gravidezes, o apartamento imundo em que viviam e a pobreza tinham deixado as suas marcas. Aos vinte anos, a filha de Millhouse Pascal tinha o rosto marcado de uma mulher de trinta e uma barriga proeminente, consequências da má alimentação e do abuso de álcool que, naquele tempo, era barato e se tornara a água de eleição no apartamento da East Village. Brieger transformara-se num alcoólico inveterado, e as discussões com Adriana eram constantes. Muitas vezes começavam a gritar um com o outro pela manhã e, quando regressavam a casa, à noite, o berreiro continuava, cessando quando as forças também cessavam e os dois caíam num sono profundo. Adriana contou estas coisas ao pai em ocasiões de maior fragilidade, quando, indo visitar os filhos, que a olhavam como se fosse uma estranha, sentando-se ao seu colo enquanto ela se esforçava por não chorar – compreendendo, de maneira irrevogável, que atirara a sua vida pela janela fora –, lhe implorava algum dinheiro extra. Gustav tornara-se um homem mesquinho e egoísta, e ela mal tinha o suficiente para se alimentar. Millhouse Pascal nunca recusou, e deu-lhe sempre mais do que aquilo que ela pedia. Enquanto fosse possível ter os netos perto de si, valia a pena continuar a sustentar o estilo de vida condenado ao fracasso da sua filha.

Depois, no princípio de 1966, por ocasião do aniversário de Gustavo, os anos em Nova Iorque chegaram a um final abrupto. Millhouse Pascal já pensara, muitas vezes, em abandonar a América – tal como Ulianov, tinha saudades do seu lado do mundo, que não via desde o tempo da guerra, e da terra onde os seus pais haviam vivido –, mas o nascimento dos netos impedira-o de partir mais cedo*. Nesse terceiro aniversário da criança, Brieger apareceu no apartamento de Millhouse Pascal violentamente embriagado. Após uma discussão acesa com Adriana, que já lá se encontrava, e que pediu à ama que levasse as crianças para o quarto, o checo voltou-se para Millhouse Pascal, acusando-o de lhe querer roubar os filhos e afastá-los dos pais. Eram disparates pegados, a razão conspurcada de um homem a laborar sobre a sua própria culpa por, em três anos, ter posto os olhos nos filhos meia dúzia de vezes – mas as ameaças tornaram-se bastante reais e, durante um instante, em que Millhouse Pascal, da altura de Brieger mas sem a sua pujança física, se colocou entre o malabarista e o corredor que dava acesso aos quartos, onde o choro de Camila era audível, o confronto pareceu inevitável. Adriana, num acesso de pânico, talvez temendo que o namorado acabasse por espancar o pai, começou a berrar, colocando-se no meio dos dois homens e convencendo Gustav, muito a custo, de que o melhor era irem-se embora.

Mesmo que as ameaças subsequentes não tivessem existido, Millhouse Pascal teria agido da mesma maneira. Mesmo que Brieger, nas semanas que se seguiram, não tivesse entrado numa espiral paranóica própria dos frustrados – que, subitamente, que-

* Considerava, na verdade, que os seus dias em Nova Iorque tinham terminado no momento em que fechara o seu consultório. Embora a reforma, aos 55 anos, estivesse ainda longe dos seus planos, alguma coisa lhe dizia que a Europa Ocidental seria, naquela altura, o lugar ideal para a prática da sua actividade – estaria não só a meio caminho entre as duas potências da Guerra Fria, como também distante dos olhares paranóicos do governo americano que ameaçava, com a caça às bruxas, desestabilizar o continente centro e sul-americano, apoiando golpes de estado militares que levassem ao derrube dos poderes comunistas e provocando um êxodo dos potenciais casos de interesse – ou as mentes mais abertas, por assim dizer – para o Velho Continente.

rem à força aquilo que durante tanto tempo rejeitaram –, telefonando a todas as horas para o apartamento do pai de Adriana e reclamando o direito à posse das crianças, querendo meter a Polícia ao barulho e jurando ir contratar advogados para os quais não tinha dinheiro, a decisão estava tomada. Numa manhã de Abril, depois de ter convencido Adriana a assinar salvo-condutos que lhe permitissem viajar com as crianças, fazendo-a ver, no meio de muitas lágrimas, que era preciso tirá-las dali antes que a situação se agravasse – e de ter tentado, em vão, convencer a filha a juntar-se a eles –, Millhouse Pascal acordou, deu banho a Gustavo e a Camila, vestiu-os, colocou os bilhetes de avião no bolso interior do casaco, esperou pela chegada da ama que os iria acompanhar ao aeroporto; e, sem olhar para trás, embarcou com os netos num avião para Portugal, abandonando a sua vida americana, escusando-se sequer a olhar pela janela quando, antes de atingirem as nuvens, a paisagem debaixo de si parecia já o território de um sonho. Ao sentir que deixava tudo para trás, provou o sabor amargo da separação definitiva da sua única filha, sabendo que, a menos que o mundo se voltasse de pernas para o ar, não a tornaria a ver tão cedo.

Ficar em Nova Iorque tornara-se uma quimera, no entender de Millhouse Pascal: recusava-se a ver os seus netos crescerem sob a influência intermitente de uns pais desvairados, um deles um alcoólico agressivo; recusava-se a ser ameaçado, em sua própria casa, por um artista de circo; e recusava-se, mais do que tudo, a ver aquele homem vencer uma acção em tribunal pela custódia de duas crianças que conhecia tão bem como um estranho que passasse na rua. Adriana sabia de tudo isto tão bem como ele e, ainda assim, preferira ficar, permanecer num mundo de fantasia que havia inventado para si própria.

Quando chegaram, as coisas já se encontravam encaminhadas. Millhouse Pascal entrara em contacto, pouco tempo antes de partirem, com um homem novo chamado Artur M. Faria, filho do antigo gestor de contas da empresa metalúrgica do seu pai, que se encarregava da manutenção de uma das herdades que Sébastien Pascal comprara no final da sua vida, uma quinta no Alentejo, perto de Santiago do Cacém. Artur tratou de tudo e, quando desembarcaram no aeroporto de Lisboa, lá estava ele à espera da nova família que iria ocupar aquele antigo casarão desabitado. Artur veio buscá-los num velho *Citroën*, um carro de estofos rebentados, com a espuma amarela a querer sair para fora e um motor engasgado. Era preciso remediar aquela situação, foi o primeiro pensamento que Millhouse Pascal se lembra de ter tido no regresso a Portugal. O segundo foi que, ao olhar para Artur, depois de trocarem as primeiras impressões, as crianças no banco de trás olhando com curiosidade para o novo lugar que as rodeava, confiava absolutamente nele. Estava escolhido o homem ideal para pôr em marcha uma terceira etapa.

Desde então, voltou a encontrar-se com Adriana apenas uma vez, quando, em 1972, depois de terem trocado alguma correspondência – até essa data nada soube do seu paradeiro, descobrindo, mais tarde, que ela e Gustav Brieger se tinham separado após a terceira gravidez, quando o checo a tentou convencer a fazer um aborto e ela se recusou –, veio ter com o pai a Lisboa, carregando ao colo um bebé de três meses. A pedido da filha, Millhouse Pascal apareceu no aeroporto com Gustavo e Camila, que Adriana abraçou durante muito tempo, um de cada vez, esforçando-se por não chorar. Artur conduzira-os até à Portela mas ficou sentado no carro, longe do terminal, talvez pressentindo o delicado momento familiar. Gustavo reconheceu a mãe; Camila não. Depois foi altura de apresentar a nova irmã: chamava-se Nina, era uma rapariga e, quando Millhouse Pascal lhe pegou ao colo, tirando-a dos braços de Adriana, sentiu uma vez mais que era o único pai que aquela criança alguma vez iria ter. Após mandarem os miúdos para o carro, falaram durante algum tempo no café do aeroporto e, embora Adriana estivesse à beira de um colapso, Millhouse Pascal escusou-se a sentir pena ou a entrar naquilo que, mais uma vez, lhe parecia um jogo sujo. Estava decidido que Nina ficaria com o avô; da vida conturbada que a filha tinha em Nova Iorque, dos seus amores e desamores, alegrias ou desilusões, ele não queria saber. Ou das desculpas para, uma vez mais, se mostrar incapaz de cuidar de um filho, sobrando-lhe apenas a sensatez suficiente para se meter num avião e vir trazê-lo a bom porto.

Adriana ficou num hotel em Lisboa durante uns dias, pago pelo pai, e regressou prontamente a Nova Iorque assim que apareceu um voo disponível. Quando, numa manhã de Primavera de 1972, Millhouse Pascal se sentou com Artur no seu escritório da Quinta do Tempo para lhe explicar os complexos trâmites da operação que iriam montar e, olhando pela janela, viu Gustavo, Camila e Nina no jardim ensolarado, onde uma empregada tomava conta deles, sentiu que, pela primeira vez na vida, tinha chegado a casa.

As três vidas

No dia 29 de Novembro de 1982, uma segunda-feira, a véspera da nossa partida, encomendei um jantar especial para mim e para o meu patrão, descendo até à Broadway para ir buscar galinha tailandesa a um restaurante oriental. Acompanhámos a refeição com vinho tinto – Millhouse Pascal quis beber um segundo copo, que eu lhe servi com relutância – e, por volta das dez da noite, depois de arrumar tudo e de colocar os recipientes no caixote do lixo junto da porta, tapei-o com um cobertor e dei-lhe as boas-noites. Combinara regressar às oito da manhã para o ajudar no que fosse preciso, embora, na última semana, ele tivesse mostrado alguma vitalidade e sido capaz de fazer as malas sozinho e, às oito e meia, apanharíamos um táxi para o aeroporto, onde o nosso voo estava marcado para duas horas mais tarde.

No momento em que fechava a porta do seu quarto, nessa noite, ele chamou-me, tapado até ao pescoço por causa do frio.

«Foi um belo jantar. Tenho de aproveitar, antes que comece a comer tudo por uma palhinha.»

«Ainda bem que gostou.»

«Obrigado», disse, esforçando-se por sorrir. «Foste um fiel companheiro.»

Fui dar um passeio nocturno. As palavras do meu patrão tinham soado a uma despedida; ou talvez fosse a angústia do que me esperava, depois do regresso, que fazia tudo parecer mais dramático na minha cabeça. Estava uma noite fria mas sem chuva, as estrelas visíveis no céu. Caminhei pela Oitava Avenida, percorrendo o caminho que já me era familiar e, quando desci a Greenwich Avenue em direcção ao parque – por onde me apetecia passar uma última vez antes de partir –, decidi cortar pela Sétima Avenida e passar junto da livraria Three Lives. Não tinha pressa; não precisava de estar em parte alguma; tinha a noite por minha conta. Dormir ou não dormir era-me indiferente – podia fazê-lo no avião, na manhã seguinte, ou quando chegássemos, pouco importava. Agora, que a pressão de encontrar Camila desaparecera, era como se ela tivesse sido apenas um sonho. Apesar de todos os indícios que encontrara da sua presença, a sensação que restara era semelhante a olhar por uma rua mal iluminada e ver a sombra de alguém a virar uma esquina.

A livraria estava fechada, mas de um dos andares do prédio contíguo escutava-se o barulho de vozes e música. Olhei para o alto, e foi nesse momento que vi que o segundo piso se encontrava novamente habitado e que, nas escadas de incêndio, que formavam varandins junto das janelas, estavam pessoas com copos e cigarros na mão, as luzes ténues e intermitentes do interior do apartamento iluminando-lhes o rosto para logo as deixarem na obscuridade. A porta da frente encontrava-se entreaberta e, num impulso repentino e incontrolável, esgueirei-me pela brecha. Subi as escadas a medo, devagar, o coração batendo descompassado, uma película de suor formando-se na palma das minhas mãos. Ao chegar à porta do segundo andar, o som das vozes aumentou de intensidade e, durante um longo momento, fiquei parado do lado de fora, observando o número dois dourado que pendia de um prego à altura dos meus olhos. Toquei, sem saber o que esperar, mas ninguém veio à porta. Voltei a tocar, uma e outra vez, desejando, de cada vez, que a coragem me abandonasse; correr escada abaixo e desaparecer; em vez disso, dei por mim a bater à porta com os nós dos dedos, até que alguém a abriu.

Era um homem grande e gordo, de camisa de alças branca e uma mancha de pêlos no peito, o cabelo chegando-lhe aos ombros. Segurava uma cerveja na mão direita e um cigarro pendia-lhe do canto da boca. Olhou-me com indiferença e depois, no inglês arrastado de quem já bebera demais, deu-me as boas-vindas. Entrei no apartamento. Do meu lado esquerdo encontravam-se as pessoas que eu vira da rua, ainda reunidas no varandim da escada de incêndio. As luzes estavam baixas, uma delas acendendo e apagando, projectando sombras, e a profusão de corpos espalhados por toda a parte – deitados em sofás, sentados no chão, em pequenos grupos de pé – fazia do lugar uma estranha amálgama de silhuetas com rostos parcialmente escondidos pela obscuridade, as formas sinuosas de homens e mulheres misturando-se com as nuvens de fumo que fugiam a cada movimento dos corpos. O homem que me abrira a porta juntou-se a um grupo, ignorando-me, aparentemente convencido de que eu era um dos convidados. O apartamento era grande, e passeei-me ao acaso pelo meio de pessoas que, absorvidas em conversas ou dormentes da marijuana – cujo cheiro inundava o ar –, pareciam ignorar a presença de um desconhecido. Uma mulher bonita, de cabelo ruivo, junto a uma mesa cheia de copos, alguns deles entornados, bebia champanhe pelo gargalo de uma garrafa, um braço lançado em volta do pescoço do mesmo homem que me abrira a porta; junto de um gira-discos enorme, que tocava uma música suave, um rapaz alto e esguio, vestido com roupas largas e a cara meia pintada de branco, fazia malabarismos com quatro maças.

Caminhei aos ziguezagues, esgueirando-me por entre os convidados, até onde a festa parecia ser menos confusa e havia janelas abertas para as traseiras do edifício. Foi então que, depois de passar junto de um casal que se beijava apaixonadamente, olhei para a minha direita e vi, sentada num grande sofá verde encostado à parede, a figura de uma rapariga que segurava um gato ao colo. Havia outras pessoas ao seu lado – um homem de boné que falava com uma mulher e dois rapazes mais novos vestidos com fatos-macaco, aparentemente gémeos, um deles fazendo truques de cartas enquanto o outro observava. A expressão algo triste do rosto da rapariga contrastava com a alegria geral da festa e, durante uns momentos, fiquei a observá-la, julgando que, tal como eu, acabara por acaso num lugar ao qual não pertencia.

É impossível explicar como isto aconteceu mas, por alguma razão, não a reconheci. Mais tarde, pensei se haveria, na verdade, alguma espécie de estranho engenho dentro da cabeça de um homem que o impedisse, a partir de certa altura em que já nada espera, quando aprendeu a aceitar a derrota, de conseguir reconhecer aquilo sem que lhe parecera, em tempos, que não podia viver. Ansiamos por esse momento de felicidade; ele surge como uma queda de água no meio de um deserto; e, de repente, não acreditamos nele, por estarmos tão acostumados à sua irrevogável ausência.

Camila largou o gato no chão, saltou do sofá e, correndo para mim, de olhos brilhantes, abraçou-me com tanta força que, durante um instante, deixei de conseguir respirar. E ali estava o seu perfume, a sensação familiar do seu corpo, a memória da sua presença regressando com a suavidade de uma vaga nocturna, a sensação de um corpo iluminado por dentro. Abri os olhos, que não me lembrava de ter fechado, e, reparando mas ignorando que as pessoas no sofá nos observavam, foquei o rosto de Camila, o espanto reflectido nos seus olhos enormes.

«Como é que estás aqui? És mesmo tu?», perguntou, baixinho. O cabelo castanho crescera-lhe, caindo agora abaixo dos ombros; o corpo amadurecera, os seios mais presentes, os ombros mais largos. Tinha brilhantes espalhados pela face, iludindo as sardas, e usava maquilhagem nas maçãs-do-rosto.

«Sou eu», respondi, sem saber o que dizer.

Ela olhou para trás, na direcção dos dois rapazes gémeos que haviam interrompido o seu jogo de cartas, e, depois, agarrando-me pela mão, fez-me sinal com a cabeça para sairmos dali. Nesse instante, porém, senti um braço forte em redor dos ombros. Voltei-me, surpreendido, e vi o rosto gorduroso do homem que me abrira a porta espraiado num sorriso de dentes amarelos. A mulher ruiva também se aproximara, a passos instáveis, e com as duas mãos segurou na cabeça de Camila, beijando-lhe repetidamente a testa. Camila franziu o rosto, tentando libertar-se.

«Mãe.»

«Tens vergonha de mim em frente do teu amigo, passarinho?», disse a mulher. «Quem é este rapaz?»

Ela estendeu uma mão de unhas pintadas de vermelho, que eu apertei, sentindo a força dos dedos do homem no meu ombro. Adriana, que me parecera bonita à distância, revelava-se agora envelhecida para a idade, com rugas profundas em redor dos olhos e dos lábios. Havia nela alguma coisa que fazia lembrar Camila, mas era uma coisa mascarada, oculta.

«É um amigo que eu não via há muito tempo», disse Camila, afastando suavemente as mãos de Adriana do seu rosto.

«E não o apresentas ao teu pai?»

«Ele não é meu pai.»

O homem largou-me, deu um gole na cerveja e arrotou.

«Estúpida da miúda», disse, afastando-se de nós.

Adriana pegou no pulso de Camila. «Não fales assim com o Bill. Sabes que ele gosta de ti!»

«O Bill só gosta de cerveja, mãe», respondeu Camila, libertando-se da mão dela e fazendo-me sinal para sairmos dali. Segui-a por um corredor escuro ao fundo da sala e, quando abriu a porta, entrámos num pequeno quarto iluminado apenas pelas luzes do exterior. Camila fechou a porta e, encostando-se a mim, abraçou-me, colando-se ao meu corpo em bicos de pés.

«Estou tão feliz por estares aqui», disse. «Não faço a mínima ideia de como ou porquê vieste aqui parar, nem sei se tudo isto é um sonho e, daqui a pouco, vou acordar naquele sofá com o gato ao colo.»

«Acho que não estás a sonhar. Mas não posso ter a certeza.»

Ela encostou o rosto ao meu peito.

«Odeio aquele homem.»

«Camila, temos de falar.»

«Temos?»

«Sim», disse, afastando-a um pouco. «Eu e o teu avô viemos à tua procura.»

Ela sentou-se na beira de uma cama. As luzes coloridas da cidade incidiram-lhe no rosto.

«Eu calculei que ele fizesse uma coisa dessas», respondeu. «Como é que o velho fascista está?»

«Continua doente.»

Camila levou as mãos ao rosto.

«É grave?»

«É sério», respondi. «Amanhã regressamos a Lisboa, ele não pode continuar aqui.»

«Como é que me descobriste?»

«Isso tem importância?»

«Fiz o melhor por tentar desaparecer.»

«O teu melhor não foi suficientemente bom.»

«E agora?»

«Não sei.»

«Amanhã vou-me embora com eles.»

«Para onde?»

«Isto é uma festa de despedida. O idiota do namorado da minha mãe convenceu-a a irmos viver para Seattle.»

«Tu podes ficar.»

«Jurei à minha mãe que não a deixava.»

«O teu avô contou-me a história toda. Não me parece que estejas em dívida com a tua mãe, pelo contrário.»

«Ela é diferente daquilo que eu imaginava.»

«Eu sei.»

«E o Bill odeia-me. Desde o primeiro momento, desde que me foram buscar à residência.»

«Porque é que não disseste nada ao teu avô? Ele estava morto de preocupação.»

«Ele nunca me perdoaria. O velho sabe que tu me encontraste? Sabe que estás aqui?»

Neguei com um gesto de cabeça, e sentei-me junto dela na cama, observando a chuva miudinha que começara a cair.

«Porque é que vieste procurar-me sozinho, então?»

«Já tinha desistido.»

Camila encostou a cabeça ao meu ombro.

«Ainda bem que me encontraste.»

Ficámos uns momentos em silêncio, observando um pombo que pousara no beiral da janela, de bico molhado pela chuva.

«Julgava que a minha mãe ia ficar orgulhosa de mim», disse Camila. «Por saber andar na corda bamba, e todas essas coisas. Mas ela só se interessa por aquele animal, quer que o trate por 'pai', e já desistiu há algum tempo do funambulismo. Vivem do dinheiro de uma editora discográfica de segunda linha que o Bill tem em Seattle, à qual deu o seu próprio nome. *Bill Johnson.* O filho da mãe.»

«E o teu verdadeiro pai?»

Senti os ombros dela encolherem.

«Sei lá. Nem a minha mãe sabe. Ou está vivo, ou está morto. Só há duas hipóteses, e nenhuma delas é muito interessante.»

Respirei fundo, sentindo o peso de uma profunda tristeza invadir aquele quarto.

«Camila, não vou dizer nada ao teu avô. Que te encontrei. Acho que ele merece saber que estás viva e de boa saúde mas, neste momento, tenho medo de que, se lhe contar, ele já não queira partir. E a única maneira de o salvar, neste momento, é tirá-lo daqui.»

Ela limpou as lágrimas ao meu casaco e abraçou-me. «Tenho tanta pena. A sério. Não queria que as coisas fossem assim. É difícil ter de escolher entre as pessoas.»

«Ainda estás a tempo.»

«De quê?»

«De não ires para Seattle com a tua mãe. De regressares à universidade, de falares com o teu avô.»

«Odiei a universidade. Pareceu-me um prolongamento do colégio, uma maneira penosa de continuar rodeada de gente insípida e monótona. Sou incapaz de voltar.»

«Foi por isso que fizeste a tatuagem?»

Camila ergueu a cabeça e olhou-me surpreendida, sorrindo, secando os olhos com as costas da mão. Depois baixou a alça do vestido e mostrou-me a imagem que eu já conhecia, tatuada abaixo do ombro esquerdo.

«Nem te vou perguntar como é que sabias disto.»

«É uma longa história. Os últimos dois meses da minha vida.»

«Tinhas saudades minhas?»

«Claro.»

«Perdoas-me pelo que fiz?»

Foi a minha vez de encolher os ombros. «Não sou eu que tenho de te perdoar, é o teu avô.»

«Lembras-te daquela última tarde, no jardim, junto da árvore?»

«Sim.»

«Eu disse-te que tinha medo de nunca mais o ver. E, agora, parece que é mesmo isso que vai acontecer. Amanhã partimos para diferentes partes do mundo, e a próxima notícia que terei dele será a da sua morte.»

«Eu não contaria com isso. O teu avô é um homem forte.»

«Queria tanto vê-lo e abraçá-lo. Mas não posso, entendes? Não posso, depois da promessa que lhe fiz. Sei que, no momento em que olhar para mim, vai ler tudo nos meus olhos, como sempre fez. Nem seria preciso falarmos.»

«Mas não é só isso, pois não?»

Camila baixou os olhos. «Não. Se for ter com ele, tenho de voltar para Portugal. Não teria outra hipótese, porque sei que não era capaz de ficar. Nem ele me deixaria. E é aqui que estão as coisas que eu quero.»

«Que coisas? Onde?»

«Aqui, na América. Finalmente conheci pessoas que têm os mesmos sonhos que eu. Achei que seria a minha mãe, mas estava enganada: foram os funâmbulos que conheci nos parques e nas ruas. Os artistas itinerantes. Gente que nunca imaginei que pudesse existir, com os desejos e os planos mais loucos que possas imaginar.»

«As Cataratas do Niagara?»

«Isso é só o princípio», respondeu ela, sorrindo. «Conhecê-los foi perceber que não estou sozinha, que existe uma comunidade de acrobatas em todas as cidades americanas; que, aonde quer que vá, terei sempre companhia, gente como eu para me dar abrigo e alento. Aqui, em Seattle, no Texas profundo... aonde quer que eu vá parar.»

«Estou a ver.»

«Desculpa, estou a divagar.»

Camila abraçou-me e, durante mais de uma hora, falámos do que tinha ficado para trás. Perguntou-me por Nina, e expliquei-lhe que a irmã estava no internato do colégio em Cascais; depois contou-me que tinha falado com Gustavo, por telefone, e que também ele desconhecia os pormenores da sua nova existência – era inútil tentar explicar-lhe o que tinha feito, uma vez que Gustavo crescera com as ideias do avô firmemente enraizadas: não queria saber de Adriana, de quem guardava poucas recordações, mas adorava Camila; se soubesse que ela vivia com aquela mulher, era bem capaz de se meter num avião e a vir arrancar, à força, dos braços da mãe. Camila, no seu entusiasmo, voltou a falar de funambulismo, e eu contei-lhe sobre os homens e as mulheres que, ao longo daquelas semanas, tinha visto no parque, sobretudo o homem do chapéu de coco que fazia o bailado em cima da corda e simulava as suas quedas. Ela também passeava muito em Washington Square Park, e chegámos à conclusão de que, provavelmente, tínhamos estado em partes diferentes do parque à mesma hora, no mesmo dia.

«Ainda bem que foi assim», disse ela. «Acho que tinha um ataque de coração se te visse no meio daquele parque. Acharia que eras um fantasma.»

«Já me senti mais verdadeiro. Ultimamente tudo é tão estranho que, por vezes, acho que estou a viver a vida de outra pessoa.»

Camila segurou-me no rosto com a mão direita e os seus lábios aproximaram-se dos meus. Beijámo-nos demoradamente, um beijo quase ingénuo, acompanhado das luzes coloridas da rua e do ruído da festa que, lá dentro, parecia vir de uma outra dimensão, como se nos encontrássemos dentro de um aquário a escutar os ruídos do exterior. Ficámos assim, com os lábios colados e descolados, intermitentemente, até que, de repente, ela se ergueu e, pegando-me nas mãos, puxou-me da beira da cama e levou-me até junto da janela. Lá em baixo, na rua, algumas pessoas de passagem olhavam para cima, na direcção da festa, atraídas pela música e pelas vozes.

«Foge comigo», disse Camila, segurando-me os pulsos, fitando-me nos olhos. «Vamos embora daqui, os dois.»

«Não digas tolices», respondi, sorrindo. «Como é que podíamos fazer isso?»

Ela largou-me por um instante e, alcançando uma mala que estava por cima de um pequeno armário ao lado da cama, tirou do interior uma pequena bolsa preta. Abriu o fecho de correr e, no interior, vi três maços grossos de notas.

«Tenho oito mil dólares guardados. É uma fortuna. Podemos ir para onde nos apetecer.»

«Onde é que arranjaste esse dinheiro todo?»

«É o valor das propinas deste semestre. Como desisti, eles devolveram-me o cheque, que eu fui trocar ao banco.»

«Esse dinheiro é do teu avô.»

«Achas que lhe faz falta? O velho é podre de rico. Se eu continuasse na faculdade, seria gasto numa educação inútil e nos salários inflacionados de professores caquéticos. Podemos usá-lo para irmos para qualquer lado, desaparecer durante um tempo, e depois pensar no que havemos de fazer.»

«Camila, não posso abandonar o teu avô. Tenho uma família. Esse dinheiro duraria uns tempos e, depois, como é que sobrevivíamos?»

Ela largou o dinheiro sobre a cama e lançou os braços em redor do meu pescoço, sorrindo.

«O que é que isso interessa? Estaríamos juntos. Podíamos fazer qualquer coisa. Eu ensinava-te a andares na corda bamba e inventávamos o nosso próprio espectáculo. O que é que dizes?» Camila beijou-me antes que eu pudesse responder. «Diz que sim», insistiu, a boca junto da minha, os olhos devorando os meus.

«És louca.»

«Se não vieres, vou sozinha. Não quero saber.»

«E a tua mãe? E o Bill?»

Ela bufou. «O Bill ficava todo contente. E ela haveria de se habituar outra vez à minha ausência. Seja como for, não sei se quero ir com eles para Seattle. O homem é horrível comigo, e está sempre a discutir com a minha mãe.»

«E, assim, eu sou a tua última opção?»

«És a minha única opção.»

Respirei fundo. «Bom, há coisas piores na vida para se ser.»

Camila deixou subitamente de sorrir, e os seus olhos aumentaram de tamanho. «Estás mesmo a considerar a hipótese de fugires comigo, não estás?», perguntou.

Fiquei em silêncio durante um momento, atrapalhado pela denúncia involuntária do meu desejo – queria partir com ela, deixando para trás, à velocidade crescente de um comboio, a paisagem melancólica do passado, começando uma segunda existência, renunciando a quem fora até então, escapando às consequências das coisas que fizera. Não era, no entanto, capaz de o admitir; naquele momento com Camila, vendo as sombras fugirem por entre as luzes intermitentes que incidiam no seu rosto, fui incapaz de reconhecer que, com a força de uma porta que se fecha, já havia tomado uma decisão.

«Não posso simplesmente esquecer o teu avô», disse. «Está num quarto de hotel, abandonado à sua sorte, e precisa de mim.»

Camila abraçou-me com força e começou a soluçar.

«Eu sei.»

«Tenho, pelo menos, de o levar ao aeroporto. Certificar-me de que entra no avião, de que consegue fazer a viagem. Talvez tenha de ir até Portugal com ele, e depois de...»

Camila tapou-me a boca com dois dedos, impedindo-me de continuar. Embora as lágrimas lhe descessem pelo rosto, a sua expressão tornara-se decidida.

«Só o facto de pensares assim me deixa orgulhosa. Queres o melhor para mim, queres o melhor para o velho. Não pensas em ti.»

«Isso é uma ilusão tua.»

«Que seja. Eu gostava muito que viesses comigo, por isso marcamos encontro amanhã, na Pennsylvania Station. Sabes onde fica? É mesmo por baixo do Madison Square Garden, na rua 31. Às dez horas, junto do painel de informação das partidas.»

Sentámo-nos na cama e beijámo-nos em silêncio. Nada mais havia a dizer: tudo o que fosse acrescentado seria uma diversão inútil das horas difíceis que tínhamos pela frente. Camila iria abandonar a família, mas a sua era uma família a prazo, subitamente emprestada e rejeitada – se eu fosse com ela, abandonaria a minha mãe e irmã, que dependiam de mim para sobreviver. E, no entanto, a tentação era demasiado grande para lhe resistir. O fardo da minha família vinha pesando há demasiado tempo e, numa mistura de rancor e de libertação, cheguei a desejar ser como Adriana fora, indiferente aos que lhe eram próximos. Viveria para Camila, ou para mim próprio, ou para ninguém: era possível viver para ninguém, havia gente que o conseguia. E, se eu também o conseguisse, por certo escaparia à justiça que me iria culpar por coisas que não queria ter feito. Eu era muito novo, e fora levado a acreditar em coisas invisíveis, e empurrara um homem escada abaixo e ele morrera; porque, se não o tivesse feito, o desfecho teria sido ainda mais dramático.

Não contei nada disto a Camila. Limitei-me a segurá-la nos meus braços até estar quase a dormir, fazendo-me prometer, na voz arrastada de quem já atravessa a fronteira dos sonhos, que iria aparecer na estação à hora que combináramos. Plantei-lhe um beijo suave no rosto morno e, olhando-a uma derradeira vez, deixei o quarto pé ante pé. A festa parecia ter terminado; quando atravessei o corredor e entrei na sala escurecida, vi que algumas pessoas ainda se encontravam junto da janela, à conversa, outras estendidas no sofá onde eu encontrara Camila. Não havia sinal de Adriana ou de Bill. O chão estava peganhento das bebidas entornadas, e existiam *confetti* por toda a parte. Caminhei para a porta, invisível à meia dúzia de almas que por ali vagueavam e, antes de sair, roubei uma garrafa de *whisky*, cheia até metade, que estava perdida numa mesa.

Cheguei a Washington Square Park a meio da noite. Noutras alturas teria medo de ali estar tão tarde; naquela ocasião, porém, o futuro parecia-me de tal maneira complexo que o presente não tinha qualquer importância. Sentei-me num dos bancos dos jogadores de xadrez e, depois de beber vários goles de *whisky*, o sabor doce e amargo descendo-me pela garganta e aquecendo-me o corpo gelado, procurei reflectir sobre o meu destino, mas fui incapaz de chegar a qualquer conclusão. Ouvi o pio de uma coruja rasgar o ar nocturno. Um bando de pombos caminhou de um lado para o outro, arrastando os seus corpos anafados em direcções aleatórias, vasculhando o chão em busca de qualquer coisa para comer. Se eu fosse um pombo ou uma coruja, pensei, não seria obrigado a decidir. Provavelmente, não distinguiria uma criatura de outra, não saberia dizer quem era o meu progenitor ou o meu filho. Comeria, voaria baixinho, faria das estátuas o meu poiso, defecaria em cima delas, e adiaria todos os dilemas até à próxima vida.

Acabei por me deitar sobre o banco. O frio do final de Novembro tornou-se mais suportável com o *whisky* e, repousando a cabeça, olhei pela primeira vez para as estrelas nova-iorquinas. Eram iguais em toda a parte. Fui-me convencendo, alternadamente, de coisas contraditórias, tomando decisões que não duravam mais do que um par de minutos, dizendo a mim próprio que era assim, que teria de ser assim, e depois recusando, negando, desmentindo, até que o meu espírito, cansado de si mesmo, pareceu querer fechar-se às minhas interrogações e me pediu tréguas momentâneas daquela incessante dúvida. Bebi o que restava do *whisky* de um gole e, anestesiado e só, fechei os olhos por um momento.

Foi o rosto preto e branco do mimo que me despertou. E também os risos de algumas crianças que, vestidas para a escola, cruzavam o parque de mochilas às costas. O mimo observava-me de muito perto, debruçando o corpo e colocando a cara à altura da minha; eu ainda estava deitado sobre o banco. Endireitei-me, atirando sem querer a garrafa vazia de *whisky* ao chão, que se estilhaçou. O mimo voltou-se para as crianças e, com um gesto, imitou um homem embriagado a beber de um copo imaginário; todos os miúdos riram, alguns apontando na minha direcção.

«Vamos, são quase nove!», disse um miúdo ruivo para os outros, começando a correr pelo parque fora. Ergui-me, atordoado, enquanto os outros miúdos também desapareciam pelo parque. Subitamente, as palavras da criança atingiram-me, e saltei do banco do jardim, quase atropelando o mimo, o céu cinzento e carregado da manhã espraiando-se em todas as direcções, obscurecendo a cidade. Pus-me a caminho do Chelsea Grand a passo rápido e, depois, confirmando que faltavam poucos minutos para as nove num relógio de rua, numa corrida desenfreada, começando a inventar na minha cabeça as desculpas que iria dar a Millhouse Pascal. Entrei no hotel quando passavam quinze minutos das nove, as roupas húmidas da noite e do suor acumulado da corrida, o recepcionista olhando-me de sobrolho franzido quando, sem sequer o cumprimentar, comecei a correr escada acima na direcção do quarto. Tirei a chave do bolso e, depois de bater duas vezes, abri a porta e entrei.

A cama do meu patrão estava desfeita, e a janela ligeiramente aberta. As roupas que haviam estado pousadas em cima da cadeira tinham desaparecido, bem como a mala de viagem. Entrei na casa de banho à sua procura, mas encontrei apenas o aroma da água-de-colónia que Millhouse Pascal costumava usar depois de fazer a barba e o resto do vapor de um duche recente nos cantos do espelho. Saí a correr do seu quarto e entrei no meu; todas as minhas coisas estavam exactamente como as deixara. Voltei a descer à recepção. O empregado, desta vez, mandou-me parar quando, num frenesim, olhei em todas as direcções à procura do avô de Camila.

«Ele foi-se embora há cerca de vinte minutos», afirmou o empregado. «Disse que não podia esperar mais, chamou um táxi e partiu.»

Olhei para o empregado com descrença, a ansiedade transformando-se em pânico.

«Mas deixou isto para si», continuou, entregando-me um envelope. Abri-o. No interior estava um bilhete de avião e uma dezena de notas de cem dólares. Escondendo o dinheiro do empregado, olhei para o bilhete: o avião partia às 10:15, o que me deixava menos de uma hora para chegar ao aeroporto.

«Como é que ele lhe parecia? Quero dizer, o homem que lhe entregou este envelope.»

O empregado fez uma expressão confusa.

«Como é que me parecia? Normal, acho eu. Um bocado pálido, e cheio de tosse, mas, nesta altura do ano, já se sabe. Por falar nisso, ele pagou a conta do hotel, mas preciso que saia até ao meio-dia.»

«Está bem», respondi, tornando a trepar escada acima. No quarto, comecei a fazer a mala sem qualquer critério, atirando roupas e objectos ao acaso para o interior, sentindo que me afundava numa vertigem, cada segundo passando à velocidade da luz, cada gesto, por mais rápido que o executasse, perdendo-se numa luta exasperante contra o tempo. Desci as escadas aos trambolhões, arrastando a mala atrás de mim. Quando cheguei à rua, emergindo das portas do hotel, percebi que não fazia ideia alguma do meu destino.

Olhei para o relógio do outro lado da rua – eram nove e meia. Mesmo que apanhasse o táxi mais rápido do planeta, chegaria ao aeroporto de JFK em cima da hora do voo e seria impossível embarcar. Se, no entanto, Millhouse Pascal partira sozinho, era porque estava em condições de o fazer, pensei; porque, no fundo, a minha presença não era absolutamente necessária. Vasculhei o bolso do casaco e tornei a olhar para o envelope: por que razão me teria deixado o resto do dinheiro que trouxera? Eram mil e cem dólares em notas, dobradas como um pé-de-meia, um incentivo a um novo começo. Talvez ele *quisesse* que eu ficasse, imaginei, fabricando uma mentira conveniente; talvez o seu desejo fosse deixar-me para trás, o secreto guardião da sua neta desaparecida. Era possível que, mesmo deitado na cama onde permanecera durante todas aquelas semanas, tivesse adivinhado tudo – que, usando as suas poções mágicas e poderes divinatórios, tivesse conseguido preencher as brechas escuras do mundo com a verdade; que, de alguma maneira, soubesse que eu encontrara Camila. O destino tinha estado traçado, e ele limitara-se a cumpri-lo. Chegava agora a vez de cumprir a minha parte.

Apanhei um táxi para a Pennsylvania Station. A estação estava apinhada de gente no interior, e procurei o painel de informação das partidas, desviando-me dos passageiros que corriam de um lado para o outro, os casacos de Inverno molhados pela chuva largando poças de água no chão. Esperei pelas dez horas, demasiado ansioso por que Camila chegasse para conseguir estar quieto. Caminhei de um lado para o outro, incessantemente, tentando descortinar os rostos no meio da multidão, sabendo que cada minuto passado era um minuto a mais, uma avalanche de pensamentos cruzando o meu espírito, vezes sem conta, como cavalos de corrida numa pista circular. Iria partir com Camila, e essa ideia deixou-me, quando finalmente a consegui aceitar, estupidamente feliz.

Às dez e meia Camila ainda não aparecera e, às onze da manhã, desgastado pela ansiedade, tive de sair da Penn Station para não sufocar. Na rua, uma chuva fortíssima abatera-se sobre Nova Iorque, um temporal formando-se nas cordilheiras de nuvens que enchiam o céu. Ainda tentei, de forma compulsiva, descortinar os rostos das centenas de transeuntes que passavam por mim, na esperança de que Camila fosse um deles; ao fim de cinco minutos ali parado, as pessoas contornando-me como se fosse um poste de electricidade, decidi apanhar um táxi de regresso à

Baixa. Esquecera a mala de viagem na estação e, ao sair do carro, deixei que uma nota de cem dólares deslizasse do bolso das calças para o banco traseiro, só dando por falta dela mais tarde. Frenético e exausto, toquei inúmeras vezes à campainha do apartamento onde havia estado na noite anterior. Quem acabou por abrir a porta foi o homem do terceiro andar que, ainda em pijama, me disse que os seus vizinhos tinham partido naquela manhã. Não tinha ideia alguma se Camila fora com eles.

Foi nesse momento que, ao passar em frente da montra da Three Lives, descobri a minha imagem reflectida no vidro. As luzes da livraria, no interior, iluminavam aquela manhã tão escura. Estava encharcado dos pés à cabeça, as roupas amarrotadas e o casaco coberto de sujidade. O cabelo caía-me sobre o rosto em madeixas húmidas, a água escorria-me do queixo. Tinha olheiras profundamente marcadas e, na perna esquerda das calças, um enorme rasgão que não me recordava de ter feito. Parecia um vagabundo, e fiquei quase perplexo com a figura bizarra que me retribuía o olhar. Ali estava a terceira vida, pensei, recordando o nome da livraria; ali estava ela perante os meus olhos, em toda a sua miséria, directamente a seguir à primeira, passando à frente de uma irrevogável existência já perdida – a minha existência com Camila. Uma segunda vida impossível, a mais valiosa, demasiado valiosa para ser deste mundo.

Caminhei pelas ruas debaixo de chuva, sem saber o que fazer. Entrei numa cafetaria e, colocando várias moedas na ranhura de um telefone, liguei para casa. A chamada demorou o seu tempo e, depois, a minha irmã atendeu numa madrugada em Lisboa.

A minha mãe morrera há poucas horas.

Segunda parte

Sete anos

Durante sete anos procurei esquecer. *Procurei* pode não ser a palavra certa, e talvez tenha sido esse esquecimento que me encontrou, um animal de olhos vendados procurando a saída de um quarto escuro. Teria sido essa a única maneira de sobreviver? Claro que não. Existem inúmeras maneiras de sobreviver, e a morte da minha mãe não justifica tudo. É certo que foi um acontecimento violento, e que surgiu na altura mais difícil de todas. Poderia dizer, quando muito, que a sua morte foi um catalisador, uma corrente de energia negativa que deu origem aos anos que se seguiram. Mas outras razões surgem na minha cabeça, todas elas de igual importância; andar a escolher entre elas seria como escolher entre os filhos aquele de que mais gostamos. Pensei, muitas vezes, em simplesmente ignorar esse interregno, em não o incluir nesta narrativa por não estar directamente relacionado com a história de Millhouse Pascal – mas, agora que já escrevi tantas páginas, agora que tudo se confunde na minha cabeça exausta, não posso continuar a convencer-me de que esta é, exclusivamente, a história de Millhouse Pascal – é também a minha história, a de alguém que, do fundo do seu anonimato, deseja deixar um testemunho e uma expiação.

Poderia dizer, por exemplo, que esses anos foram uma procura por um estado de consciência há muito perdido – aquela condição de absoluta leveza e equilíbrio que encontrei no consultório do meu patrão, na tarde de Outono em que tornei a ver o meu pai pela última vez, quando fui submetido à experiência de que já dei conta; ou, ainda, que foram uma manifestação da minha cobardia intrínseca, da minha incapacidade, naquele tempo, de lidar com as coisas que eu próprio invocara. Em última análise, atribuo a responsabilidade à idade que tinha quando tudo isto aconteceu. Não é razoável esperar muito de um rapaz tão jovem; não é justo, num sentido quase mitológico, colocar tamanhas tarefas nas mãos de alguém que, longe de ser um semideus, era apenas um semi-homem. A minha mãe acabara de morrer; o meu patrão, que dependera de mim, partira sozinho; e a rapariga que eu julgava amar desaparecera uma vez mais. Até Ulisses, o maior dos guerreiros, tinha a sua fiel e obstinada mulher que o esperava em Ítaca; eu tinha mil dólares no bolso e um negrume infinito.

O dinheiro teria sido suficiente para regressar a Lisboa, mas não o fiz. A notícia da morte da minha mãe deitou finalmente abaixo um edifício que há muito ameaçava ruir e, nessa ocasião, recordo que nem consegui terminar a conversa telefónica com a minha irmã. Andei pelas ruas até a noite chegar, perdido, de um lado para o outro, sem qualquer noção de quem era ou onde estava. Quando voltei a telefonar, a minha irmã, num choro controlado, disse-me que o funeral seria no dia seguinte, mas nem sequer me pediu que regressasse. O seu transtorno era evidente, bem como o seu desprezo, embora procurasse escondê-lo. No fundo, creio que me atribuiu a responsabilidade daquilo que aconteceu – tantas vezes me implorara que voltasse, e tantas vezes a ignorara. Foi a última vez que falámos durante muitos anos. Cheguei a marcar o número da nossa casa de telefones públicos em diversas ocasiões – em noites de Natal; quando me recordava do seu aniversário; se, vendo o seu rosto nublado na névoa etérea dos sonhos, despertava de coração apertado pela angústia –, mas nunca tive coragem para aguardar que alguém atendesse, desistindo ao final de alguns toques. Em meados de 1985 o número deixou de estar activo, e presumi que a minha irmã tivesse mudado de casa.

Guardo poucas recordações dos primeiros tempos de solidão. Andei de um lado para o outro sem propósito definido, num estado de indiferença que foi substituindo a horrível dor que sentia. Com o dinheiro que Millhouse Pascal me deixara instalei-me durante alguns dias na Shanghai Tea House, uma pensão à esquina da Bowery com a Rivington, a um quarto do preço que pagáramos no Chelsea Grand. Ao fim de uma semana de insónia, assolado pelos meus fantasmas, aluguei um pequeno quarto em Brooklyn, no bairro de Williamsburg, que descobri através de um anúncio no *New York Post.* Parece que, hoje, esse bairro se transformou num lugar dispendioso e povoado por gente nova; mas estou a falar do princípio de 1983, quando Williamsburg era ainda um amontoado de prédios idênticos e escuros e ruas de má fama repletas de vagabundos, que vagueavam dentro e fora de lojas de esquina que vendiam bilhetes de lotaria. Nenhum nova-iorquino que se prezasse ia a Williamsburg; porque eu não era nova-iorquino, e deixara de ter a minha existência em grande conta, aluguei o quarto na esquina da Bedford Avenue com a South 2nd, tendo por companhia uma velha negra chamada Mahalia que não me pediu referências nem meses de renda adiantada, bastando-lhe que não fizesse muito barulho para que ela pudesse ver televisão em sossego.

Lutei a ferro e fogo contra a depressão que, à noite, me atacava sem piedade, quando me deitava sobre aquela cama de molas demasiado pequena para o meu corpo – que pertencera ao filho da minha senhoria, baleado a sangue-frio, no ano anterior, à porta do edifício. As sombras fantasmagóricas daqueles que havia conhecido vinham lamentar-se à beira dos meus sonhos. Por vezes era Millhouse Pascal, apoiado na sua bengala; por vezes era Artur, acompanhado do homem corcunda, os dois carregando pás de coveiros, sujos de terra; e, nas noites mais terríveis, os mortos apareciam para me amedrontar: Sean Figgis, pequeno, de rosto comido pela terra e ossatura à mostra; Tito Puerta, aquele que eu matara, já sem dentes, de roupas rasgadas, igual a um pirata que viesse reclamar a parte de um tesouro que lhe era devida; e até Luís Garcia, de quem só conhecera o nome, espancado até à morte, uma fotografia entre os dedos e um grito mudo, chamando-me à distância, de um lugar de absoluto silêncio.

Passei algum tempo à procura de Camila; julgo que foi a maneira que encontrei de esquecer as coisas que tinha feito e por que passara. Convenci-me de que, enquanto essa busca durasse, enquanto a sua presença fosse uma possibilidade do mundo, um rasto por descobrir, seria possível permanecer vivo, vasculhando sozinho os escombros de um edifício, procurando uma maneira de o tornar a erguer. Durante as primeiras semanas de 1983, posso dizer com alguma certeza que visitei o bairro onde Adriana morara três ou quatro vezes por semana. Uma nova família tinha-se mudado para o segundo andar e, sentado à mesa de um café do outro lado da rua, beberricando uma chávena de café tépido, via-os entrarem e saírem, um casal jovem com três filhos pequenos e louros. Quando não estava no café, encontrava refúgio na livraria Three Lives, matando o tempo a vasculhar as estantes de livros, raramente me interessando por algum. Deparei-me com algumas das obras a que Millhouse Pascal me havia apresentado na Quinta do Tempo, mas fui incapaz, nessa altura, de me interessar por reler qualquer uma delas. Faziam parte de um passado que, embora não pudesse esquecer, podia colocar numa dimensão paralela que a distância me permitia abrir. Pensei, muitas vezes, quando olhava os volumes e me recordava do meu patrão, em escrever uma carta a Artur e perguntar pela sua saúde, uma vez que sabia a morada de cor; era, no entanto, um risco demasiado grande. Receava que, por causa da minha deserção, fosse agora um traidor aos olhos deles, alguém que abandonara um homem muito doente numa viagem solitária pelo oceano. Receava ainda que, segundo o que a minha irmã me contara, tudo na Quinta do Tempo estivesse sob escuta e observação, e a minha carta fosse encontrada pela Polícia, oferecendo-lhes o meu paradeiro.

Depois de vaguear pelo bairro passava por Washington Square Park e, sentado num banco, dava milho aos pombos, matando o tempo até à chegada dos funâmbulos. No meio da multidão de rostos que sempre se aglomerava em torno da corda bamba – atada a uma árvore e a um poste de electricidade – procurava, com uma esperança quase defunta, o de Camila, os traços delicados da sua face agora adulta, imaginando que também ela andava escondida, também ela procurando refúgio naquele lugar sagrado. Pouco a pouco, a actuação dos artistas ia-me desviando a atenção, sobretudo nas tardes em que o homem do chapéu de coco, no seu fato de ginástica preto, executava a sua coreografia do desastre iminente, uma que tanto se assemelhava à minha vida.

Procurei também em Seattle. Com o pouco alento que me restava, tentei descobrir a editora do namorado de Adriana através do número das informações, mas não existia qualquer registo. Depois, durante semanas, com uma paciência que nascia do tédio, fui telefonando a todos os Bill Johnson que encontrei numa lista telefónica de Seattle, cinco ou seis números por dia, gastando uma avalanche de moedas em telefones públicos e perguntando, a cada um deles – centenas de nomes que fui riscando nas páginas carcomidas da lista –, se, por acaso, conheciam uma rapariga chamada Camila. Hoje, recordando esse tempo, apercebo-me da loucura desta empreitada condenada ao fracasso; mas, como já disse, eu era muito novo, e o desespero leva-nos a lugares insólitos.

Aos poucos, as memórias das breves horas que passara com Camila em Nova Iorque assumiram contornos insuspeitos de irrealidade, e cedo comecei a duvidar da minha própria sanidade, convencendo-me de que nunca tinham existido. Despertei muitas noites em sobressalto, no escuro, incapaz de encontrar o interruptor do candeeiro, emergindo de sonhos nos quais me encontrava de regresso à Quinta do Tempo, ansiando por que, do lado de fora da janela, não estivesse o bairro degradado de um subúrbio, mas as flores do jardim de Artur; que, quando a manhã raiasse, se fizessem ouvir as vozes de Camila, Gustavo e Nina, em vez dos palavrões que os hispânicos proferiam do outro lado da rua. Estes sonhos eram, porém, preferíveis aos pesadelos constantes que tinha com a minha mãe. Num deles – o pior de todos – caminhava sobre a corda bamba no deserto do Kalahari, mas não me encontrava só: segurava a minha mãe pelo braço e tentava, desesperadamente, mantê-la equilibrada na fina espessura da corda. A queda era inevitável, e acordava sempre no momento em que ela se despenhava nas labaredas vorazes que emergiam da areia do deserto.

Verão Indiano

Embora a minha vida na América tenha sido estéril, a verdade é que durante esses anos raramente me encontrei desocupado. Continuei, como já vos disse, a telefonar ocasionalmente para Portugal, marcando o número da minha irmã e desligando sempre que ela atendia; e sabia, apesar de tudo, que era uma quimera tentar fingir que o passado não acontecera. A verdade é que eu procurava o esquecimento, que é uma coisa diferente; e que, depois do choque inicial daquele final de 1982, descobri, no ano seguinte, que a América era o lugar ideal para o conseguir, habitando o universo sem propósito aparente. Tudo era mais barato naqueles tempos e, como uma renda muito baixa, as minhas despesas eram mínimas – não era difícil sobreviver à justa em Nova Iorque e, com Ronald Reagan ao leme de uma nação próspera, existiam centenas de trabalhos para uma pessoa na minha situação, que pagavam o suficiente, à margem da lei.

Entre 1983 e 1986 tive um sem-número de ocupações. Chamo-lhes assim porque nunca pensei em nenhuma delas como uma profissão: eram maneiras de ganhar dinheiro e de fazer passar o tempo da maneira menos dolorosa possível; formas de agastar o corpo para impedir o trabalho supérfluo da mente, que é, como todos sabemos, a pior das companheiras em tempos de mágoa. O meu primeiro trabalho foi em Greenpoint, um bairro de Brooklyn, e rendeu cinco dólares à hora durante um gelado mês de Fevereiro e o princípio de Março de 1983, quando a neve caiu sem parar sobre a cidade. Um velho judeu, o senhor Alfons, contratou-me para limpar a neve dos passeios – era um homem soturno e carrancudo, administrador de dezenas de apartamentos naquela zona. Fiz o trabalho com a diligência de um escravo e regressei a casa nos primeiros dias com feridas nas mãos provocadas pela pá gelada que usava para arrastar as quantidades imensas de neve das portas das casas para os passeios, e dos passeios para as bermas. A senhora Mahalia, uma noite, viu-me chegar com as mãos em carne viva e, num singular gesto de compaixão, preparou-me uma bacia de água quente com um pó cicatrizante cujo nome não recordo. Na segunda semana comprei umas luvas novas, mais espessas, em cabedal, um investimento que provou ser bastante útil nos anos que se seguiram. Depois dos nevões, o senhor Alfons tornou a oferecer-me uma diversidade de pequenos trabalhos que eram necessários nos vários apartamentos espalhados por Greenpoint e Bushwick, desde pintar paredes esfareladas pela humidade a desentupir canos, carregar mobília de um lado para o outro, mudar lâmpadas, arranjar cadeiras e bancos partidos e, a pedido de uma inquilina idosa, passear um *Grand Danois* velho, irrequieto e incontinente, pelas ruas cinzentas de Brooklyn.

Nesses tempos, raramente fui a Manhattan. Por vezes, à noite, cansado dos dias cheios de pequenas tarefas, sentava-me num bar em Williamsburg frequentado por latinos e ouvia a música mexicana que tocava numa enorme aparelhagem atrás do bar, e bebia *Coronas*. Sentado num tamborete, lentamente, sorvia a cerveja e fumava cigarros – anestesiado, fora do mundo –, conversando ocasionalmente com um qualquer cliente que decidisse sentar-se ao meu lado. Falávamos de basebol, do tempo, de outras trivialidades. O senhor Alfons pagava o que me devia e não fazia perguntas e, um pouco à semelhança do que acontecera na minha existência anterior, ao serviço de Millhouse Pascal, usava a disciplina que aprendera ao seu serviço, deitando-me cedo, levantando-me de madrugada, cumprindo, com diligência, aquilo que me era pedido.

Quando tinha um dia de folga, procurava ocupá-lo com qualquer coisa que me ajudasse a afastar os pensamentos mais negros. Ainda cheguei a ir ver os funâmbulos a Washington Square Park umas quantas vezes – mas, como já disse, cada vez mais Manhattan me começava a parecer um mundo distante, um lugar onde as recordações se manifestavam na sua forma mais dolorosa, e cedo arranjei uma maneira diferente de matar esses tempos mortos: comecei a caminhar. Caminhava sem parar pelas ruas de Brooklyn, procurando por nada, por vezes andando em círculo, outras em linha recta, indo, em algumas ocasiões, até Brooklyn Heights e Park Slope, para onde alguma gente abastada, cansada da cidade, se começava a mudar nesses tempos. Gostava desses bairros, repletos de casas bonitas com escadas de pedra em frente das portas, onde os moradores se sentavam à sombra de árvores frondosas plantadas nos passeios, observando as raparigas bonitas passearem os cães. Se estava cansado, sentava-me também num dos degraus, fazendo conversa de circunstância com um morador qualquer e apreciando a quietude e o silêncio das ruas, os aromas da natureza fazendo-me lembrar a Primavera no Alentejo. E depois regressava, nem mais contente nem feliz do que quando partira, nem mais rico nem mais pobre, nem inquieto nem apaziguado – regressava porque regressava, porque *podia* regressar. Vivia segundo as possibilidades mais simples do mundo e, quando me deitava, nessas noites, descobria que, dia após dia, a minha cabeça ia ficando mais leve, esvaziando-se ao ritmo de cada passo. Hoje, essas caminhadas parecem-me as deambulações próprias de um louco, de um homem sozinho fugindo dos fantasmas que o aguardam às esquinas. Ainda assim, julgo que encontrei nessas marchas incessantes pelos diferentes bairros de Brooklyn uma panaceia para o meu passado, e encarei-as, a partir de certa altura, como uma espécie de maratona crónica, uma missão, como se eu fosse um homem sem tempo a perder com distracções, saudosismos, memórias ou futuro: um homem, afinal, com um coração de gelo.

Não vou entrar em mais pormenores sobre este período. É um tempo sem cor, que constitui uma mera nota de rodapé neste álbum sombrio. Ainda que quisesse, estou em crer que não seria capaz. Por vezes acontece àqueles que procuram esquecer uma fragmentação involuntária da memória, dissociando nomes de rostos e o sono da vigília, de tal maneira que, ao final de uma longa temporada sob o jugo desta espécie de silêncio, deixamos de ter certezas da fiabilidade dos nossos relatos. E, uma vez que muito do que deixo aqui escrito é fruto de um esforço de recordação muito superior ao que me julgava capaz, seria incauto da minha parte esticar a corda das possibilidades das minhas reminiscências. Do momento em que perdi Millhouse Pascal até Dezembro de 1986 decorreram quatro anos que, a todos os títulos, considero perdidos – quatro anos de constante entorpecimento do corpo e do espírito, de horas intermináveis a ocupar-me de tarefas inócuas.

Em meados de 1986 o senhor Alfons deixou Brooklyn e foi gerir um negócio em Manhattan. Despedimo-nos na rua, uma manhã, e nunca mais o tornei a ver. Por essa altura, no entanto, eu já perdera a timidez de outros tempos e cedo arranjei um rol de trabalhos temporários que me permitiram sobreviver. Alguns dos moradores do bairro já me conheciam e, mesmo sem a intermediação de Alfons, vinham ter comigo e pediam-me ajuda para as tarefas de que já vos falei. Depois, em Setembro desse ano, um dos meus clientes habituais num prédio em Greenpoint, um tipo homossexual que tinha um cão, falou-me de um conhecido que precisava de ajuda para um trabalho de três meses em Manhattan, bem pago, sem recibos. Tirando proveito do Verão Indiano que vinha sendo anunciado nos jornais – uma vaga de calor que, ao que parecia, se iria arrastar até ao final de Novembro –, juntei-me a uma dúzia de trabalhadores, alguns deles, suspeito, tão clandestinos como eu, e fomos para a cidade limpar e substituir anúncios e néons. Era a época de o fazer, explicou-me Mort, um homem gordo com o rosto coberto de cicatrizes de acne; a Primavera e o Verão deixavam as suas marcas, o calor, a humidade e a poluição manchando e degradando a publicidade pública. Percebi desde o princípio por que razão Mort procurava mão-de-obra ilegal: era um trabalho perigoso. Alguns dos anúncios encontravam-se a grande altura – por exemplo, na fachada lateral de edifícios – e, no caso dos néons, os tubos de vidro que os constituíam partiam-se facilmente, cortando mãos e braços. Um acidente qualquer implicava hospitalização e os custos desta não cabiam nos planos do homem para enriquecer rapidamente – estava implícito, dentro do nosso pequeno grupo, que, a haver um acidente, estávamos por nossa conta.

Ninguém se pareceu importar e, durante aquele Verão Indiano, andei muitas vezes a pairar em andaimes sobre a cidade, munido de grandes esfregonas e de baldes de água, infindáveis litros de sabão, luvas, escovas pequenas e grandes, lixas, pincéis, vassouras – um rol infindável de objectos que eu e os outros trabalhadores trocávamos constantemente entre nós. Eram muitas horas de trabalho, mas o sol ameno do princípio do Outono queimava-nos a nuca e, apesar de pouco falarmos, os sons da cidade, uma sinfonia de buzinas, vozes e sirenes, fazia-nos companhia. Quando o final do ano se aproximou, os meus colegas foram partindo para outros trabalhos e, na segunda quinzena de Dezembro, já só restava eu e um sul-americano que não falava inglês. Foi num princípio de noite fria, enquanto arrumávamos a nossa tralha depois de limparmos o néon de um restaurante perto de Union Square, que o vi, do outro lado da rua, caminhando no sentido contrário. E foi então que os demónios dentro de mim sorriram, porque chegara a oportunidade para voltarem à carga.

O fantasma de Barclay Street

Ainda hoje não tenho a certeza de que era ele. O passado assaltara-me noutras ocasiões – ainda que, por essa altura, tivesse já desistido de contactar a minha irmã, por vezes fazia um esforço por me recordar do rosto de Camila, ou de Artur, ou de Millhouse Pascal, mas era mais um teste, uma espécie de jogo comigo próprio do que uma necessidade de os ter presentes – mas, até então, nunca me colocara um fantasma em carne e osso no caminho.

Como já disse, era um princípio de noite fria de Dezembro de 1986, e as luzes da cidade – difusas e incandescentes ao crepúsculo – podem ter-me enganado, e o rosto que eu imaginei ter sido um erro da minha percepção; a verdade é que o segui, abandonando o meu companheiro de trabalho sem me despedir, correndo atrás de um homem que desceu para o metropolitano em Union Square.

Comprei um bilhete e corri para a plataforma no momento em que o metropolitano chegava. Os passageiros carregavam inúmeros sacos de compras enfeitados com os laços coloridos do Natal, e fiz um ziguezague entre eles a toda a velocidade, atrás do homem que acabara de entrar numa das carruagens. Segurei-me a um poste dentro da carruagem cheia. Aquelas feições familiares haviam-me deixado num estado de alerta, uma aceleração súbita do sangue nas minhas veias que há muito não sentia. Era mais alto do que o recordava, o cabelo louro mais espesso, as bochechas mais redondas, uns óculos que não costumava usar e uma barriga proeminente debaixo do fato azul-escuro e da gravata vermelha; mas os olhos eram os mesmos, inconfundíveis, fixos num dos cartazes colados acima das janelas.

«Tomás», disse, baixinho, incapaz de me conter. «Tomás», repeti. Ele e outros passageiros olharam-me, uma vez que a carruagem se encontrara em relativo silêncio, mas no seu olhar havia apenas uma curiosidade sem centelha de reconhecimento. Um instante depois as portas abriram-se e ele saiu. Persegui-o através dos túneis apinhados de gente, caminhando a alguns metros de distância, hipnotizado. Observei o seu andar atentamente e não tive dúvidas: era ele, o amigo de Camila e de Gustavo, um dos irmãos gémeos que eu conhecera em Portugal. Apanhámos outro metropolitano para a Baixa da cidade e, permanecendo de pé junto de uma porta, observando-o – ele sentara-se, tirara um jornal do bolso do casaco e começara a ler –, comecei a perguntar-me se poderia dar-se o caso de eu estar tão diferente que me tornara irreconhecível. Olhei de relance a minha imagem no reflexo do vidro das janelas e, estupidamente, usei-a como medida de comparação, esquecendo o facto de ninguém saber, na verdade, qual é o seu aspecto aos olhos de outra pessoa. A ideia de que ele me decidira ignorar rapidamente ganhou raízes e, sem saber porquê, deixou-me irritado, despertando em mim uma espécie de desprezo. Quando chegámos ao final da viagem, ele dobrou o jornal e tornou a enfiá-lo no bolso do casaco; senti-me preparado para o confrontar; saímos para a rua na estação de Chambers Street e, caminhando a seu lado, olhando-o persistentemente, continuei a ser vítima da sua indiferença. Apeteceu-me esmurrá-lo até lhe partir os dentes.

Esta fúria era inusitada e inútil, uma manifestação de um desespero recalcado, um submergir de todas as coisas que eu procurara esquecer. Naquela altura, porém, ainda que tivesse estado consciente disto, não teria feito qualquer diferença. Havia um fantasma na minha nova existência e, mais do que isso, um fantasma que me ignorava; um fantasma que não respeitava as regras mais simples da assombração. Nessa tarde segui-o até Barclay Street, atravessando o pequeno parque do City Hall, de mãos nos bolsos, proferindo insultos em voz baixa e palavras agressivas que vinham de um lugar em mim que eu desconhecia. Naquela parte da cidade as pessoas olhavam-me com desconfiança – um tipo magrinho, de roupas sujas de pó e de tinta, seguindo o trilho de um homem bem vestido, provavelmente um advogado ou um economista. Ele entrou num prédio alto, com duas bandeiras americanas hasteadas à entrada, e foi nessa altura que mudei de passeio, evitando confrontar o porteiro negro que o cumprimentou com um ligeiro toque no chapéu. Ainda caminhei um pouco pelo quarteirão esperando que saísse do edifício mas, a certa altura, desisti, com a vaga impressão de estava a agir como um demente.

As coisas pioraram após este encontro fugaz. Não voltei a falar com Mort – depois daquela noite, com algum dinheiro poupado, deixei de aparecer no trabalho, incapaz de continuar a rotina dos últimos meses – e entendi aquele momento como um aviso de que existia um caminho por desbravar, de que, por mais que me escondesse, o passado acabaria por regressar da forma zombeteira com que os fantasmas escarnecem dos vivos. Montei um cerco ao homem que vira no metropolitano. Se Tomás estava em Nova Iorque, então era possível que Jonas, o seu irmão gémeo, também estivesse. E, se os dois viviam naquela cidade, era possível que tivessem informações sobre Camila, sobre Gustavo, sobre Millhouse Pascal, sobre a vida que eu deixara para trás. Todas as injustiças do mundo pareceram, de repente, antropomorfizar-se naquele homem bem vestido, claramente rico, e fui tomado dos piores sentimentos humanos, uma inveja e um desprezo desmesurados que me lançaram num poço de autocomiseração do qual me mostrei incapaz de sair. De cada vez que me olhava ao espelho via a imagem inversamente proporcional àquela que eu perseguia, via o reflexo da pobreza e da desilusão, e esses momentos punham-me o sangue a ferver, gerando um ódio difícil de colocar em palavras.

Todas as manhãs acordava, vestia-me e ia pôr-me do outro lado da rua do edifício de Barclay Street, aguardando pela saída ou pela entrada do alvo de todos os meus rancores. Mantive este ritual durante dois meses. Eram os meses mais agrestes em Nova Iorque, mas nem mesmo o frio que se fez sentir, ou a neve acumulada nos passeios que chegava à altura dos joelhos, empapando as roupas de água e congelando o movimento dos transeuntes e do tráfego, me demoveram. Vestido com várias camadas de roupa, observando a minha respiração formar partículas de gelo, aguardei com a paciência de um psicopata pela aparição do homem que ali vivia, alguém que, sem o saber, possuía agora uma segunda sombra. A maioria das vezes era uma limusina preta e espelhada que o vinha buscar, o que me impedia de o seguir; quando saía a pé, eu colocava o capuz do casaco e partia no seu encalço, mantendo alguma distância, sem nunca o perder de vista. Aquele era um homem de hábitos, e as caminhadas eram normalmente curtas – até à loja dos jornais e a cafetaria mais próxima, ou a um bar, se já fosse hora do almoço. Mantive-me sempre do lado de fora, observando através das janelas dos lugares as pessoas com quem se encontrava. Muitas vezes estava sozinho, lendo o *Wall Street Journal* a uma mesa, bebendo uma cerveja; nas alturas em que tinha companhia, esforçava-me por conseguir distinguir os rostos através dos vidros embaciados, desejando que qualquer um deles tivesse alguma parecença com o seu irmão gémeo. Quando estes encontros terminavam, seguia-o de regresso ao prédio, passando discretamente à frente do porteiro negro e continuando rua abaixo.

Esta obsessão teve um final abrupto numa noite de princípios de Março de 1987. Encontrava-me, nessa ocasião, uma vez mais parado à porta do edifício de Barclay Street, ignorando o facto de o bulício citadino ser o disfarce ideal para as minhas andanças. Julgo que ali estive o dia todo, à espera, mas não posso dizer com inteira certeza. O homem saiu do prédio por volta das dez, trocando umas palavras com o porteiro e seguindo para norte numa rua paralela à Broadway. Usava uma gabardina escura de tecido grosso que o tornava ainda mais avantajado. Durante largos minutos, o som dos nossos passos interrompeu o relativo silêncio de uma noite muito fria, o eco de cada batimento das solas no passeio soando desmesurado em relação aos outros ruídos da noite. Quando chegámos ao cruzamento com Reade Street, voltou à esquerda, a passo rápido, e entrou num bar com um néon sobre a porta e uma larga janela de vidro. No interior, as pessoas aglomeravam-se em redor do balcão.

Atravessei a rua e fui sentar-me num banco junto de um caixote de lixo. Passado algum tempo comecei a sentir dores de estômago. Duas horas mais tarde, uma náusea quase me fez vomitar. Não me conseguia lembrar do que comera naquele dia; talvez nada. Abraçando a barriga com os braços, consegui resistir à urgência de procurar uma casa de banho para não perder o rasto do homem e, às tantas, ele saiu do bar de braço dado com uma mulher bonita, de saia curta e casaco de cabedal vermelho, começando a fazer o caminho de regresso. Julgo que foi a indisposição que acabou por me denunciar – as voltas que o meu estômago começara a dar, provocando-me cólicas e dores agudas que me atrapalhavam os passos –, porque a meio caminho entre o bar e o edifício de Barclay Street o homem se voltou para trás, largando a mulher e caminhando na minha direcção.

A rua parecia deserta. À medida que se aproximou, a passo decidido e ameaçador, estiquei um braço em frente do corpo, levando a outra mão à barriga que parecia prestes a explodir. Disse o seu nome, uma e outra vez, *Tomás, Tomás,* mas de nada serviu – um momento depois agarrou-me com brutalidade e encostou-me à parede. A mulher, a dez passos de nós, soltou um grito abafado de espanto, levando as mãos à boca.

«O que é que tu queres, canalha?», disse ele, num inglês com sotaque americano, cuspindo um hálito a álcool no meu rosto. Olhei-o com terror: não conseguia dizer se era ou não Tomás, porque a luz do candeeiro de rua não chegava ao interior do passeio. Via-lhe apenas os traços mais salientes da face, as bochechas, o contorno anguloso do queixo.

«Quero que saibas que estou aqui», respondi, numa voz fraca. «Quero perguntar-te por Millhouse Pascal e por Camila.»

«Quem?», gritou ele, agarrando-me pelo pescoço com mais força. «Quem, meu cabrão? Ainda não percebeste que eu já te topei há semanas? Que me andas a seguir todos os dias?»

«Tomás», respondi, sentindo que começava a ficar sem ar. «Tomás, sou eu. Lembras-te de mim. Eu sei que lembras.»

O homem libertou-me o pescoço, mas mal tive tempo para respirar quando um soco me atingiu a barriga, fazendo-me cuspir um líquido branco e viscoso.

«Drogados de merda», disse ele, olhando-me enquanto me dobrava no chão com dores. A mulher aproximara-se de nós e pegara no amigo pelo cotovelo, soluçando.

«Deixa-o, ele não está bem. Vamos embora», disse ela.

Já se começavam a afastar quando, de repente, descobrindo em mim uma força que nascia de um lugar negro, do depósito do ódio que vinha nutrindo por aquele homem desde que o descobrira no metropolitano, ergui a cabeça do chão, onde uma poça de vómito se formara.

«Tomás!», berrei na direcção deles. O homem voltou-se repentinamente, sobressaltado com o grito. «Sei bem quem tu és, escusas de fingir. Tomás, Tomás, Tomás, Tomás. É o teu nome, podes dizê-lo a essa puta com quem andas.»

O homem libertou-se do braço da mulher que, aflita, ainda o tentou impedir; depois, aproximando-se a toda a velocidade, deu-me um pontapé na cara que me deixou completamente anestesiado, deixando de sentir o frio da noite. A boca encheu-se-me de sangue.

«Cala-te!», gritou, cuspindo-me em cima. «Ou vou ter de te obrigar?»

«Vais ter de me obrigar», respondi com um sorriso demente, sentindo que apenas um lado da minha cara se movia. «Vais ter de me obrigar, Tomás. Ou tenho de chamar o teu irmão Jonas para te pôr na ordem?»

Um novo pontapé atingiu-me as costelas. O ar fugiu-me dos pulmões.

«Pára, vais matá-lo!», disse a mulher, que correra para junto de nós. Já não a conseguia ver, mas sentia a sua proximidade.

Estava encadeado por milhares de pequenas estrelas brancas e púrpuras.

«É o que este sacana merece», disse o homem, raivoso, pregando-me outro pontapé.

«Tomás, Tomás, Tomás...», continuei a dizer, arrastando-me para a esquina entre o pavimento e a parede enquanto ele me pontapeava, cuspia e insultava. A dor desaparecera e a própria náusea parecia ter-me abandonado, sendo substituída por um estado de completa ausência, um vazio que se traduzia numa satisfação estúpida pelo que me estava a acontecer. O desespero do homem em silenciar-me era proporcional à minha felicidade pela sua frustração; embora estivesse deitado no chão, a levar uma carga de pancada, sentia que era eu, a cada golpe, que o feria; era eu que estava por cima, e ele o pobre coitado que, sem saber como, via a sua identidade desmascarada por um vagabundo, a sua verdadeira existência exposta perante o olhar desesperado da sua companheira.

Depois, uma escuridão morna e sedosa envolveu-me, uma escuridão macia, com sabor a sangue.

Pesadelos

Embora se tenha recusado a tratar-me, o doutor Watson não foi capaz de me ignorar. Apareci na sua clínica da Columbus Avenue muito cedo naquela manhã, as roupas cobertas de sangue, o rosto todo inchado, coxeando, mal me conseguindo ter em pé. O fantasma de Tomás deixara-me em mau estado, e o médico não me reconheceu quando me viu, pedindo-me que me sentasse numa cadeira na sala de espera vazia. Quando comecei a falar, porém, e o recordei daquelas tardes chuvosas no Chelsea Grand, percebeu rapidamente quem eu era. Perguntou-me por Millhouse Pascal e contei-lhe a verdade, que ele partira em Dezembro de

1982, sozinho, e que desde então nunca mais tivera notícias. Depois de ouvir esta confissão, o doutor Watson chamou uma enfermeira, para dar um primeiro tratamento a um corte profundo no meu rosto, e recusou-se a ouvir a minha justificação para o que sucedera – era inútil, naquela altura, explicar-lhe que eu e Millhouse Pascal não tínhamos qualquer parentesco – e, depois de uns telefonemas feitos na privacidade do seu consultório, deu-me o nome de um médico jovem e inexperiente que talvez me pudesse ajudar.

«Não vou colocar a minha carreira em risco por sua causa», disse o doutor Watson. «Essa história com o seu avô é altamente suspeita, e você não tem seguro de saúde. Provavelmente está ilegal no país. Se não fosse pelo senhor Pascal, garanto-lhe que o punha daqui para fora imediatamente.»

O médico que me recomendou tinha a minha idade e trabalhava como estagiário no hospital de St Luke's Roosevelt, na Décima Avenida. Era um antigo aluno do doutor Watson e certamente respeitava o seu professor, uma vez que a minha situação era uma espécie de ameaça ao estatuto de qualquer profissional de saúde americano que me decidisse tratar: um estrangeiro ilegal no país, sem número de segurança social. Ainda assim, fosse por causa de Watson, fosse porque, ao ver o meu estado, a comiseração que sentiu por mim foi superior à consciência do perigo, o estagiário correu o risco, tratando-me e *esquecendo* a papelada correspondente ao meu seguro de saúde e aos custos da assistência hospitalar num caixote de lixo. Acontecia todos os dias, explicou-me. Nova Iorque estava cheia de imigrantes ilegais, e muitos deles morreriam de problemas de saúde que seriam simples de resolver – uma apendicite, por exemplo – se não existissem médicos que, uma vez por outra, abrissem excepções à lei. Mandou-me para casa com uma série de comprimidos para as dores e aconselhou-me repouso.

É difícil descrever com precisão as semanas que se seguiram. Pertencem àquela região nebulosa, de areias movediças, onde os vivos coabitam com os mortos. Fechado no meu quarto, deitado na cama, fugindo aos olhares curiosos de Mahalia, atrofiado de dores, o meu pequeno reduto foi começando a ser invadido por dimensões alternativas, na forma de pesadelos constantes – despertava de um, suando profusamente, os lençóis inundados de suor, para logo mergulhar noutro ainda mais sinistro do que o anterior. Era como se, depois daqueles dois meses de vigilância à porta de um fantasma, depois de um confronto e de uma perda, uma cortina de brancura tivesse sido levantada – a cortina que me escondera do mundo após a partida de Millhouse Pascal. Nos pesadelos vi coisas tão assustadoras que, a certa altura, comecei a suspeitar da possibilidade de me encontrar prematuramente no inferno. Vi Nova Iorque em chamas, de um lado ao outro da ilha, enquanto eu viajava serenamente num pequeno barco a remos pelas águas cintilantes do Hudson, as labaredas reflectidas no espelho formado pela superfície do rio; vi um ser com o rosto de Artur, mas com inúmeros braços, que emergiam do seu corpo como se fosse uma centopeia, atravessar o meu pequeno quarto vezes sem conta, entrando e saindo, por vezes arrastando-se pelas paredes e pelo tecto, olhando-me com a expressão distante do jardineiro; e vi-me a mim próprio vestido com as roupas do funâmbulo do chapéu de coco, equilibrando-me sobre uma corda bamba finíssima, debaixo dos meus pés um abismo por onde iam caindo, uma após outra, todas as coisas que eu conhecera na Quinta do Tempo: Millhouse Pascal, o *Bentley*, Camila, a grande árvore do jardim, Nina, Puerta, Figgis, livros, livros e mais livros.

Quando comecei a recuperar, após um mês de pouca mobilidade por causa das costelas fracturadas, estávamos em meados de 1987. Eu tinha vinte e sete anos e, ao olhar para trás, descobri que só encontrava escombros: ruínas sobre ruínas, uma paisagem árida na qual nada resistira à passagem do tempo. Já quase não tinha dinheiro e, sem que desse por isso, regressara à estaca zero, àquele momento em que me encontrara sozinho na cidade depois da partida do meu antigo patrão – sem trabalho, sem esperança, sem futuro.

Consegui, por força das circunstâncias da minha recuperação, alojar as memórias numa parte secreta da minha cabeça, um sótão repleto de pequenas caixinhas fechadas à chave. Um novo emprego, outro lugar para viver e os livros tornaram-no possível. Eu explico: primeiro, consegui um trabalho como arrumador de livros numa grande livraria perto da Columbia, com três andares, chamada Kipling's, em Morningside Drive; os donos não interferiam com o pessoal, e o gerente, um rapaz mais novo do que eu, pagava à hora e em dinheiro a qualquer um que estivesse disposto a arrumar a confusão de livros fora do lugar que era gerada pela afluência de estudantes. Eu trabalhava todos os dias cerca de oito horas e ganhava o suficiente para ter um estilo de vida espartano. Segundo, deixei Brooklyn e mudei-me para um apartamento no bairro de Flushing, em Queens, onde a vizinhança era menos agreste e as casas mais espaçosas; e, por último, fiz-me sócio da biblioteca pública de Nova Iorque e, recuperando o hábito que aprendera com Millhouse Pascal, afundei-me nas páginas de romances que fui lendo, ao ritmo de dois ou três por semana. Reli quase todas as obras que o meu patrão me mostrara na Quinta do Tempo e, depois, vasculhando as enormes estantes da biblioteca ao final da tarde e pedindo conselhos às bibliotecárias, fui escolhendo outros autores que desconhecia. Gostei de alguns livros e de outros não; alguns aborreceram-me e outros deixaram-me encantado; mas nenhum deles me deixou indiferente. Ainda hoje não sei o que penso da literatura, não tenho opinião formada. Creio que serve o seu propósito de maneira diferente para pessoas diferentes. No meu caso, a literatura foi sempre um bálsamo, um plano de fuga, presente nas alturas de maior necessidade. Em última análise, seria ainda um instrumento para veicular a verdade, se nos encontrássemos perante a necessidade de o fazer e possuíssemos o talento necessário.

Aceitando todas estas coisas, descobri-me, algum tempo depois, um homem quase satisfeito. O meu corpo recuperou rapidamente e, neste regresso a uma espécie de normalidade, comecei, pela primeira vez desde que me recordo de existir, a ganhar algum peso, adquirindo as cores rosadas com que um homem fica depois de um passeio ao sol. O médico recomendara-me exercício e comprei uns ténis baratos, começando a correr, nos dias em que tinha folga da Kipling's, em redor de um dos lagos do Central Park, parando muitas vezes junto da casa dos barcos para observar os veraneantes deslizando sobre a água enfiados nas pequenas embarcações a remos. No Verão de 1988 cheguei a conhecer uma rapariga espanhola numa destas corridas e mantivemos uma relação breve que terminou quando ela regressou à Europa, em meados de Setembro desse ano. O regresso era algo em que pensara nos primeiros tempos, já distantes, quando me encontrara subitamente sozinho; nestes dias quentes do final da década de oitenta, porém, em que o mundo parecia ter sido agraciado com uma nova beleza, nada se encontrava mais distante dos meus planos. Voltar a Portugal significava subir àquele sótão que eu construíra dentro da minha cabeça e, com um pé-de-cabra, ir saqueando, uma a uma, as caixinhas dentro das quais os demónios se encontravam aprisionados. Sentia-me um homem novo, mas isso não significava que o fosse; encarar estes fantasmas poderia ser a machadada final nas minhas aspirações à sanidade. O espírito aventureiro e inquisidor – ou a curiosidade – teria de ir bater a outra porta, pois já dera provas da sua infinita capacidade para a dúvida, uma habilidade incansável para conduzir um homem à loucura.

Bater a outra porta. Era, pelo menos, aquilo que eu esperava.

A rapariga do gorro vermelho

No dia 11 de Novembro de 1989, depois de uma noite de folga que passei deitado na cama a ler, pela segunda vez, *O Grande Gatsby*, fui almoçar a um pequeno bar irlandês, perto da livraria, que costumava frequentar. Sentei-me ao balcão e, trocando cumprimentos com o empregado, um tipo mais velho cujo nome fui esquecendo, reparei que todos os rostos em meu redor estavam pregados à televisão.

«Acabou-se a Guerra Fria», disse o empregado, escrevendo o meu pedido num pequeno bloco de notas.

As notícias começaram minutos depois. Um apresentador excitado, de cabelo grisalho, disse algumas palavras inaudíveis e alguém no bar se ergueu para pedir silêncio. No momento em que as vozes diminuíram, a imagem de Ronald Reagan apareceu no ecrã, fazendo um discurso para uma plateia com o cenário das portas de Brandeburgo por trás. Eram imagens de arquivo, datadas de 12 de Junho de 1987. *Senhor Gorbatchev,* disse Reagan, na sua voz melodiosa, *abra este portão.* Depois cortaram para uma filmagem de pessoas que cantavam e celebravam, e outras que subiam e trepavam o Muro de Berlim; a legenda indicava que as imagens tinham sido captadas nas últimas duas noites, na fronteira entre a Alemanha Ocidental e a Alemanha de Leste, e que a barreira soviética tinha vindo abaixo. Ouviram-se aplausos no bar e vozes excitadas. Na reportagem, centenas de pessoas abraçavam-se, choravam e atiravam garrafas contra o muro. Algumas tinham subido ao topo e faziam sinais de vitória com os dedos. Os mais violentos ou zangados partiam aquela parede com qualquer coisa que tivessem à mão, arrancando pedaços de cimento com trinta anos de história, e outros, empunhando picaretas, desfaziam-no com golpes decididos.

O empregado serviu-me uma bebida e trouxe-me um hambúrguer acabado de cozinhar.

«Hoje é por conta da casa», disse, colocando um frasco de *ketchup* ao lado do prato. «Não é todos os dias que se dá cabo do comunismo com a ajuda dos boches.»

A comoção era contagiante e, mastigando o hambúrguer, olhei esperançado para os rostos dos alemães que dançavam e bebiam em frente das câmaras de televisão, muitos deles saídos de casa a meio da noite por causa das notícias, encontrando, pela primeira vez, habitantes da mesma cidade com quem nunca se haviam cruzado, embora provavelmente morassem a uma distância relativamente curta; como dois vizinhos que, antes cegos, recuperassem miraculosamente a vista. Lembrei-me, com alguma melancolia, de Millhouse Pascal, e de todas as coisas que ele me tentara ensinar; sem ele, provavelmente, não teria sabido interpretar aquilo que estava a ver, não teria sabido o que era o Muro de Berlim nem porque fora erigido.

Quando terminei a refeição, depois de celebrar e trocar alguns comentários com clientes que se tinham sentado ao balcão, preparava-me para sair em direcção ao trabalho quando uma imagem no ecrã me deixou paralisado. A filmagem dos repórteres captara, do lado ocidental de Berlim, a chegada de dezenas de pessoas a meio da noite que, iluminadas pelas luzes da equipa de reportagem, se abraçavam a amigos e familiares. Uma dessas pessoas, um homem cujo rosto era impossível ver, agarrou-se a uma rapariga e ergueu-a no ar, dando duas voltas e projectando o corpo dela na direcção da câmara. A cara da rapariga passou durante um segundo em primeiro plano no ecrã da televisão, uma cara rosada do frio, o cabelo castanho espigado parcialmente escondido por um gorro vermelho e um largo sorriso de dentes brancos e jovens. Nenhuma das pessoas que estavam no bar reparou no rosto, e continuaram a comentar as imagens; eu, no entanto, senti um calafrio descer-me espinha abaixo, por pouco não me desequilibrando no movimento de descida do tamborete rotativo.

Camila Millhouse Pascal tinha acabado de aparecer nas imagens, durante um brevíssimo instante, uma aparição burlesca numa casa assombrada.

Esperança e temor

Desconheço se uma simples imagem pode mudar as nossas vidas; existirão outras pessoas que podem fazer este género de afirmações com uma segurança que não possuo. O que posso é dizer que, no momento em que aquele rosto cheio de felicidade passou defronte da câmara de televisão, a minha vida mudou outra vez, e todas as minhas recém-descobertas certezas acerca do meu lugar no mundo passaram a valer menos do que nada.

Passei o resto desse dia numa intensa busca pela repetição daquela reportagem. Telefonei para a Kipling's, inventando uma desculpa esfarrapada para não ir trabalhar – sem me preocupar com as consequências – e corri os bares e as lojas de electrodomésticos da zona de Times Square à procura de um televisor que voltasse a mostrar aquelas imagens. Todas as hipóteses me passaram pela cabeça, incluindo a de, simplesmente, as ter imaginado. Quantas vezes, afinal, me tinha enganado em relação à veracidade dos fenómenos, julgando ver coisas que não estavam lá?

Em quantas ocasiões, passadas e futuras, iria erradamente julgar ver uma pessoa no lugar de outra, porque os rostos, embora todos diferentes, possuíam necessariamente características semelhantes, uma vez que nem a paciência de Deus parecia ser infinita? Estes raciocínios levaram-me a parte nenhuma. Não me senti mais calmo, não recuperei a tranquilidade, não fui capaz de esquecer aquele incidente e atirá-lo para trás das costas.

Tornei a ver a mesma filmagem vezes sem conta. Nesse mesmo dia consegui um vislumbre do efémero segundo através do vidro de uma loja na Oitava Avenida, acotovelando-me entre uma pequena multidão de gente que olhava para diversos ecrãs onde passava desporto, culinária e notícias. Calculara o tempo da exposição do rosto da rapariga que eu julgava ser Camila em um segundo, mas talvez fosse menos do que isso – como já expliquei, as luzes eram fracas, e a passagem em frente da câmara demasiado próxima da lente. Ainda assim, e porque era uma forte demonstração de alegria e liberdade por parte de duas pessoas muito jovens – talvez um casal de amantes reunidos pelo derrube do muro –, os canais não se cansaram de mostrar esses momentos, enchendo, nos dias que se seguiram, os noticiários com aquele rosto fantasmagórico.

No entanto, por mais vezes que o visse, era impossível ter a certeza de que era Camila. As feições eram idênticas, debaixo do gorro vermelho, o sorriso o mesmo que eu conhecera quase dez anos antes, mas nada daquilo fazia sentido. Berlim era muito longe de Nova Iorque ou de Seattle; e por que razão estaria ela agarrada a um homem anónimo, sem rosto, na noite da queda do muro? Se fosse mesmo Camila, o que acontecera a Adriana e ao homem chamado Bill? Estas perguntas sucederam-se e repetiram-se a um ritmo alucinante nos dias seguintes. Demasiado ansioso para trabalhar – as mãos tremiam-me sempre que tentava pegar numa pilha de livros, e tinha ataques de pânico que me obrigavam a ir à rua apanhar ar, debaixo do olhar escrutinador do meu patrão e dos meus colegas da Kipling's –, tirei uma semana inteira de folga, incapaz de conter o terrível desejo de saber, o chamamento implacável da verdade, que se manifestava, em última análise, na pergunta sobre o destino de Millhouse Pascal. Tinham passado sete anos desde que o vira pela última vez, um homem definhado por uma doença que deixara partir sozinho numa viagem transatlântica. Estaria vivo ou morto? Se estava vivo, onde se encontraria? Seria que, no fundo, tudo permanecera idêntico e só eu ficara para trás? Seria possível que, no meu lugar, se encontrasse outro rapaz, da idade que eu tinha na altura, cumprindo as minhas funções, acarretando com os meus deveres? Se estava morto, contudo, o que acontecera a toda a história acumulada da Quinta do Tempo? Existiam centenas de nomes em documentos, alguns deles incriminatórios, e denúncias involuntárias de exílio, crueldade, tortura, agressão, assassinato, terrorismo e demência. Quem, se não Millhouse Pascal, detinha o poder sobre os ficheiros que me levaram tantos meses a organizar – e que formavam um somatório de todos os males, uma pequena parcela de poder que, nas mãos de um homem, eram os princípios da constituição de um reino?

Esta urgência de saber chegou acompanhada de uma necessidade de redenção. No final dessa semana de deambulações e de cogitação sobre os destinos daqueles que conhecera, compreendi que nunca encontraria paz nesta forma de hibernação na qual entrara; que, se algumas almas podiam passar sem a expiação da verdade, outras viveriam eternamente num limbo sem ela. A decisão não foi, assim, inteiramente minha. Tive, obviamente, de tratar das coisas práticas, mas o resto ficou a cargo de algo a que prefiro chamar destino, uma força maior do que qualquer motivação humana que possamos invocar. A certa altura das nossas vidas é conveniente acreditarmos em algo semelhante – uma entidade magnânime, a tal sorte que protege os audazes –, para que a existência não se reduza à triste enfermidade do gesto humano, incapaz, por maior que seja, de rasgar o negrume em que caímos a partir do momento em que chegamos a este mundo.

Trabalhei arduamente durante um mês, juntei algum dinheiro e, depois de dar notícia da minha partida ao senhorio do minúsculo apartamento em Queens, comprei um bilhete de avião para Lisboa. No dia 23 de Dezembro de 1989, o meu último sábado em Nova Iorque, fui até Washington Square Park observar os funâmbulos, cumprindo um ritual antigo do qual guardaria saudades. Era um dia frio e seco e, juntando-me a uma enorme multidão de turistas que, de câmaras fotográficas ao pescoço e barretes do Pai Natal, sorria perante os malabarismos do homem sobre a corda bamba, recordei a imagem de Philippe Petit que Camila me oferecera havia tanto tempo. E perguntei-me: o que é que acontece na cabeça de um homem para, um belo dia, pegar numa vara de oito metros de comprimento e vinte e cinco quilos de peso e, sem mais nem menos, fazer uma série de travessias entre os quarenta metros de vazio que separam duas torres, a quatrocentos metros do chão? Se um dia fosse possível dar resposta a esta interrogação, todas as outras perguntas deixariam de fazer sentido.

Numa manhã em finais de Dezembro de 1989, peguei na pequena mala de viagem onde guardara as poucas coisas que possuía e abandonei Nova Iorque cheio de esperança e temor, as duas únicas coisas de que um homem precisa para resolver todos os mistérios do mundo.

Terceira parte

O MUNDO EM RUÍNAS

O carro derrapou ruidosamente no momento em que as rodas entraram no caminho de terra. Segurei o volante com maior firmeza e respirei fundo, procurando refrear o meu ímpeto de guiar demasiado depressa. Era um automóvel em segunda mão, um *Fiat* antigo cuja pintura azul há muito fora carcomida pela chuva e pelo sol; e eu fizera a viagem de Lisboa numa espécie de transe, ultrapassando carros mais potentes em estradas com duas faixas, buzinando, ouvindo insultos de outros condutores, mas a pressa de chegar sobrepusera-se à prudência. E agora, ao entrar na recta final da viagem, parecia que a coragem me ia sendo roubada a cada instante.

A descrição dos velhos da estalagem tinha sido quase correcta. O casal levara o seu tempo a reconhecer-me – não nos víamos há mais de oito anos –, mas ficaram contentes por me poderem ajudar. Eles próprios não sabiam, exactamente, onde ficava a casa, mas, através dos relatos de outras pessoas que por lá tinham passado, conseguiram pôr-me no caminho certo.

A estrada de terra prolongou-se durante cerca de um quilómetro, ladeada por campos de trigo que refulgiam sob o sol dourado do Verão, o calor entrando pelas duas janelas abertas e começando a ensopar-me a camisa de suor. Era o meio de uma tarde que se prolongaria por muitas horas até ao pôr-do-sol. Naquele lugar, parecia que o mundo fora reduzido a duas cores, o azul intenso do céu e o amarelo-torrado dos campos, que se estendiam a perder de vista. Ao final de alguns minutos, comecei a ver as margaridas que decoravam os pequenos canteiros à porta de uma casa.

Uma criança muito pequena brincava no terreno fronteiro, levantando pó com um carrinho de brincar que arrastava nas mãos. Quando estacionei o carro do outro lado da estrada, puxando o travão com força, deteve-se e olhou-me com curiosidade. Pus a camisa para dentro das calças e aproximei-me, tentando adivinhar naquele pequeno ser humano os traços da pessoa que vinha visitar. Nesse instante a porta da frente abriu-se e um homem muito alto e magro – ou, pelo menos, mais magro do que nas minhas recordações –, de camisa branca e calças pretas, as veias dos braços salientes e o cabelo cinzento, descuidado pelo tempo, ficou parado a olhar-me, franzindo o sobrolho numa tentativa de reconhecimento. Era evidente que precisava de óculos. As cigarras, na sua intensa lengalenga, foram o único ruído durante os momentos que me levaram a aproximar-me.

«Olá, Artur», disse, detendo-me junto do rapaz, que olhava, alternadamente, para mim e para o jardineiro.

«Quem é você?», respondeu ele, caminhando na minha direcção.

Deixei que os seus olhos se acostumassem outra vez ao meu rosto. Segundos depois, observei com algum prazer a mudança de expressão na face de Artur, como se visse um fantasma em pleno dia.

«Já lá vão alguns anos», disse, procurando tranquilizá-lo, «mas não estamos assim tão diferentes».

Uma mulher surgiu da parte lateral da casa – também ela alta e magra, usando um avental azul-claro e socas. Deteve-se um instante quando deu pela minha presença e, depois de olhar para Artur, que fez um sinal de aprovação com a cabeça, aproximou-se de nós, pegando na criança ao colo.

«Este é o pequeno Artur», disse ele.

«É parecido consigo», respondi, desonesto.

«É a primeira pessoa que diz isso», adiantou a mulher, numa voz melodiosa. Era, claramente, mais nova do que o marido e guardava alguns traços de beleza num rosto marcado pelo sol.

«Importas-te de levar a criança?», pediu-lhe Artur, em voz baixa. «Preciso de conversar com este rapaz.»

A mulher, enquanto a criança lhe brincava com o cabelo, fechou e abriu os olhos uma sucessão de vezes, como se ficasse subitamente incomodada com a minha presença.

«Vê lá no que é que te metes», disse, antes de voltar as costas e caminhar para as traseiras da casa.

Artur convidou-me a entrar e sentámo-nos à mesa da cozinha de uma casa arejada que, para minha surpresa, estava mobilada exactamente como a nossa antiga habitação da Quinta do Tempo: a televisão, o sofá, os jornais em cima de uma pequena cómoda, os reposteiros das janelas. Serviu-nos café, deitou leite na sua chávena e depois sentou-se ao contrário numa cadeira, apoiando os braços no espaldar. As suas mãos tinham envelhecido, agora cobertas de pequenas manchas e de veias salientes, mas continuava a manter a postura de um homem forte e vigoroso.

«Você aparece-me aqui depois deste tempo todo, sem avisar. A minha mulher não está habituada a visitas, e eu não gosto de ver alminhas a andarem por aí.»

«Caramba, ainda estou vivo. Ou já me tinha dado por morto?»

«E eu é que sei?», respondeu, bebendo um gole de café com leite. «Da última vez que nos vimos, nada disto existia. Nem esta casa, nem o meu filho. Nem sequer era casado. A vida deu tantas voltas. Se me perguntassem, eu diria que você tinha desaparecido, como o Dom Sebastião.»

«O senhor Millhouse Pascal não lhe disse nada?»

Artur respirou fundo e, subitamente, a sua expressão mudou – reconheci nele o mesmo homem de outros tempos, escondido debaixo de uma máscara de pai de família.

«Ouça, o que é que você quer? De onde é que apareceu, ao fim deste tempo todo?»

«Estive sete anos na América. Regressei no final do ano passado.»

«E, de repente, deu-lhe vontade de visitar o seu velho amigo Artur?»

«Digamos que, até agora, não tive coragem para o fazer. Há muitas coisas que desconheço, e é difícil saber como irei reagir a elas.»

«Se veio à procura de heranças ou de dinheiro, pode tirar o cavalinho da chuva. O testamento do patrão desapareceu no incêndio, e a massa foi toda para os estafermos, como manda a lei. Eu continuo a viver da terra, como pode ver. Não fiquei com absolutamente nada daquela fortuna.»

«Espere, espere lá», interrompi. «Vá mais devagar. O que é que aconteceu a Millhouse Pascal?»

Artur franziu os lábios, largando a chávena sobre a mesa.

«Você não sabe de nada?»

«Já lhe disse, estive ausente muito tempo.»

«O patrão morreu no princípio de 1984. Já lá vão seis anos.»

António Augusto Millhouse Pascal
1911-1984

A notícia não foi um choque, mas deixou-me imensamente triste. Até a luz incandescente do dia pareceu esvair-se um pouco, alongando as sombras projectadas nas paredes.

«Como?»

«Você devia saber melhor do que eu, uma vez que ele regressou de Nova Iorque com um pé para a cova.»

«Eu sei disso. Mas como é que morreu? Em que circunstâncias?»

«Quando chegou mandei vir um médico de Lisboa, um perito em não-sei-o-quê. O homem explicou que a única maneira de lidar com a doença era interná-lo imediatamente num hospital. Mas sabe como era o patrão, teimoso até ao fim... Disse-me que, se ia morrer, queria fazê-lo como nos tempos medievais. Morrer em casa.»

«E assim foi.»

Artur encolheu os ombros. «Eu limitei-me a cumprir ordens.»

«Não estou a censurá-lo.»

«Nem podia, depois do que fez.»

«Bem sei.»

«A morte foi pacífica. Passou os últimos meses de vida a ler, deitado numa cama que lhe arranjei no consultório. Dizia que o quarto lhe dava arrepios e que preferia estar ali, de onde podia ver o jardim. Uma manhã de Inverno, entrei para lhe levar o pequeno-almoço e o patrão já não respirava. Morreu de rosto feliz, todo enrolado numa manta, um livro aberto em cima do peito. Parecia uma criança.»

«Ainda bem», disse, um tanto emocionado com aquele relato, ainda que me chegasse no tom de voz soturno de Artur.

«Os problemas vieram de fora», continuou ele, servindo-se de mais café. «Nos meses em que o patrão esteve na América, apareceram na quinta uns homens da Judiciária. Um inspector e mais dois rapazes.»

«Presumo que fosse o inspector Melo.»

«Como é que você sabe?»

«Velhas histórias.»

Artur beberricou o café.

«Seja como for. Sim, esse inspector Melo esteve lá e quis fazer uma vistoria à casa, mas eu não deixei. Posso não ter instrução, mas não sou estúpido: sem um mandado, ninguém entra. Depois, fui sabendo pela Polícia de Santiago do Cacém que os inspectores de Lisboa tinham andado por aí a fazer perguntas, embora nunca soubesse precisamente porquê. Você sabe que eu não me metia nos negócios do patrão.»

«Ainda assim, é difícil acreditar nessa sua inocência toda.»

«O que é que quer dizer com isso?»

«Artur», disse, chegando-me à frente, respirando o aroma intenso do café na chávena, «nós atirámos um homem enforcado à água. E, depois, fizemos a cova ao outro quando...».

A mão poderosa de Artur caiu sobre o meu braço, apertando-o.

«Você perdeu a cabeça?», rosnou ele, em surdina. «A minha mulher e o meu filho andam por aí. Esses assuntos estão mortos e enterrados, percebe?»

«Literalmente.»

Ele soltou-me, um tanto atrapalhado.

«Não se arme em engraçadinho.»

«Olhe para mim», disse-lhe, fitando-o. «Escusa de me dar a conversa que deu à Polícia. Eu estava lá consigo, quando despachámos os corpos de Sean Figgis e de Tito Puerta. Resta saber, claro, se eles foram os únicos, mas tenho sérias dúvidas.»

«O que é que você quer saber, afinal?», perguntou Artur, irritado.

«Depois da morte de Millhouse Pascal. O que é que se passou.»

«A Polícia começou a apertar o cerco muito antes, mas eu nunca disse nada ao patrão. Não valia a pena estar a chateá-lo com essas coisas, o homem já quase nem conseguia respirar. Apareciam por aqui, andavam a bisbilhotar a propriedade. Uma vez saí do casarão pela manhã e vi um deles no jardim, a fumar um cigarro, como se estivesse num parque público. Mas eu tinha as mãos atadas, está a ver. Nessa altura, no final de 1983, éramos só eu e o patrão naquele lugar enorme. Às vezes aparecia uma cozinheira, mas nunca ficava mais do que umas horas. No estado em que o homem estava, tinha lá tempo para andar a afugentar os corvos. Por mim, podiam passear-se por ali à vontade, queria lá saber.»

«Não tinha medo de que entrassem na biblioteca?»

«Esse problema nunca se pôs.»

«O que é que quer dizer com isso?»

«Quero dizer o que disse. Nunca se pôs, ponto final.»

«Está a dizer-me que os ficheiros já lá não estavam?»

«Quais ficheiros?»

«Você sabe. Dezenas e dezenas de páginas, algumas delas sobre os homens desaparecidos.»

«Nunca cheguei a ler essas páginas.»

«O que é que lhes aconteceu?»

Ele encolheu os ombros. «Devem ter sido queimadas pelo incêndio. Depois de o patrão morrer, logo a seguir, não tinham passado quarenta e oito horas, quando um fogo deflagrou na casa das heras. O corpo ainda estava morno quando a Quinta do Tempo ardeu de cima a baixo. Foi-se tudo menos a nossa habitação, que era feita de pedra. Eu tinha ido a Lisboa para tratar de alguns assuntos e, quando regressei, estava tudo queimado.»

«E a Polícia?»

«O que é que podiam fazer? Levaram-me para a esquadra, interrogaram-me durante umas horas. Queriam saber onde estavam esses tais documentos, os ficheiros, os papéis. Disse-lhes que não tinha sobrado nada. Até o testamento se fora. Os gajos lixaram-se bem lixados. Sabiam que, enquanto o velho fosse vivo, não podiam entrar por ali adentro sem mais nem menos, ainda por cima com os amigos que o patrão tinha no governo. Mas, uma vez morto, até esfregaram as mãos de contentes. Estavam a preparar-se para a rusga, está a ver. Sai-lhes o tiro pela culatra.»

«Um incêndio bem conveniente», disse, bebendo um pouco do café, que estava demasiado amargo.

Artur encolheu os ombros. «Conveniente ou não, foi o que foi.»

«E o que é que, na realidade, aconteceu aos documentos?»

Ele riu-se, um riso cínico e sardónico. «Você não desiste, pois não? Quer voltar a abrir a ferida depois destes anos todos?»

«Gostava de saber a verdade, é só isso.»

«E acha que, lá por saber essa verdade, tudo será perdoado?»

«O homem está morto. O caso, tanto quanto compreendo, arquivado há anos. Que mal é que poderá trazer?»

Nesse momento, a criança entrou pela porta da frente, olhando para o pai com um sorriso maroto. Artur fez-lhe uma festa na cabeça e, erguendo-se, pegou-lhe ao colo e tornou a levá-la para junto da mulher, que regava as flores do lado de fora da janela. Depois regressou à cozinha e fechou a porta por dentro.

«Já lhe contei o que sei», disse, tornando a sentar-se. «O resto terá de perguntar aos verdadeiros herdeiros do senhor Millhouse Pascal. Os netos.»

«O que é feito deles?»

«Houve uma reunião com os advogados em Março de 1984, em Lisboa, na qual eu estive presente, e a fortuna foi distribuída em parcelas iguais pelos três.»

O coração saltou-me dentro do peito. «Os três? Camila esteve presente?»

Artur abanou a cabeça. «A menina Camila nunca mais voltou a aparecer. A parte que lhe pertence ficou com Gustavo, que veio de Londres para receber a herança. Aliás, ele ficou com o dinheiro de todos, porque a menina Nina tinha só treze anos e era menor de idade. Se o dinheiro chegou ou não à Camila, é coisa que desconheço.»

«E a Nina?»

«Que eu saiba, porque tratei de alguns assuntos com o colégio em Cascais, foi transferida para uma escola em Inglaterra no final desse ano lectivo, ficando sob a custódia do irmão mais velho. E, depois disso, o silêncio total. Nunca mais me contactaram, nunca quiseram saber de mais nada no que diz respeito ao avô. Estiveram presentes no funeral e na altura de receber a massa. E puseram-se a andar.»

Suspirei, algo desanimado com aquele relato.

«Era importante para mim saber do paradeiro da Camila. Perceber, pelo menos, se está viva ou morta. Tem a certeza de que não lhe está a escapar nada?»

«Olhe em volta», disse Artur, apontando para a banalidade da casa. «Acha que eu sou um homem com muitos segredos?»

«Faça um esforço.»

Ele terminou o café de um gole e fitou-me demoradamente. Reconheci, num momento de familiaridade insuspeita, alguma benevolência nos seus olhos vítreos.

«Há um pormenor que me vem intrigando. Provavelmente, não significa nada, mas acho que lhe posso mostrar.» Levantou-se, foi até um quarto dos fundos, onde o escutei a remexer nuns papéis, e regressou com algumas fotografias que pousou sobre a mesa. Eram três imagens a preto e branco de um homem. Numa delas estava vestido com um sobretudo, a caminhar pela rua, rodeado de prédios característicos de uma cidade anglo-saxónica; noutra, a entrar no que parecia ser um bar; e, na terceira, falava dentro do bar com um tipo de origem latina. Tive de observar o rosto nas fotografias com atenção antes de o reconhecer: era Gustavo, agora um homem de vinte e muitos anos, cabelo curto e óculos quadrados, usando as roupas próprias de um homem bem-sucedido ou, pelo menos, endinheirado.

«O que é isto?»

«Também gostava de saber. Essas fotografias chegaram recentemente ao apartado da Agência MP.»

«O apartado ainda existe?»

«Existe. E continuará a existir, enquanto um dos familiares de Millhouse Pascal não se desfizer dele. Já tentei fazê-lo, mas só alguém da família poderá encerrar essa conta. O mais estranho é que, todos os anos, o apartado aparece pago.»

«Quem é que tem acesso ao apartado, neste momento?»

«Eu tenho uma das chaves, e o estafermo do Gustavo ficou com outra. Raramente lá vou, só quando tenho paciência para me deslocar a Santiago e quando me lembro daquela caixinha recôndita. Nos primeiros tempos depois da morte do patrão ainda recebemos algumas cartas de clientes que desconheciam a situação, mas nos últimos anos nada. E agora isto.»

«Já tentou falar ao Gustavo?»

«Como? Pedi a morada ou o telefone dele em Inglaterra a um dos advogados, mas o sacana recusou-se a dar-me qualquer informação. Não sei onde ele vive, nem a sua irmã mais nova. Os advogados, provavelmente, nem sabem que tenho uma chave do apartado, ou já ma teriam pedido de volta.»

Fiquei em silêncio durante quase um minuto, beberricando uma nova chávena de café que Artur me servira. Alguém tirara aquelas fotografias à revelia do conhecimento de Gustavo, isso era claro: por que razão, ou para que serviam, era certamente uma história mais complexa.

«O que é que vai fazer com elas?»

«Sei lá. Só as trouxe porque julgava que conseguia, eu próprio, enviá-las para Inglaterra. Mas os cabrões dos advogados...»

A mulher de Artur entrou na cozinha nesse momento e o jardineiro levantou-se, trocando algumas palavras em surdina com ela enquanto o pequeno Artur os observava com o ar eternamente espantado das crianças. Depois a mulher tirou o avental e conduziu o filho pelo corredor fora, o miúdo chamando repetidamente pelo pai.

«Não lhe roubo mais tempo, Artur», disse eu, enquanto me erguia da cadeira, sentindo que começava a intrometer-me na vida familiar do homem. Julgara que aquele encontro pudesse esclarecer algumas coisas, mas tinha servido apenas para adensar ainda mais os enigmas; o paradeiro de Camila, esse, permanecia uma miragem.

«Quero só que veja uma coisa antes de partir», respondeu Artur, sorrindo.

Saímos da casa para o calor do final da tarde alentejana. O sol, já baixo no horizonte, queimava as espigas de trigo com raios laranja quando atravessámos o terreno fronteiro à casa. Recomecei a suar. Contornámos o edifício e, do lado contrário, Artur abriu a porta de uma garagem. Entrei, ainda cego pela luz intensa do dia, para o ar fresco no interior, onde, depois de piscar várias vezes os olhos, vi o antigo *Bentley* da Quinta do Tempo.

«É uma beleza, não acha?»

Era uma estranha beleza que o tempo poupara: o mesmo tom de prata, imaculado, escrupulosamente limpo, a grelha dianteira brilhando na semi-obscuridade.

«O que aconteceu ao seu *Citroën?*»

«Deixei-me disso», disse Artur, passando a mão pelo carro. «Esta foi a única coisa com que fiquei dos dezoito anos que trabalhei para o patrão. A única coisa com que queria ficar.»

«Como é que o conseguiu?»

«O senhor Millhouse Pascal ofereceu-mo antes de morrer. Quer dar uma volta?»

«Agora? E a sua mulher?»

«Fica a tomar conta do pequeno estafermo.»

Entrámos para o carro. Uma sensação antiga e familiar perpassou o meu corpo quando me sentei no lugar do passageiro, ajustando-me ao conforto austero do *Bentley*. Artur arrancou e, um minuto depois, estávamos a fazer a estrada de terra que eu percorrera no sentido inverso, o sol à minha direita galopando connosco, rasgando o horizonte. Tudo no Alentejo parecia queimado do Verão, os amarelos e castanhos da paisagem fazendo da terra o prolongamento do céu, cujos tons laranja e rosa do final da tarde anunciavam a chegada iminente da noite. Pedi a Artur que me levasse a dois lugares. Ele recusou imediatamente, mas depois acedeu a levar-me ao primeiro. Em relação ao segundo, disse, estava por minha conta.

A Quinta do Tempo deixara de existir. Chegámos em menos de dez minutos, percorrendo os caminhos de terra, onde algumas casas recém-construídas, à beira da estrada, levavam com a poeira dos carros. Em redor da quinta, o isolamento era idêntico ao que eu conhecera, embora os campos parecessem agora desolados, como se ninguém mais os cultivasse. Quando percorremos o carreiro em direcção ao casarão, porém, a devastação causada pelo fogo começou a mostrar-se. Tanto o casarão como a casa das heras eram esqueletos instáveis, carbonizados na parte superior pelas cinzas, o interior das divisões visível do exterior. Apenas metade do tecto da casa das heras sobrara – curiosamente, a parte que cobria o antigo consultório de Millhouse Pascal, porque o resto fora levado pelo fogo, pelo vento e pelas chuvas. As portas permaneciam iguais, os candeeiros ainda intactos, de lâmpadas estilhaçadas, mas as heras pareciam ter ganho uma vida retorcida e haviam atravessado a fronteira entre as duas habitações, começando a trepar pelo que restava da parede do casarão, como um vírus fora de controlo. A folhagem já não era verde e brilhante, como outrora, mas castanha e ressequida, aflita com a falta de água do Verão no Alentejo.

O pior cenário era o do jardim, por onde passeei um pouco, enquanto Artur se encostara à porta das traseiras da nossa antiga habitação. A relva havia crescido até à altura dos joelhos, o terreno seco como a pele gretada de um velho, por toda a parte as ervas daninhas atacando o solo. A grande árvore continuava ali, menos frondosa do que há uns anos, mas ainda assim a heróica sobrevivente naquele vale da morte. Os ramos tinham descido um pouco, a copa estava menos expandida e, no geral, parecia que também ela envelhecera – mas era um ser de uma força bestial, certamente o único que sobraria depois de tudo o resto desaparecer. Caminhando pelo meio da relva selvagem, recordei as tardes que ali passara com Camila, Gustavo e Nina, tentando relembrar a posição exacta da corda bamba, o lugar especial onde a neta de Millhouse Pascal, equilibrada sobre um fio, sonhava com as possibilidades imensas do futuro. Parecia ter sido noutra vida. Agora, o próprio futuro se tornara passado e as sombras tinham descido sobre a Quinta do Tempo, transformando-a numa terra de ninguém. O meu patrão morrera, Camila desaparecera como uma nuvem num dia ventoso, e uma solidão imensa, opressiva, ruminante, cercara a duvidosa existência que eu levava.

«É inútil andarmos para aqui a passear», disse Artur em voz alta, claramente incomodado por se encontrar ali. «Este lugar tem mau-olhado, ainda se pega.»

Voltámos no *Bentley* para a casa de Artur. Quando chegámos, não havia sinal da mulher ou do filho. Num gesto despropositado, dei-lhe um abraço atrapalhado, uma palmada reticente nas costas, a que ele respondeu com outra palmada, forçando um sorriso.

«Tem uma caneta e um papel?», perguntei-lhe.

O homem entrou na cozinha e regressou com o que lhe pedira. Escrevi o meu nome e número de telefone na pequena folha em branco, e acrescentei uma pequena mensagem: *No caso de encontrares este recado*. Entreguei a folha a Artur.

«Posso pedir-lhe um favor? Volte a colocar as fotografias no apartado, e deixe lá este papel junto com elas. É o meu telefone de casa.»

«Para quê?», perguntou Artur, segurando o papel.

Encolhi os ombros.

«Nunca se sabe. Tenho a suspeita de que os fantasmas também sabem fazer telefonemas.»

Nem eu próprio sabia exactamente o que pretendia com aquele gesto. Era impossível dizer se Gustavo alguma vez chegaria a ler o recado, mas alguma coisa me dizia que isso poderia acontecer. Talvez eu quisesse recuperar alguma esperança, ou descobrir, depois da visão apocalíptica da Quinta do Tempo, que restava ainda a possibilidade de alguma ligação ao passado. Porque eu era, na verdade, o único que tinha ficado para trás; o único que, para escapar ao que o futuro guardava, me ausentara da vida.

Meti-me no meu *Fiat* e, depois de ouvir as indicações de Artur – não saberia chegar ao lugar sozinho –, parti quando a noite já descia sobre o mundo. Enganei-me algumas vezes no percurso, voltei atrás, consultei o pequeno mapa que o jardineiro desenhara. E, depois, quando a escuridão já consumira a luz e abraçava os campos, cheguei ao lugar que procurava, reconhecendo-o, sem surpresa, depois de tanto tempo, por causa da Lua: era o mesmo vale mergulhado na vertigem, o astro branco e luminoso suspenso entre dois montes. Saí do carro, pegando numa lanterna, e caminhei pelo campo. Não tinham passado cinco minutos quando, concentrado no foco de luz que me abria caminho por entre terra e arbustos secos, encontrei a árvore junto da qual Tito Puerta fora sepultado.

As árvores sobrevivem à passagem do tempo. A menos que um tremor de terra as engula, nenhum homem é capaz de arrancar uma árvore apenas pelo prazer de o fazer, a menos que queira desbastar o terreno onde ela se encontra, ou seja louco. Aquele terreno parecia intocado há muitos anos, e os loucos não abundam nos campos desertos e por cultivar do Alentejo. Agachei-me junto da cova e, apagando a lanterna e largando-a ao meu lado, enfiei as mãos na terra seca, deixando que os meus dedos penetrassem no interior daquela massa bolorenta e quebradiça. Apenas o céu me iluminava quando comecei a cavar com as mãos, sentindo, de repente, uma aflição do tamanho da eternidade, uma angústia colossal que me trouxe lágrimas aos olhos – tantas lágrimas que, ao final de alguns segundos, era incapaz de ver o que estava a fazer, e a terra saltava por todos os lados, atingindo-me os lábios, os olhos, agarrando-se às minhas roupas, torrões entrando para dentro da minha camisa. Cavei, cavei e cavei, até os meus dedos estarem em carne viva, até não conseguir mais mover os braços, até a Lua me parecer a íris de um deus silencioso e os cadáveres fugirem do meu desespero.

Um doloroso reencontro

Isto aconteceu no Verão de 1990, o primeiro após o meu regresso dos Estados Unidos. Foi a prova, se é que alguma era necessária, de que as feridas continuavam bem abertas; e uma demonstração de que quanto mais procurasse sará-las, mais elas sangrariam. Em última análise, a morte de Millhouse Pascal e a destruição da Quinta do Tempo não eram uma saída, porque não existia saída: os mortos continuavam a rondar-me, e os vivos, dos quais nada sabia, permaneciam à deriva da minha compreensão. O tempo passara e, contudo, todos os mistérios permaneciam; na verdade, o tempo servira apenas para colocar um segundo véu sobre os enigmas e, nos meus sonhos, as silhuetas permaneciam as mesmas, fugindo à minha compreensão através de portas invisíveis. Continuava a não saber quem, na verdade, fora António

Augusto Millhouse Pascal; continuava a desconhecer a autêntica história daquele rapaz que, tantos anos antes, com uma fotografia minha no bolso do casaco, quisera advertir-me dos perigos que o futuro traria e morrera por causa disso; e que espécie de homens haviam sido Sean Figgis e Tito Puerta, os cadáveres que, vezes e vezes sem conta nos meus sonhos, eu lançava ao mar e enterrava no terreno lamacento da minha memória?

Demorei oito meses, desde o momento em que voltei a Lisboa, a reunir coragem para visitar Artur. Muitos anos mais passariam antes de conseguir um vislumbre, através de um pequeno rasgão nesses véus que encobriam a verdade, do que acontecera a Camila, que se transformara numa imagem de um gorro vermelho e um sorriso, repetida vezes sem conta na minha cabeça. Não se tratou apenas de reunir coragem: outros problemas mais imediatos se sobrepuseram. Depois de ter reencontrado o jardineiro, e de compreender que a investigação da Polícia Judiciária cessara em 1984 – os documentos das actividades da Quinta do Tempo, ao que parecia destruídos, embora não conseguisse afastar a sensação de que Artur me ocultara certos pormenores –, senti-me, de certa maneira, liberto de um fardo que me permitiu reconstruir os alicerces práticos da minha vida; antes desse reencontro, porém, durante os tempos iniciais do meu regresso, sem casa onde habitar ou trabalho que me sustentasse, fui obrigado a recorrer à única pessoa que me poderia ajudar e, depois de alguns dias de Inverno albergado numa pensão próxima do Rossio, fui à procura da minha irmã.

Foi um episódio terrível, talvez o pior que alguma vez me acontecerá, mas a necessidade, uma vez mais, ditou essa sentença. A última vez que ouvira a sua voz, naquele dia gelado de Novembro em Nova Iorque, eu era uma pessoa diferente, um rapaz que começava a cair num abismo; então, procurando escalar as escarpas desse penhasco para regressar à superfície, não medi bem as consequências do meu silêncio de sete anos. Foi fácil descobrir o seu paradeiro numa cidade pequena como Lisboa: o seu número estava na lista telefónica e, depois de umas quantas chamadas a pessoas que partilhavam o mesmo nome que ela, descobri a sua voz do outro lado. Disse-me, pelo telefone, que me julgava morto; quando sugeri aparecer em sua casa recusou-se a receber-me, marcando encontro num café no nosso antigo bairro de Campolide.

Chegado há poucos dias, a Lisboa de Janeiro de 1990 pareceu-me um lugar silencioso e triste. Os prédios eram cinzentos, as pessoas vestiam cores escuras, os guarda-chuvas pretos da minha infância povoavam as ruas. Entrei no café numa manhã nublada e, ao encontrar a minha irmã sentada a uma mesa, mexendo um café com uma colher, tive de me conter para não a abraçar, para não a sufocar com as saudades que sentira dela e que tinham estado escondidas debaixo de sucessivas camadas de solidão. Tinha agora vinte e sete anos e transformara-se numa mulher bonita, de longo cabelo escuro, ainda magra, mas com um rosto marcado por uma vida difícil, por uma dor que chegara cedo demais.

Quis dar-lhe um beijo, mas ela recuou.

«Senta-te», pediu, sem me olhar, chamando depois o empregado. Pedi um café, ansioso por um sinal qualquer da sua parte. Depois, sem saber o que dizer, fiz a pergunta mais estúpida do mundo.

«Como é que tens estado?»

Finalmente ela olhou-me, mas dos seus olhos negros emergiu apenas desprezo.

«Hoje, ontem, ou na última década? A que é que te referes?»

«Desculpa», disse, baixando os olhos para a mesa.

«Acho que não tens o direito de fazer perguntas.»

«As coisas não são como tu pensas.»

«Já há muito tempo que deixei de pensar o que quer que seja. Dei-te por morto e, a certa altura, tenho pena de o dizer, quase desejei que o estivesses.»

«É uma história muito complicada, que eu gostava de te contar um dia, se tivesses tempo e paciência.»

«Tenho uma coisa para ti», disse a minha irmã, desviando a conversa. «Deve ser o que vieste aqui buscar.»

Ela abriu a carteira, pousada sobre a mesa, e tirou do interior um envelope, que me entregou. Abri-o. Lá dentro estava mais de uma centena de cheques remetidos por um banco estrangeiro, com o valor discriminado em escudos correspondente ao meu antigo salário, e um carimbo da Agência MP.

«O que é isto?»

«Continuo a receber essas malditas coisas todos os meses, desde que tu desapareceste, em meu nome. Até quando mudei de casa continuaram a perseguir-me, porque os inquilinos do apartamento onde vivíamos em Campolide remetem o correio para a minha nova morada. Continuam a aparecer na caixa do correio deles como se fossem cogumelos. Endossei-tos.»

Olhei para o grosso molho de cheques, alguns deles com os cantos já amarelecidos do tempo.

«Estão aqui cheques com cinco e seis anos. Porque é que não os depositaste?»

«Porquê? Porque não quero a merda do teu dinheiro, ou o dessa gente para quem trabalhas.»

«Trabalhava.»

«Tanto me faz.»

«Como é que sobreviveste?»

«Como é que as pessoas sobrevivem? Arranjei um emprego. Conheci uma pessoa. Comprei uma casa.»

«Uma pessoa?»

«Sim. Vou casar-me em breve.»

Fui incapaz de evitar um sorriso, sentindo-me contente por ela e imensamente triste por tudo o resto. A minha irmã iria casar-se, e eu não estaria lá para ver; iria constituir família, ter filhos e, um dia, quem sabe, netos. Passaria a vida ao lado de um homem que eu nunca chegaria a conhecer, e tudo o que eu podia fazer era ficar calado, em silêncio, desejando que a felicidade não lhe tardasse.

Bebi o café, um líquido amargo com um travo a detergente.

«E agora?»

«Deposita os cheques que ainda estiverem no prazo. O dinheiro deve chegar-te para recomeçares. Mando-te os que for recebendo para onde estiveres. Tens o meu número.»

A minha irmã ergueu-se subitamente, tirou uma nota da carteira e deixou-a sobre a mesa. Preparava-se para partir.

«Espera», disse, de olhos já marejados de lágrimas.

«Que é?»

«É bom ver-te», respondi.

«Cuida de ti», disse ela, antes de partir para a claridade cega da manhã, a cidade ainda envolta num espesso nevoeiro.

Tentei, sem sucesso, descobrir quem estava por detrás do envio daqueles cheques. Telefonei para o banco que os emitira, em Inglaterra, mas os bancários ingleses que me atenderam recusaram-se a dar-me qualquer informação sobre o titular da conta. Consegui apenas saber que havia uma ordem mensal de envio do mesmo valor – o valor do meu antigo salário – em nome da minha irmã, e que essa ordem tinha a duração de dez anos, tendo começado em 1984, no mês seguinte à morte do meu patrão. Embora suspeite de que nunca irei saber, gosto de pensar que foi uma das últimas vontades de Millhouse Pascal; que, já perto da morte, querendo ajudar a minha família, nos incluiu, daquela maneira inusitada, no seu testamento.

Não era nenhuma fortuna, mas permitiu-me recomeçar. Depois de separar os cheques caducos dos que ainda podiam ser depositados, fiquei com cerca de quatrocentos mil escudos, o que me permitiu alugar um pequeno apartamento na rua de São Bento e procurar um emprego. Curiosamente, acabei por nunca deitar fora os cheques de todos aqueles anos em que estive nos Estados Unidos, e ainda hoje os guardo, cada vez mais carcomidos pelo tempo, um valor inútil neles impresso como uma recordação de outra era.

Demorei quase dois meses a conseguir uma entrevista de trabalho. Em Março de 1990 abriu um concurso público para várias posições na Biblioteca Nacional e, sem grande esperança, candidatei-me. Recebi uma carta pouco tempo depois e, após uma breve entrevista, na qual descrevi à mulher encarregada de contratar pessoal as minhas antigas funções na casa de Millhouse Pascal – sem nunca referir nomes ou entrar em detalhes sobre as informações que compilava e organizava –, falando-lhe também da minha reduzida experiência em livrarias americanas, ela decidiu colocar-me à experiência como arrumador de livros na sala de leitura*.

Os primeiros meses na Biblioteca Nacional foram de completa dedicação ao trabalho. Não poderia ter sido de outra maneira. O fugaz encontro com a minha irmã deitara por terra quaisquer aspirações de reconquistar uma família, e o beco sem saída que encontrara depois da conversa com Artur obrigava-me a dar meia volta, rendendo-me ao facto de nada mais poder

* Ao final de seis meses na biblioteca, ofereceram-me um contrato de trabalho e, durante os onze anos que se seguiram, passei por diversos departamentos dentro da instituição, estudando na universidade, à noite, para poder ter perspectivas de avançar na carreira, licenciando-me em Línguas e Literaturas Modernas. Fui um dos responsáveis pelo Arquivo Histórico, onde predominavam arquivos pessoais e de família e, em anos recentes, encarreguei-me das colecções patrimoniais, da Cartografia e, mais tarde, dos Espólios da Literatura Portuguesa.

saber naquela altura. Confesso que, destas duas coisas, o encontro com a minha irmã foi a que mais me deitou abaixo. Durante semanas após aquela manhã fria de Janeiro fui assaltado inúmeras vezes pela recordação da sua frieza, da sua distância, do desprezo que acumulara durante os anos da minha ausência. Como mecanismo de defesa, também eu desejei desprezá-la, considerando que a sua indiferença era uma ofensa perante a vontade que eu demonstrara de reatar laços; afinal, as pessoas não eram todas iguais, e as vidas de algumas seguiam caminhos que eram incompreensíveis para outras. Estes pequenos ataques de soberba duravam algumas horas e, depois, na solidão do meu apartamento taciturno, quando a verdade me caía em cima como se o tecto houvesse desabado, as suas razões tornavam-se claras como água. Um homem que abandona a família, que desaparece durante sete anos, deixando sozinha uma rapariga adolescente após a morte da mãe, merece sorte bem pior do que aquela que me coubera.

Não posso dizer, contudo, que os primeiros anos tivessem sido felizes. Levei muito tempo a habituar-me à vida monótona de um bibliotecário e pesou-me a solidão e a distância que sentia em relação a toda a gente que fui conhecendo. Quando me perguntavam sobre os últimos anos da minha vida, via-me obrigado a inventar histórias, incapaz de explicar aquilo por que tinha passado – primeiro, estou convencido de que ninguém acreditaria em mim; segundo, temia que me rotulassem de mitómano, um espírito perturbado às turras com a realidade e a ficção. A minha chefe sabia que eu vivera nos Estados Unidos, mas a versão que corria entre os meus colegas era a de que a minha família emigrara no princípio dos anos oitenta e que eu regressara por iniciativa própria, querendo fazer vida em Portugal. Por mais que procurasse simplificar as coisas, no entanto, era inútil; por mais vezes que convidasse um colega para um café ou uma cerveja, as conversas terminavam sempre com uma sensação de vazio, e podia ler, nos olhos dos meus interlocutores, que falar comigo era como falar com uma máscara. É impossível, a partir de um certo ponto, esconder o passado ou aquilo que fomos. Fica impresso nos nossos traços como uma cicatriz invisível, a denúncia de uma duplicidade insuportável para os outros e para nós próprios.

Quid pro quo

Em 1993 tornara-me um homem extraordinariamente só, e deixara de aspirar a qualquer outra condição. Tinha apenas 33 anos, era ainda jovem, mas o mundo parecia nada mais ter reservado para mim – e acabara por me acomodar a esta sentença. Trabalhava durante o dia, e estudava e dormia durante a noite. Nas horas vagas, lia livros, conservando o hábito que Millhouse Pascal me incutira e que constituía, desde há anos, o meu refúgio do espectáculo enfadonho e miserável da existência; e, aos fins-de-semana, andava pelas livrarias mais recônditas à procura de livros antigos ou de edições raras, sem qualquer outro motivo que não o prazer de encontrar volumes com décadas de existência. Não tinha amigos ou namoradas; raramente ia ao cinema, nunca jantava fora e prezava a quietude. Vivia como um homem de noventa anos, preso a uma rotina sem a qual teme definhar; um corpo habituado aos mesmos gestos repetidos em silêncio, executando com particular habilidade as tarefas de cada dia.

Até que, numa sexta-feira em meados de Abril, o telefone tocou. Aconteceu muito tarde, porque já me encontrava a dormir, e tive de me levantar, estremunhado, e dirigir-me à sala para o atender.

«Olá, rapaz.»

Demorei uns instantes a reconhecer a voz do outro lado.

«Gustavo», respondi.

«Em cheio, companheiro. *Long time no see.*»

«É verdade.»

Olhei pela janela, onde as luzes intermitentes da noite cortavam o negrume da cidade adormecida. Um arrepio percorreu-me o corpo, sentindo que a voz do outro lado não era real.

«Precisamos de nos encontrar. Pode ser amanhã?»

Matutei durante uns segundos, os últimos três anos de silêncio e de reclusão correndo na minha cabeça como um filme mudo a preto e branco, cheio de grão e de película queimada, procurando uma resposta para aquela pergunta.

«Pode», respondi, e marcámos um lugar e uma hora.

À hora do almoço do dia seguinte entrei nos jardins da Fundação Calouste Gulbenkian, uma tarde de Abril ainda fria, uma chuva miudinha caindo na diagonal sobre a cidade. Sonhara com a minha irmã nessa noite e, sempre que assim acontecia, uma angústia sem nome anestesiava-me o corpo enquanto me levantava a custo, tomava banho e comia um pequeno-almoço que me revolvia o estômago. Nessa manhã entrei cabisbaixo nos relvados da fundação, apetecendo-me dar meia volta e apanhar o autocarro de regresso a casa, onde mudaria de número de telefone, me tornaria a deitar e, quando acordasse, também o fantasma de Gustavo teria passado à história.

Caminhei para o anfiteatro ao ar livre e sentei-me num dos degraus, as mãos enterradas nos bolsos do casaco abotoado até ao pescoço, observando a água que alagava as pedras e os pombos que por ali rondavam. Passado um minuto, senti que alguém se aproximava e, sem me mover, aguardei que se sentasse ao meu lado, a meio metro de distância. Usava uma gabardina cinzenta, calças e sapatos pretos e, apesar dos óculos escuros e do corte de cabelo, o sorriso denunciou imediatamente Gustavo Millhouse Pascal.

«E cá estamos nós outra vez», disse ele, interrompendo o silêncio da chuva. A sua voz crescera, mudara de timbre, ficara mais grave. No momento seguinte a ter dito aquelas palavras, tive a mórbida sensação de estar sentado ao lado do seu avô. «Como é que a vida te tem tratado, companheiro?»

«Não me posso queixar, acho eu.»

«Foi curiosa, essa de deixares aquele recado no apartado. Como é que sabias?»

«O quê?»

«Que eu acabaria por lá ir?»

«O Artur disse-me que tinhas uma chave.»

Gustavo sorriu, os dentes manchados pelo fumo do tabaco. Continuava a parecer um adolescente, mas alguma coisa no seu rosto indicava um cansaço, uma maturidade precoce.

«Esse Artur. Grande peça que me saiu. Se fosse por ele, já estava sete palmos debaixo de terra, ou atrás das grades.»

«Ele é bom homem, no fundo.»

«Suponho que tenhas visto as fotografias.»

«Vi. O que significam?»

Gustavo puxou de um cigarro e ofereceu-me outro. Hesitei um instante e, depois, aceitei. A primeira passa deixou-me enjoado.

«Significam que há gente que não gosta muito de mim», disse ele, puxando sofregamente pelo cigarro. «E que preciso da tua ajuda para resolver o problema. Imagina só.»

«Explica-te lá.»

«Lembras-te do Neil Hoffman?»

«Vagamente.» Neil Hoffman tinha feito parte da lista de clientes de Millhouse Pascal. O nome era-me familiar, mas nada mais.

«Foi numa altura anterior à tua chegada. O meu avô recebeu-o umas quantas vezes, quando o Hoffman era um dos cabecilhas do Partido Nacional Britânico. Cabecilha é como quem diz; o Hoffman foi, no princípio dos anos oitenta, o estratega principal da organização, e esteve envolvido, segundo consta, com o Nuclei Armati Rivoluzionari, um grupo terrorista neofascista responsável pelo massacre na estação de Bolonha, onde morreram mais de oitenta pessoas.»

«E o que é que tu tens a ver com isso?»

«Eu trabalhei para o Hoffman durante algum tempo.»

«Trabalhaste para um terrorista?»

«A coisa não é assim tão simples. Durante o tempo em que esteve no Partido Nacional Britânico, o Hoffman permaneceu incógnito, trabalhando nos bastidores, operando na sombra de uma máquina que, por ser nova, precisava de ser oleada. O Neil não podia assumir publicamente as suas posições políticas, porque era juiz de profissão. Eu fui contratado para a Hoffman & Smith quando terminei o curso na London School of Economics, em 1987, na altura em que ele abandonou os tribunais e se dedicou à representação legal e financeira de clientes privados. Dois anos mais tarde, em 1989, o Hoffman foi indicado pelo Partido Conservador para um lugar no Parlamento e, duas semanas após a nomeação, as cartas começaram a aparecer.»

«Quais cartas?»

«Alguém sabia do passado do Neil com o Partido Nacional Britânico e com o grupo terrorista italiano. Pior ainda, nas cartas existiam referências a pormenores que só alguém que houvesse privado com o Hoffman poderia saber. Coisas pessoais, demasiado pessoais para serem descobertas por um funcionário subalterno de um grupo revanchista de segunda. Nas cartas, exigia-se que ele desistisse da candidatura, ou o seu passado seria revelado.

O Hoffman, encostado à parede, desistiu da nomeação nesse ano, alegando que ainda não chegara o seu tempo de entrar na política, e as ameaças cessaram. Entretanto, eu fui despedido e investigado pelos meus próprios colegas da Hoffman & Smith. O Hoffman contou pelos dedos das mãos as pessoas com quem privara e, depois de eliminar os outros suspeitos, chegou à conclusão de que só podia ter sido o meu avô.»

«O teu avô nunca faria tal coisa.»

«Como sabes?»

«Quando regressou da América vinha já muito doente. Que interesse teria em ameaçar os antigos clientes?»

Gustavo deu outra passa demorada no cigarro.

«Quem sabe? Se calhar decidiu que estava na altura de ajustar contas com o passado. Corrigir alguns erros. No fundo, morder a mão a quem lhe deu de comer.»

«Espera lá», intervim, confuso. «Disseste que que o Hoffman recebeu essas cartas em 1989, quando foi nomeado para um lugar no Parlamento. Por essa altura, o teu avô já tinha morrido há cinco anos. E, se o Hoffman foi cliente dele, de certeza que estava a par da morte. Caso arrumado.»

A chuva recomeçou nesse instante, gotas dispersas caindo do céu na diagonal. Larguei o meu cigarro meio fumado no chão ensopado.

Gustavo suspirou. «Aí é que está o problema. Não duvido, nem por um segundo, de que o velho fosse capaz disto, mas tens razão. A verdade é que já estava morto.»

«Então quem é que mandou as cartas ao Hoffman?»

Ele encolheu os ombros. «Sei lá. Se calhar foi mesmo o velho, lá do inferno aonde foi parar.»

«Isso é absurdo.»

«O mais absurdo não é isso. É que, na altura em que tentei explicar precisamente isto ao Hoffman, ele não acreditou numa palavra. De repente, convenceu-se de que o velho estava vivo. Chegou a mandar gente ao Alentejo à procura do meu avô e, quando não o encontraram, concluiu que o velho tinha fingido a própria morte e que, agora, operava na sombra, usando a informação privilegiada que conseguira dos seus clientes para fazer justiça pelas próprias mãos. Na cabeça deste chalado, o meu avô está escondido em parte incerta.» Gustavo deu uma passa, expeliu o fumo e inspirou o ar húmido da tarde. «Isto, para o Hoffman, foi uma traição impensável: quando o conheci, ele falava-me do meu avô como quem fala de uma figura mitológica; um homem que, em vida, estivera sempre acima dos outros homens, que o Hoffman acreditava tê-lo curado das doenças mais nefastas da alma. Acho que, no fundo, ele me contratou para me ter por perto, um talismã de substituição. Eu nem sequer sabia quem ele era quando aceitei a sua proposta, mas devia ter desconfiado quando, ao terminar o curso com notas sofríveis, fui recrutado por uma firma tão conhecida. Com esta gente, no entanto, rapidamente passamos de talismã a ratazana.»

«O que significam as fotografias, então?»

Gustavo encolheu os ombros. «São uma prova do meu desespero. Depois das cartas, de ter sido despedido, investigado e interrogado, e ao compreender que eu sabia tanto do meu avô como ele, o Hoffman decidiu que a única maneira de conseguir o que queria era a chantagem. Alguém me andou a seguir com uma máquina fotográfica, e naquelas imagens que viste apareço a conversar com Eugenio Fuentes, um chileno procurado pela Interpol por se encontrar envolvido em negócios de armas químicas com o Iraque. Gás sarin, e outras merdas assim. Se as fotografias forem tornadas públicas, sou acusado de colaboração com um terrorista; noutras palavras, estou fodido. *Kaput.*»

«O que é que estavas a fazer com esse tipo?»

Gustavo respirou fundo; o cigarro tinha chegado ao fim, mas permanecia entre os seus dedos.

«É uma longa história de erros e de ingenuidade da minha parte, na qual não vale a pena entrar agora.»

«Está bem», concordei, sem duvidar, por alguma razão, da sua honestidade. «Mas porquê enviar fotografias para o apartado em Portugal, se te tinham por perto? Se podiam fazer chantagem directamente contigo?»

Gustavo sorriu, apagando o cigarro debaixo do sapato.

«Não sou eu quem o Hoffman quer intimidar; é o meu avô, através de mim. E, como está convencido de que ele está vivo, vê-me exactamente como aquilo que eu sou: um peão, um instrumento para conseguir o que quer. E aquilo que ele quer está aqui.»

«E o que é que ele quer?»

Gustavo baixou os óculos escuros, revelando os olhos azuis raiados de sangue, como se não dormisse há eternidades.

«O seu ficheiro da Quinta do Tempo. As informações que o velho reuniu sobre ele. Tentei explicar-lhe que era inútil, que estava a enviar fotografias para um morto e um jardineiro alentejano com um parafuso a menos; mas foi inútil.» Gustavo acendeu outro cigarro. Gotas de chuva escorriam-lhe pelo rosto. «Quando a chantagem das fotografias não teve resposta, e incapaz de encontrar o velho, resolveu ir dando cabo da minha vida aos poucos. Há três anos que ando a fugir dos capangas dele. Já tentei mudar de casa, de cidade, até de país, mas parece que entrei numa espécie de lista negra internacional: sou perseguido para onde quer que vá. Já levei várias sovas. Os apartamentos em que vivo são assaltados constantemente.» Fez uma pausa. «E, se não puser cobro a isto, vou acabar na cadeia.»

«O que vais fazer?»

Ele segurou no meu braço com uma mão, apertando-o com força.

«Preciso desse ficheiro. Assim que ele o tiver, esquece-se de mim, e volto a ter a minha vida.»

«Os ficheiros foram destruídos no incêndio.»

«Quem é que te disse isso?»

«O Artur. E, mesmo que não tivessem sido, que segurança oferece a Hoffman ter o seu ficheiro na mão? Podiam existir fotocópias.»

«Tu não entendes», respondeu. «Esta gente funciona como a máfia. É uma troca simbólica: a minha liberdade pela sua. Se ele receber o ficheiro em Londres, saberá que o negócio está feito, que não tornarão a existir cartas, que o seu passado está definitivamente enterrado. Mas *apenas* se receber o ficheiro. Seja como for, mesmo que existam cópias, ele também terá cópias das minhas fotografias; e se, mesmo depois de ter o ficheiro original, voltar a ser ameaçado, as fotografias que me tiraram com o chileno vão parar aos jornais, e eu à cadeia.»

«Ainda não percebi como é que eu entro nesta história.»

«Preciso que vás falar com o Artur. Sei – tenho a certeza – que o homem salvou todos os documentos antes do incêndio, porque também sei que foi ele que o deflagrou.»

«Como é que sabes isso?»

«O homem tomou conta daquela propriedade durante dezoito anos com a dedicação de um santo. De repente, o velho morre, o jardineiro descuida-se, e arde tudo? Histórias da carochinha. Existiam demasiadas coisas naquele lugar que nem o próprio Artur podia correr o risco de deixar sair cá para fora. Afinal, ele tem tantas culpas no cartório como o velho.»

«Supondo que tens razão, porque é que não falas com ele? Que tenho eu a ver com isso?»

«Sabes tão bem como eu que o gajo me detesta. A mim e às minhas irmãs. Se lhe explicar isto tudo, até esfrega as mãos de contente com a minha desgraça. Preciso que sejas tu a pedir-lhe o ficheiro.»

Olhei para o degrau onde os meus pés repousavam, as gotas caindo devagarinho sobre a superfície molhada e formando pequenos círculos concêntricos.

«Não sei. É muito complicado para mim, neste momento, andar a remexer assim no passado.»

Gustavo voltou a colocar os óculos escuros, depois de os limpar à aba da camisa. «Talvez», disse, com um tom de cinismo, «eu tenha alguma coisa que te interesse».

«Como assim?»

«*Quid pro quo,* meu caro.»

«O quê?»

«Não viste *O Silêncio dos Inocentes?*»

«Não.»

«É o que o Anthony Hopkins diz à Jodie Foster. Significa trocar uma coisa por outra. Uma substituição.»

«E tu achas-me parecido com essa tal de Jodie Foster?»

Gustavo sorriu. «Nada disso. Mas, tal como ela, queres resolver os mistérios deste mundo. Ou, pelo menos, das coisas que foste perdendo. Tu arranjas-me o ficheiro, eu arranjo maneira de saberes o que aconteceu à minha irmã Camila.»

Senti um sobressalto que procurei esconder da expressão no meu rosto.

«O que é que te faz pensar que quero saber?»

«Sei que queres.»

«Ou que preciso de ti para isso?»

«Tenho as minhas fontes.»

«Supõe que te arranjo o ficheiro, se é que ele ainda existe. Posso confiar na tua palavra?»

«Essa decisão é tua. Vou estar neste lugar, à espera de que entres em contacto», disse, entregando-me um cartão com o nome de um hotel. Depois deu-me uma palmada nas costas e ergueu-se, começando a abotoar a gabardina. «Gostei de te ver, companheiro. Estás com bom aspecto.»

Fiquei a olhar para a água que corria entre os meus pés enquanto Gustavo se afastava, as nuvens negras no céu carregadas de um dilúvio.

No fim-de-semana seguinte fui visitar Artur ao Alentejo. Tentei, durante os dias que passaram entre o encontro com Gustavo e essa visita, fazer sentido das verdadeiras razões que me impeliam, ao final de um longo período de silêncio e isolamento, a voltar a desafiar o equilíbrio precário do mundo. Era difícil, porém, encontrar uma única justificação. Talvez continuasse a padecer de uma sede de verdade ou, quem sabe, simplesmente me encontrasse aborrecido perante a monotonia da vida que tivera; seja o que for, é inútil divagar sobre o assunto.

Artur recebeu-me com simpatia mas, uma hora depois de chegar a sua casa, já se instalara entre nós um enorme clima de suspeita – a sua mulher olhando-me, uma vez mais, com reservas; o miúdo, finalmente, começando a parecer-se com o pai. Falámos um pouco dos últimos três anos, durante os quais pouco ou nada se passara nas nossas vidas e, depois, esbarrando na alma gelada e imperturbável do jardineiro, contei-lhe uma versão abreviada do meu encontro com Gustavo. Tal como já esperava, o homem começou por negar tudo para, depois de alguma insistência da minha parte – a certa altura, perante a sua teimosia, menti-lhe e explorei vergonhosamente a sua natureza simples, dizendo-lhe que Gustavo ameaçava abrir um inquérito –, acabar por me revelar a existência oculta dos documentos, tentando ilibar-se do facto de ter escondido coisas que não lhe pertenciam. Tivera receio, explicou, de que uma rusga por parte da Polícia acabasse por o incriminar, e fora essa a razão pela qual retirara todas as provas da existência da Agência MP da biblioteca, transportando-as para um lugar seguro. Embora nunca chegasse a admitir a autoria do incêndio, era fácil ler na sua expressão de culpa, ao falar dos últimos tempos na casa de Millhouse Pascal, que o final abrupto da Quinta do Tempo fora da sua responsabilidade.

Finalmente, quando consegui que me mostrasse onde escondia os documentos, compreendi a fragilidade intrínseca daquele homem, que sempre parecera sólido como uma rocha. Artur pusera-os no fundo falso de um baú no quarto de dormir da criança, escondidos debaixo de uma pilha de livros arrumados sem ordem aparente, sujeitos à humidade e ao olhar indiscreto de qualquer pessoa que, sem grande esforço, decidisse vasculhar por ali. Aquele baú, explicou-me, tinha-lhe sido oferecido pelo patrão antes de morrer, os livros no interior edições repetidas da biblioteca, que ele tratava como mudas de cama. Julgo que, apesar de todos aqueles anos na companhia de Millhouse Pascal, nunca chegou a compreender a verdadeira natureza do seu trabalho, ou a importância e o poder das informações que tinha guardadas em sua casa, com o mesmo desleixo de um adolescente que esconde uma revista pornográfica dos pais. Demorei apenas uns minutos a encontrar o ficheiro que queria, passando as mãos pelas dezenas de páginas que eu próprio dactilografara naquelas infindáveis manhãs na biblioteca, e fechei o baú, guardando comigo os papéis de que Gustavo precisava.

Antes de partir, garanti-lhe que o assunto ficaria por ali; que nem eu nem Gustavo o voltaríamos a incomodar. Pedi-lhe, porém, que se livrasse do resto dos documentos, queimando-os ou, como fizera com Tito Puerta, enterrando-os algures para que nunca mais pudessem ser encontrados. Estaria a livrar o mundo de um fardo, garanti-lhe, e a votar ao esquecimento coisas que ninguém desejava ver recordadas. Despedi-me dele com um forte aperto de mão à porta de sua casa, num sábado ventoso de Abril, adivinhando que, provavelmente, não nos tornaríamos a ver. Melhor assim, pensei. Significaria que, por uma vez na vida, alguma coisa tinha chegado ao fim sem deixar na sua esteira um rasto invisível e enganoso.

Por razões que desconheço, Artur nunca se desfez dos documentos. E depois deixou este mundo de repente, sem aviso, e eu fui forçado a escrever este relato.

Outros caminhos

Descobri com alguma desilusão que o derradeiro passo iria levar algum tempo. Quando entreguei o ficheiro a Gustavo, naquele quarto de hotel, o rosto do neto de Millhouse Pascal iluminou-se ao ténue brilho da televisão ligada, as luzes da noite enchendo as janelas com tons amarelados de cidade. Encontrei-o em camisola interior e cuecas, e recebeu-me com um copo de *whisky* na mão, agitando-o para fazer derreter as pedras de gelo no interior. Gustavo leu as páginas do ficheiro e, a seguir, guardou-o cuidadosamente na pequena mala de viagem que escondia debaixo da cama. Finalmente, sentou-se à secretária que estava junto da janela e, usando uma das folhas do caderno de notas oferecido pelo hotel, rabiscou alguma coisa nele.

«O prometido é devido», disse, entregando-me a folha. Escrevera nela uma morada e um número de Londres.

«Camila está em Inglaterra?»

Ele riu-se, dando um gole no *whisky*.

«Que parvoíce. É o endereço da minha irmã Nina.»

«Não foi isto o que combinámos.»

«Eu disse que te arranjava maneira de saberes o que aconteceu, não te prometi a Camila em carne e osso.»

«E porquê a Nina?»

«É a única pessoa que mantém contacto com ela. Parece incrível, não é? Eu e a Camila éramos unha com carne e, hoje, desconheço o seu paradeiro ou as suas andanças. A vida mete-se no caminho, e a verdade é que tenho andado demasiado preocupado com a minha sobrevivência para me ralar.»

Olhei para o papel, sentindo que Gustavo me enganara. «Isto é muito pouco. Provavelmente, a tua irmã Nina nem se lembra de mim. Não lhe posso telefonar e desatar a fazer perguntas.»

Ele sentou-se à beira da cama, pegou no comando da televisão e mudou de canal. Depois encolheu os ombros.

«Acho que vais ter de lá ir pessoalmente, então.»

Tentei despedir-me dele, mas Gustavo parecia ter já entrado num estado de espírito difícil de compreender, uma secreta satisfação solitária que era uma reminiscência dos seus tempos de adolescente, da indiferença egoísta que constituíra a única maneira ao seu dispor de se destacar dos amigos e da família. Se o avô se distinguira pela genialidade, ele consegui-lo-ia através do alheamento, da completa ausência de preocupação com os caminhos dos outros. Ao deixá-lo naquela noite, entregue a esta apatia, compreendi pela primeira vez que, a existir algum, seria eu o único testemunho possível da vida de Millhouse Pascal – o último reduto da memória, a derradeira chave para a compreensão de uma existência que, após a sua morte, tinha todas as qualidades da mitologia.

Passaram-se dois anos antes que eu encontrasse tempo e determinação para tomar uma atitude. Telefonar a Nina era impensável – não se tratava apenas do facto de ela, provavelmente, ter apenas uma vaga recordação da minha existência; mesmo que tivesse, seria improvável que uma conversa pelo telefone fosse a solução indicada. As razões foram de outra ordem e prenderam-se com a minha própria vida que, a partir do momento em que se fechou o episódio de Artur e Gustavo, pareceu dar uma volta curiosa, como se o destino se estivesse a antecipar aos meus gestos e me quisesse mostrar outros caminhos.

No Verão de 1993 conheci a Patrícia e, de repente, o mundo ganhou cores desconhecidas, porque ela me resgatou ao lugar sombrio e resignado do qual julgara nunca mais poder sair. Conhecemo-nos por acaso, numa breve troca de impressões acerca de uma série de livros que ela viera depositar no arquivo da biblioteca – a sua família era, e é, uma curiosa mistura de bibliófilos e cinéfilos, gente que vive permanentemente nas nuvens, e o seu avô conservara, até ao ano da sua morte, uma biblioteca repleta de raridades – e, algumas semanas depois desse primeiro olhar, começámos a namorar. Ainda hoje não compreendo o que a minha mulher viu em mim e, por respeitar demasiado aquilo que me coube em sorte, procuro não compreender; infelizmente, e porque esta história ficaria incompleta – e, assim, seria uma história apócrifa e desonesta –, sou forçado a incluir nela o episódio que se segue, um episódio no qual não tenho qualquer orgulho, um segredo que guardo de Patrícia há mais de uma década e que me enche de vergonha, esperando que, depois de ler estas palavras, ela as consiga esquecer e seja capaz de me perdoar.

Ainda morávamos em casas separadas quando, por mero acaso, surgiu a oportunidade de ir a Londres. Para dizer a verdade, a nossa relação ainda não amadurecera – existiam muitas coisas que não lhe havia contado – e, embora Patrícia tivesse conseguido levantar a ponta do véu que, durante tantos anos, havia minado a minha confiança na realidade, ainda existia em mim muito da pessoa que fora – pensava frequentemente no passado e, de tempos a tempos, era atacado por uma melancolia excessiva que, com o decorrer dos anos, acabou por se tornar crónica;

naquela altura, porém, manifestava-se em ataques de uma profunda angústia, que tendiam a ocorrer sempre que alguma coisa me recordava de Camila: ela continuava a ser a representação de um amor inexcedível, a ligação ao mundo encantado e tenebroso que eu conhecera na Quinta do Tempo e aos anos que passara sob o jugo daquela família. A mais pequena ocorrência era suficiente: um rosto na rua com traços parecidos, uma flor demasiado branca, um malabarista exibindo-se na Baixa da cidade. Nessas ocasiões, estar com Patrícia era um suplício – ou com quem quer que fosse – e a vida, de repente, transformava-se no tal espectáculo enfadonho e miserável de que vos tenho falado. Durante dias arrastava-me da Biblioteca Nacional para casa e de regresso, distante de todas as coisas que constituíam a minha vida presente, trabalhando de forma mecânica, perdido numa região inóspita. Ao final de algum tempo, Patrícia desistiu de me tentar compreender; nestes períodos, limitava-se a deixar de telefonar e de aparecer, permitindo-me deambular pelos lados mais negros sozinho, aguardando o meu regresso à normalidade.

Em Novembro de 1995 a minha chefe propôs-me uma viagem a Londres para examinar e avaliar um acervo de obras portuguesas de um coleccionador de origem sul-africana. O homem era idoso e queria doar os livros e documentos que possuía às bibliotecas. Na altura da viagem, eu e Patrícia não nos víamos há algumas semanas, porque ela me tinha pedido um tempo de separação; isto acontecia com frequência nos primeiros anos que passámos juntos, e estava relacionado com as minhas crises. Nunca tinha visitado Londres, mas temia a viagem desde que me fora anunciada, pois sabia reconhecer perfeitamente aquele convite envenenado, outra das partidas que o destino me vinha pregando. É feio revelar este pormenor, mas a verdade é que, nos dias anteriores à partida, nem sequer pensei na minha situação com Patrícia – nem sequer pensei nela. Procurei a folha do bloco de notas que Gustavo me dera, perdida numa gaveta durante dois anos, e coloquei-a sobre a mesa da cozinha, onde a pudesse ver a toda a hora, tentado a rasgá-la de uma vez por todas. Acabei por a levar comigo no bolso do casaco.

Londres pareceu-me ensonada e triste, uma cidade cheia de espectros vagueando por ruas todas idênticas, os prédios em tijolo castanho de janelas obscurecidas pela poluição, a chuva caindo monótona nos passeios de grandes lajes cinzentas. Gostei imediatamente do lugar. Adequava-se ao meu estado de espírito e, caminhando pelas ruas do Nordeste da cidade, entrando no metropolitano com o seu cheiro intenso a ferro, ou sentado num *pub* escuro de chão alcatifado e uma cerveja morna entre os dedos, senti-me quase em casa; ou, pelo menos, o mais próximo de casa que um homem como eu se pode sentir. Durante os primeiros dois dias tratei dos assuntos da biblioteca, encontrando-me com o homem sul-africano na sua casa em Mornington Crescent e examinando com minúcia a sua colecção de obras adquiridas entre os anos trinta e cinquenta. Falámos demoradamente sobre Portugal, que ele visitara inúmeras vezes, e sobre o seu espólio, de onde escolhi cerca de vinte volumes que seriam uma excelente adição para o arquivo – sobretudo primeiras obras e edições raras – mas falámos também sobre a morte. O homem era muito velho, e era esse o seu tema preferido.

No dia anterior ao meu regresso a Lisboa, um domingo, saí do hotel pela manhã, depois do pequeno-almoço, e pus-me a caminho de Islington. Dormira mal nessa noite, sentindo que o tempo disponível para aquela viagem estava a chegar ao fim e que fora incapaz de tomar uma verdadeira decisão. Durante os dois dias anteriores mantivera a morada de Nina no interior do bolso do casaco como se, dessa maneira, fosse capaz de esquecer que ela estava lá; como se, por se encontrar invisível, simplesmente não existisse. Mesmo quando saí da estação de metropolitano, entrando num *pub* adjacente para perguntar direcções ao empregado, e segui caminho por St Paul's Road, fui incapaz de enfrentar a realidade da situação em que me colocara, guardando a secreta esperança de que, no fundo, estivesse a alimentar uma ilusão; de que, no final de contas, tudo aquilo se viesse a revelar um mero desvario do meu espírito vagabundo. Tocaria à porta de alguém que, mesmo que fosse Nina, jamais me reconheceria; passaria por uma pequena humilhação, invocando um passado ao qual apenas eu continuava apegado; e voltaria costas, de rosto rubro, tornando a descer aquela rua fria de Londres, de algum modo apaziguado pelo meu embaraço.

Subi as escadas que conduziam ao número 82 e toquei à porta. Escutei vozes que pareciam vir do jardim por trás da casa, as folhas secas do Outono esvoaçando na direcção da estrada. A porta abriu-se pouco depois e, regressada de uma outra vida, Nina apareceu à minha frente.

Nina

Tinha vinte e quatro anos e era uma das mulheres mais bonitas que alguma vez vira. Ou talvez o cinzento pálido da paisagem houvesse realçado as suas cores – o vermelho dos lábios, a cor de fogo dos cabelos encaracolados, os olhos infinitamente azuis. Primeiro perguntou-me o que queria mas, quando lhe falei em português, demorou apenas alguns segundos a compreender quem eu era, convidando-me a entrar.

«Queres um chá?», perguntou, num português carregado de sotaque, levando-me para uma cozinha na parte de trás da casa, cujas janelas davam para um jardim onde, num banco, duas pessoas conversavam de costas para nós.

«Obrigado.»

Nina colocou água numa chaleira e ligou-a à electricidade, trazendo duas chávenas para a mesa. Procurei sorrir quando passou ao meu lado, sentindo o seu perfume suave. Uma vaga de inquietação tomara-me de assalto, porque tantas coisas nela me faziam lembrar de Camila – o rosto simétrico, a beleza delicada do nariz e do queixo, os lábios finos, a maneira de andar.

«O meu irmão avisou-me de que podias aparecer por aqui. Mas, entretanto, passou imenso tempo.»

«Mais ou menos dois anos. Como é que ele está?»

Nina sentou-se à minha frente, os caracóis repousando nos seus ombros.

«Não sei bem. É um homem misterioso. Aparece durante uns tempos e torna a desaparecer.»

«E tu, como é que estás?»

«É uma pergunta interessante vinda de alguém que não me vê há... quinze anos?»

«Mais ou menos isso.»

«O que é que te traz a Londres?»

Expliquei a Nina o meu trabalho, demorando-me nos pormenores enquanto ela servia o chá. Nina acendeu um cigarro *Mayfair* enquanto eu falava, os seus olhos serenos e um tanto tristes, e depois contou-me sobre a sua vida: estava a tirar uma pós-graduação no Royal College of Arts, enquanto trabalhava para uma instituição de caridade no East End, uma zona desfavorecida de Londres.

«O dinheiro que herdei do meu avô permite-me fazê-lo», disse. «Por vezes tenho saudades dele, coisa que os meus irmãos nunca pareceram sentir. Quis fazer alguma coisa de que me orgulhasse. O Gustavo e a Camila...»

Ela hesitou e eu beberriquei o chá, esforçando-me por não me mostrar demasiado interessado.

«Sim?»

«Acho que eles nunca o compreenderam. Ao meu avô, isto é. Usam o dinheiro como se lhes fosse devido, sem qualquer respeito pela sua memória.»

«Sei o que queres dizer.»

«Sabes, não sabes?»

«Tu eras muito pequena para te lembrares, mas eu fui muito próximo do teu avô durante uns tempos.»

«Acredito que sim. Mas há muitas outras coisas de que me lembro bem. Lembro-me das nossas tardes no jardim, por exemplo. Da minha irmã Camila em cima da corda bamba.»

«Tu chamavas-me sempre *cavalheiro*.»

Nina sorriu e olhou para a mesa, corando.

«Era tão parva.»

«Não eras parva, eras uma criança. E o teu avô adorava-te.»

«Às vezes tenho vontade de matar o Gustavo por causa das coisas que me meteu na cabeça.»

«Que género de coisas?»

«Sobre ti, por exemplo. Convenceu-me, depois da morte do avô, de que tu o abandonaste quando estavam em Nova Iorque. Que ele estava muito doente e tu o deixaste sozinho.»

«Não o culpo por pensar assim», disse, olhando para o chá meio bebido. A manhã lá fora tornara-se mais escura, as folhas das árvores no jardim agitando-se ao sabor da ventania.

«Mas não é verdade, ou é?»

«Foi um desencontro. Mas, no que diz respeito às consequências, sim, Gustavo tem razão. Foi como se o abandonasse.»

«Não acredito nisso.»

«Seja como for, já não tem assim tanta importância, ou tem? Passou tanto tempo desde esse dia.»

«Porque é que ficaste em Nova Iorque?»

Respirei fundo, procurando coragem.

«Por causa da tua irmã.»

«Isso eu sei. O que te estou a perguntar é porque é que ficaste, mesmo quando ela te deixou?»

«A Camila não me deixou», respondi, na defensiva. «Simplesmente desapareceu, e até hoje não sei porquê.»

«O Gustavo disse-me, nessa altura, que vocês dois eram amantes. Que tinham desaparecido juntos. Eu acreditei nisso até começar a receber as cartas da Camila.»

«Cartas?»

Nina apagou o cigarro e levantou-se, atravessando o corredor contíguo à cozinha. Escutei uma porta a abrir-se e depois fechar-se; lá fora, as pessoas que tinham estado sentadas no banco haviam desaparecido. Ela regressou pouco depois com uma caixa azul, que pousou na mesa à nossa frente, abrindo-a.

«França, Suíça, Roménia, Polónia», disse Nina, começando a tirar as cartas, uma a uma, do interior da caixa. «E outros países que tais. A Camila escreve-me de todo o lado aonde vai.»

Peguei numa das cartas ao acaso, abri-a, e descobri a letra miudinha de Camila. Depois fui observando as outras cartas – existiam cerca de duas dezenas –, que iam de meia página escrita à pressa a duas páginas, frente e verso, carregadas de palavras.

«Quando é que começaste a recebê-las?»

«A primeira carta chegou em 1989, quando a Camila estava na Alemanha. Ainda hoje não sei como descobriu a minha morada em Londres, mas desconfio que foi o Gustavo que lha deu. Afinal, ele é que guardou o dinheiro da herança até eu ser maior de idade, e foi ele que fez chegar à Camila a parte que lhe pertencia; o certo é que cada um acabou por receber a sua fatia. Eu ainda estava no colégio, nessa altura, e só via o Gustavo nas férias, mas tenho a certeza de que ele se mantinha em contacto com a minha irmã, provavelmente desde o tempo da doença do meu avô.» Nina fez uma pausa. «A vida é uma coisa estranha: hoje em dia, nenhum deles sabe do outro. E eu, na altura em que recebi a primeira carta... eu estava tão zangada – caramba, nem sei se *zangada* é a palavra certa. Há sete anos que não ouvia falar da Camila e, para uma miúda adolescente, sete anos é imenso tempo.»

«O que estava ela a fazer na Alemanha? Como é que lá foi parar?»

Nina sorriu, certamente percebendo a minha ansiedade de saber mais pormenores.

«É uma história esquisita, não se percebe muito bem nas cartas. Aparentemente, a nossa *mãe*» – Nina fez sinais de aspas com os dedos – «soube da morte do meu avô e começou a pressionar a Camila para conseguir o dinheiro da herança. Viviam numa cidade qualquer americana de que não recordo o nome».

«Seattle?»

«Acho que sim. Pouco importa. O que fazia a Camila com essa gente está para além da minha compreensão; mas o que me explica nas cartas é que foi obrigada a deixá-los para trás, porque a obsessão com o dinheiro da família se tornou um problema. Insistiam todos os dias com ela em que reclamasse o que era seu e, uma vez, numa crise alcoólica, a Adriana chegou a bater-lhe. Acho que foi por causa disso que o Gustavo guardou a parte da Camila durante algum tempo, para que ela pudesse escapar àqueles loucos antes de ter o dinheiro consigo. De outro modo, ele seria simplesmente roubado.»

«E ela fugiu?»

Nina acendeu outro *Mayfair* e ofereceu-me um, que aceitei. O fumo rapidamente encheu a cozinha.

«De alguma maneira. Sei que conseguiu que o dinheiro fosse transferido para uma conta bancária e, a partir daí, teve liberdade para tudo. Era muito dinheiro. Para uma rapariga sozinha, então, era uma autêntica fortuna. Ela conta que andou uns tempos de lugar em lugar, à procura de alguma coisa para fazer, não sei exactamente o quê. Continuava, porém, com as mesmas ideias de funambulismo que tivera quando era mais nova. Já de regresso a Nova Iorque, foi a White Plains ver um espectáculo de um grupo de circo chamado *The Flying Wallendas*, trapezistas e acrobatas que fazem pirâmides humanas em cima de cordas bambas, ou coisa que o valha. Foi nesse espectáculo que conheceu um rapaz alemão chamado Leo que, nas suas palavras, é um descendente directo do grande Karl Wallenda, o fundador do grupo no princípio do século. Quando a *tournée* do grupo de circo terminou, este tal Leo regressou à antiga Alemanha de Leste, onde tinha família, no lado errado de Berlim.»

Nina vasculhou a caixa azul, tirando as cartas, uma a uma, e colocando-as sobre a mesa. Depois encontrou uma fotografia, que me passou. Olhei para a imagem. Lá estava Camila, tal como eu me recordava dela – as parecenças com Nina eram agora notáveis –, na varanda de um apartamento ou de um hotel, com uma cidade por trás que eu não reconhecia; ao seu lado estava um rapaz muito alto e muito magro, louro, de cabelo desarrumado pelo vento.

«Aí está ela com o Leo.»

«Fazem um bonito casal», disse, sem qualquer alegria.

Nina deu uma passa no cigarro. «É mais complicado do que isso. A Camila está a usar o dinheiro do meu avô para financiar os projectos que eles inventam, coisas perigosas e disparatadas.»

«Tais como?»

«Em Berlim, por exemplo, andaram sobre uma corda a oito metros do chão que atravessava diagonalmente o muro caído, de Leste a Oeste, sem rede, acompanhados apenas de uma procissão de gente que os aplaudiu, mas que nada poderia fazer caso tivessem um desastre. Quero dizer, este Leo deve ter muita experiência, mas a Camila nunca foi nenhuma artista de circo.»

Relembrei aquela tarde em que subira à corda bamba ao mesmo tempo do que Camila, e de como aguentara apenas alguns segundos antes de cair.

«É uma loucura», disse.

«Mas esta actuação em Berlim foi apenas o princípio. Cada carta tem uma proeza mais mirabolante do que a anterior, ou um projecto mais disparatado. Em França, o Leo carregou a Camila às cavalitas numa corda esticada sobre o caudal de um rio perto de Dijon, os dois vestidos de camponeses dos tempos medievais. Por baixo deles, a mais de doze metros, havia água e rochas. Segundo ela conta, fizeram meia dúzia de vezes uma travessia de trinta metros, de um lado ao outro do rio, porque o público não parava de chegar e de pedir mais.»

«Parece-me um tipo extremamente perigoso para a tua irmã.»

Nina fitou-me, os seus olhos doces concordando com o que eu dizia sem precisar de palavras.

«Andaram por todo o lado, até nas cidades mais pequenas da Grécia. Recebi uma carta de Edessa, por exemplo, que me deixou arrepiada. Ao que parece, o Leo tem esta obsessão por quedas de água e, uma vez mais financiado pela minha irmã, montou uma travessia sobre a catarata, a trinta ou quarenta metros do chão. Nada que não tivesse sido feito antes, claro – fora o pormenor de eles a terem feito com um rastilho atado à bainha das calças. O rastilho tinha uma duração breve e, quando terminasse, as roupas pegavam fogo. Ela descreve aquela correria pela corda como a maior emoção da sua vida; a mim parece-me simplesmente uma maneira pateta de dar as boas-vindas à morte.»

«E onde é que eles estão agora?»

Nina encolheu os ombros. A chuva começara a cair, interrompendo o silêncio daquele dia triste.

«Não faço ideia. Ultimamente, nas suas cartas, só me fala de um grande projecto, de um plano que anda a elaborar, uma coisa que a deixará verdadeiramente realizada. Parece que sempre vão ganhando algum dinheiro com as actuações, e a herança do meu avô ainda lhes deve durar uns anos. Querem, mais tarde, regressar a Nova Iorque – ou, pelo menos, é esse o desejo da Camila.»

«Um grande projecto», repeti.

«Ou um grande disparate, que é o mais provável.»

Sorri para Nina, que parecia ter ficado triste por contar aquela história. Devagar, começou a colocar as cartas de volta na caixa azul.

«Só para que saibas, ela também escreve sobre ti.»

«A sério?»

«Sim. Especialmente nas primeiras cartas. Diz que ficou muito arrependida por aquilo que te fez, seja lá o que for. Que gostaria de falar contigo, de arranjar qualquer maneira de te contactar, mas que nunca teve coragem. Achou que nunca a irias perdoar.»

Olhei para a superfície da mesa, sobre a qual tinham caído algumas gotas de chá, formando pequenas poças de água.

«Não me cabe a mim perdoar os outros.»

«A quem cabe, então?»

«A alguém que não tenha culpas no cartório.»

«A certa altura, temos de começar a esquecer as coisas que já passaram.»

«É fácil para ti dizer», respondi, num tom de voz demasiado agreste. «Eras apenas uma criança quando tudo aquilo aconteceu.»

Nina pareceu ficar magoada.

«Desculpa.»

«Não faz mal», disse ela, com suavidade.

A luz do princípio da tarde entrava agora pela janela, uns quantos raios de sol que haviam encontrado o seu caminho através das nuvens, iluminando-lhe o cabelo ruivo. Ficámos em silêncio durante algum tempo, a caixa pousada sobre a mesa entre nós como um resquício de uma outra era, de um tempo que parecia tão antigo como a eternidade. A certa altura, Nina interrompeu o silêncio erguendo-se, pegando na caixa e devolvendo-a ao lugar a que pertencia. Eu fiquei sentado, imóvel e pensativo, a velha angústia trepando pelo meu coração como uma peste, quase amaldiçoando o momento em que decidira bater à porta daquela rapariga e tornar a mergulhar no terreno lodoso das memórias. Ao mesmo tempo nascia, ainda que pequena e amedrontada, a sensação de que o final estava muito próximo, de que, sabendo finalmente o que acontecera à outra neta de Millhouse Pascal, poderia em breve colocar uma pedra sobre o assunto.

Foi nesse instante que senti Nina atrás de mim. De repente, o cabelo dela invadiu o meu rosto, caindo como uma onda ruiva, e os seus braços enlaçaram-se no meu peito. Voltei-me, e ela beijou-me. Não foi um beijo rápido; foi um beijo demorado, sensual, um trocar de carícias com os lábios quentes, um sabor a cigarros e a chá passado de boca em boca. Tenho a sensação de que ela chorava, mas é impossível dizê-lo ao certo na obscuridade que envolvia a cozinha. Momentos depois, eu fechava suavemente a porta do seu quarto, procurando não fazer barulho, ainda que mais ninguém se encontrasse naquela casa.

Quarta parte

O LEILÃO

Passaram-se dez anos antes que voltasse a ouvir a voz de Nina. Não quero entrar em mais detalhes sobre o que aconteceu em Londres, porque seria desnecessário e porque a minha mulher terá, ainda, de me perdoar, se algum dia chegar a ler estas páginas. Acredito que foi uma coisa que aconteceu porque assim tinha de ser; a distância, o tempo e os afectos ditarão o resto. Ainda hoje não compreendo a razão pela qual dormimos juntos, mas também não a procuro saber – certas coisas insistem em escapar à nossa compreensão e pertencem a uma região nebulosa chamada destino, que tão frequentemente usamos para fazer sentido das nossas vidas.

Julguei, durante os dez anos que se seguiram, que a viagem a Londres constituíra o final abrupto da minha história. De repente, todos os caminhos pareciam ter conduzido a parte nenhuma, a uma parede infinita impossível de contornar. É certo que ainda pensei durante muito tempo em Camila, tentando, na minha imaginação, recriar as suas deambulações pelo mundo encantado do funambulismo, recordando o que Nina me contara; porém, a certa altura, os enredos começaram a misturar-se na minha cabeça e, sem intenção, comecei a confundir tudo nos meus sonhos, despertando, muitas vezes, de um lugar aberrante onde os vivos trocavam de rostos e andavam de mãos dadas com os mortos. Camila era Adriana, Artur tinha uma enorme corcunda, Millhouse Pascal transformara-se no doutor Watson, Leo e Brieger a mesma pessoa, e Tito Puerta também andava por ali, contente da morte, assombrando a minha vida adormecida.

Embora estas memórias truncadas me custassem, outras coisas, mais prementes, ajudaram-me a escapar ao lugar sorumbático onde me resguardara em anos anteriores. Em 1996, Patrícia ficou grávida e, subitamente, abriu-se um novo episódio nas nossas vidas. Mudámo-nos para uma casa maior num bairro mais calmo, e, no final desse ano, nasceu a nossa primeira filha, Beatriz, uma menina de cabelo escuro, igual à mãe, que cedo se transformou na preocupação fundamental dos nossos dias. Todas as coisas que me vinham atormentando, durante tanto tempo, pareceram ser apagadas pela existência de Beatriz – ou, se não apagadas, pelo menos remetidas para um plano de fundo – e comecei, pela primeira vez, a apreciar a rotina da vida adulta. Trabalhava para poder chegar a casa e ver a minha filha. Dormia para poder acordar e descobri-la no seu berço, ao lado da cama. Sempre que, por alguma razão, a deixava, ansiava pelo reencontro com aquela coisa pequena, chorosa e incapaz de comunicar.

Dois anos mais tarde, nasceu a nossa segunda filha. Foi a minha mulher que escolheu o nome, e chamou-se Rita. Foi nessa altura, também, que fui promovido na Biblioteca Nacional a encarregado dos Espólios de Literatura Portuguesa. Ao recordar esses tempos, dou-me conta de que nunca, antes ou depois, encontrei tanta paz – embora não a soubesse reconhecer – e, se é que isto serve de alguma coisa, chego à conclusão de que a paz é um estado de amnésia, uma anestesia local que provoca, não uma erosão, mas um eclipse do passado. Se o homem pudesse viver o eterno presente, seria eternamente feliz, ou coisa que o valha – creio que se Millhouse Pascal estivesse vivo, e nos pudéssemos encontrar novamente no seu consultório, ele de cigarrilha na mão direita e eu na inacreditável inocência da juventude, concordaria com estas palavras, ele que, mais do que qualquer outra das pessoas de quem falei neste relato, sofreu na pele as vicissitudes e atribulações da memória.

De maneira quase involuntária, fui abandonando esse passado, rendendo-me ao silêncio eterno de alguns mistérios. A minha mulher raramente me fez perguntas e, sempre que o fazia, eu explicava-lhe apenas as coisas essenciais. Falámos algumas vezes de Millhouse Pascal, mas nunca entrei em pormenores sobre as nossas actividades – nunca lhe contei, por exemplo, as escabrosas histórias de Figgis ou Puerta, que acabarão, certamente, por ser um choque para ela – e os anos nos Estados Unidos são, até hoje, uma incógnita pela qual ela pouco ou nada se interessa. Ocupei-me, até há dois anos, a ver as minhas filhas crescerem, o presente sobrepondo-se a tudo o resto: deixaram de ser bebés, começaram a andar e depois a falar, tornaram-se gente. Beatriz tem hoje onze anos e é uma miúda rebelde, insubmissa, cheia de opiniões e com uma imaginação demasiado fértil; Rita é mais calada, um tanto soturna, mas extremamente perspicaz, fazendo-me lembrar, por vezes, a Nina que eu conheci em 1981 na casa do Alentejo. Juntas, as minhas filhas constituem um ser humano perfeito, pleno das contradições, virtudes e defeitos que encontramos nas pessoas mais argutas. Ainda não estão prontas para o mundo mas, em certa medida, eu já não lhes faço falta; ou, pelo menos, não lhes faço falta da mesma maneira que Patrícia lhes faz. Se eu desaparecesse ou, por alguma razão, acordasse amanhã na Lua e só me viessem buscar daqui por uma eternidade, Beatriz e Rita ficariam tristes durante um tempo e, depois, seguiriam em frente sem que nada daquilo que são ficasse essencialmente danificado. Camila e Nina também teriam sobrevivido.

*

Escrevo estas linhas um tanto amargas para explicar às minhas filhas que, caso algum dia peguem neste relato, os últimos dois anos, durante os quais estive permanentemente ausente – num sentido espiritual – não foram uma separação ou um castigo, mas uma necessidade absoluta de pôr no papel esta história mirabolante, dolorosa e confusa. Essa necessidade surgiu numa manhã de Inverno de 2006, quando li uma notícia no jornal que dava conta de um leilão onde, entre outros objectos de pessoas recentemente falecidas, iria estar aberta a licitação de um lote que pertencera a Artur M. Faria. A minha paixão por livros antigos tinha crescido com os anos, e era habitual vasculhar as páginas dos jornais por oportunidades de comprar edições raras que, a pouco e pouco, iam atafulhando o meu escritório; nessa manhã de Janeiro, encontrava-me num café não muito distante da Torre do Tombo – para onde fui trabalhar em 2001, pondo fim a mais de uma década na Biblioteca Nacional – e, emudecendo perante o olhar aparvalhado de um colega de trabalho, tive de me levantar e ir à rua apanhar ar, a chuva caindo sobre o meu cabelo grisalho e a gabardina cinzenta que Patrícia me comprara pelo Natal. Foi através dessa notícia que soube da morte de Artur, que não via há doze anos.

ARTUR MANUEL VERÍSSIMO FARIA
1940-2005

Tirei a tarde de folga, alegando problemas urgentes, e telefonei para a agência que organizava o leilão. Depois de falar com várias pessoas, consegui finalmente que me pusessem em contacto com o homem responsável pela organização dos lotes.

«Uma tragédia terrível», disse ele do outro lado da linha na sua melhor voz de representação dramática. «O senhor Artur Faria morreu no ano passado ao volante do seu carro. Um *Bentley* de 1963. A mulher ia no lugar do passageiro, e o filho atrás. Chocaram contra uma camioneta na estrada, um choque frontal, a grande velocidade.»

O homem quis explicar-me os lotes a leilão pelo telefone, mas eu já tinha deixado de o ouvir. Naquela tarde, a cena repetiu-se muitas vezes diante dos meus olhos: o piso molhado da estrada, a chuva caindo na diagonal, o *Bentley*, na faixa da esquerda, fazendo uma ultrapassagem, Artur conduzindo um carro com mais de quarenta anos de existência, cor de prata, e de repente, vindos de parte nenhuma, os olhos ofuscantes de uma camioneta, faróis nos máximos, buzina de pânico, e depois o som opressivo do metal misturado com o barulho gorgolejante do sangue. Fui para casa mais cedo nesse dia, agarrando-me às minhas filhas quando chegaram da escola, como se não as visse há uma eternidade.

No sábado seguinte fui ao leilão, que acontecia logo depois do almoço num hotel do centro da cidade. Era um daqueles leilões cujos lucros revertem para a beneficência e cujos lotes pertenciam a gente morta que não deixara família para herdar as suas posses. Uma vez que Artur nunca chegara a casar-se, os seus pertences teriam passado directamente para o filho, que também morrera, sendo por isso coisas de ninguém. Sentei-me numa sala abafada e meio cheia, onde o aquecimento central, demasiado potente, fazia suar as senhoras e os senhores da sociedade, mais idosos do que eu, que se espalhavam pelas cadeiras. Lá fora chovia há dias, uma chuva morosa e insistente, que inundava a calçada de uma água fria e imunda. Prestei pouca atenção aos lotes que antecederam o de Artur M. Faria – mortos que haviam deixado para trás vasos de porcelana, quadros de pintores semidesconhecidos, livros raros, cadeiras em mau estado e até uma maçaneta de porta do século XVIII – mas, quando chegou a vez do lote do jardineiro, despertei imediatamente, porque a primeira peça trazida ao palco improvisado foi o baú – o mesmo que eu vira naquele dia de 1993 em que o visitara a propósito do ficheiro de Neil Hoffman. Senti um sobressalto imenso quando a peça foi apresentada, uma menina com pouco mais de vinte anos levantando a tampa e revelando a mesma desordem de livros antigos que eu remexera, procurando os documentos da Quinta do Tempo que se encontravam precariamente escondidos num fundo falso. Tudo indicava que o objecto havia sido transportado da casa de Artur tal como estava, os livros talvez avaliados e novamente empilhados dentro do baú, as histórias sinistras de dezenas de homens permanecendo enterradas, por descobrir, debaixo dos volumes.

Ergui imediatamente o braço, fazendo uma oferta superior ao pedido inicial de licitação, que era de seiscentos euros. A avaliação dos livros, disse o leiloeiro, revelara algumas edições em bom estado de conservação, embora os volumes mais raros fossem leiloados à parte. Quando pensava que iria regressar a casa com um baú velho, um homem mais novo do que eu, na fila da frente, com sotaque estrangeiro, apresentou um número que duplicava a minha oferta. Existiu um burburinho na sala e, depois de alguns olhares na minha direcção que aguardavam um contra-ataque, tornei a oferecer um valor absolutamente ridículo para o objecto em causa, quase mil e quinhentos euros. Foi inútil, porém: o homem na fila da frente, de casaco preto justo ao corpo e gravata cinzenta, subiu a parada para quase três mil euros, sem sequer hesitar. Tentei, do canto onde estava sentado, observar o seu rosto – uma face dura e escorreita, o cabelo ralo e louro –, mas a figura nada me dizia. Após conseguir o baú, o homem levantou-se, falou em surdina com uma das organizadoras do leilão, certamente combinando a entrega do objecto, e retirou-se pela porta mais distante do lugar onde eu me encontrava. Saí da sala discretamente, enquanto o leiloeiro apresentava outros objectos da casa de Artur, procurando o desconhecido na recepção do hotel e nos corredores adjacentes, mas era como se tivesse desaparecido numa nuvem de fumo. No final do leilão tentei, sem sucesso, saber alguma coisa acerca daquela personagem, usando a desculpa de que lhe tencionava adquirir aquela preciosidade a todo o custo, mas os organizadores do evento recusaram dar-me o seu nome ou qualquer outra informação. Os clientes tinham direito à confidencialidade, disseram-me, e aquele homem pagara um preço elevado pela sua.

Nessa noite voltei para casa destruído. Embora a notícia da morte de Artur continuasse a pesar em mim, abrindo as portas a coisas que julgava estarem perdidas do outro lado de uma fronteira imaginada, o que verdadeiramente me perturbou foram os documentos que, muito provavelmente, estavam escondidos no fundo falso daquele baú, coisas das quais me fora esquecendo e que, agora, pareciam ganhar vida, como diabinhos trocistas escondidos dentro de um objecto que iria ser enviado sabia-se lá para onde, caindo nas mãos sabia-se lá de quem. A minha mulher estranhou a minha chegada carrancuda nesse sábado e, escusando-se a fazer-me perguntas, levou as crianças para um jantar em casa da nossa cunhada, do outro lado da cidade, deixando-me a sós com os meus pensamentos.

Por volta da meia-noite, incapaz de sossegar ou de dormir, dominado por uma ansiedade crescente e incontrolável – imaginando as consequências sinistras da exposição daqueles documentos ao olhar impiedoso do mundo e ignorando a identidade do homem que ficara com o baú –, vasculhei as gavetas do escritório em busca de um número de telefone perdido há uma década. Como raramente deito coisas fora, acabei por o encontrar, a única pessoa que me restava neste mundo com quem queria falar naquele momento. Já perto da uma da madrugada, quando Patrícia e as miúdas, depois de regressarem, dormiam a sono solto, telefonei para Nina Millhouse Pascal. Era uma hipótese remota, uma vez que, em Londres, as pessoas mudavam constantemente de apartamentos, procurando o melhor negócio na melhor zona possível; só por mero acaso Nina ainda se encontraria no mesmo apartamento que eu visitara naquela manhã de Novembro de 1995. O telefone tocou cinco vezes e, quando já me preparava para desligar, rendendo-me à evidência de que era, finalmente, o derradeiro guardião destes segredos, a voz ensonada da neta de Millhouse Pascal atendeu o telefone, num inglês entrecortado pelo sono.

Foram momentos de profundo embaraço. Não falávamos há dez anos, desde o dia em que nos despedíramos após uma inusitada tarde de amor e, tanto tempo passado, era como se ainda nos encontrássemos na mesma situação – pasmados debaixo da ombreira da sua porta, olhando para os sapatos, ensaiando as tímidas palavras de uma despedida. Foi ela, porém, a quebrar o gelo, mostrando-se surpreendida pelo meu telefonema àquela hora e querendo saber o que podia fazer por mim. A certa altura, o choro de uma criança interrompeu o nosso diálogo envergonhado e, sem que tivesse de fazer perguntas, Nina explicou-me que era o seu filho de três meses; o segundo filho, um segundo rapaz; disse-lhe que também eu tinha filhos, duas raparigas e, durante uns minutos, falámos sobre essa parte recente das nossas vidas que não havia sido manchada pelo passado. Depois, procurando controlar a ansiedade, tentei explicar-lhe o que acontecera, falando-lhe da morte súbita de Artur e da sua família, do leilão e do baú. Nina escutou-me em silêncio e depois disse:

«Não compreendo. O meu avô está morto. Que importância têm esses documentos?»

«Os documentos são muito mais do que documentos. São um testemunho do horror que ensombrou a vida de todos aqueles homens.»

«E se forem encontrados? Que mal virá daí, para além da verdade?»

Hesitei durante um momento.

«Existem informações nesses documentos sobre gente que desapareceu. Que morreu, que está morta, tal como o teu avô. Foi há muito tempo e, na altura, a Polícia Judiciária investigou os casos, sem nunca chegar a qualquer conclusão. Eu e o Artur estivemos directamente envolvidos, e o teu avô também, por associação.»

«Tens medo de que esses casos sejam reabertos?»

«Não», respondi, consciente de que estava a ser sincero. «Tenho medo, isso sim, de que as histórias sejam mal contadas, de que a verdade apareça deturpada. Há que expiar essa culpa, sei-o melhor do que ninguém, mas gostava de o fazer à minha maneira. A memória do teu avô merece melhor do que um pequeno escândalo na imprensa.»

«Então começa a fazê-lo. Mas não te demores; começa a fazê-lo agora.»

As palavras de Nina intrigaram-me. Ouvi, à distância, a voz de um homem e o choro de um bebé.

«O que queres dizer com isso?»

«Usa aquilo que está à tua disposição. As provas, se é que existem, estão nas mãos de um desconhecido, certo? Mas tu guardas contigo todas as recordações, que são o mais importante, a matéria-prima de todas as boas histórias. Escreve-as. Senta-te, começa a escrever, e não pares até chegares ao final. O que é que tens a perder?»

Este relato foi, assim, uma sugestão de Nina; nunca pensara em escrevê-lo até essa noite. Quando, contudo, desliguei o telefone e me fui deitar, fi-lo com uma enorme sensação de apaziguamento, e toda a inquietação que sentira foi substituída pelo entusiasmo de um projecto que, longe de pretender ser literário, visava apenas a exposição e a compreensão da verdade possível. Se, em alguma altura, se metamorfoseou – e deixou de ser uma sucessão de factos para se transformar num romance –, a responsabilidade continua a ser da neta de Millhouse Pascal que, à medida que foi recebendo e lendo as páginas que lhe enviava por *e-mail*, me convenceu a ajustar a minha memória a um formato que pudesse, ao mesmo tempo, revelar os acontecimentos e oferecer-lhes a beleza e a crueldade que merecem.

Há precisamente dois anos, a jornalista do *Diário de Notícias* de que vos falei no princípio desta narrativa visitou-me em casa, vagamente interessada na curiosa história de Millhouse Pascal. O meu nome aparecia nos relatórios de investigação dos casos por resolver da Polícia Judiciária e, através dos seus contactos, conseguira o meu telefone. A rapariga não podia ter mais do que vinte e cinco anos e, muito provavelmente, andava à procura da reportagem que lançasse a sua carreira; não sei dizer; mas o meu monólogo de três horas deve tê-la desiludido, porque nada apareceu publicado no jornal. Para ela, não passei possivelmente de mais um chalado com uma história mirabolante para contar.

Talvez tenha sido por me faltar um final; um elemento que pudesse trazer esta narrativa a uma espécie de desfecho. Eu sabia bem qual era esse elemento – soube-o durante os dois anos que passei fechado no meu escritório, todas as noites, depois de chegar a casa do trabalho, ignorando as demandas e as vicissitudes da vida diária, dando pouca ou nenhuma atenção às minhas filhas e à minha mulher, consumido por um projecto que, no fundo, foi uma corrida contra o tempo. Guardei, porém, a descoberta desse derradeiro elemento para os momentos finais; sabia que, se o procurasse demasiado cedo, se a minha ansiedade se sobrepusesse à tranquilidade necessária para escrever, correria o risco de deitar tudo por água abaixo. Foi, assim, há pouco mais de uma semana que pedi a Nina que me lesse, pelo telefone, a última carta que recebera de Camila. Já tínhamos falado do assunto várias vezes, sobretudo durante a intensa correspondência electrónica que mantivemos desde 2005, mas eu hesitara e recuara, recusando-me a saber como terminava a sua história. Quando, finalmente, dei por terminada esta tarefa – dois anos mais tarde, e após ter ultrapassado intermináveis horas de dúvidas e receios –, senti, então, que estava preparado para ouvir as palavras que se seguem. A transcrição foi feita a partir do original, que Nina teve a amabilidade de me enviar pelo correio.

Nova Iorque, 9 de Setembro de 2001

Querida irmã,

Corações ao alto!

Como é que vocês dizem em Inglaterra?

O meu Wallenda está vivo e recomenda-se, obrigado por perguntares na tua última carta. Nos últimos tempos, temos passado os fins-de-semana no Central Park, ajudando um grupo de artistas amadores a montarem um espectáculo junto do North Meadow. São uma família romena muito animada, três trapezistas, uma rapariga que engole espadas e dois funâmbulos. Vieram ter connosco porque nos viram na Arménia, no ano passado, onde o Leo atravessou uma ravina, parando a meio caminho para se sentar numa cadeira em cima da corda. Foi a coisa mais perigosa que o vi fazer e, confesso-te, eu própria temi pela sua vida. O Leste da Europa tem este efeito em nós.

Seja como for, agora não pretendo deixar Nova Iorque tão cedo. Estou, finalmente, a tentar pôr em marcha o projecto de que te tenho falado.

Recordas-te do meu funâmbulo preferido, o Philippe Petit? Estive a ler muita coisa sobre a sua façanha de 1974, a travessia entre as torres gémeas do World Trade Center, quando ele tinha apenas vinte e cinco anos. Em breve terei trinta e oito, mana, e a cada minuto que passa sinto que o meu corpo responde mais devagar, que a coordenação me começa a fugir, que a leveza e o equilíbrio físico que sempre senti se vão transformando em peso. Enfim, o tempo urge.

Petit levou seis anos a planear a travessia. Ele e os seus amigos entraram no World Trade Center com cartões de identificação falsos, fazendo-se passar por empreiteiros que instalavam uma rede eléctrica no telhado, enquanto as torres estavam em construção, para conseguirem ter acesso ao lugar, estudarem as possibilidades, descobrirem a melhor maneira de realizar aquela loucura. Porque é que não pediram autorização, perguntei-me durante tanto tempo? Porque é que não se dirigiram simplesmente à Câmara Municipal ou à Port Authority de Nova Iorque e anunciaram a intenção de executarem um número de circo a 400 metros do solo, uma façanha que acabaria por ser vista por 100 mil pessoas que se aglomeraram cá em baixo?

Agora sei porquê. O que verdadeiramente constituiu um desafio para Philippe foi a clandestinidade do seu acto – durante aqueles seis anos, esteve para desistir inúmeras vezes, quase convencido de que não era possível enganar a Polícia, os seguranças, a burocracia de Nova Iorque. Mas nunca desistiu. Usou todo o género de esquemas, intitulando-se repórter de uma revista francesa e pedindo para entrevistar os trabalhadores da construção, ou vestindo-se de homem de negócios para se misturar com a multidão que, todos os dias, entra e sai daqueles colossos. Até que, quando chegou a altura, ele e a sua equipa carregaram o equipamento para o telhado, fazendo a travessia no dia seguinte. Um só homem, contornando todas as dificuldades, uniu pela primeira vez aquelas duas torres com um cabo. Um cabo disparado de um lado ao outro, um vácuo de quarenta metros. Consegues imaginar, Nina? Tudo aquilo que sempre procurei na vida – esta insatisfação que, desde que sou criança, me corrói as entranhas como se fosse um ácido – está contido neste gesto grandioso. Ridículo para uns, indiferente para outros, pouco importa: enquanto não o compreender em toda a sua dimensão, serei imensamente feliz nesta minha procura.

Quero saber todos os pormenores sobre a travessia de Petit, sentir na pele a maneira como se preparou; a partir daí, julgo que o meu projecto poderá começar a tomar forma. Há algumas semanas que mantenho o mesmo ritual (recentemente, comecei a sofrer de insónias e, enquanto o Leo, ao meu lado, ressona noite adentro, vejo-me incapaz de pregar olho): de madrugada, deixo o nosso minúsculo apartamento em Queens e vou até Manhattan, observando o nascer do Sol e adorando o ar frio da manhã, que em tantas coisas me faz lembrar a nossa infância na quinta, aquelas alturas de perfeito silêncio, ao sábado ou ao domingo, quando me esgueirava para o teu quarto e me enfiava contigo na tua cama quentinha. Procuro recriar os passos do meu herói, embora saiba não ser digna de o fazer, mas é a única maneira, para mim, de manter a sanidade neste mundo virado ao contrário.

À hora em que chego à torre Norte, sempre uns minutos depois das oito, e subo aos andares superiores, o movimento ainda não é intenso, embora os turistas já andem por ali em grupos compactos, munidos de máquinas fotográficas. Um dos artistas romenos do Central Park trabalha como copeiro no Windows On The World, um restaurante de gente rica no 107.º andar, e conseguiu arranjar-me um lugar de faxina no bar. É um emprego humilhante, andar a limpar a porcaria que os outros fazem durante a noite, mas são só umas horas, e foi a única maneira que encontrei de poder andar a bisbilhotar à vontade. Das janelas, a vista é esplendorosa: vejo a parte sul da ilha, onde o Hudson e o East River se encontram, como se estivesse no céu! E o 104.º andar, de onde Petit fez a travessia, agora ocupado por uma firma de banqueiros de investimento chamada Cantor Fitzgerald, fica mesmo abaixo.

O meu Wallenda não sabe de nada. Tenho algum pudor em contar-lhe que ando a imitar os passos de Petit; vai achar que sou louca. E se for?

O que importa é o sonho, não achas? De cada vez que olho pelas janelas e vejo a outra torre, e o espaço e a vertigem que as separa, dá-me um arrepio na espinha só de pensar na coragem que é precisa.

Conta-me coisas tuas. Corações ao alto, Nina!

Da tua irmã que te adora,

Camila

CAMILA MILLHOUSE PASCAL
1964-2001

TODOS OS MISTÉRIOS

A terceira vida começa hoje, e entro nela procurando aceitar a que ficará para trás. Se eu fosse um homem diferente, com mais imaginação, talvez pudesse acreditar – e fazer-vos acreditar – que os mistérios que perpassaram esta narrativa irão, um dia, encontrar a sua resposta; estou convencido, contudo, de que muitas coisas permanecem eternamente veladas e, com o passar do tempo, aprendi a viver com esta resignação. Por vezes, claro, é impossível evitar os enigmas que me atormentam e dou por mim a falar sozinho, murmurando com as paredes, perguntando-me pelos rostos invisíveis que atravessaram a minha vida como clarões, querendo saber, ansiando saber; e, ao desejar sarar as minhas feridas com a lógica absurda deste mundo que, a cada hora que passa, me parece mais distante, zombando dos espíritos que ousam desafiá-lo, compreendo a inutilidade desta empreitada.

Esta tarde, despedi-me de Patrícia com um beijo no rosto e abracei as minhas filhas. Rita, a mais nova, enlaçou-me o pescoço com os braços e perguntou-me se estava zangado com ela, o que me deixou, ao mesmo tempo, triste e feliz, como se a miúda adivinhasse que alguma coisa estava prestes a terminar. Afaguei-lhe o cabelo e jurei-lhe que não estava zangado, que nunca tinha estado zangado, desejando poder explicar-lhe que faltava apenas um bocadinho para que o seu pai voltasse a ser, não o homem que fora, mas pelo menos alguém.

Foi a minha irmã quem escolheu o restaurante. Se quisesse satisfazer o desejo natural das pessoas por um desfecho em apoteose, poderia ficcionar o que realmente aconteceu e, por exemplo, dizer-lhes que não via a minha irmã há dezassete anos, desde aquele dia de 1990 em que me entregara os cheques do meu patrão. Embora fosse uma mentira inocente, que em nada mudaria as premissas fundamentais desta narrativa, continuava a ser uma mentira; e, se procuramos a verdade, não devemos fazer pequenas concessões que, mais cedo ou mais tarde, acabam por se transformar em monstros de egoísmo que pedem incessantemente por mais.

E a verdade é que, depois do nascimento de Rita, começámos a ver-nos uma vez por ano, ou coisa que o valha. Encontrámo-nos na rua algumas vezes – a minha e a sua família, as crianças de um e de outro lado olhando-se com desconfiança, os adultos forçando os sorrisos –, mas o embaraço dessa situação em nada se comparava às angustiantes horas que, sempre por volta da época do Natal, passávamos juntos num restaurante qualquer, a minha mulher forçando a conversa com o marido da minha irmã, as nossas filhas implicando com o meu sobrinho, uma criatura da qual eu praticamente nada sabia; quanto a mim, passava esses jantares em silêncio, olhando envergonhado para o prato de comida ou para o copo de vinho, respondendo com monossílabos às perguntas que me faziam até tudo parecer tão desesperado e vazio de sentido que acabávamos por pedir a conta antes da sobremesa, despedindo-nos apressadamente, cada um partindo para lados opostos sem guardarmos saudades ou expectativas de um reencontro.

Esta noite, porém, as coisas irão ser diferentes. Pedi à minha irmã que viesse sozinha, sem o marido e sem o meu sobrinho que, a partir de hoje, irei procurar saber quem é. Perguntou-me, ao telefone, o que se passava, qual era a urgência daquele encontro e se havia algum problema, se as minhas filhas estavam bem de saúde. Na sua voz preocupada consegui descobrir o carinho de há tantos anos, quando éramos uma família e eu ainda não me lançara ao abismo profundo, e garanti-lhe que nada tinha a ver com elas; que tinha a ver connosco, que era inadiável, que era o final de uma longa história.

Fiz o caminho a pé, atravessando a cidade cinzenta sem me dar conta das ruas ou das pessoas. Passo a passo, vim preparando o discurso que será a minha vergonha e a minha salvação. Existem tantas coisas a dizer que nem sei por onde começar, temendo que, ao hesitar, ao me enganar no nome de um lugar, de uma data, de um rosto, tudo se abata no estrépito de uma derrocada. Olho agora pela grande janela que enfrenta a rua chuvosa e o meu reflexo transforma-se no interior do restaurante, onde as luzes ténues de pequenos candeeiros espalhados sobre as mesas conferem aos rostos de quem janta a aparência da quietude. Vasculho a sala e, rapidamente, encontro a minha irmã. Ali está ela, mais bonita do que nunca, e consigo ver, pela maneira como torce o guardanapo entre as mãos, que também ela se encontra nervosa.

Não irei ter pressa. Não irei fingir, mentir ou pedir desculpas. Pedir desculpa por todas as coisas que fiz seria como um homem que, lançando-se voluntariamente de um penhasco, começasse a perguntar quanto tempo demoraria a chegar ao fundo. Dou-lhe um beijo no rosto, bebo um copo de vinho, pergunto-lhe pela criança. E, se houver tempo – porque tem de existir tempo –, a princípio com relutância, depois com serenidade e, mais tarde, arrebatado pela fábula que foi a minha própria vida, irei falar-lhe da morte do nosso pai, de um jardineiro que me contratou, de uma quinta que já não existe, de uma fotografia de 1905, de Camila, Gustavo e Nina, do deserto do Kalahari e de uma corda bamba sobre a qual ninguém se consegue suster, de Millhouse Pascal, de guerras sangrentas, de espiões, comunistas e fascistas, de livros esvoaçando pelos quartos, de Tito Puerta e de Sean Figgis, de um corcunda perdido na noite, de fantasmas à luz do dia, de uma viagem insólita, de um hotel bafiento, de uma doença e de um milagre, de amor e desilusão, do meu abandono, de um regresso a Lisboa, do triste reencontro num café, de anos de silêncio e de bibliotecas, de Patrícia, de Beatriz e de Rita, de um leilão, de uma morte e de uma perda, de um baú, de uma carta, de estar parado defronte de um restaurante como quem pára defronte do resto da vida ponderando se deverá entrar. Irei depois dizer-lhe que, tal como tantos outros, também eu fracassei, pois ainda não compreendo todos os mistérios – se é que compreendo algum –, que também eu desconheço o porquê das coisas. Se, ainda assim, não entender o que lhe digo, explico-lhe então que tudo isto aconteceu numa outra vida, menos enfadonha, menos desgraçada, uma vida em que olhei para a garganta de um penhasco vertiginoso e me deixei cair sem perguntar quando tempo demoraria a chegar ao fundo, caindo, caindo, caindo, pairando no vácuo como um acrobata sem gravidade, adiando por cobardia o momento de tocar o solo; e se, no final desta fábula, a minha irmã me perguntar quando é que tudo termina, quando é que todos os mistérios, os pequenos e os grandes, os resolvidos e os por resolver, os da vida e os da morte, irão chegar ao fim, responder-lhe-ei que termina quando termina, nem mais cedo nem mais tarde, agora, aqui, sem demora, precisamente neste instante.

Agradecimentos

Maria do Rosário Pedreira e Ana Pereirinha.

Jorge Marecos Duarte, Tiago R. Santos.

A minha mãe, a minha irmã, o meu pai e toda a minha família.

Diogo, Manuel, Hugo: vocês sabem quem são.

Um agradecimento especial ao António-Pedro Vasconcelos, cujo constante apoio e encorajamento tem sido precioso.